Kathryn Ormsbee

Die Sullivan Schwestern

KATHRYN ORMSBEE

Die Sullivan Schwestern

Aus dem Amerikanischen von
Doris Attwood

cbj

Bei diesem Buch wurden die durch das verwendete Material und die Produktion entstandenen CO_2-Emissionen ausgeglichen, indem der cbj Verlag ein Projekt zur Aufforstung in Brasilien unterstützt.
Weitere Informationen zu dem Projekt unter:
www.ClimatePartner.com/14044-1912-1001

MIX
Papier aus verantwortungsvollen Quellen
FSC® C014496

Wir produzieren Klimaneutral
ClimatePartner.com/14044-1912-1001
Druckprodukt

Penguin Random House Verlagsgruppe
FSC® N001967

1. Auflage 2021

Die amerikanische Originalausgabe erschien 2020 unter dem Titel:
»The Sullivan Sisters« bei Simon & Schuster BFYR,
einem Imprint von Simon & Schuster Children's, Inc., New York
Das Zitat auf Seite 7 stammt aus dem Gedicht:
»One Sister Have I in Our House«, erstmals veröffentlicht in
»The Complete Poems of Emily Dickinson«,
hrsg. von Martha Dickinson Bianchi, Boston 1914
Übersetzung: Doris Attwood
Umschlagkonzeption: Katrin Schüler, Berlin
unter Verwendung des Original-Umschlags: © Chloë Foglia;
Umschlagillustration © Pedro Tapa; Handlettering: © Danielle Davis
MP · Herstellung: UK
Satz: KompetenzCenter, Mönchengladbach
Druck: GGP Media GmbH, Pößneck
ISBN 978-3-570-16615-4
Printed in Germany

www.cbj-verlag.de

Für Annie und Matt Snow –
meine liebsten Oregoner
und die besten Geschwister,
die sich ein Mädchen wünschen könnte

Heut' sind die Kindertage fern,
doch auf und ab die Hügel,
hielt fester noch ich ihre Hand,
dass kürzer wurd' der Weg.

EMILY DICKINSON
»Eine Schwester hab ich in unserm Haus«

Sieben Jahre zuvor

CAYENNE CASTLE

Die Burg war Claires Idee gewesen, zumindest am Anfang.

Sie kam ihr im nieselnden Dezember, vier Tage vor Weihnachten, als sie, Eileen und Murphy zu Hause festsaßen.

Claire steckte stets voller Pläne und, vor allem, voller guter Ideen, wie sie sich die Zeit vertreiben konnten.

»Leenie«, weckte Claire ihre ältere Schwester, »lass uns was aus *allen* Decken und *allen* Laken im ganzen Haus bauen.«

Eileen nahm sich gar nicht erst die Zeit, ihr zu antworten. Sie warf sofort die Steppdecke von ihrem Bett, und ein wildes Blitzen zickzackte durch ihre dunklen Augen. Sie steckte voller Ideen und Bilder, malte mit Farben, Worten und Gefühlen. Sie wusste genau, wie sie die Decken miteinander kombinieren mussten: den flauschigen goldgelben Quilt ihrer Mutter neben der tannengrünen University-of-Oregon-Fleecedecke, diese mit graublauen Laken an einem pfirsichfarbenen Federbett festgeknotet.

Im Laufe des Morgens dehnte sich die Burg immer weiter aus, und noch während des Baus tauchte auch Murphy, ihre jüngste Schwester, im Wohnzimmer auf.

»Wow!«, rief sie bewundernd und bestaunte Festungsmauern aus Stoff, die sich über das Sofa, die Sessel und den Fernseher erstreckten. Sie entdeckte eine Öffnung zwischen zwei mit Wäscheklammern zusammengehaltenen Laken und steckte ihr sommersprossiges Gesicht hindurch.

»Ta-da!«, rief sie. »Es ist eine Bühne!«

»Eine Burg«, korrigierte Claire sie.

»Es könnte auch beides sein«, befand Eileen. Sie war damit beschäftigt, bunte Bänder aus ihrem Handarbeitskoffer auszuwählen und sie für ein paar kleine Farbakzente an verschiedene Deckenquasten zu knüpfen.

Claire tippte sich währenddessen nachdenklich ans Kinn und betrachtete mit zusammengekniffenen Augen die Skizze der Burg, die sie auf Notizpapier gezeichnet hatte. »Wir haben genügend Laken, um es bis in den Flur zu erweitern, und trotzdem noch genügend Decken für die Wände übrig.«

»Wände?«, fragte Murphy. »Oder … *Bühnenvorhänge?*«

Sie riss Claire den Textmarker aus der Hand, hielt ihn sich wie ein Mikrofon vor den Mund und verkündete: »Willkommen zu unserer Hauptvorstellung!«

Murphy steckte voller Energie – eine geborene Entertainerin, die jedem eine Show bot, der bereit war, ihr zuzuhören und zu applaudieren.

Ihren Namen bekam die Burg erst später am Tag, nachdem ihre Mutter angerufen und den Schwestern mitgeteilt hatte, dass sie wieder einmal länger arbeiten musste. In letzter Zeit übernahm sie öfter zusätzliche Schichten in der Drogerie und übergab Eileen derweil offiziell das Kommando.

»Ich wollte ihr doch die Burg zeigen«, schmollte Murphy, nachdem Eileen aufgelegt hatte. »Jetzt wird Mom erst zurück sein, wenn wir schon im Bett sind.«

»Bald ist Weihnachten«, erinnerte Claire sie und hob weise die Augenbrauen. »Du magst doch Geschenke, oder? Tja, und Mom muss nun mal arbeiten, um sich welche leisten zu können.«

Murphy verzog das Gesicht. »Mir wäre lieber, Mom wäre hier.«

In Eileen krampfte sich alles zusammen. Als sie in Murphys Alter gewesen war, hatte Leslie Sullivan mehr Zeit zu Hause verbracht, ihnen Bücher vorgelesen und spontane Tanzpartys zum Klang des Radios veranstaltet. Einmal, als Eileen fünf gewesen war, hatte ihre Mutter ihr und Claire dabei geholfen, genauso eine Deckenfestung wie diese zu bauen. Es war einfach unfair, dass Murphy nicht alt genug war, um selbst solche Erinnerungen zu haben. Und es war genauso unfair, dass sie überhaupt keine Erinnerungen an ihren Dad hatte. Er war gestorben, bevor Murphy zur Welt gekommen war.

Eileen selbst kam ihr Dad inzwischen ganz weit weg vor, aber sie war sich ziemlich sicher, dass ihm die Burg gefallen hätte. Ihrer Mom würde sie jedenfalls ganz bestimmt gefallen, wenn sie endlich von der Arbeit nach Hause kam.

Das Frühstück an diesem Morgen hatten sie ganz gut ohne Hilfe geschafft: in Vollmilch ertränkte Cornflakes. Das Mittagessen gestaltete sich allerdings etwas kniffliger. Claire begutachtete den Kühlschrankinhalt und kam zu dem Schluss, dass die Reste des fünf Tage alten Chilis ihre beste Option waren. Sie nahm die Tupperdose heraus, verteilte das Chili auf drei Schüsseln und wärmte es in der Mikrowelle auf.

»Das schmeckt komisch«, befand Murphy, nachdem sie es probiert hatte. »Nach … Sumpf!«

Die siebenjährige Murphy war beim Essen ziemlich mäkelig und neigte zu eher übertriebenen Urteilen. Doch als Claire das Chili selbst probierte, verzog sie ebenfalls das Gesicht. Es schmeckte wirklich komisch – also doch keine Option. Sie befanden sich in einer Krisensituation, die einen neuen Schlachtplan erforderte.

Claire holte eine Packung mit altem Reibekäse aus dem Kühlschrank. »Verfeinern«, sagte sie, »das ist die Lösung.«

Eileen stellte sich vor den Küchenschrank, streckte den Arm, ohne zu zögern, nach dem Gewürzregal aus und griff zielsicher nach einem Streuer mit der Aufschrift CAYENNEPFEFFER. Eine unerschrockene Wahl – die perfekt zu ihr passte.

Dank der neuen Zutaten schmeckte das Essen schon viel besser. Die Sullivan-Schwestern schlürften in der Küche zufrieden ihr Chili, während der Regen gegen die Fenster prasselte.

Trotzdem musste Claire beim Essen daran denken, dass sie keinen Käse und keine Gewürze gebraucht hätten, wenn ihre Mom hier wäre. Vor gar nicht allzu langer Zeit war ihre Mutter immer daheim gewesen, hatte Claire beim schriftlichen Dividieren geholfen oder sich einen Film mit ihnen angeschaut, während sich die ganze Familie auf dem

Sofa zusammenkuschelte. Claire wusste noch genau, wie der berühmte Hähnchenauflauf ihrer Mom schmeckte, jeder Mundvoll die perfekte Mischung aus knackigen Erbsen, zarten Karotten und herrlicher Blätterteigkruste.

Doch ihre Mutter hatte den Auflauf schon seit Monaten nicht mehr gekocht. Wegen der zusätzlichen Nachtschichten, die sie ständig übernahm, hatte sie nie genügend Zeit dafür. Die Miete für das Haus war im letzten Jahr erhöht worden, ganz zu schweigen von den Zinsen auf die Krankenhausrechnungen ihres verstorbenen Vaters. *Miete, Zinsen,* diese Worte hingen über dem Haus wie … ein Fluch.

Flüche – die düstere Seite eines Märchens. Aber eine Burg? Eine Burg war definitiv das Beste daran.

Als die Schwestern ins Wohnzimmer zurückkehrten und ihr Werk begutachteten, befand Claire ernst: »Es braucht einen Namen.«

Der Name war Murphys Idee gewesen.

»Cayenne Castle!« Ihre Schwestern waren sofort einverstanden, und Murphy wirbelte vor Freude im Kreis herum und sang aus dem Stegreif: *»Im Cayenne Castle werden Träume wa-har! Unser Pfeffer ist so scharf, davon musst du Ka-cka-ha!«*

»Spinnerin«, lachte Eileen und wuschelte durch Murphys zerzauste rote Locken.

Murphy grinste breit. Sie mochte es, wenn ihre Schwestern ihr Aufmerksamkeit schenkten, selbst wenn diese sie dabei als »Spinnerin« bezeichneten. Besonders seit ihre Mutter in letzter Zeit meist nur abwesend zu Murphys selbsterdachten Liedern genickt und gemurmelt hatte:

»Wirklich schön, Schatz«, so als hätte sie zwar alles gehört, aber nicht richtig *zu*gehört.

Murphy hoffte sehr, dass ihre Mom, sobald Weihachten vorbei war und sie für ihre Geschenke bezahlt hatte, ihr endlich wieder richtig zuhören würde.

Die Schwestern krabbelten in ihre frisch getaufte Burg und schlüpften zwischen die kuscheligen Decken und Kissen. Claire und Eileen tauschten aufregende Geheimnisse aus der fünften und sechsten Klasse aus, während Murphy sie voller Bewunderung beobachtete, das Kinn auf den Knien, und sich ein Puddingtörtchen zum Nachtisch schmecken ließ.

»Hey«, sagte sie, ihr Mund mit klebriger Schokoladenmasse verschmiert. »Lasst uns Cayenne Castle jedes Jahr bauen. Ganz egal, was passiert: Am einundzwanzigsten Dezember bauen wir unsere Burg.«

Claire und Eileen tauschten ein herablassendes typisches Ältere-Schwestern-Grinsen. Dann nickten sie jedoch zu Murphys großer Freude.

»Abgemacht«, sagte Eileen und zwinkerte ihr zu.

»Abgemacht«, bestätigte auch Claire.

»Abgemacht«, echote Murphy mit puddingverziertem Strahlen.

So errichteten eine Planerin, eine Visionärin und eine Entertainerin Cayenne Castle zum allerersten Mal und schlossen damit einen Pakt unter Schwestern.

Wer die Sullivan-Schwestern sieben Jahre später gefragt hätte, warum er zerbrochen war …

Nun, der hätte drei verschiedene Antworten erhalten.

Einundzwanzigster Dezember

EINS

Eileen

Der Brief traf am Morgen des einundzwanzigsten Dezembers ein.

Eileen erwartete keine an sie adressierte Post. Keine Päckchen, da sie seit zwei Jahren keine Künstlermaterialien mehr bestellt hatte. Keine Weihnachtskarten, denn wer zur Hölle verschickte die heutzutage schon noch? Mehr oder weniger entfernte Verwandte, vielleicht – Großeltern oder Großtanten –, aber Eileen hatte weder das eine noch das andere. Und sie hatte ganz sicher keinen offiziell aussehenden Briefumschlag mit selbstklebender Lasche erwartet, der Adresse einer Anwaltskanzlei als Absender und dem Vermerk UNVERZÜGLICH ÖFFNEN in roter Tinte auf der Klappe.

Eileen war sofort genervt.

Sie ließ sich nichts befehlen, schon gar nicht von irgendwelchen gottverdammten Anwälten und ihren roten Tintenstiften.

Sie hatte schlechte Erfahrungen mit Briefen gemacht und nicht die geringste Lust, herauszufinden, worum es in diesem ging – ob sie ihn nun *unverzüglich* öffnete oder erst in zehn Jahren. Deshalb warf sie den Umschlag in den Papierkorb unter ihrem Schreibtisch und verließ dann das Haus für ihre Schicht im Supermarkt.

Schon bald darauf hatte sie den Brief völlig vergessen.

Sie vergaß eine Menge Dinge, wenn sie arbeitete, und vor allem, wenn sie trank.

Aber genau das war schließlich auch der Sinn beider Vollzeitbeschäftigungen.

In jener Nacht ließ sich Eileen zu Hause bis zum Anschlag mit *Jack Daniel's* volllaufen.

Irgendwann landete sie in horizontaler Lage auf dem Boden ihres Zimmers in der umgebauten Garage, mit direktem exklusiven Blick auf den Papierkorb unter dem Schreibtisch.

Musik dröhnte aus ihrer Stereoanlage, dank der uralten Lautsprecher von einem kräftigen Rauschen begleitet. »Chrismas Wrapping« von den *Waitresses* lief seit einer halben Stunde in Dauerschleife. Es war ein grauenvoller Song. Es war der *beste* Song. Eileen summte mit.

Draußen war es düster – typisch für Oregon. Ihre Mutter war an diesem Nachmittag auf die Bahamas geflogen. Aber nichts von alledem kümmerte Eileen. Sie war taub für alle schlimmen Dinge. Sie wackelte im Rhythmus der Musik mit den Zehen und las mit verschwommenem Blick die Anschrift auf dem Umschlag im Mülleimer.

Ms Eileen Sullivan.

Eileen krallte nach dem Rand des Mülleimers, kippte ihn um und schnappte sich den Umschlag.

Er war bereits geöffnet, auch wenn sie sich nicht daran erinnern konnte, es getan zu haben. Andererseits tat sie, wenn sie trank, eine Menge Dinge, an die sie sich nicht erinnern konnte.

ZWEI

Claire

Zur selben Zeit, als Eileen den Brief las, studierte Claire die Ablehnung von ihrem Traumcollege.

Sie starrte auf ihr Handy, las die hässlichen Worte auf der Bewerbungsseite der Homepage.

Vielleicht bin ich ja mit dem Daumen verrutscht, dachte sie, *oder ich hab aus Versehen das Passwort von jemand anderem eingegeben.*

Das redete sie sich nun schon seit sechs Tagen ein.

Vollkommen wahnsinnig.

Ms Hopkins, Claires Studienberaterin, hatte sie gewarnt, dass ihre Chancen in Yale eher schlecht standen. Aber Ms Hopkins kannte Harper Everlys YouTube-Videos auch nicht. Sie wusste nicht, was es bedeutete, eine Überfliegerin zu sein. Wenn sie es gewusst hätte, würde sie schließlich nicht für den Schulbezirk Emmet, Oregon, arbeiten und solche Sätze sagen wie: »Gute Noten und Empfehlungsschreiben reichen nicht aus, um dort angenommen zu werden.« Sie würde ihre negative Energie *nicht in Claires Leben* bringen.

Das hatte Claire sich jedenfalls seit Oktober und den ganzen November über bis zum fünfzehnten Dezember eingeredet, als sie die E-Mail aus Yale bekommen hatte, in der man sie aufforderte, sich auf der Website einzuloggen. Sie war so nervös gewesen, dass sie das Passwort zwei Mal falsch eingegeben hatte. Darum war sie sich auch sicher gewesen, dass die Absage auf keinen Fall ihr gelten konnte. Sie hatte sich eingeredet, dass es das falsche Konto sein musste, selbst als sie sich zum zweiten Mal eingeloggt hatte. Und zum dritten.

Und zum fünfzehnten Mal.

Das offizielle Schreiben war am nächsten Tag mit der Post gekommen und hatte Claire genau das Gleiche mitgeteilt wie die Online-Version: *Du bist nicht gut genug*.

Trotzdem hatte sie sich jeden Tag neu eingeloggt und darauf gehofft, dass alles doch nur auf einen technischen Fehler zurückzuführen war.

Das Gleiche immer und immer wieder zu tun und trotzdem ein anderes Ergebnis zu erwarten, *war* die Definition von Wahnsinn, richtig?

Oder von *Beharrlichkeit*.

Ein Ja genügte. Das sagte jedenfalls Harper Everly, und Harpers Wort war Gesetz. Sie sagte außerdem: »Plane nicht für Misserfolge, sonst erntest du Misserfolg.«

Harper verkündete diese Behauptung selbstbewusst, mit strahlend weißen Zähnen und mit in Edelsteinfarben schimmernder Statement-Kette. Sie war aus gutem Grund selbstbewusst: *Sie* hatte Erfolg. Sie war erst zwanzig, hatte über zwei Millionen Abonnenten und entsprechend zahlreiche finanzkräftige Sponsoren. Sie war von der *Cosmo*-

politan zur »Jungen Unternehmerin mit Zukunft« gekürt worden, und um dem Ganzen noch die Krone aufzusetzen, war sie in irgendeiner unbedeutenden Kleinstadt mitten im Nirgendwo aufgewachsen, die genauso gut Emmet hätte sein können. Harper wusste, wovon sie sprach.

Also warum starrte Claire dann auf eine Absage?

Auf ein Nein.

Noch nicht mal auf die Warteliste. Sondern auf ein direktes, unumstößliches *Nein*.

Wie konnte man jemanden mit perfekter Punktzahl beim Eignungstest und einem Notendurchschnitt von 1,0 ablehnen? Eine wahre Heilige mit Hunderten Stunden ehrenamtlicher Arbeit und haufenweise Empfehlungsschreiben von ihren Lehrerinnen und Lehrern sämtlicher Hauptfächer, in denen sie versicherten, dass sie eine geborene Anführerin war? Wie konnte Yale Claire Sullivan ablehnen, ein brillantes, vielseitig interessiertes junges Mädchen aus der Arbeiterklasse, das obendrein auch noch lesbisch war? Kapierten sie denn nicht, dass sie einen Ausweg brauchte? Sie gehörte an einen wundervollen, weltoffenen, intellektuell stimulierenden Ort – der all das bot, was Emmet nicht war.

»Fick dich, Yale«, fluchte Claire und schleuderte ihr Handy vom Bett auf den rosa Flokati.

Sie bereute es sofort.

»Fick dich« war ein hässlicher Ausdruck, der nur von Menschen ohne Ambitionen benutzt wurde. Es fühlte sich falsch an, ihn auszusprechen, wie ein Verrat.

Aber Yale hatte Claire zuerst verraten.

Sie war sich so sicher gewesen. Wenn ihre Mutter durch

pures Glück eine Bahamas-Kreuzfahrt gewinnen konnte, dann würde es Claire, eine zuverlässige Überfliegerin, doch wohl nach Neuengland schaffen.

Aber jetzt würde es kein Neuengland für sie geben. Keine schneebedeckten Winter oder historischen Torbögen aus grauem Stein. Keine sokratischen Diskussionen am knisternden Kaminfeuer. Keine Ainsley St. John und keinen perfekten ersten Kuss.

Claire legte sich hin und ließ zum ersten Mal zu, dass sich die erdrückende Wahrheit in ihrem Körper festsaugte, durch ihre Adern pulsierte und sich tief in ihr Herz bohrte.

Sie hätte es bereits vor einem Monat kommen sehen müssen. Schon damals hatte die Fassade von Claires perfekter Zukunft erste Risse bekommen. Sie hatte Instagram geöffnet und einen neuen Post von Ainsley gesehen, den Arm um die Schultern eines strahlenden blonden Mädchens mit Baseballmütze geschlungen. Die Bildunterschrift lautete: »♥ meine Freundin.«

Freundin. Eine Freundin, die nicht Claire war.

Trotzdem, hatte Claire sich gesagt, waren Freundinnen eben nur *Freundinnen*. Keine Verlobten. Keine Ehefrauen. Die beiden würden höchstens ein paar Monate zusammenbleiben, vielleicht auch nur ein paar Tage, und so lange konnte Claire locker warten.

Sie hatte genau das getan, was Harper gesagt hatte, und nicht für einen Misserfolg geplant. Sie hatte den Instagram-Post ignoriert, weil sie sich geweigert hatte, sich deswegen Sorgen zu machen. Sie hatte sich ausschließlich in Yale beworben – alles oder nichts.

Und jetzt?

Jetzt war es zu spät.

Sie würde das Mädchen nicht kriegen.

Sie würde nicht nach Yale gehen.

Sie würde gar nicht aufs College gehen, Punkt.

Alles, worauf Claire in den vergangenen zwei Jahren hingearbeitet hatte, war futsch – ihre Träume wie Schneeflocken dahingeschmolzen zu einer nutzlosen Pfütze.

Claire war eine Planerin, und ihr Plan war gescheitert.

DREI

Murphy

Zur selben Zeit, als Claire ihre College-Absage studierte, entdeckte Murphy die Leiche.

Im Gegensatz zu beispielsweise Hamstern oder Igeln erfreuten sich Schildkröten normalerweise auch als Haustiere eines erstaunlich langen Lebens: im Durchschnitt vierzig Jahre lang. Siegfried hatte es immerhin auf dreißig Jahre gebracht, also hatte er eigentlich ein recht anständiges Schildkrötendasein erlebt. Er war allerdings keines natürlichen Todes gestorben. Er war gestorben – davon war Murphy überzeugt –, weil sie vergessen hatte, ihn zu füttern.

In letzter Zeit war sie mit der Schule und der Theater-AG ziemlich beschäftigt gewesen. Sie hatte einfach nicht daran gedacht.

Sie konnte sich nicht daran erinnern, ihn *nicht* gefüttert zu haben. Aber genau das war das Problem bei Schildkröten: Sie erinnerten einen nicht daran, wenn man vergaß, ihnen etwas zum Abendessen zu servieren. Sie konnten weder bellen noch miauen noch an ihrem Käfig kratzen.

Sie blieben einfach in ihrem Panzer, ganz gechillt. Hungrig. Hungriger. Tot.

Murphy hatte mal irgendwo gelesen, dass Schildkröten monate- oder sogar jahrelang ohne Nahrung auskommen konnten. Genau darum hatte sie die Sache mit dem Füttern überhaupt so sehr vernachlässigt. Siegfried war ein Kaltblüter, deshalb konnte er ein paar Tage ohne Essen gut verkraften. Er kam seit Ewigkeiten mit dreckigem, mehrere Monate altem Trinkwasser und einer kaputten Wärmelampe aus, die zu ersetzen Murphy auch ständig vergessen hatte.

Doch wie es schien, stießen auch Kaltblüter irgendwann an ihre Grenzen.

Murphy war sich nicht sicher, ob sie sich das jemals würde verzeihen können.

Und was noch schlimmer war: Jetzt hatte sie eine Leiche am Bein. Was sollte sie bloß tun? In den vierzehn Jahren ihres bisherigen Lebens hatte niemand Murphy auf etwas Derartiges vorbereitet. Wen konnte sie in Sachen Schildkrötenbeerdigungen überhaupt um Rat fragen?

Nicht ihre Mom. Leslie Sullivan war an diesem Morgen zu ihrem Lotteriegewinn, einer All-inclusive-Kreuzfahrt auf die Bahamas, aufgebrochen, und hatte ihren Töchtern erklärt, dass sie, nachdem sich das Schiff auf dem offenen Meer befand, keinen Handyempfang mehr hatte und den Internetzugang nur sehr begrenzt nutzen würde, weil er zu teuer war.

Doch selbst wenn ihre Mutter hier gewesen wäre und sie ihr die traurige Nachricht hätte mitteilen können, hätte es sie wirklich interessiert? Vor sechs Jahren, als Murphy sie gefragt hatte, ob sie sich um die Familienschildkröte kümmern dürfe, hatte ihre Mom das Terrarium fast erleichtert in Murphys Zimmer geschafft. Ihre Mutter arbeitete immer bis spät in der Drogerie. Sie hatte nicht einmal Zeit, sich wegen Murphys Hausaufgaben Gedanken zu machen, von einer alten Schildkröte ganz zu schweigen.

Damit blieben nur noch Eileen und Claire, Murphys ältere Schwestern, als mögliche Beraterinnen in Schildkrötenbeerdigungsangelegenheiten. Eileen, die sich ständig in ihrem Zimmer einschloss, laut Musik hörte und nur gelegentlich auftauchte, um durch die Gegend zu torkeln und irgendetwas Unverständliches vor sich hin zu lallen. Oder Claire, die sich ebenso ständig in ihrem Zimmer einschloss und nur gelegentlich auftauchte, um Murphy einen Vortrag darüber zu halten, keine Schüsseln mit getrockneten Haferflocken in der Küchenspüle stehen zu lassen.

Als ob Murphy eine von *ihnen* um Hilfe bitten würde.

Vielleicht vor vier Jahren, als sie noch netter gewesen waren und ihre Türen nicht immer abgeschlossen hatten.

Doch die Zeiten waren lange vorbei. Was Siegfrieds Beerdigung anging, war Murphy auf sich allein gestellt.

An diesem Abend war es still im Haus. Ihre beiden Schwestern hatten sich wie immer in ihren Zimmern verbarrikadiert. Murphy saß vor dem Familiencomputer im Wohnzimmer. Es war ein Riesentrumm aus dem letzten Jahrhundert, der Lüfter war kaputt und ratterte jedes Mal, wenn man den Rechner anschaltete, wie ein von Einschusslöchern übersäter Kampfjet. Während Murphy wartete, dass der uralte Klotz endlich hochfuhr – *ri-tat-tat-ti-tat* – zog sie ihren neuesten Seiltrick aus der Jeanstasche.

Sie war immer noch dabei, ihn zu üben:

Drüber, drunter, durchziehen, fertig.

In der Anleitung von *Moderne Magie* klang es ganz leicht. Im Augenblick lag das Seil jedoch schlaff in Murphys Händen und bildete ein vages *M*.

M für Murphy.

M für Mörderin.

Endlich erwachte der Computer zum Leben. Murphy legte das verräterische Seil beiseite, ging ins Internet und klickte die Suchmaschine an.

Sie tippte: »Wie wird man eine tote Schildkröte los?« Sie drückte die Entertaste.

Sie vermied es, auf »Bilder« zu klicken – das hier war schließlich nicht ihre erste widerliche Suchmaschinen-Mission. Stattdessen klickte sie auf das Suchergebnis aus einem Forum, von einer Internetseite namens *Haustierkenner*. Die meisten Forumsmitglieder schlugen eine Beerdigung in einem Schuhkarton vor.

Murphy konnte sich nicht daran erinnern, wann sie zum letzten Mal Schuhe gekauft hatte. Dank zweier älterer Schwestern war sie die Königin der Secondhand-Klamotten.

Sie scrollte weiter durch die Kommentare.

»SparksandDarts« riet:

Ich kann euch sagen, was mein Dad gemacht hat, als unsere Schildkröte das Zeitliche gesegnet hat: Er hat versucht, uns weiszumachen, sie hätte »Superkräfte« und sei über Nacht einfach »verschwunden«. Dann hat er behauptet, sie sei in unserem Fernseher »wiederaufgetaucht«, und zwar als einer der Teenage Mutant Ninja Turtles. Ich hab meine

halbe Kindheit in dem Glauben verbracht, Michelangelo sei mein altes Haustier.

Murphy stieß ein Schnauben aus und murmelte: »Echt krank.«

Trotzdem speicherte sie die Information ab. Nicht fürs reale Leben. Für eine Show.

Magier ließen regelmäßig Kaninchen verschwinden, aber Murphy hatte noch nie einen Trick gesehen, bei dem eine Schildkröte verschwand. Das wäre mal was Neues. Frisch. Lustig. Murphys großer Durchbruch. Vielleicht würde sie ja als »Turtle Girl« in die Geschichtsbücher eingehen.

Sie schnitt eine Grimasse.

Kein besonders großartiger Name.

The Great Turtle Queen?

Schon besser. Trotzdem würde sie noch dran arbeiten müssen, wenn sie erst mal in Las Vegas war.

Murphy scrollte weiter durch die Forumsbeiträge und las, dass in mehreren Kommentaren ein Bleichmittel empfohlen wurde, um Bakterienwachstum zu verhindern.

In dem Moment wurde ihr richtig übel.

Die Erkenntnis traf sie wie ein Schlag: Sie würde die Schildkröte transportieren müssen. Den toten Siegfried *berühren* müssen.

Sie änderte ihre Suchanfrage in: *Wie wird man eine tote Schildkröte los, ohne sich zu übergeben?*

Zweiundzwanzigster Dezember

VIER

Eileen

Anwaltskanzlei Knutsen & Crowley | 218 Avenue B #5

Sehr geehrte Ms Sullivan, 18. Dezember 2020

bereits zu seinen Lebzeiten durfte ich die Interessen Ihres Onkels, Patrick Enright, vertreten, und nach seinem Ableben vor einer Woche kümmere ich mich um die Vollstreckung seines Testaments. Mr Enright hatte mich bereits darüber in Kenntnis gesetzt, dass dies eine Überraschung für Sie sein dürfte, aber er hinterlässt den Großteil seines Vermögens Ihnen und Ihren Schwestern. Das Vermögen soll in drei gleiche Teile aufgeteilt werden, die Ihnen jeweils an Ihrem achtzehnten Geburtstag vermacht werden sollen.
Da Sie als Einzige der Sullivan-Schwestern die Volljährigkeit bereits erreicht haben, schreibe ich Ihnen mit der Bitte, einen Termin in meinem Büro zu vereinbaren, damit wir die Bedingungen des verstorbenen Mr Enright besprechen und ich all Ihre eventuellen Fragen beantworten kann.

Sollten Sie dies wünschen, steht es Ihnen selbstverständlich frei, in Begleitung Ihres eigenen Anwalts zu erscheinen. Ich freue mich darauf, Ihre Bekanntschaft zu machen.

Hochachtungsvoll,
William J. Knutsen

Eileen blickte von dem Brief in ihrer Hand auf. Sie stand vor dem Gebäude 218 Avenue B, während Mariah Carey im Weihnachtsradio trällerte. Angespannt kaute sie auf vier *Dubble Bubble*-Kaugummis herum.

Sie hasste diesen Song.

Aber sie war sich nicht sicher, ob sie es schaffen würde, aus dem Wagen zu steigen.

»Scheiße«, fluchte sie hinter dem Lenkrad.

Sie genoss den flüchtigen Zuckerrausch des Kaugummis. Es war zwar kein Alkohol, aber immerhin das Nächstbeste: absolut notwendig für ein kurzfristiges gesellschaftliches Funktionieren, aber absolut schädlich für das langfristige Wohlergehen.

Es war neblig draußen, und der Regen hatte sich auf dem Parkplatz in Pfützen gesammelt, die vor Benzin und Gott weiß was für Mist schillerten. Eileen hatte keine Ahnung, was sie von William K. Knutsen erwarten sollte. Jedenfalls nicht diesen Schandfleck von einem Büro, das sich zwischen zwei leeren Läden befand, gekrönt von einer verrosteten Tafel über der Doppelglastür. Das Ganze roch verdächtig nach einem Schwindel.

Dieser Laden war hingegen so *schwindelerregend*, dass er nur echt sein konnte.

Eileen hatte keine Ahnung gehabt, dass es in Emmet überhaupt eine Anwaltskanzlei gab. Sie hatte angenommen, dass Bewohner, die rechtlichen Beistand benötigten, weiter entfernt danach suchen mussten, in einer richtigen Stadt wie Eugene, zum Beispiel. Dass dieser Laden hier überhaupt *existierte*, war fast ein Schock.

Genau wie die Tatsache, dass sie ein Drittel des Vermögens ihres Onkels geerbt hatte. Genau wie die Tatsache, dass sie einen Onkel hatte. Patrick Enright.

Was zur Hölle?

Eileen fuhr mit dem Daumen über die Briefkante und überprüfte das Papier auf irgendwelche Anzeichen für einen Betrug.

Eileen wusste, was das Verantwortungsbewussteste gewesen wäre: warten, bis ihre Mutter von der Kreuzfahrt wieder zurück war, ihr den Brief zeigen und sie ganz direkt danach fragen, was er zu bedeuten hatte. Aber wer behauptete, dass Eileen verantwortungsbewusst war? Und wer behauptete, dass ihre Mutter zu einem offenen Gespräch bereit war? Eileen hatte sich seit vier oder fünf Jahren nicht mehr richtig mit ihrer Mutter unterhalten. Ihre Mom befand sich stets an einem von zwei möglichen Orten: in der Drogerie in der Furth Avenue oder eingeschlossen in ihrem Schlafzimmer, wo das Gemurmel aus dem Fernseher mit ihrem Schnarchen wetteiferte. Wo sie hingegen niemals zu finden war? In Eileens Leben.

Nein. Nach der Erkenntnis der vergangenen Nacht hatte Eileen beschlossen, dass es am besten war, direkt zur Quelle zu gehen: Mr Knutsen höchstpersönlich. Sie wollte den Mann mit eigenen Augen sehen. Einerseits, um sich zu vergewissern, dass seine Anwaltskanzlei wirklich existierte. Andererseits, weil sie *sofort* Antworten wollte, und zwar von Angesicht zu Angesicht. Im schlimmsten Fall *war* das Ganze ein Schwindel. Dann würde sie einfach abhauen. Aber das gottverdammte Best-Case-Szenario war, dass sie doch Verwandtschaft hatte – wenn auch tote Verwandtschaft. Und vielleicht konnte ihr diese Verwandtschaft ja sogar eine Erklärung liefern – eine andere Erklärung als die in den Briefen, die sie vor zwei Jahren entdeckt hatte. Das könnte alles verändern.

Und Eileen wünschte sich verflucht noch mal, dass sich etwas änderte.

Der Kaugummi verlor seinen Geschmack. Eileen spuckte ihn in ihre Hand und formte eine glänzende Kugel daraus, die sie in den Becherhalter fallen ließ. Claire hätte sie dafür als widerlich bezeichnet, aber das hier war nicht Claires Auto. Und es war auch nicht Claire, die sich um diesen Brief kümmern musste. Diese Aufgabe fiel ganz allein Eileen zu.

Eileen stellte den Motor ab und stieg aus dem Wagen. Sie umging die tieferen Regenpfützen, überquerte den Parkplatz, öffnete die Tür der Kanzlei und trat ein.

Das Innere war überraschend ansprechend, in einem veralteten Siebziger-Jahre-Stil gehalten, mit holzverkleideten Wänden und glänzenden goldenen Beschlägen. Im vorderen Teil des Raumes saß eine Empfangsdame hinter einem Schreibtisch und tippte auf ihrer Tastatur herum.

Eileen räusperte sich.

»Wann ist Ihr Termin?«, fragte die Empfangsdame, ohne den Blick von ihrem Monitor abzuwenden.

»Äh. Ich hab keinen ausgemacht. Sollte ich das?«

Die Empfangsdame hörte auf zu tippen. Ihr Gesicht erinnerte Eileen an ihre Lehrerin aus der vierten Klasse, Ms Larson, und da sie hier in Emmet waren, standen die Chancen ziemlich gut, dass die beiden tatsächlich miteinander verwandt waren.

»Keine Konsultationen ohne vorherige Anmeldung«, erklärte Ms Larsons Wahrscheinlich-Schwester. »Sie müssen entweder bei Mr Crowley oder Mr Knutsen einen Termin vereinbaren.«

»Ja, Mr Knutsen hat mir das hier geschickt.«

Eileen hielt ihr den Brief hin.

»Das mag ja sein«, sagte die Empfangsdame nach einem Moment, »aber Sie müssen trotzdem einen Termin vereinbaren. Sie werden bis nach den Weihnachtsfeierta–«

»Schick sie rein, Tonya.«

Eileen hob den Blick. Drei Türen gingen von dem Empfangsbereich ab. Eine dieser Türen war offen. Auf ihr stand: WILLIAM J. KNUTSEN, RECHTSANWALT.

»Bill«, rief Tonya zurück, »ich glaube nicht –«

»Ich hab gesagt, schick sie rein.«

Tonya wirkte hilflos und stinksauer. Sie funkelte Eileen wütend an, die sich fragte, ob sie für dieses Treffen vielleicht doch lieber hätte duschen und/oder sich die Haare machen sollen. Und ob sie vielleicht lieber nicht ihre übliche Lederjacke, die Springerstiefel und den dicken Kajal hätte tragen sollen. Aber dafür war es jetzt zu spät. Tonya tat, wie Bills Stimme befohlen hatte, und bedeutete Eileen, in sein Büro zu gehen.

William J. Knutsen war, genau wie seine Kanzlei, nicht

das, was Eileen erwartet hatte. Er hatte weiße Haare und war ein wenig rundlich, während sie sich einen jungen Emporkömmling und Trickbetrüger vorgestellt hatte. Dieser Typ hier sah jedoch eher aus wie der Weihnachtsmann. Jemand, den Eileen früher einmal mit Begeisterung gemalt hätte.

Aus dem Ledersessel hinter seinem Schreibtisch sagte er: »Bitte, nehmen Sie Platz, Ms Sullivan.«

Mr Knutsen redete genau so, wie sie sich den Weihnachtsmann vorstellte: vergnügt. Bodenständig. Sie warf einen Blick auf den Stuhl ihm gegenüber und antwortete dann: »Ich bleibe lieber, wo ich bin, danke.«

Mr Knutsen widersprach ihr nicht. Er bildete mit den Fingern ein Zelt vor seiner von Schnurrbarthaaren gesäumten Oberlippe.

Eileen betrachtete ihn stirnrunzelnd. »Woher wissen Sie, wer ich bin?«

»Nun, üblicherweise ist meine Klientel über dreißig.«

»Messerscharf kombiniert.« Eileen tippte sich an die Schläfe. »Sie sind wohl ein ganz cleveres Kerlchen, Billy.«

Mr Knutsen wirkte weiterhin gelassen. Wenn Eileen so mit einem ihrer Lehrer gesprochen hätte, hätten sie ihr sofort Nachsitzen aufgebrummt. Allerdings war sie sich nicht ganz sicher, warum sie jetzt so unverschämt war. Vielleicht war sie wegen dieser ganzen Sache nervöser, als sie es sich eingestehen wollte, und wusste nicht anders damit umzugehen, als sich wie ein Arschloch aufzuführen.

Sie ließ den Brief auf den Tisch fallen. »Also, was hat das zu bedeuten? Ich habe einen *Onkel*?«

Endlich entlockte sie dem Typen mal eine Reaktion:

Mr Knutsens Lider flatterten, und er setzte sich gerader in seinem Sessel auf. »Es tut mir leid«, erwiderte er. »Ich dachte, das sei Ihnen bekannt.«

»Meine Mom war ein Pflegekind. Sie hat keine Familie. Und mein Dad war ein Einzelkind.«

Mr Knutsen blinzelte erneut. »Laut meinen Unterlagen war Ihr Vater kein Einzelkind. Oder, besser gesagt, laut Patrick Enrights Unterlagen.«

»In meiner Familie heißt niemand Enright«, entgegnete Eileen.

Mr Knutsen erhob sich aus seinem Sessel, und einen Moment lang hatte Eileen Angst, er könnte sie aus dem Zimmer werfen und ihr hinterherbrüllen: »SIE HABEN RECHT, ICH HABE EINEN RIESIGEN FEHLER GEMACHT!«

Aber stattdessen durchquerte er das Büro zu einem hohen Aktenschrank und öffnete mit einem Schlüssel die oberste Schublade. Er blätterte durch die Mappen, holte einen dick mit Papieren gefüllten Ordner heraus und legte ihn vor Eileen auf den Tisch.

»Ist Ihnen bekannt, dass Ihre Eltern ihren Namen geändert haben, Ms Sullivan?«

Eileen machte keinerlei Anstalten, den Ordner zu berühren. »Ja, als Mom geheiratet hat. Aber sie hieß vorher Clark. Nicht Enright.«

»Ich spreche nicht vom Mädchennamen Ihrer Mutter. Ihr Vater war derjenige, der seinen Namen geändert hat.«

»Finden Sie nicht auch, dass das Wort total antiquiert klingt? ›Mädchenname‹? So nach: Also, willst du zur Mitgift noch ein paar Rinder obendrauf?«

Mr Knutsen starrte Eileen mit leerer Miene an. Vielleicht war sie jetzt doch einen Schritt zu weit gegangen.

»Na schön«, sagte sie. »Und warum hat mein Dad seinen Namen geändert?«

»Das kann nur er Ihnen sagen, nicht ich. Nur zu, öffnen Sie den Ordner.«

Eileen spürte ein unbehagliches Kratzen im Hals. War das hier doch ein Schwindel? Sie hatte schon vom Enkeltrick gehört, aber was sollte dann das hier sein? Ein Onkeltrick, um Highschoolabsolventen abzuzocken? Falls ja, dann würde die Aktion für den guten Bill nach hinten losgehen. Eileen war total abgebrannt. Wenn sie so darüber nachdachte, dann konnten ihr Trickbetrüger absolut nichts anhaben, genauso wenig wie das, was sich in diesem Ordner befand.

Trotzdem hielt sie irgendetwas in ihrem Inneren davon ab, ihn zu öffnen.

Stattdessen konzentrierte sie sich auf etwas, das Mr Knutsen gesagt hatte: *Das kann nur er Ihnen sagen*. Dieser Typ konnte nicht besonders viel Ahnung haben, wenn er nicht mal wusste, dass John Sullivan seit vierzehn Jahren tot war.

Die Stille breitete sich weiter zwischen ihnen aus und wurde langsam unbehaglich. Mr Knutsen schien es genauso zu empfinden, zog den Ordner von Eileen weg und schlug ihn selbst auf. Er löste etwas aus einer Büroklammer – ein Foto – und hielt es ihr hin.

Eileen nahm es. Sie wäre sich dann doch zu sehr wie eine unverschämte Zicke vorgekommen, wenn sie es nicht getan hätte.

Sie blickte auf einen Mann Mitte zwanzig, der vor einem Drahtzaun stand. Sie wusste, wer er war. Weicher Kiefer. Gerötete Wangen. Rotblondes Haar. Eng stehende Augen, kornblumenblau. Züge, die Eileen nicht geerbt hatte, von anderen Fotos ihres Vaters aber sofort wiedererkannte.

»Und?« Sie wedelte mit dem Bild in Mr Knutsens Richtung.

»Das ist Patrick Enright.«

Eileen hörte auf zu wedeln. Sie hielt sich das Foto ganz nahe vors Gesicht und betrachtete es erneut. Betrachtete es *wirklich*. Die Züge des Mannes *ähnelten* John Sullivan, aber er war es nicht. Es gab einige Unterschiede. Die Form seiner Nase. Die gebeugten Schultern. Die hagere Gestalt.

Eine spitze Kralle bohrte sich in Eileens Eingeweide. Es fühlte sich vertraut an, auch wenn sie ihn seit einer Weile nicht mehr gespürt hatte – den Schmerz, ihren Vater nicht gekannt zu haben, weil er jung gestorben war. In ihrem Kopf schwirrten noch vage Erinnerungen an ihn herum: Arme, die sie in der Küche immer höher schwangen; der lange Pony, der ihm über die Augen fiel. Trotzdem kannte sie ihn nicht. Nicht gut genug, um ihn von einem Fremden zu unterscheiden.

Eine richtige Tochter hätte den Unterschied bemerkt.

Eileen brauchte dringend was zu trinken.

»Selbstverständlich ist dies ein älteres Foto«, sagte Mr Knutsen. »Es gibt keine jüngere Aufnahme von vor seinem Tod letzte Woche. Leberzirrhose, mit ernsten Komplikationen. Sehr unschöne Art, abzutreten, wie man so hört. Wie dem auch sei, Ms Sullivan, wissen Sie etwas darüber, wie

Ihr Vater aufgewachsen ist? Darüber, wo er und Ihr Onkel gelebt haben?«

Sie können sich ja gar nicht vorstellen, was ich alles weiß, dachte Eileen.

Was sie jedoch sagte, war: »In irgendeiner anderen beschissenen Stadt. Warum spielt das eine Rolle?«

»Er hat Ihnen dort ein Haus hinterlassen.«

Eileen blieb stehen. Langsam drehte sie sich um.

Endlich kamen sie der Sache näher.

»Ein ... Haus?« Die Frage fiel von Eileens Lippen wie getrockneter Klebstoff.

»Ein Drittel des Verkaufserlöses, um genau zu sein. Das ist Ihr Anteil an seinem Vermögen. Ihre Schwestern werden die beiden verbleibenden Drittel erben.«

»Ahaaa ...« Eileen konnte nicht mehr richtig fühlen. Ihr Gesicht war ganz taub, oder vielleicht war es auch gar nicht mehr da. Sie brauchte wirklich dringend einen Schluck zu trinken.

»Bitte, Ms Sullivan, nehmen Sie Platz. Wir haben eine Menge zu besprechen.«

Eileen tat, wie Mr Knutsen ihr befohlen hatte, nur dieses eine Mal.

FÜNF

Claire

Es war Versandtag, und Claire wünschte sich, sie könnte irgendwo anders sein – überall, nur nicht hier, im Postamt, drei Tage vor Weihnachten.

»Vollkommen wahnsinnig«, murmelte sie, an sich selbst gewandt – und an die neun Kunden ihres Onlineshops, die noch nach dem Weihnachtsstichtag Bestellungen aufgegeben hatten. Es spielte keine Rolle, wie deutlich Claire auf die Versandbedingungen hinwies, die Käufer ignorierten sie einfach und klammerten sich an die falsche Hoffnung, dass ihre Last-Minute-Geschenke doch noch rechtzeitig eintreffen würden.

Manche Leute hatten einfach nicht den nötigen Respekt für die entsprechende Planung, von der entsprechenden Logistik ganz zu schweigen.

Was jedoch nicht bedeutete, dass Claire ihr Geld nicht annehmen würde.

Während sie in der Warteschlange stand, ein Dutzend Leute zwischen ihr und dem Postschalter, kopierte sie eine Nachricht, fügte sie in der App des Shops ein, löschte den

Namen der vorherigen Kundin und ersetzte ihn durch den der nächsten:

Hi Rebecca,
noch mal zur Erinnerung: Dieses Geschenk wird erst NACH Weihnachten eintreffen, wie in meinen Versandbedingungen für die Feiertage erklärt. Ich hoffe, du oder die/der von dir Beschenkte freut sich trotzdem über dieses einzigartige, handgefertigte Werk. Vielen Dank für deinen Auftrag!
xo Claire @ Silver Lining Boutique

Sie klickte auf Senden und machte sich an die nächste Nachricht:

Hi Madison,
Lance,
Zoe

Schließlich gelangte sie zu Nummer neun. Der neunte, hirnlose Last-Minute-Kunde, der weniger als eine Woche vor Weihnachten ein Geschenk in einer Online-Boutique gekauft hatte. Basierend auf ihren bisherigen Erfahrungen ging Claire davon aus, dass sechs der Käufer gar nicht reagieren, zwei von ihnen mit einem knappen *Danke, ich verstehe!* antworten und ihr eine Unerleuchtete Ambitionslose zurückschreiben würde, dass sie *zutiefst empört* war, und was für ein *lausiger Kundenservice*, sie habe ja *keine Ahnung* gehabt.

Bevor Claire angefangen hatte, sich Harper Everlys

Videos anzuschauen, hätte sie diese letzte Kundin todsicher als dämliche Schlampe bezeichnet. Aber Harper hatte ihr beigebracht, dass »Schlampe« ein Ambitionslosen-Wort war – ein billiger Ersatz dafür, was man wirklich über eine andere Frau dachte oder fühlte, und im Großen und Ganzen alles andere als hilfreich. Jemanden als »Schlampe« zu bezeichnen, war, laut Harper Everly, absolut antifeministisch.

Deshalb betitelte Claire die zickigen Schlampen unter ihren Kundinnen stattdessen als *Unerleuchtete Ambitionslose* und benutzte intelligentes Vokabular, um deren Handeln zu beschreiben: *eingebildet, ahnungslos, ignorant.* Es war vielleicht nicht ganz so befriedigend, diese Worte laut auszusprechen, aber sie entsprachen der Wahrheit, und letzten Endes verlangten diese Kunden nur sehr selten eine Rückerstattung. Bei Claires Preisen war es die Mühe einfach nicht wert. Sie konnten gerne ihre bösen Nachrichten schreiben, aber am Ende war Claire diejenige, die ihr Geld in der Tasche hatte. Sie war diejenige, die zuletzt lachte.

So funktionierte das nun mal, auch das hatte Harper ihr beigebracht. »Die Ambitionslosen schreien am lautesten. Die Überflieger *leben* am lautesten. Es ist ein Spiel auf Zeit, und am Ende gewinnen die Überflieger.«

Was Claires geschäftliche Bemühungen mit ihrem kleinen, aber feinen Online-Schmuckshop anging, den sie mit vierzehn nur mithilfe ihres Handys und billigem Material aus dem Bastelladen aufgezogen hatte, hatte sich dies auch bewahrheitet. Seither verdiente sie nicht schlecht damit – mehr, als sie jemals in einem Mindestlohn-Job wie dem von Eileen oder ihrer Mom je bekommen hätte. Mehrere

Tausend Dollar, Tendenz steigend, die sie fürs College sparte. Bisher war Claire ein voller Erfolg gewesen.

Ein voller Erfolg … nur zu welchem Zweck?

Was hatte es für einen Sinn, als aufstrebende Unternehmerin Erfolg zu haben, wenn man am Ende in der einzigen Sache versagte, die wirklich eine Rolle spielte?

Vor ihr stand eine Frau mit zwei schreienden Kleinkindern am Schalter, die selbst schrie und dem ziemlich mitgenommenen Postangestellten erklärte, dass eine Zustellung *nach* Weihnachten »inakzeptabel« sei.

Eine Unerleuchtete Ambitionslose wie aus dem Bilderbuch.

Claires Blick wanderte von dem Drama vor ihr zu den schlaffen grünen Lametta-Girlanden, die an den Wänden hingen. Über ihr flackerte eine so gut wie tote Neonröhre, während hinter ihr ein Mann von einem heftigen, schleimigen Hustenanfall geschüttelt wurde. Wenn es die Hölle wirklich gab, dann manifestierte sie sich am zweiundzwanzigsten Dezember auf dem Postamt.

Normalerweise verbrachte Claire hier nicht allzu viel Zeit. Sie hatte ein System: zu Hause einpacken und wiegen, Etiketten am Familiencomputer ausdrucken und die Päckchen wöchentlich verschicken, am Versandtag – simples Abliefern ohne Wartezeiten oder Stress. Gestern allerdings, am Einpacktag, hatte sie festgestellt, dass die schwarze Tinte im Drucker leer war.

Claire hatte da so ihren Verdacht. Sie gab Murphy die Schuld daran. Aber Überflieger gaben anderen nicht die Schuld. Sie standen über derartigen Dingen. Und Claire stand genau hier darüber, im neunten Kreis der Hölle.

»Vollkommen wahnsinnig«, grummelte sie erneut.

Vollkommen wahnsinnig, heute hierherzukommen.

Zu glauben, dass diese Luftpolsterumschläge mit Infinity-Armbändern und -Ohrringen für zwanzig Dollar sie eines Tages würden retten können. Zu hoffen, dass sie in Yale angenommen werden würde. Sich ein Leben jenseits dieses Dreckslochs von einer Stadt vorzustellen.

Das alles fühlte sich nicht an, als würde sie nach oben gelangen. Es fühlte sich an, als würde sie versinken.

Tiefer.

Und tiefer.

Claire musste sich zusammenreißen. Ihre Gedanken drehten sich im Kreis und führten nirgendwohin. Sie schaltete ihr Handy wieder ein und tippte auf einen vertrauten Nachrichten-Thread mit der Bezeichnung »Ainsley Internet«.

Inzwischen kannte Claire ihren vollständigen Namen: Ainsley St. John. Vor sieben Monaten, als sie sich online zum ersten Mal in einer Harper-Everly-Gruppe begegnet waren, hatte sie nur ihren Usernamen »AinsAGoGo« benutzt. Sie und Claire waren sich nähergekommen, weil sie beide – was sonst? – Harper Everly liebten und sich selbst zu den echten »Harperettes« zählten.

Ainsley hatte einen Kommentar zu einem Post von Claire über gute Boutiquen für Selbstgemachtes in und um Portland hinterlassen.

Ich hab vierzehn Jahre lang in Portland gelebt! Ich hoffe, diese kleinen Schmuckstücke gibts immer noch.

Und dann hatte Ainsley *diese Schmuckstücke* aufgelistet, und sie und Claire hatten angefangen, sich zu unterhalten. Eine Gemeinsamkeit führte zur nächsten, neue Posts zu Direktnachrichten. So hatte alles angefangen. Sie hatten festgestellt, dass sie beide von Trödel, *The Great British Baking Show* und Bette Midler besessen waren. Sie hatten darüber gesprochen, wie es war, in Oregon aufzuwachsen, und dass Claire in Hinterpfuiteufel wohnte, während Ainsleys Familie quer durchs Land nach Cleveland gezogen war, wo es laut Ainsley auch nicht viel lebendiger zuging. Sie hatten entdeckt, dass sie sich beide wegen ihrer Collegeeignungstests Sorgen machten – und dann hatten sie einander anvertraut, dass sie beide lesbisch waren.

Und damit war es passiert. Claire, die längst daran gewöhnt war, sich in unerreichbare Mädchen in der Emmet Middle School und der Highschool zu verknallen, hatte endlich jemanden gefunden, bei dem die Schwärmerei tatsächlich zu etwas führen könnte. Sicher, sie und Ainsley hatten sich im Internet kennengelernt, aber taten das heutzutage nicht die meisten Leute? Und da sich an ihrer Schule bislang niemand sonst geoutet hatte und die Chancen für Claire statistisch somit ziemlich schlecht standen, im echten Leben die wahre Liebe zu finden, fühlte sich die Begegnung mit Ainsley an, als … sei sie vorherbestimmt.

Ainsley war eine Überfliegerin, genau wie sie, und sie teilten das gleiche Schicksal. Sie hatten verglichen, an welchen Unis sie sich bewerben wollten, und als Ainsley ihr erzählt hatte, dass sie es riskieren und sich frühzeitig in Yale bewerben wollte, hatte Claire beschlossen, es ebenfalls zu tun.

Vollkommen wahnsinnig.

Vorübergehend geisteskrank.

Claire hatte genau gewusst, dass es nahezu unmöglich war, es in eine der Ivy-League-Unis zu schaffen. Bevor sie Ainsley kennengelernt hatte, plante sie, sich an staatlichen Universitäten in größeren Städten näher an zu Hause zu bewerben, an denen sie ein Stipendium erhalten, aber auch vernünftig feiern gehen konnte. In einer fortschrittlicheren Stadt, in der sie endlich sie selbst sein konnte. In der sie nicht mehr der einzige queere Fisch in einem viel zu kleinen Hetero-Teich war. Sie wollte einen Neuanfang. Einen neuen Hafen.

In *New Haven.*

Früher hatte sie gar nicht über die Ostküste nachgedacht. Sie hatte es immer als zu weit hergeholt betrachtet. Aber dank Ainsley war es ihr auf einmal doch möglich erschienen, und je öfter sie sich mit ihr darüber unterhalten hatte, desto mehr hatte Claire daran geglaubt, dass es tatsächlich möglich *war.* Warum nicht alles auf eine Karte setzen und das Risiko eingehen? Yale konnte ihr alles geben, was ihr auch eine Großstadt bot.

Sie hatte sich selbst für mutig gehalten, nicht für irrational. Das hatte Harper ihr schließlich versprochen: »Wage die richtigen Schritte, dann wird sich dein Leben wie von selbst fügen.« Claire hatte die richtigen Schritte gewagt: ein lukratives kleines Geschäft aufgebaut, sich in der Schule den Hintern aufgerissen, um den perfekten Eignungstest abzuliefern, und ihren Lebenslauf mit ehrenamtlichen Wochenendschichten in der örtlichen Suppenküche aufgebessert. Sie hatte jede Nacht höchstens fünf Stunden geschlafen, aber so lebten Überflieger nun mal. Ainsley hatte das besser verstanden, als jemals irgendjemand zuvor.

Und obwohl sie in all den Monaten, in denen sie sich gegenseitig Nachrichten geschickt hatten, definitiv niemals in romantische Gefilde vorgedrungen waren, war Claire sich sicher gewesen, dass Ainsley genau das Gleiche dachte wie sie: Sobald sie erst mal in New Haven waren und sich zum ersten Mal persönlich begegneten, würden die Funken nur so fliegen.

Na gut, okay, Ainsley hatte im vergangenen Monat ständig irgendwas von ihrer Freundin Bri gepostet – Selfies der beiden bei einem Konzert und vor irgendwelchen Foodtrucks. Aber das war nichts weiter als ein vorübergehender Rückschlag. Ein letzter kleiner Flirt in der Highschool. Wenn sie erst mal aufs College ging, war es damit längst wieder vorbei.

Claire hatte sich die ganze Zeit an diesen Tag Ende August geklammert, an dem sie den Campus betreten und sich selbst sagen konnte: »All die harte Arbeit hat sich ausgezahlt.« Sie würde eine hervorragende Ausbildung und ihre erste Freundin bekommen, und sie könnte sich endlich aus der tödlichen Stagnation befreien, die Emmet, Oregon, bedeutete. Sie würde sich nicht mehr mit Schwestern herumschlagen müssen, die ihr entweder nervtötende Fragen stellten oder ihr zwei Jahre lang die kalte Schulter zeigten. Sie müsste nicht mehr verbittert über eine Mutter sein, die zu beschäftigt mit ihrer Arbeit war, um sich mit Claire Colleges anzuschauen. Diese unschönen Teile ihres Lebens würden endgültig der Vergangenheit angehören.

Das war der Plan gewesen. Das Leben hatte nur aus freudiger Hoffnung und Adrenalin bestanden, selbst während der nervenaufreibenden Herbstmonate. Wann immer sie niedergeschlagener Stimmung gewesen war, hatte Claire sich selbst versichert, dass sie es nach Yale schaffen würde. Sie hatte nie den Glauben daran verloren.

Nicht bis vor einer Woche, als sie online von ihrer Ablehnung erfahren und zehn Minuten später eine Nachricht von Ainsley bekommen hatte: **YALE, BABY!** Claire hatte nicht darauf geantwortet, denn was gab es dazu schon zu sagen?

Und was dachte sie sich eigentlich dabei, sich die Nachricht schon wieder anzuschauen? Claire steckte das Handy zurück in die Hosentasche.

»Vollkommen wahnsinnig«, sagte sie zum dritten Mal.

Vielleicht war sie das wirklich.

Die Sache mit dem College hatte vielleicht nicht geklappt, und vielleicht war Ainsley nur das nächste unerreichbare Mädchen ihrer Träume, aber die Wartezeit im Postamt hatte Claire Zeit gegeben, um nachzudenken. Sie hatte eine Entscheidung getroffen: Sie würde eher sterben, bevor sie ein weiteres Jahr in Emmet verbrachte.

SECHS

Murphy

Ein Grab auszuheben gestaltete sich schwieriger, als es ihr das Internet weismachen wollte. Und dabei war es noch nicht mal ein normales Grab.

Eigentlich hatte Murphy vorgehabt, gut einen halben Meter tief zu buddeln, aber jetzt war sie froh, wenn sie zwanzig Zentimeter schaffte. Sie blickte zu der verschlossenen Tupperdose hinüber, in der Siegfried eingewickelt in eine Serviette mit Weihnachtsmuster lag.

»Willst du nicht vielleicht die Lazarus-Nummer für mich abziehen?«, fragte sie. »Dann wäre die Sache entschieden einfacher.«

Aber Siegfried blieb tot.

Im Gegensatz zu Murphy, die eine phänomenale Karriere als Entertainerin anstrebte, war er offensichtlich nicht an einem großen Auftritt interessiert. Er war einfach nur eine Schildkröte, die etwas Besseres verdient hatte, und kein Zaubertrick der Welt würde ihn aus seinem Servietten-Leichentuch wiederauferstehen lassen.

Murphy stach erneut in die kalte, harte Erde. Vielleicht

wäre es leichter gewesen, wenn sie einen richtigen Spaten und nicht nur eine Gartenschaufel gehabt hätte. Vielleicht wäre es leichter gewesen, wenn es Sommer und der Boden nicht von Frost bedeckt gewesen wäre.

Vielleicht wäre das alles nicht passiert, wenn sie nicht vergessen hätte, Siegfried zu füttern, wie es ein guter, verantwortungsbewusster Mensch getan hätte.

Als es um die Auswahl der Grabstelle gegangen war, hatte sich Murphy gegen ihren eigenen Garten entschieden. Dort hätten sie womöglich nur die Nachbarn gesehen und ihr unangenehme Fragen gestellt. Stattdessen war sie mit Siegfried ein paar Hausecken weiterspaziert, zum Morris Park. Hier, einige Meter tief zwischen den Bäumen, neben einem Schotterpfad, befand sich ein dichter Bestand aus Tannen.

Murphy fand es irgendwie symbolisch: Tannen waren immergrün, genauso, wie Siegfried immergrün sein würde … in ihrem Herzen?

Ja, es war ergreifend. Und Siegfried hatte etwas Ergreifendes verdient.

Aber es dauerte ewig, das Grab zu schaufeln. Murphy war schon eine halbe Stunde damit zugange und hatte gerade mal die Umrisse eines Quadrats aus dem Boden gehackt. Langsam legte sich die Abenddämmerung über die Bäume, und die Kälte kroch in Murphys Daunenmantel und löste eine kribbelnde Gänsehaut auf ihrem ganzen Körper aus.

Alles war so still.

Im Sommer wimmelte es in dem Park von Joggern, Grillpartys und schreienden Kindern. Hier trafen sich

Familien und feierten bis nach Mitternacht den vierten Juli mit Wunderkerzen und Bier. Im Dezember war der Park jedoch ein völlig anderer Ort.

Schatten sammelten sich rund um die Kiefern und Tannen und bildeten immer tiefere Taschen aus Dunkelheit, in der sich unbekannte Gestalten verstecken konnten. Bislang hatte Murphy keinen Gedanken an Sicherheit verschwendet. Sie hatte nur daran gedacht, dass der Park das nächstgelegene einsame Stück Land bot. Mörder und Kidnapper dachten wahrscheinlich genau dasselbe.

Sie rappelte sich auf, wischte die dreckige Schaufel an ihrem Jeansbein ab und schnappte sich Siegfrieds Sarg.

»Später«, sagte sie. »Wenn es wieder heller ist.«

Sie verließ den kleinen Hain in nervösem Laufschritt. Wenn sie hier draußen jemand entführen würde, fragte sich Murphy, wie lange würde es dann wohl dauern, bis Eileen und Claire es bemerkten? Stunden? Tage? Bis ihre Mom wieder von der Kreuzfahrt zurückkehrte?

Aber selbst dann würden sie wahrscheinlich ziemlich schnell darüber hinwegkommen.

Ich bin das Ersatzrad dieser Familie, dachte sie, während sie den Parkplatz überquerte. *Niemand bemerkt mich, wenn ich da bin. Wer sollte es also bemerken, wenn ich nicht mehr da wäre?*

Der Parkplatz war leer. Kein einziges Auto. Niemand, der es hätte sehen können, wenn behandschuhte Hände nach Murphy gegrapscht, sich um ihren Mund gelegt und sie in die immer dichteren Schatten gezerrt hätten. Ein Schauer jagte ihre Wirbelsäule hinab wie ein Elektroschock.

Es war eine ganz miese Idee gewesen, hier draußen zu graben.

Während Murphy der spärlich beleuchteten Straße folgte, wurde der Nebel immer dichter. Regentropfen perlten auf ihren Handschuhen. Eine Sekunde lang verharrten sie dort, sichtbare Tropfen, bevor sie in den schwarzen Strick sickerten. Murphy steckte die Hände unter ihren Mantel, wo der Sarg der Schildkröte fest zwischen ihrem Brustkorb und dem Reißverschluss klemmte. Sie tätschelte die Tupperdose und seufzte.

»Siegfried«, sagte sie, »dieses Weihnachten ist wirklich verrückt.«

Dreiundzwanzigster Dezember

SIEBEN

Eileen

Es war zwei Uhr morgens, und Eileen aß einen Donut vom Vortag, der noch von ihrer letzten Schicht im Supermarkt übrig war. Sie kaute darauf herum und ließ Zuckerflocken auf das zerknitterte Laken ihrer bettrahmenlosen Matratze rieseln. Ihr ganz persönlicher kleiner Blizzard.

Irgendwie war er ganz hübsch, dieser banale Schneesturm. Noch vor zwei Jahren hätte Eileen Titanweiß und Zinngrau aus ihren Acrylfarben gewählt, um die Szene richtig einzufangen.

Neben ihr lag eine Aktenmappe mit verschiedenen wichtigen Dokumenten. Mr Knutsen hatte sie gebeten, sie aufmerksam durchzulesen. Doch das einzige Dokument, das Eileen wirklich interessierte, war das Blatt Papier mit der Adresse:

Laramie Road 2270, Rockport, OR

Patrick Enrights Haus. Ihr Erbe. Nach allem, was Mr Knutsen ihr erklärt hatte, würde das Haus Eileen jedoch erst wirklich gehören, wenn Murphy achtzehn war. Dann konnte sie gemeinsam mit ihren Schwestern entscheiden, was sie damit tun wollten: das Haus behalten oder es verkaufen. Bis dahin hatte Patrick Enright genügend Geld hinterlassen, damit Mr Knutsen sich weiter um die Verwaltung des Anwesens kümmern konnte.

Danach hatte Mr Knutsen nur noch Juristenlatein von sich gegeben – irgendein Gefasel über Kapitalgewinne und Grundstückssteuern. Eileen hatte nicht mehr wirklich aufgepasst. Das Wichtigste hatte sie bereits gehört.

Vielleicht war es der Donut-Zuckerschub, der durch ihre Adern pulsierte, oder vielleicht der verblassende Rausch von zwei Gläsern *Jack Daniel's*. Vielleicht war es auch nur das übliche Weihnachtsdelirium. Aber hier, auf ihrem Bett liegend, fasste Eileen Sullivan einen Plan. Mr Knutsen hatte einen Folgetermin mit ihr vereinbart, nach den Feiertagen, aber Eileen war nicht der Typ für langes Warten.

Schließlich gab es auch noch heute Nacht. Heute Nacht. Würde sie nach Rockport fahren.

Sie konnte nicht aufhören, daran zu denken, was Mr Knutsen gesagt hatte, kurz bevor sie sein Büro verlassen hatte:

»Wer weiß, was sich seit all den Jahren darin verbirgt.«

»Wie bitte?«, hatte Eileen gefragt. »Was?«

Mr Knutsen hatte sich den Bauch gehalten und gelacht. »Patrick … Nun, er war mit Abstand der Eigenartigste unter all meinen Mandanten. Ob Sie es glauben oder nicht, er hat durch einen Privatdetektiv von Ihrer Existenz erfahren. Erst dessen Recherchen haben Patrick hierhergeführt, und dazu, mich zu engagieren. So einen Mandanten hatte ich noch nie: Er bestand auf absoluter Geheimhaltung, als er mich über seinen bevorstehenden Tod informierte. Er hat mich angewiesen, Ihrer Mutter gegenüber kein einziges Wort zu erwähnen und die Briefe separat an Sie und Ihre Schwestern zu schicken, sobald Sie achtzehn sind. Eine Trauerfeier? Gab es nicht. Nur eine private Beisetzung. Keine Verwandten oder Freunde. Ein echter Exzentriker.«

»Ja, das erinnert mich an jemanden.«

»Wie ich bereits sagte«, war Mr Knutsen fortgefahren, »ist es ein großes Rätsel, was sich in diesem Haus befindet. Dokumente, Fotos oder Antiquitäten, vielleicht. Möglicherweise auch nur ein Haufen Müll. Er hat alles darin aufbewahrt. Nichts von seinem Hab und Gut verkauft. Damit es auf Sie drei junge Damen wartet.«

Nachdenklich kniff Eileen auf ihrem Bett die Augen zusammen.

Dokumente.

Warum hatte Mr Knutsen dieses Wort benutzt? Nicht »Krimskrams«, nicht »Habseligkeiten«. Er hatte ausdrücklich »Dokumente« gesagt.

Und Dokumente konnten Antworten bedeuten.

Hatten Eileens Schwierigkeiten nicht auch mit Dokumenten begonnen? Mit den Briefen, die sie vor zwei Jahren im Wäscheschrank gefunden hatte?

Dokumente konnten Veränderung bedeuten.

Das Wort pumpte durch Eileens Herz, füllte die Kammern, rauschte durch ihre Venen hinein und durch ihre Arterien wieder hinaus: *Ver-änder-ung, Ver-änder-ung, Ver-änder-ung.*

Sie kannte das Geheimnis schon seit zwei Jahren. Es hatte in ihrem Kopf alles durcheinandergebracht, alles zerstört – ihre Kunst, ihr Familienleben und ihre Willenskraft, irgendetwas anderes zu tun, als sich in dieser zugigen Garage volllaufen zu lassen.

Und das nur, weil Eileen glaubte, alles über das Geheimnis zu wissen.

Aber *was, wenn …*

Was, wenn Eileen gar nicht alle Fakten kannte?

Patrick Enright. Ihr Onkel. Auch er musste das Geheimnis gekannt haben.

Und es gab Dokumente. Was, wenn sie eine andere Geschichte erzählten als die, von der sie in den Briefen gelesen hatte?

Vorher hatte Eileen gar nie über diese Möglichkeit nachgedacht. Jetzt sehnte sie sich förmlich danach: nach einem Vermächtnis ganz anderer Art.

Und das war noch so etwas: Sie hatte ein *Haus* geerbt. Best-Case-Szenario: Sie bekam eine Antwort auf die Frage, die sie nun schon seit zwei Jahren innerlich zerfraß. Worst Case: Sie war reicher als noch vor einer Woche. So oder so, für sie sah alles wieder ein bisschen rosiger aus.

Es war eine *Ver-änder-ung, Ver-änder-ung, Ver-änder-ung*.

Kurz nach zwei stand Eileen entschlossen aus ihrem Bett auf und packte einen Rucksack mit dem Nötigsten: eine Decke, Socken, ein Thermoshirt, eine Wasserflasche zum Wiederauffüllen, *Dubble Bubbles*, ihren Flachmann mit *Jack Daniel's* und, zu guter Letzt, die Aktenmappe, die Mr Knutsen ihr gegeben hatte.

Es regte sich nichts und niemand, und so schlich sich Eileen des Nachts aus dem Haus.

Eileen besaß einen 1989er Dodge Caravan, der über eine Holzverkleidung, rote Innenausstattung und eine launische Lichtmaschine verfügte. Sie hasste den Wagen von ganzem Herzen. Es war einfach beschissen, dass man drei Jahre lang hart arbeitete und sich am Ende trotzdem nur etwas leisten konnte, das man von ganzem Herzen hasste.

Damit der Motor des Caravans ansprang, musste man den Zündschlüssel in eine exakte Position drehen. Meistens beherrschte Eileen den Trick perfekt, aber hin und wieder benötigte sie nach dem ursprünglichen Stottern unter der Kühlerhaube einen zweiten oder dritten Versuch. Doch wenn sie sich heute Nacht heimlich aus dem Staub machen wollte, brauchte sie das Glück auf ihrer Seite. Sie drückte sich mit einer Hand selbst den Daumen und drehte mit der anderen den Zündschlüssel.

Der Motor sprang an.

Heute Nacht war das Glück ihr hold.

Eileen schnallte sich an und schob den Automatik-Hebel auf *Fahren*.

Das wars. Sie würde verschwinden.

Scheiß auf Emmet.

Scheiß auf alles.

Aber zuerst – schön langsam und tief durchatmen.

RUMMS.

Das Geräusch kam vom Beifahrerfenster. Unwillkürlich entwich Eileen ein Kreischen.

Dann sah sie, wer es war.

Claire.

Bevor Eileen die Tür verriegeln konnte, war Claire bereits in den Wagen gestiegen. Sie ließ sich auf dem Beifahrersitz nieder, schlug affektiert die Beine übereinander und drehte sich zu Eileen um.

»Steig aus!«, befahl Eileen ihr.

»Nein«, erwiderte Claire. Sie wackelte mit dem Fuß, der in einem goldenen Keds-Sneaker mit zu viel Glitzer steckte und Eileen von unten anfunkelte. »Was hast du vor? Reißt du von zu Hause aus?«

»Ich bin erwachsen«, zischte Eileen. »Ich reiße nicht aus, ich gehe einfach.«

»Sicher.«

»Raus aus meinem Auto.«

»Wenn du 'ne kleine Spritztour machst, komme ich mit.«

»Warum willst du –«

Claire lehnte sich zu ihr, und Eileen konnte die geschminkten Konturen ihrer Wangen erkennen. »Okay, Leenie, denk nach. Denk richtig angestrengt nach. Wer erledigt die ganze Hausarbeit?«

»Niemand. Darum ist es ja auch so ein Drecksloch.«

»Wer erledigt die Hausarbeit?«

Eileen knurrte: »Du, schätze ich.«

»Wer bringt den Müll raus?«

Eileen schwieg. Sie verspürte den plötzlichen Drang, sich zu übergeben.

»Ich hab den Brief gelesen«, sagte Claire.

»Was … zur *Hölle*?«

Eileen erinnerte sich wieder an den aufgerissenen Umschlag, und plötzlich ergab alles einen Sinn. Sie hatte geglaubt, sie hätte ihn im Suff aufgerissen. Sie hatte sich geirrt.

»Ich habe Mr Knutsen angerufen«, fuhr Claire fort, vollkommen gefasst. »Er wollte mir keine Einzelheiten erzählen, nicht, solange ich noch nicht achtzehn bin. Ich denke, das geht wohl in Ordnung. Aber *du* kennst die Einzelheiten. Deshalb machen wir es zusammen.«

Eileen konnte sich nicht daran erinnern, jemals so überrascht gewesen zu sein. Es fühlte sich irgendwie gut an, etwas so intensiv zu empfinden. Was jedoch nicht bedeutete, dass sie einverstanden war.

»*Wir* machen überhaupt nichts«, widersprach sie ihrer Schwester.

»Und ob wir das tun. Wir fahren zum Haus von unserem toten Onkel Patrick. Ich weiß, dass du heute Nachmittag bei Knutsen warst.« Claire tippte auf den Aktenordner, der auf dem Armaturenbrett lag. »Den hast du auf der Küchentheke liegen lassen, als du nach Hause gekommen und pinkeln gegangen bist. Ich hab die Adresse gesehen. Rockport, richtig? Da fahren wir hin.«

Eileen kniff die Augen zusammen. »Wann hab ich dich bitte eingeladen?«

Claires Mundwinkel wanderten nach oben. Noch so etwas, woran sich Eileen nicht erinnern konnte: das letzte Mal, als Claire sie angelächelt hatte.

»Ich hab Geld«, sagte Claire.

Eileen schwieg.

»Im Gegensatz zu dir hab ich meine Kohle nicht für ein Auto verbraten. Ich hab ein paar Tausend. Ein paar *Tausend*, Leenie.«

Eileen starrte Claire ungläubig an. »Willst du … mich bestechen?«

»Hundert Dollar«, erwiderte Claire, »für die Nutzung deines Fahrzeugs. Ich hab die Adresse nachgeschlagen, es sind drei Stunden Fahrt. Du bist die Einzige, die ein Auto hat, und so günstig ist kein Uber. Es ist absolut sinnvoll.«

Eileen blickte Claire kopfschüttelnd an. »Du bist unglaublich.«

»Also?«, drängte Claire. »Einhundert. Ich wette, das ist doppelt so viel, wie du im Moment besitzt.«

Eileen erwiderte nichts. In der Gesäßtasche ihrer Jeans steckte eine zerknitterte Dollarnote.

Ein Dollar.

Das war alles.

»Warum interessiert dich das überhaupt?«, fragte Eileen. »Warum ist dir diese Sache bitte schön hundert Mücken wert?«

Claire schaute Eileen an, als sei sie debil. »Weil es auch *mein* Erbe ist. Ich will wissen, womit ich es zu tun habe. Wie dem auch sei, ich habe dir ein faires Angebot gemacht.«

»Dreihundert«, entgegnete Eileen tonlos.

Einen Moment lang wirkte Claire überrascht. »Zwei«, feilschte sie dann.

»Zwei fünfzig.«

Claire kniff die Augen zusammen. »Du weißt schon, dass ich mir die Adresse bereits aufgeschrieben habe. Das ist dein einziges Druckmittel.«

»Ich hab den Wagen«, widersprach ihr Eileen. »Zwei fünfzig, und du fährst mit. Ansonsten zerre ich dich mit

Freuden an deinem gottverdammten Messy Bun aus besagtem Wagen.«

Diesmal zögerte Claire keine Sekunde. »Zwei fünfzig, einverstanden. Wir fahren hin, schauen uns um und sind morgen früh wieder zurück. Murphy wird noch nicht mal merken, dass wir weg waren.«

Obwohl Eileen diesen Sieg technisch gesehen für sich verbuchen konnte, wollte sich kein Triumphgefühl bei ihr einstellen. Stattdessen spürte sie stechende Gewissensbisse bei dem Gedanken, Murphy die ganze Nacht allein zu Hause zurückzulassen. Aber Murphy war vierzehn und ging auf die Highschool. Sie konnte auf sich selbst aufpassen. Und außerdem passierte in ihrer Straße sowieso nie irgendwas Schlimmes.

Es sei denn, man zählte Dads Tod mit dazu.

Oder Eileens tägliches Leben.

Das hier war das perfekte Beispiel: Eileen hatte die Auseinandersetzung gewonnen, aber sie kam sich trotzdem vor, als sei sie über den Tisch gezogen worden. Claire hatte bekommen, was sie wollte. Und darum lächelte sie auch.

»Du blöde Kuh«, sagte Eileen. »Liest meine verdammte Post.«

Claires Lächeln wurde noch breiter und enthüllte zwei Reihen schiefer, ultraweißer Zähne. »Ich hol nur meine Sachen, bin gleich wieder da.«

Eileen sah zu, wie Claire die Küchentür geradezu lächerlich langsam öffnete. Offensichtlich hatte sie Angst, schon das leiseste Knarren könnte Murphy aufwecken.

Gott. Sie würde diesen Ausflug in die reinste Tortur verwandeln.

Eileen betrachtete ihren Schlüsselbund, der im Zündschloss baumelte. Sie konnte immer noch abhauen. Was waren schon 250 Dollar? Dann blickte sie auf die Tankanzeige. Der rote Zeiger stand kurz vor »leer«, so als wolle er sie verspotten. Wahrscheinlich würde sie es gerade noch mit dem letzten Tropfen nach Rockport schaffen, aber für einen Dollar bekam sie nicht genügend Benzin, um auch wieder zurück nach Hause zu kommen.

Wie genau hatte ihr grandioser Plan eigentlich ausgesehen?

Wie hatte sie vorgehabt, an Geld zu kommen? Indem sie eine Bank ausraubte? Eileen hatte die Sache definitiv nicht zu Ende gedacht. Sie war noch nie der Typ für den großen Überblick gewesen.

Ganz im Gegensatz zu ihrer verdammten Schwester. Claire war die Planerin.

Eileen brauchte was zu trinken.

Nicht zu viel. Nur einen Schluck. Sicher, sie hatte heute Nacht schon zwei Drinks gehabt, aber so viel verkraftete sie locker, ohne dass es ihre Fahrtüchtigkeit beeinträchtigte. Sie öffnete ihren Rucksack und holte den Flachmann heraus. Sie trank einen Schluck und behielt die Flüssigkeit für einen Moment im Mund, wo sie kalt ihre Zähne umspülte und heiß auf ihrer Zunge brannte. Sie erinnerte sich wieder daran, was Mr Knutsen gesagt hatte: *Dokumente*.

Sie verstaute den Flachmann im Handschuhfach, und zum zweiten Mal in dieser Nacht drückte sie sich die Daumen.

Erst dann schluckte sie.

ACHT

Claire

Claires Grenze war erreicht. Aus den Lautsprechern des Wagens plärrte schon seit zwei Stunden Weihnachtsmusik, und allein in diesem Zeitraum hatte es der Sender geschafft, nicht eine, nicht zwei, sondern *drei* verschiedene Versionen von »The Twelve Days of Christmas« zu spielen. Es hätte *jeden* in den Wahnsinn getrieben – selbst eine so geduldige Überfliegerin wie Claire.

Lange Zeit sagte sie nichts. Tatsächlich hatten sie und Eileen nicht mehr miteinander gesprochen, seit Claire mit ihrer gepackten Vera-Bradley-Leinentasche wieder in den Wagen gestiegen und sie in die stille Nacht davongefahren waren.

Ansonsten hätten sie sich nur gestritten. Das war unausweichlich. Deshalb trafen die Schwestern die wortlose Übereinkunft, den Frieden zu wahren. Während Eileen fuhr, scrollte Claire durch Instagram und widerstand dem Drang, auf einen von Ainsley St. Johns Posts von letzter Woche doppelzuklicken. Gelegentlich blickte sie auf die grün-graue Landschaft entlang des Highways: Felder, Nebel,

Überführungen, von Straßenlaternen erleuchtet und von Weihnachtsmusik untermalt.

Als Claire Mr Knutsens Brief vor zwei Tagen in Eileens Zimmer entdeckt hatte, war sie völlig sprachlos gewesen. Sie war keine Schnüfflerin und wühlte normalerweise nicht in Eileens Sachen herum, wenn sie den Müll rausbrachte. Aber die Worte UNVERZÜGLICH ÖFFNEN in Grellrot hatten ihre Neugier geweckt. Es hatte Claire einfach in den Fingern gejuckt. So sehr, dass sie zum ersten Mal seit Jahren etwas Ungeplantes getan hatte. Sie hatte den Umschlag geöffnet, den Brief gelesen und sofort Mr Knutsen angerufen.

Der Anwalt hatte sich jedoch hoffnungslos vage ausgedrückt und Claire darüber informiert, dass ihm sein Mandant strikte Anweisungen hinterlassen hatte: Claire würde ihren eigenen Brief und eine Erklärung erhalten, sobald sie achtzehn war, nicht früher. Außerdem konnte sie all ihre Hoffnungen, an schnelles Geld zu kommen, begraben: Das Haus konnte erst verkauft werden, wenn auch ihre jüngste Schwester geerbt hatte. Erst dann konnten die Schwestern entscheiden, was sie tun wollten.

Mit dem Telefonat war ein Teil von Claires Hoffnungen im Keim erstickt. Obwohl sie mit ihrem Onlineshop nicht schlecht verdiente, reichte ihr momentaner Collegefonds gerade für die Umzugskosten und vielleicht ein paar Bücher. Für den Rest ihrer Ausgaben hatte sie auf einen Studienkredit gezählt. Aber die wurden an *Studenten* vergeben, nicht an von ihrem Traumcollege abgelehnte Schüler, die einfach nur aus ihrer grauenvollen Heimatstadt fliehen wollten. Claire brauchte eine ordentliche Stange Geld, wenn sie aus Emmet raus wollte. Und für einen Moment hatte sie geglaubt, die Erbschaft könnte genau das sein: eine Lösung für ihr Problem. Wie sich jedoch herausstellte, würde sie erst in vier Jahren an dieses Geld kommen.

In dieser Nacht war Claire genauso zu Bett gegangen wie in den sechs Nächten zuvor: verbittert und hilflos verwirrt. Sie hatte keinen ihrer Pläne verwirklicht, und noch nicht einmal diese mysteriöse Erbschaft konnte ihr dabei helfen, sie doch noch in die Tat umzusetzen.

Dann, gestern Morgen, war Eileen nach Hause gekommen und hatte diesen Ordner in der Küche liegen lassen, während sie im Bad verschwunden war. Als Claire ihn fand, hatte sie einfach nicht widerstehen können. Sie hatte ihn sich geschnappt, den Inhalt durchgeblättert und ein paar schnelle Fotos mit ihrem Handy geknipst, wie eine ausgebildete Spionin. Dann war sie in ihr Zimmer zurückgekehrt, um sich alles genau anzusehen und zu durchdenken.

Ihre Pläne waren gescheitert. Dieses Haus änderte daran vermutlich nichts. Doch dann war Claire zu einem Schluss gekommen – einem Schluss, der bereits in ihr gärte, seit sie in diesem Postamt aus der Vorhölle festgesteckt hatte: Diese Situation war genau das, was Harper Everly als »goldenen Moment« bezeichnete.

Man bekam in seinem Leben nicht viele dieser goldenen Momente. Im ersten Augenblick kamen sie einem vielleicht unsinnig vor oder man nahm sie als Ablenkung wahr, die einen vom rechten Pfad abbringen konnte. Aber nur in goldenen Momenten erlebte man wahres Wachstum und persönliche Innovation. Man musste goldene Moment als solche erkennen, und man musste sie nutzen und all das Gute bis auf den letzten Tropfen aus ihnen herausquetschen. Dies war nicht der Zeitpunkt für Claire, um verzweifelt ein trostloses Weihnachten zu Hause zu verbringen. Dies war der Zeitpunkt, um nach vorne zu blicken und – wagte Claire wirklich, dieses Wort auch nur zu denken? – *impulsiv* zu sein.

Nur dieses eine Mal würde Claire nicht nach Plan vorgehen. Und als Eileen mitten in der Nacht aus dem Haus schlich, hatte Claire beschlossen, sie auf diesem vollkommen bescheuerten Ausflug zu begleiten. Weil dies – das Geheimnis des Hauses in der Laramie Road 2270 – *ihr* goldener Moment war.

Ein Haus, das man im Internet nicht aufspüren konnte, und die Sache mit dem Onkel, den Claire niemals kennengelernt hatte. Ein Familiengeheimnis, von dem ihre Mutter ihnen nichts erzählt hatte. Claire hätte lügen müssen, wenn sie behauptet hätte, dass sie all das nicht neugierig machte. Es gab so viele Gründe, Eileen auf diesem Trip zu begleiten.

Sie wollte eine Ablenkung von all den schlechten Nachrichten. Sie wollte ihren goldenen Moment.

Die Sache hatte nur einen Haken: Harper Everly hatte Claire nicht vor den Prüfungen gewarnt, die einem goldenen Moment vorausgingen. Wie etwa zwei Stunden voller hirnloser Weihnachtslieder.

Claire dachte, Eileen wäre irgendwann selbst genervt und würde den Sender wechseln, doch sie schien völlig immun gegen die dämliche Dauerbeschallung zu sein. Claire wählte ihre Worte sehr bedacht. Das hier musste schließlich nicht in einen Riesenstreit ausarten.

»Weißt du«, begann sie, »es gibt inzwischen Kassettenumwandler. Für dein iPhone, zum Beispiel. Mit so einem Ding könntest du deine eigene Musik im Auto hören.«

Eileen zuckte zusammen, als sei Claires Stimme ein lautes Hupen. Sie schaute sie mit glasigen Augen an, völlig verständnislos. »Mein *iPhone*?«

Richtig. Wie hatte Claire das nur vergessen können? Eileen hatte gar kein Smartphone. Sie hatte ihnen vor zwei Jahren abgeschworen, nachdem sie einen Artikel über die Arbeitsbedingungen in Handyfabriken gelesen hatte.

»Du könntest dir ja auch ein gebrauchtes besorgen«, schlug Claire vor, nicht sicher, worauf sie eigentlich hinauswollte. »Damit würdest du nicht … du weißt schon, direkt dazu beitragen, dass … was auch immer.«

»Ich bin versaut …« Eileen verzog das Gesicht und korrigierte sich: »Vertraut mit eBay.«

Ja. Auch das wusste Claire. Sie konnte sich noch gut an einige der besten Geschenke erinnern, die sie jemals bekommen hatte. Eine Menge hatte sich seit Weihnachten vor vier Jahren verändert.

»Sicher«, erwiderte sie. »Okay, alles klar.«

Eileen atmete schwer durch die Nase aus. Im Profil wirkte sie unheimlich, verschattet: markante Wangenknochen, messerscharfer Nasenrücken. Die heiße Luft der Heizung wärmte ihrer beider Kleidung, erfüllte den Wagen mit dem Duft von Leder und … etwas anderem. Einem beißenden Geruch. Scharf, wie Essig, oder –

Die Wahrheit traf Claire wie ein Faustschlag.

»Oh, mein Gott«, stieß sie aus und setzte sich auf. »Hast du getrunken?«

Eileen antwortete nicht. Sie presste die Lippen fest zusammen. Genau das war ihr Fehler gewesen: Sie hatte mit Claire gesprochen und so den verdammten Geruch des Whiskeys entweichen lassen.

»Fahr rechts ran«, befahl Claire.

Eileens ganzer Körper versteifte sich, sie straffte die Schultern – *versuchte*, nüchtern zu wirken. Aber das war sie nicht. Claire hatte sie erwischt: das Zusammenzucken, die vernuschelten Worte, der Glanz in ihren Augen, den Claire zunächst für Müdigkeit gehalten hatte. Drei Versionen »Twelve Days of Christmas« konnte sie ertragen. Aber das hier nicht.

»Hast du mich verstanden?«, fragte Claire mit erhobener Stimme. »Fahr rechts ran. SOFORT.«

»Ich hatte *einen* Schluck, okay?«, murrte Eileen. »Mir gehts gut. Du weißt doch gar nicht, wo meine Toler–«

»Äh, ich weiß, dass du getrunken hast und dass du gerade Auto fährst, was bedeutet, dass du *angetrunken Auto fährst*. Also fahr den Wagen rechts ran, oder so wahr mir Gott –«

Das Auto begann zu ruckeln und rauschte heftig schlingernd über den Seitenstreifen. Die Reifen quietschten unter ihnen, als Eileen das Bremspedal durchtrat und den Caravan ungraziös zum Stehen brachte.

Schnell und keuchend starrte Claire ihre Schwester im schummrigen Licht an. Sie konnte nicht glauben, dass sie sich wirklich angetrunken hinters Steuer gesetzt hatte. Sie wusste schon seit einer Weile über Eileens nicht allzu geheime Angewohnheit Bescheid. Ein Wunder, dass Eileen tatsächlich rechts rangefahren war.

Aber wer konnte schon sagen, wie lange dieser Augenblick der Vernunft andauern würde? Claire musste sofort handeln. Sie schnallte sich ab und zeigte auf den Fahrersitz.

»Ich übernehme«, verkündete sie. »Wir tauschen.«

Träge fuhr sich Eileen einen Moment lang nachdenklich mit der Zunge über die Zähne. Dann zuckte sie jedoch mit den Schultern und löste ihren eigenen Gurt.

»Ja, von mir aus. Ich hab's sowieso satt, zu fahren.«

Claire starrte sie ungläubig an. Was passierte hier gerade? Hatte Eileen etwa auf sie gehört? Oder wusste sie selbst, dass sie angesäuselt war? Gestand sie ... ihre Niederlage ein?

Was immer auch der Grund war, Claire zögerte nicht.

Sie hatte sich ihren goldenen Moment genommen, und nun übernahm sie das Steuer.

Claire legte die Hände ans Lenkrad und blickte mit zusammengekniffenen Augen durch die quietschenden Scheibenwischer auf den Highway hinaus.

God rest ye merry gentlemen
Let nothing you dismay

Sie hatte sich nicht die Mühe gemacht, den Weihnachtssender zu ändern. Sie war noch viel zu perplex über das, was gerade passiert war. Ja, sie hatte gewusst, dass Eileen trank, aber das hier war definitiv ein neuer Tiefpunkt. Dass sie sich mit Claire im Wagen betrunken ans Steuer setzte ... Sie blickte zu ihrer Schwester hinüber, die auf die Straße hinausschaute, den Kopf gegen das Beifahrerfenster gelehnt. Was war nur mit ihr los? Aber Claire wollte es gar nicht so genau wissen. Sie konzentrierte sich stattdessen auf die Musik:

O tidings of comfort and joy
comfort and joy
O tidings of comfort and joy

Das beschrieb die Botschaft, die Claire aus Yale erhalten hatte, noch nicht mal annähernd.

Der Schmerz dieser Ablehnung war noch frisch, wie ein Messer, das tief in einer lebenswichtigen Arterie steckte, so tief, dass Claire Angst hatte, sich zu bewegen.

Sie nahm die Landschaft aus dem Augenwinkel wahr: weite, offene Felder, von hohen Tannen durchzogen. Ihre Gedanken schweiften, völlig unerwartet, zu Murphy ab. Sie hatte ein schlechtes Gewissen, weil sie ihre kleine Schwester ohne Vorwarnung oder wenigstens eine Nachricht zu Hause allein gelassen hatten. Sie konnte ihr auch keine nachträgliche Nachricht schicken, weil Murphy kein Handy hatte.

Claire versuchte sich einzureden, dass sie sich nicht schuldig fühlen musste. Ihr kleiner Ausflug würde hin und zurück sechs, vielleicht auch sieben Stunden dauern. Sie ließ Murphy schließlich nicht allein, um auf eine fünftägige Kreuzfahrt auf die Bahamas zu verschwinden, so wie ihre Mom.

Mom.

Claire konnte sich noch an Abende erinnern, an denen ihre Mutter nicht bis spät gearbeitet hatte. An denen sie ihnen Hamburger gebraten hatte, die sie gemeinsam gegessen hatten, während sie über ihren Tag plauderten. Sie erinnerte sich an Schulfeste, bei denen ihre Mom tatsächlich aufgetaucht war, Claire beim Sackhüpfen angefeuert und ihr hinterher bei einem Becher Limonade gesagt hatte, wie großartig sie gewesen war.

Früher war ihre Mom noch *Mom* gewesen. Doch je älter Claire geworden war, desto distanzierter war ihre Mutter geworden – wie ein nicht festgebundener Drachen, der immer höher stieg, in Richtung Sonne.

Sicher, ihre Mom hatte sich alle Mühe gegeben, dieses Weihnachten trotz ihrer Reise zu etwas ganz Besonderem zu machen, aber der einundzwanzigste Dezember war nun mal *nicht* Weihnachten. Ihre Mutter hatte ihnen Geschenke überreicht, als würden sie ihr wirklich etwas bedeuten. Aber diese Geschenke hatten eindeutig verraten, dass sie ihre Töchter eben überhaupt nicht mehr kannte.

Sie hatte Claire einen Rucksack fürs College geschenkt, in Grellpink.

»Deine Lieblingsfarbe«, hatte sie fröhlich verkündet.

Als wäre Claire sieben, nicht siebzehn.

Wenn ihre Mom ihre Tochter kennen würde, dann hätte sie Claire gefragt, wie ihre Vorabbewerbung vor einer Woche gelaufen war. Vielleicht hätte Claire ihr sogar erzählt, dass sie in Yale nicht angenommen worden war, und ihre Mom hätte erkannt, dass ein Rucksack für eine nicht existierende Zukunft das mieseste Geschenk überhaupt war.

Aber sie kannte sie nicht, und Claire hatte die Beherrschung verloren – was, zugegebenermaßen, sehr un-überfliegermäßig war. Sie hatte ihre Mom furchtbar angebrüllt.

Die harte Wahrheit war: Die Ablehnung aus Yale trieb Claire fast in den Wahnsinn. Sie erlebte einen echten Nervenzusammenbruch. Sie verhielt sich überhaupt nicht wie sie selbst – was schon allein die Tatsache bewies, dass sie in diesen Wagen gestiegen war.

Alles, was sie sich immer wieder sagen konnte, war: *goldener Moment.*

Und vielleicht würde sich ja alles fügen, wenn sie erst einmal bei dem Haus eintrafen, das sie geerbt hatte.

Claire hatte ihr Smartphone in den Becherhalter im Armaturenbrett geklemmt, nachdem sie *Laramie Road 2270* in das GPS eingegeben hatte. Laut der App befanden sie sich nun kurz vor der Ausfahrt, die sie zum Haus ihres Onkels Patrick führen würde.

Wenn *das* nicht seltsam klang: Onkel Patrick. Onkel *irgendwer.*

Ein Onkel, den sie nie gekannt hatte, der gestorben war und ihr ein Erbe hinterlassen hatte, so als sei Claire eine Waise aus einem Charles-Dickens-Roman.

Das hier ist dein goldener Moment, erinnerte sie sich selbst. Diese Fahrt in einer schäbigen Rostlaube, unter dem endlosen Bombardement grausiger Weihnachtsliedern. Aber egal, der Moment, er *passierte jetzt.* Sie musste sich allein *darauf* konzentrieren, auf ihre unbekannte Zukunft.

Claire warf einen Blick auf ihr Smartphone und folgte der unerschütterlichen Route des pulsierenden blauen Punkts Richtung Norden, Richtung Rockport.

Überflieger-Modus, befahl sie sich selbst. *Immer weiter vorwärts.*

»Ich muss mal pinkeln.«

Claire blickte stirnrunzelnd auf die leuchtende Landkarte. »Kannst du's nicht noch aushalten?«

Doch dann wurde ihr schlagartig bewusst, dass gar nicht Eileen gesprochen hatte.

Sie starrten einander an. Auf dem Rücksitz tauchte eine schattenhafte Gestalt auf.

»Heilige Scheiße!«, kreischte Claire.

Während Eileen brüllte: »Guck-auf-die-guck-auf-die-guck-auf-die-Straße!«

Die Hupe eines Sattelschleppers dröhnte, und Claire schlingerte über den Seitenstreifen des Highways.

Auf der Rückbank des Caravans johlte Murphy vor Lachen.

NEUN

Murphy

Es war nicht so lustig wie geplant, aber doch ziemlich. Wenn nicht Murphys dringendes biologisches Bedürfnis sie dazu gezwungen hätte, die Überraschung zu ruinieren, dann hätte es allerdings noch lustiger sein können.

Eigentlich hatte sie die ganze Fahrt nach *wohin auch immer ihre Schwestern unterwegs waren* auf dem Rücksitz des Wagens ausharren wollen, heimlich, still und leise, mitten in der Nacht. Sie hatte geplant, nach der Ankunft heimlich aufs Wagendach zu klettern, alle viere von sich zu strecken und hysterisch zu schluchzen. Nachdem sie so aller Aufmerksamkeit hatte, wollte sie schreien: »Ich musste mich den ganzen Weg festklammern, bis *hierheeer!*«

Natürlich wäre es viel zu lächerlich gewesen, um es wirklich zu glauben, aber das war nicht der Punkt. Die wahre Magie lag in dem Moment, in dem sich der Vorhang hob – in diesem allerersten Moment würden ihre Schwestern an das Absurde glauben, und sie wären vollkommen *verblüfft*.

Ein Zaubertrick, mit einer Pointe obendrauf. Das Ziel jedes echten Magiers.

Doch Murphys großer Plan war geplatzt. Wenn sie doch nur nicht eine ganze Flasche Dr Pepper getrunken hätte, nur eine Viertelstunde, bevor sie heimlich in den Wagen geklettert war.

Sie war lange aufgeblieben, um die Vorteile der Weihnachtsferien voll auszuschöpfen und *Die Kunst des Tricks* zu lesen, das sie sich aus der Bücherei ausgeliehen hatte. Sie hatte gehört, wie Eileen aus ihrem Zimmer gekommen war und sich ganz leise zum Auto geschlichen hatte, dicht gefolgt von Claire.

Sie war ihnen heimlich hinterhergehuscht, durch die Küche in den Carport hinausgeschlüpft und hatte den Streit ihrer Schwestern durch die offene Beifahrertür des Caravans belauscht. Am Ende hatte sie Claire sagen hören: »Murphy wird gar nicht merken, dass wir weg waren.«

Doch Claire hatte sich geirrt. Sie hatte geglaubt, Murphy würde nicht bemerken, dass sie weg waren, weil sie *beide* es nicht bemerkt hätten, wenn *sie* weg gewesen wäre.

Murphy, das Ersatzrad.

Alles, was sie wollte, war ein kleiner Ausflug. Ob Claire und Eileen nun nach Medford, Los Angeles oder Tokio wollten, spielte keine Rolle. Das Einzige, was eine Rolle spielte, war, dass sie dabei war.

Und darum hatte Murphy, während Claire ihre Sachen gepackt hatte, ihren genialen Plan ersonnen. Sie war in ihren Mantel geschlüpft und hatte den neuen Seiltrick, den sie inzwischen beherrschte, in ihre Tasche gesteckt. Und natürlich hatte sie auch Siegfrieds Sarg mitgenommen. Sie würde ihn nicht mehr aus den Augen lassen, bis sie eine angemessene Grabstelle für ihn gefunden hatte.

Sich auf den Rücksitz des Wagens zu schleichen, während Eileen trank und Claire packte, hatte äußerste Konzentration und List erfordert. Während der ersten halben Stunde der Fahrt hatte Murphy sich vollkommen still verhalten und mit mumienmäßig verschränkten Armen im hinteren Fußraum gelegen. Sie trug ihren violetten Daunenmantel, und wenn sie sich auch nur einen Zentimeter bewegt hätte, hätte er geknistert.

Anfangs war es richtig cool gewesen. Murphy war eine echte blinde Passagierin, und Eileens und Claires Streit hatte ihr jede Menge brandneuer Informationen geliefert, die sie erst einmal verdauen musste:

Ich hab den Brief gelesen.

Onkel Patrick.

Erbschaft.

Solche Sachen passierten in der realen Welt nicht, jedenfalls nicht in Murphys realer Welt. In ihrem Leben gab es keine FBI-Ermittlungen oder wilde Verfolgungsjagden oder lebensverändernde Geheimnisse. Murphys Realität war Mirácoli, das zu lange auf dem Herd kochte. Eine Reihe von Zweien im Zeugnis, abgesehen von den Dreien in Naturwissenschaften. Ihre Realität war eine Schildkröte, die ihr kurz vor Weihnachten wegstarb.

Aber *das hier* war Fernsehen zur besten Sendezeit. Nach allem, was Murphy aufgeschnappt hatte, sahen die Fakten ihrer neuen Realität wie folgt aus:

1) Sie hatte einen Onkel, der
2) tot war und dessen Tod
3) mit einem Haus zu tun hatte, das

4) Eileen und Claire erben würden und
5) sie selbst vielleicht auch???

Murphy war sich nicht sicher, worauf die Punkte eins bis fünf hinausliefen, aber das Wichtige war: Es spielte sich ein *Drama* ab, und Murphy war mittendrin. Die Bühne für den Auftritt ihres Lebens stand offen, und Murphy wartete bereits hinter den Kulissen.

So weit die ersten paar Minuten. Dann hatte sich Murphys Blase langsam gefüllt.

Die Musik war eine ganz gute Ablenkung, obwohl immer wieder dieselben Songs liefen, vor allem »The Twelve Days of Christmas« mit seiner schier endlosen Aufzählung von Weihnachtsgeschenken:

Eight maids a-milking
Seven swans a-swimming
Six geese a-laying
Five golden rings

Während sie zuhörte, begann Murphy, darüber nachzudenken. *Richtig* nachzudenken. Mal ehrlich, was für kranke Weihnachtsgeschenke waren das denn? Wer hatte in seinem Haus Platz für sechs Gänse, von Eier legenden ganz zu schweigen? Und welches neugeborene Baby freute sich bitte über einen kleinen Trommler? Würde er das Baby nicht nur wach halten? Maria hasste diesen kleinen Trommler wahrscheinlich.

Doch selbst ihre tiefschürfende Liedinterpretation wurde von steten Warnsignalen unterbrochen, dass ein Platzen ihrer Blase unmittelbar bevorstand. Schließlich beschloss Murphy daher, dass es besser war, die Überraschung zu ruinieren, als ihren Trick mit uringetränkten Jeans aufzuführen.

Also machte sie sich bemerkbar.

Und alle drehten total durch.

Murphy verlor das Gleichgewicht, als Claire mit dem Wagen ins Schlingern geriet. Sie kippte unsanft um und knallte mit dem Kopf gegen eine Armlehne.

»Heilige *Scheiße*!«, brüllte Claire und glotzte Murphy an, als sei sie ein Zombie.

Sie kamen auf dem Seitenstreifen zum Stehen, und der Wagen bebte bei jedem Auto, das in Höchstgeschwindigkeit auf dem Highway an ihnen vorbeidonnerte.

Murphy rieb sich den Kopf und beschloss, es mit der *Nein*, ich *bin erzürnt*-Taktik zu versuchen.

»Was denn?«, fragte sie. »Ich lasse sicher nicht zu, dass ihr euch ohne mich amüsiert.«

»Du warst *die ganze Zeit* hier drin?«, brachte Claire hervor. Sie hatte sich abgeschnallt, kniete auf dem Fahrersitz und starrte Murphy völlig fassungslos an.

Es war an der Zeit für die *Schockiere sie mit dem, was du weißt!*-Taktik.

»Bei diesem Ausflug geht es um einen gewissen Onkel Patrick.« Murphys Gesicht begann zu glühen. »Na ja, genauer gesagt, ist er euer Onkel und damit auch meiner. Ich bin eure Schwester, und deshalb habe ich das Recht, zu wissen, was hier eigentlich los ist.«

Claire schaute Eileen an. Eileen schaute zurück. Sie schwiegen beide, atmeten keuchend. Claire klatschte sich eine Hand vor die Stirn.

»Das ist das Letzte, was wir jetzt noch gebrauchen können«, stöhnte sie.

Eileen drehte sich mit schweren Lidern zu Murphy um.

Murphy schluckte. Warum hatte sie diesen Plan bitte für so genial gehalten? Eileen war allem Anschein nach angetrunken gefahren, aber was war mit ihr *selbst?* Hatte sie unter Einfluss eines Dr-Pepper-Rauschs gehandelt?

»Du hast recht, Murph«, sagte Eileen. »Du hast ein Recht, es zu erfahren.«

Claire, die wie eine Irre auf ihrem Handy herumtippte, schreckte hoch. »*Was?* Machst du Witze? Du gibst ihr auf keinen Fall nach. So funktioniert Erziehung nicht.«

»Wer zur Hölle erzieht sie denn bitte? Sie ist unsere Schwester, nicht unser Kind.«

»Ich bin kein Kind mehr, ich bin vierzehn«, warf Murphy ein.

Es war dunkel im Auto, aber nicht so dunkel, dass sie Claires finsteren Blick nicht erkennen konnte, als diese brummte: »Ich kann echt nicht fassen, dass du das gemacht hast.«

Murphy schnaubte verächtlich. »Ich? *Ihr* wolltet mich doch allein zu Hause lassen! Über Nacht! Ich meine, ehrlich, wirklich *sehr* fürsorglich.«

Ihre Schwestern erwiderten nichts. Zweifellos, weil »sich Murphy gegenüber fürsorglich verhalten« schon seit Jahren nicht mehr ganz oben auf ihrer To-do-Liste stand.

Eileen lehnte sich über die Mittelkonsole und stellte den Schalthebel auf Fahren.

»HEY!«, brüllte Claire und trat auf die Bremse. »Was soll das werden? Wir haben noch nicht entschieden –«

»Irgendwas entscheiden können wir, wenn wir nicht um vier Uhr morgens auf dem Seitenstreifen stehen.« Eileen blickte in den Rückspiegel und fügte hinzu: »Setz dich hin und schnall dich an.«

Murphy fragte sich, ob Eileen mit ihr oder mit Claire sprach. Sie gehorchten beide. Claire reckte den Hals, um nach dem vorbeifahrenden Verkehr zu sehen. Als sie freie Fahrt hatten, ließ sie den Motor aufheulen und lenkte den Wagen wieder auf den Highway.

»Wo fahren wir hin?«, fragte Murphy, weil sie diesmal vielleicht tatsächlich eine Antwort bekommen würde.

»Was glaubst du wohl, du Genie?«, fragte Eileen zurück. »Wir suchen dir ein Töpfchen.«

Vier Jahre zuvor

CAYENNE CASTLE

In ihrem dritten Jahr war die Burg deutlich gewachsen. Die Bettdeckenwände und Patchworkbrüstungen erstreckten sich über das Wohnzimmer, den Flur hinunter und bis in die Küche, wo die Versorgung mit Chips und Popcorn ein Leichtes war.

In diesem Jahr hatte sich Claire ein Pseudonym zugelegt: *Prinzessin Paprika*. Sie saß auf ihrem Thron, einem grün-weißen Gartenstuhl, und tippte auf ihrem brandneuen Smartphone herum.

Na schön, nicht *brand*neu. Das iPhone war auf eBay gekauft, und ja, es lag ganze vier Versionen hinter dem aktuellen Modell zurück. Trotzdem war es das beste Weihnachtsgeschenk, das Claire jemals bekommen hatte.

Die Schwestern hatten vor zwei Jahren beschlossen, den Einundzwanzigsten durch eine neue Tradition zu ergänzen: Sobald sie Cayenne Castle in all seiner Pracht und Herrlichkeit errichtet hatten, feierten sie ihre eigene Bescherung. Es war wie ein Weihnachten vor Weihnachten, und eigentlich war es sogar noch besser als der Fünfundzwanzigste, wenn ihre Mom versuchte, fröhlich zu sein, und letztlich doch schon um Mittag auf der Couch eindöste.

Aber der einundzwanzigste Dezember? Der gehörte nur den Sullivan-Schwestern. Eine heilige Feier. In der diesjährigen Geschenkerunde hatte Claire Murphy ein Trickkartenspiel überreicht. Murphy hatte Claire einen leuchtend pinkfarbenen Terminkalender geschenkt. Eileen hatte Murphy mit einer DVD von Penn & Teller bedacht, die sie als »megacool« bezeichnete. Murphy wiederum hatte Eileen ein Postkartenbuch geschenkt, wobei jede Karte ein anderes berühmtes Kunstwerk zeigte, von Van Goghs »Sonnenblumen« bis hin zu Jackson Pollocks Kleckserereien.

Und dann war da noch Claires Geschenk für Eileen gewesen: ein Set Wasserfarben einer teuren Marke, von der Eileen Claire erzählt hatte, dass sie sie sich nicht leisten konnte. Claire hatte lange dafür babysitten müssen, aber es war ihr gelungen, genügend für die Farben zusammenzukratzen. Sie war sich sicher gewesen, dass keins der anderen Geschenke das übertreffen konnte.

Bis sie Eileens Geschenk für sich geöffnet hatte.

Claire würde im nächsten Jahr auf die Highschool kommen und brauchte dringend ein Smartphone. Aber ihre Mom stand bei der Arbeit total unter Stress und verdiente sowieso schon kaum genug, daher war Claire ein iPhone definitiv als viel zu extravaganter Wunsch erschienen. Deshalb hatte sie gar nicht erst darum gebeten und sich völlig niedergeschlagen mit der Gewissheit abgefunden, dass ihre Zukunft smartphonelos sein würde.

Bis *jetzt*.

Jetzt war sie *frei*. Jetzt konnte sie mithilfe des digitalen Kalenders alles mit Leichtigkeit planen, konnte endlich einen Instagram-Account eröffnen, vielleicht sogar einen Onlineshop für ihren Schmuck.

»Es ist alt«, hatte Eileen ihr erklärt, »und du musst selbst für die Kosten aufkommen. Aber wenigstens kannst du damit endlich loslegen.«

Eine kleine Starthilfe war alles, was Claire brauchte. Sie würde schon einen Weg finden, für alles zu bezahlen. Vor dieser Prinzessin lag eine strahlende Zukunft.

Eileen war von Murphy auf den Namen *Sir Salbei* getauft worden, wobei sie die neuen Titel ihrer beiden Schwestern feierlich mit einem Fernbedienungs-Zepter verkündet hatte. Und dann war da noch Murphy selbst: *Prinz Pfeffer*, Herrscher über alles, was er erblickte, und eifriger Zauberschüler in Papierfaltkunst-und-Münztrick-Ausbildung. Sie arbeitete schon seit einer Woche an dem Zaubertrick, hatte die Technik aber noch immer nicht ganz gemeistert. Sie musste erst die grüne Ecke falten, dann die blaue, und –

Murphy quietschte laut, als ihr die Münze aus der Hand flog und in die Küche kullerte, wo sie unter dem Ofen verschwand. Sie wollte den Trick unbedingt richtig hinbekommen. Am Einundzwanzigsten waren ihre Schwestern ihr als Publikum völlig ausgeliefert. Sonst waren sie mit der Schule und ihrer Arbeit immer viel zu beschäftigt, aber der einundzwanzigste Dezember war der Tag des Faulenzens: Murphys große Chance im Rampenlicht. Noch vor ein paar Jahren hatte sich auch ihre Mom Zeit für Murphys Lieder, Shows und Tricks genommen. Aber jetzt? Murphy konnte von Glück sagen, wenn sie nach der Schule ein »Hallo« bekam. Ihre Mom war nicht … *da*. Sie arbeitete mehr als je zuvor, und wenn sie abends nach Hause kam, war sie meist zu müde für Murphy.

Diese düsteren Gedanken gingen Murphy durch den Kopf, als sie dabei zusah, wie die Münze davonrollte. So viel zum Thema magischer Anfang. Seufzend kehrte sie in die Burg zurück und duckte sich unter dem Fleeceplaid durch.

Kurz darauf schlug Eileen eine gepatchworkte Decke um und enthüllte eine Leinwand von der Größe eines Schulbuchs, die in Magenta-, Grau- und Blautönen bemalt war.

»Ich nenne es *Maskenspiel des Roten Todes*«, erklärte sie. »Es ist von einer Kurzgeschichte von Poe inspiriert.«

Mit ihrer Bekanntmachung riss sie Claire aus ihrer Instagram-Trance. Sie blickte von ihrem Handy auf und rief: »Leenie, es ist eine *Offenbarung*.«

»Supercool«, stimmte Murphy ihr zu. »Sieht aus wie eine Wand voller Blutspritzer.«

»Igitt, Murphy.« Claire rümpfte die Nase.

»Na ja, tut es aber.«

»Ich schätze schon«, gab Eileen zu. »Wie dem auch sei, wo sollen wir es aufhängen?«

»Über der Bühne, natürlich!« Murphy brach in royales Gelächter aus, so als wollte sie sagen: *Was für eine lächerliche Frage, du niederer Untertan.*

»Einverstanden«, sagte Claire. »Dort wird es besonders eindrucksvoll zur Geltung kommen.«

Gemeinsam krochen die Schwestern in der Hocke ins Wohnzimmer, bis sie den Kamin erreichten. Die Weihnachtsstrümpfe hingen ordentlich aufgereiht darüber – Claires Werk, nicht das ihrer Mutter. Und Claire war nun auch diejenige, die den kleinen Adventskranz von der Wand über dem Backsteinsims des Kamins nahm und Eileen bedeutete, das Gemälde dort aufzuhängen.

»Euer Werk ist an unserem Hofe sehr willkommen, Sir Salbei«, sagte sie.

Eileen nickte ernst, trat einen Schritt vor und hängte die Leinwand an den Nagel.

Die Schwestern wichen bewundernd zurück.

Murphy seufzte. »Ich wünschte, wir könnten die Burg das ganze Jahr über behalten.«

»Nein«, widersprach ihr Claire. »Ein spezielles Datum ist viel besser. Es ist und bleibt der Einundzwanzigste, für immer, wie ein Geburtstag. Dass es nur einmal im Jahr ist, macht es doch erst zu etwas Besonderem.«

»Ich weiß nicht«, fand Murphy. »Ich glaube, das Leben wäre was ziemlich Besonderes, wenn ich jeden Tag Geburtstag hätte.«

Eileen prustete vor Lachen und sagte: »Da hast du nicht ganz unrecht, Murphy.«

»Mein Name ist *Prinz Pfeffer*«, korrigierte sie ihre Schwester und hob stolz das Kinn. »Oder vielleicht hast du mich ohne Krone ja nur nicht erkannt.«

Eileen schlang einen Arm um Murphys Schulter, den anderen um Claires, und spürte wieder einmal die Erkenntnis, dass sie nur einander hatten, denn ihre Mom war nicht mehr für sie da. Selbst wenn sie im Haus war, glich sie eher einem Geist als einem menschlichen Wesen, bleich und mit leeren Augen.

Es war nicht so, dass ihre Mutter mit einem Mal kalt und unnahbar gewesen wäre. Es gab Momente – Hoffnungsschimmer –, in denen ihr altes, lächelndes Ich zurückkehrte. Wahrscheinlich würde Eileen auch in vier Tagen wieder einen Blick darauf erhaschen können, wenn ihre Mom versuchte, die bestmögliche Weihnachtsfeier für sie auf die Beine zu stellen.

Aber auch das würde nichts daran ändern, wie gefangen Leslie Sullivan von all den Rechnungen, steigenden Mieten und Schulden war, die seit dem Tod ihres Vaters dank der Zinsen immer nur zu steigen schienen. Das passierte nun mal, hatte ihre Mom Eileen erklärt, wenn man an Krebs erkrankte und keine Krankenversicherung hatte. Ihre Eltern hatten sich damals einfach keine leisten können.

Doch Eileen hatte vor, sich schon bald einen Job als Einpackhilfe im Supermarkt zu besorgen. Vielleicht würde das zusätzliche Geld ja helfen. Vielleicht würde das ihre Mom wieder ins Land der Lebenden zurückbringen.

Und bis dahin hatte Eileen wenigstens ihre Schwestern an ihrer Seite. Wahre Blaublüterinnen, sie alle drei. Erbauerinnen einer fantastischen Festung.

»Wir haben eine wirklich gute Burg errichtet«, befand Sir Salbei.

»Das haben wir«, stimmte Prinzessin Paprika ihm zu.

»Und«, fügte Prinz Pfeffer hinzu, »nächstes Jahr bauen wir eine noch bessere.«

Dreiundzwanzigster Dezember

ZEHN

Eileen

Wenn wir im Dairy Queen auf die Toilette gegangen wären, hätten wir uns Käsefritten holen können.«

»Das Dairy Queen hat so früh noch nicht geöffnet, und außerdem mussten wir tanken. Wasch dir die Hände.«

Eileen lehnte sich gegen die Wand und beobachtete Murphy genervt.

Bei diesem Trip sollte es eigentlich um *sie* gehen. Um *Eileens* Leben, um *ihre* Verwandtschaft, *ihre* Vergangenheit, *ihr* Geheimnis. Als sie sich heimlich in den Caravan gesetzt hatte, hatte sie einen Soloausflug im Sinn gehabt. Eine alles verändernde Reise. Nur sie und ein altes Haus, erfüllt von Erinnerungen, die zu entdecken sie sich so verzweifelt wünschte. Dokumente – und sei es nur ein einzelner Fetzen Papier –, die den Verdacht entweder bestätigen oder widerlegen konnten, den sie hegte, seit sie sechzehn war.

Das hier war *ihr* verdammter Selbstfindungstrip.

Also warum zur Hölle waren ihre Schwestern dabei? Claire, die Erpresserin, und Murphy, die blinde Passagierin.

Eileen war stinksauer. Aber sie brauchte nun mal Geld für Benzin, und es stand völlig außer Frage, dass sie Murphy die kompletten zwei Stunden zurück nach Emmet fahren würden. So sah die Realität nun mal aus: Sie hatte ihre Schwestern am Bein. Das Einzige, was Eileen nun noch kontrollieren konnte, war das Ausmaß des Schadens. Welche Unterlagen sie in diesem Haus auch immer finden würde, ihre Schwestern durften sie nicht in die Finger bekommen. Ob das Geheimnis sich nun bestätigte oder nicht, sie durften nichts davon erfahren.

»Ich will Käsefritten.« Murphys Gejammer bohrte sich in Eileens Gedanken.

»Du bist vierzehn«, sagte Eileen tonlos. »Krieg dich wieder ein.«

»Aber wir sprechen hier von *Käse. Gegrilltem* Käse.«

Eileen konnte nicht sagen, ob Murphy wirklich heulte oder nur versuchte, witzig zu sein. Wahrscheinlich beides. Sie zog schließlich immer irgendeine Show ab.

Während Murphy ihre Hände einseifte, warf Eileen einen Blick in den Spiegel. Der schwarze Kajal um ihre Augenwinkel war verschmiert, und sie wischte hastig die Flecken weg. Das half allerdings auch nicht wirklich. Ihr Gesicht wirkte immer noch ausgemergelt, die Wangenknochen scharf wie Metallkanten, der Blick war düster, die Schultern gebeugt.

Kannte sie diese Version von sich selbst? Die, die sich ein paar Whiskeys gönnte, bevor sie mit ihren Schwestern im Auto auf den Highway fuhr?

War dies das Gesicht einer gottverdammten Alkoholikerin?

Eileen ließ den Blick vom Spiegel auf den klebrigen Fliesenboden wandern. Nein. Das war nicht das richtige Wort. Claires Ausraster war völlig übertrieben gewesen. Eileen war vielleicht *an*getrunken, aber sie war nicht *be*trunken gefahren. Und sie war auch keine Säuferin. Nicht einmal jetzt, obwohl das Verlangen nach Alkohol ihre Kehle in einen klaffenden Schlund der Sehnsucht verwandelte, würde sie sich *so* bezeichnen.

Andererseits … Warum war sie dann rechts rangefahren? Warum hatte sie Claire das Steuer überlassen?

Sie war schlichtweg nicht fit genug für einen Streit. Weil sie *müde* war. Wäre das schließlich nicht jeder, um vier Uhr morgens?

Murphy drehte den Wasserhahn zu und blickte sich auf der Toilette um, vermutlich nach Papierhandtüchern. Eileen klopfte auf den Handtrockner, neben dem sie lehnte – ein weißer, verrosteter Kasten. Zur Antwort wischte sich Murphy die Hände an ihrer Jeans ab.

»Was haben die Dinger bitte für einen Sinn?«, seufzte sie.

Dann blieb sie vor der Toilettentür stehen und blickte Eileen erwartungsvoll an.

»Was?«, fragte Eileen.

»*Meine* Hände sind sauber«, säuselte Murphy.

Eileen verdrehte die Augen und riss die Tür auf. Murphy konnte manchmal eine echte Prinzessin sein – eine Charaktereigenschaft, die sie mit Claire gemeinsam hatte. Eileen folgte ihrer Schwester den mit Snacks beladenen Gang des kleinen Tankstellenshops hinunter und zu ihrem Wagen hinaus. In ihrer Abwesenheit hatte der Tankwart den Wagen dank Claires dreckigen Bestechungsgeldes vollgetankt.

Als alle wieder im Auto saßen und die Türen zugeknallt hatten, drehte sich Claire zu Murphy um und fragte: »Wie viel weißt du?«

Murphy erzählte ihnen, was sie wusste: von ihrem Onkel Patrick, ihrer Erbschaft und dem Deal, auf den Claire und Eileen sich geeinigt hatten.

Als sie fertig war, war Claire ganz pink im Gesicht. »Du bleibst für den Rest des Trips in diesem Wagen«, befahl sie Murphy.

Murphy stieß ein Schnauben aus. »Was glaubst du denn – dass mich irgendwelche Gangster verschleppen könnten oder so?«

»Vielleicht«, erwiderte Claire. »Wir sind auf dem Weg in eine Stadt, von der noch nie jemand was gehört hat, um uns das Haus eines Toten anzusehen. Wir haben keine Ahnung, was uns dort erwartet. Was wir daher vor allem nicht brauchen können, ist auch noch eine kleine Schwester, um die wir uns Sorgen machen müssen.«

»Ich bin *vierzehn*«, sagte Murphy. »Drei Jahre jünger als du. Du tust immer so, als seien es mindestens zehn.«

»Weil du dich *aufführst* wie eine Vierjährige.«

»Okay«, ging Eileen dazwischen. »Können wir das bitte sein lassen? Murph, mach einfach, was immer zum Teufel du willst. Claire, entspann dich. Das hier ist *mein* Auto, und ihr seid beide nur dank meiner unendlichen Barmherzigkeit hier, klar?«

»Ich bin dank meiner Kohle hier«, fauchte Claire. »Murphy ist nur unnötiger Ballast.«

»Oh, mein Gott«, stöhnte Eileen. »Das hier ist nicht die Zombie-Apokalypse. Wir müssen keine tosenden Flüsse durchqueren, wir schauen uns nur ein Haus an. Das ist alles, okay? Und Murph hat recht: Es war echt beschissen, dass wir sie über Nacht allein zu Hause lassen wollten.«

Es *war* beschissen. Das hatte Eileen inzwischen erkannt. Sie hatte unbedingt nach Rockport fahren wollen und überhaupt nicht darüber nachgedacht, dass Murphy allein zurückzulassen genau das Gleiche war, was ihre Mutter wegen dieser Kreuzfahrt mit ihnen gemacht hatte. Überraschung! – Eileen war eine beschissene Schwester.

»Genau«, rief Murphy, »was habt ihr euch eigentlich dabei gedacht?«

»Und du entspannst dich auch.« Eileen zeigte im Rückspiegel auf Murphy. »Du hast gekriegt, was du wolltest: Du sitzt in diesem gottverdammten Wagen.«

Darauf fiel Murphy keine Antwort ein. Sie schniefte und zuckte mit den Schultern.

»Schlüssel«, sagte Claire auf dem Fahrersitz. Sie hielt Eileen ihre Hand hin, die sich die Schlüssel geschnappt hatte, als sie den Wagen geparkt hatten.

»Ich kann auch fahren«, grummelte diese, auch wenn sie gar nicht versuchte, überzeugend zu klingen. Sie war zu müde, um sich zu streiten. Sonst nichts.

Claire schnallte sich an und wiederholte: »Schlüssel.«

Eileen rollte mit den Augen und zog den Schlüsselbund aus ihrer Hosentasche. Doch anstatt ihn Claire zu geben, steckte sie den Schlüssel selbst ins Zündschloss. Dann, ohne dass die beiden anderen es sahen, drückte sie sich den Daumen und drehte den Schlüssel in die richtige Position.

Der Motor sprang beim ersten Mal an.

Noch eine Stunde bis nach Rockport.

»Hey, das ist unser erster echter Schwesterntrip, stimmt's? Ein Wir-besichtigen-unser-neues-Haus-von-dem-wir-gar-nicht-wussten-dass-es-existiert-Trip. Und nachdem wir das Haus gesehen haben, können wir uns Käsefritten zum Frühstück holen, richtig?«

»Die sind nicht glutenfrei.«

»Na schön, und was ist mit 'nem Blizzard-Eisbecher?«

»Die verstopfen deine Arterien.«

»Ja, deshalb sind sie ja so gut.«

»Wir haben keine Zeit fürs Dairy Queen.«

»Es ist ein Ausflug. Wir *müssen* irgendwas essen.«

»Es ist kein Ausflug. Es ist eine … Aufklärungsmission.«

»Sind wir jetzt beim Militär oder was?«

Eileen drehte das Radio lauter und kaute energisch auf zwei neuen *Dubble Bubbles* herum. Sie und Claire stritten sich, sicher, aber sie wussten wenigstens, wann man die Klappe hielt. Aber Murphy? Aus der Kleinen sprudelte alles ungefiltert heraus. Und Claire? Biss jedes Mal an.

»Murph«, brüllte Eileen über die Musik hinweg. »Als blinde Passagierin warst du erträglicher.«

Im Rückspiegel sah sie Murphys Grinsen: schiefe Zähne, ohne jeden kieferorthopädischen Eingriff. Genau wie Claires. Eileens Zähne waren perfekt gerade. Die pure Verschwendung – von ihnen dreien lächelte sie am allerwenigsten.

Sie betrachtete das GPS auf Claires Handy und murmelte: »Das brauchst du nicht. Ich kenne den Weg.«

Claire bedachte sie mit einem seltsamen Blick. »Was, hast du jetzt ein fotografisches Gedächtnis?«

»Fuck, Claire, ja, vielleicht hab ich das tatsächlich.«

»Sag vor Murphy nicht *Fuck*.«

Murphy lachte.

»Wie dem auch sei«, fügte Claire hinzu, »das Handy ist zuverlässiger. Ich werde es nicht riskieren, in einer Kleinstadt irgendwo falsch abzubiegen. Sonst könnten wir in einer ganz üblen Ecke landen. Woher wissen wir denn, dass es kein zweites Hawkins, Indiana ist?«

»Hawkins?«, fragte Eileen.

»Indiana. Aus *Stranger Things*.«

»*Stranger Things*?«

»Oh, mein Gott, Leenie.«

»Was?«

»Du weißt doch wohl, was *Stranger Things* ist.«

»Ja.«

»Na, dann kennst du ja auch Hawkins.«

»Gott, Claire, wer kennt Hawkins bitte nicht?«

Claire knallte die Hand aufs Lenkrad und hupte laut. »Du bist so ein Arsch!«

»Hey«, rief Murphy, »sag vor mir nicht ›Arsch‹.«

Eileen prustete laut. Vielleicht war Murphys Sinn für Humor doch ganz okay.

»Es regnet«, sagte Murphy eine halbe Stunde später.

Tat es. Federleichter Regen vernebelte die Windschutzscheibe immerhin so sehr, dass sie den Scheibenwischer auf die niedrigste Stufe stellen mussten. Der Mond schien über dem Highway und goss silbernes Licht auf den Asphalt vor ihnen, bis hin zu einem Feld voller Tannen – einem ganzen Wald aus Weihnachtsbäumen.

»Es ist wunderschön«, murmelte Murphy verträumt.

Eileen fragte sich, wie es wohl war, so ein Mensch zu sein: ein Oregoner, der den Regen immer noch liebte. Trotz all der matschigen, sonnenlosen Winter. Trotz all der viel zu nassen Frühlinge. Ein Mensch, der sagen konnte: »Das ist wunderschön.« Wahrscheinlich lag es an Murphys Alter. Noch fünf weitere Winter, und sie könnte ihn auf den Tod nicht mehr ausstehen, genau wie Eileen. Claire konnte ihn bereits genauso wenig ertragen wie sie selbst, wünschte sich verzweifelt, nach Yale verschwinden zu können.

Das war nicht immer so gewesen. Früher hatte sich Eileen genauso begeistern können, wie Murphy es tat. Sie hatte es immer geliebt, Kunst zu erschaffen. Tief in ihrem Gedächtnis schlummerten sogar Erinnerungen an Fingerfarbenmalereien mit ihrem Dad. Er hatte grüne und blaue Kleckse aus einer Farbentube auf einen Styroporteller in der Küche gequetscht, und dann hatten sie beide ihre Hände hineingetaucht und einen Schwarm Fische auf einen platt gedrückten Versand-Karton gemalt.

Zum Geburtstag hatte sich Eileen immer nur Farben und Bleistifte, Tonpapier und Malkreiden gewünscht. Mom hatte ihr fast nie die richtigen gekauft. Die Malkreiden waren zu wachsartig und auf dem Papier kaum zu erkennen. Die Farben waren billig und bildeten Klumpen. Die Bleistifte hatten schlechte Radierer, die rosa Streifen hinterließen oder, noch schlimmer, das Papier zerrissen. Trotzdem war es Malzubehör gewesen, und Eileen hatte mit Begeisterung alles aufgebraucht. Sie hatte Tiere aus alten

Zeitschriften abgepaust und jeden letzten Zentimeter ihrer Malbücher aus dem Ein-Dollar-Laden ausgemalt.

Je älter sie geworden war, desto mehr hatte Eileen sich weiter vorangewagt. Sie hatte Stillleben und Porträts gemalt. Sie hatte sich Tutorials auf YouTube angeschaut und in Ms Kletters Kunstunterricht in der sechsten Klasse nur Einsen gekriegt. Ihre Technik war richtig gut geworden.

Und dann war es irgendwann nicht länger nur um die Technik gegangen, sondern darum, sich auszudrücken. Das hatte Mr Lee ihr im ersten Jahr an der Highschool beigebracht: Bei einem Kunstwerk ging es um mehr als nur technische Perfektion, sondern darum, welche Gefühle es transportierte. Plötzlich war Eileen von Farbkreisen und -spektren wie besessen gewesen, von den Impressionisten und Modernisten, und von der gewaltigen Wucht, die man spürte, wie bei einem Tritt gegen die Kehle, wenn einen gewisse Farben und Formen vollkommen mitrissen.

Sie hatte sich zu einer wahren Künstlerin entwickelt – von Geburt an neugierig und voller Hingabe, seit sie einen Pinsel hatte halten können. Damals war die Welt in Regenbogenfarben erstrahlt, von purem Optimismus gesättigt. Die Zukunft schien hell und klar zu leuchten: ein Kunststudium – vielleicht sogar das Myrtle-Waugh-Stipendium in Eugene –, und anschließend würde sie unterrichten, vielleicht mit einem kleinen Kunstladen als zweites Standbein. Und möglicherweise hätte sie ja sogar Glück und irgendjemand Wichtiges würde auf ihre Arbeiten aufmerksam werden, und dann würde sie sogar in den Galerien in New York gefeiert.

Es war möglich. Damals, mit vierzehn, war alles möglich gewesen. Damals hatte sie, genau wie Murphy, den Regen geliebt.

Doch die Briefe hatten alles verändert. Zuerst die Briefe, und dann die Kunstausstellung in der Schule.

Jetzt war Regen nur noch … Regen.

Die Scheibenwischer schnitten hindurch, schleuderten jeden verletzenden Tropfen mit Gewalt beiseite.

Die Uhr auf dem Armaturenbrett zeigte 4:53 Uhr morgens.

Schlaf in himmlischer Ruh,
Schlaf in himmlischer Ruh.

Frank Sinatra schmetterte das Weihnachtslied, während Claire die Ausfahrt nach Rockport nahm. Die verlassene Landschaft wurde von Reihen verwitterter Einfamilienhäuser abgelöst. Ein Schild war zu erkennen, die Buchstaben von den Scheinwerfern des Caravans erleuchtet:

STADT ROCKPORT
4.572 EINWOHNER

WIR BEREITEN IHNEN
EIN HERZLICHES WILLKOMMEN

Eileen verzog das Gesicht, während Claire den Wagen ein wenig abbremste.

»Einen schönen Scheiß«, grummelte sie.

Die geschnitzten Holzfiguren auf dem Ortsschild waren schon schlimm genug: eine Meerjungfrau, die auf den

Namen der Stadt zeigte, ein von Blubberblasen umgebenes Seepferdchen und eine Bordüre aus Muscheln am unteren Rand des Schilds. Die Schnitzereien hatten cartoonartige Proportionen, und Wind, Regen und Salz hatten die Farben bis auf eine dünne, abgeblätterte Grundschicht abgelöst. Aber es war das Motto der Stadt, das Eileen wirklich unter die Haut ging: *Wir bereiten Ihnen ein herzliches Willkommen.*

Der Gruß war vielleicht freundlich gemeint, aber in Eileens Ohren klang er finster. So als hätten die Bewohner der Stadt die zweite Hälfte des Satzes weggelassen: *Wir bereiten Ihnen ein herzliches Willkommen, und dann haben wir Sie in unseren Fängen.*

Ein eiskalter Schauer jagte durch ihren Körper.

»Was?«, fragte Claire und schaute sie an.

»Gar nichts.«

Sie schüttelte das Gefühl ab, während sie herzlich willkommen weiter nach Rockport hineinfuhren. Inzwischen war die Küste zu erkennen, blitzte hier und da zwischen der Häuserreihe mit Meerblick auf. Die Straße führte steil bergauf, und Claire musste mehr Gas geben. Je höher sie kamen, desto weiter standen die Häuser auseinander, wodurch sich ein besserer Blick aufs Wasser bot. Schließlich wurde die felsige Landschaft so steil, dass die Häuser komplett verschwanden. Trotzdem führte die Shoreline Road immer weiter bergan. Eileen wurde bewusst, dass sie eine Klippe erklommen. Der Regen spuckte auf den Wagen, und Claire stellte den Scheibenwischer höher und schaltete das Fernlicht ein. Schließlich wurde die Straße wieder flacher, und Eileen musste mit zusammengekniffenen

Augen durch den stärker werdenden Regen blicken, um das Straßenschild vor ihnen lesen zu können: LARAMIE ROAD. Sie kratzte den Rest der Wegbeschreibung aus ihrem Gedächtnis zusammen: *Rechts auf die Laramie abbiegen, dann befindet sich das Ziel zu Ihrer Linken.*

Das Ziel.

Laramie Road 2270.

Claire schaltete den Motor des Caravans aus, und die Schwestern blickten durch die Windschutzscheibe.

Das Haus war größer, als Eileen es sich vorgestellt hatte. Viel größer als irgendeins der Häuser entlang der Küste unter ihnen. Es war im viktorianischen Stil erbaut, inklusive Giebeln und Rundumveranda. Die beiden Etagen verfügten über breite Fenster, die in wettergegerbtes, hellblaues Holz eingelassen waren. Auf der rechten Seite des Hauses ragte ein Kuppelturm auf. Das Gebäude stand direkt an der Küste, und von den hinteren Fenstern bot sich ein Ausblick auf den Pazifik. Es wirkte dunkel und verlassen. Keinerlei Lebenszeichen. Es gab keine Nachbarn. Es war das einzige Haus ganz oben auf der Klippe, erbaut inmitten einer kleinen Wildnis aus Felsen und Nadelbäumen.

Ich hatte einen Onkel, dachte Eileen.

Zum allerersten Mal erschien ihr die Vorstellung real. Weil sie hier war, vor einem realen Haus. Eileen hatte einen Onkel, von dem ihre Mom ihr nie etwas erzählt hatte.

Hatte ihre Mutter es ihr aus gutem Grund verschwiegen?

Und das Geheimnis – hatte ihre Mutter auch dabei gute Gründe gehabt, es zu verbergen?

Eileen könnte hier und jetzt sofort damit aufhören. Sie

könnte Claire vom Fahrersitz drängen, sich hinters Steuer setzen und wieder nach Süden fahren, fort von der Küste und zurück nach Emmet. Murphy würde endlos jammern und Claire würde ihr die Hölle heißmachen, aber Eileen war achtzehn und die Einzige, die im Augenblick überhaupt erben *konnte*. Letzten Endes betraf es nur sie allein, wenn sie wieder nach Hause fuhren.

Aber wenn sie dieses Haus wirklich betraten? Dann betraf es *sie alle*.

Was wartete dort drinnen auf sie? Was hatte Mr Knutsen mit *Dokumente* gemeint? Was, wenn Claire oder Murphy irgendetwas entdeckten, das sie zu dem führte, was Eileen schon seit zwei Jahren wusste? Zu dem Geheimnis. Dem Geheimnis ihrer Mom. Einem Geheimnis, das alles kaputtgemacht hatte.

Fahr wieder zurück, warnte sie eine innere Stimme. Eileen war sich nicht sicher, ob die Stimme ihrer Angst oder ihrer Vernunft gehörte. An manchen Tagen klangen die beiden völlig identisch.

Zurück wohin?, fragte eine andere, energischere Stimme. *In dein zugiges Zimmer? Zu deinen besoffenen Nächten? Deinem leeren Zeichentisch?*

Das Hämmern in Eileens Brust begann erneut, ein kräftiges Schlagen unter ihrer Lederjacke.

Ver-änder-ung, hämmerte es, *Ver-änder-ung*.

Eileen riss den Schlüssel aus dem Zündschloss. Sie steckte ihn in ihre Hosentasche und öffnete wild entschlossen die Beifahrertür.

Sie hatte einen Onkel namens Patrick Enright, und sie würde gleich in sein Haus einbrechen.

ELF

Claire

»Leenie. Leenie … *Eileen!*«

Jetzt, da Claire hier direkt vor ihrem Erbe im Auto saß, vollführte ihr Magen eine Reihe wenig anmutiger Pirouetten. Seit sie das Haus zum ersten Mal erblickt hatte, schien sie auf ihrem Sitz festgetackert zu sein, die Kinnlade heruntergeklappt wie bei einem Halloween-Skelett.

Claire war sich nicht sicher, was sie von der Laramie Road 2270 erwartet hatte. Ein verwittertes Farmhaus vielleicht, oder ein schäbiges kleines Eigenheim. Eine Assi-Hütte mit Hühnerdrahtzaun. Was konnte man auch sonst von einer Kleinstadt in Oregon erwarten? In diese Kategorien fielen jedenfalls die Häuser, die Claire jeden Tag in Emmet sah.

Aber nicht hier.

Rockport war nicht irgendeine Kleinstadt, es war eine Küstenstadt, die an einen *Ozean* grenzte. Und dieses Haus – auch wenn es vielleicht nicht Downtown Abbey das Wasser reichen konnte – wirkte alles anderes als schäbig. Es war ein zwei Stockwerke umfassender, ziemlich imposanter alter Kasten, ausgestattet mit einer schimmernden Turmkuppel. Dieses Haus zeugte von Geschichte, Geld und Klasse.

Man könnte auch sagen, es war das Haus eines Überfliegers.

Die Erkenntnis, die Claire bei seinem Anblick traf, war so überwältigend, dass sie zunächst gar nicht bemerkte, wie Eileen mit den Schlüsseln bewaffnet aus dem Wagen stieg und sich der Haustür näherte. Die Erkenntnis, dass dieses Haus ihnen noch nicht gehörte.

Eileen musste erst noch die rechtlichen Angelegenheiten mit Mr Knutsen in Ordnung bringen. Zweifellos würden vorher noch irgendwelche Papiere unterschrieben und wichtige Unterhaltungen geführt werden. Und Claire selbst konnte ihren Anteil sogar erst im kommenden September erben. Also was zur Hölle hatte sie hier eigentlich zu suchen?

Claire hatte *immer* einen Plan. Immer. Aber heute Nacht hatte sie impulsiv gehandelt, auf der verzweifelten Suche nach einem Hoffnungsschimmer: nach der Limonade, die den sauren Zitronen einen Sinn gab. Nach ihrem *goldenen Moment*. Aber wie sollte der aussehen – einfach in das Haus einbrechen?

Doch genau das schien Eileen vorzuhaben.

»Eileen! *Warte*!«, brüllte Claire durch die offene Beifahrertür.

Sie wusste, dass ihre große Schwester sie gehört hatte. Aber sie blieb weder stehen, noch wandte sie auch nur den Kopf. Sie ging einfach weiter.

Dann hörte Claire ein Geräusch aus dem hinteren Teil des Wagens: eine weitere sich öffnende Tür, gefolgt von auf dem Kies knirschenden Schuhen. Einen Moment später huschte Murphy an der Windschutzscheibe vorbei, ein verschwommener Klecks im Laufschritt, in einem violetten Daunenmantel.

»Murphy!«, schrie Claire. »Ich hab dir doch gesagt, dass du im Wagen bleiben sollst!«

Murphy winkte ihr zu, ohne sich umzublicken. Genauso gut hätte sie Claire den Stinkefinger zeigen können.

»Unfassbar«, grummelte diese, stieß die Fahrertür auf und trat in die Nacht hinaus.

Eileen hatte die vordere Veranda erreicht, setzte vorsichtig einen Fuß vor den anderen und blickte bei jedem Schritt auf ihre Füße, so als wolle sie sich vergewissern, dass das Holz sie aushielt.

Könnte verrottet sein, dachte Claire. *So wunderschön es auch ist, das ganze Haus könnte über uns zusammenstürzen.* Plötzliche Panik krallte sich in ihre Brust und sie rannte los, so schnell, dass sie Murphy einholte und am Arm packte.

»Hey! Au!«, jaulte ihre Schwester und versuchte, sich loszureißen.

Claire hielt sie fest. »Was glaubst du bitte, was du hier machst?«

»Äh, ich schau mir das Haus an. Und was machst *du* hier?«

Murphys Tonfall ließ sich nur als unverschämt bezeichnen. Claire ignorierte sie und blickte zum Haus.

»Leenie!«, schrei-flüsterte sie.

Eileen reagierte immer noch nicht und setzte ihre sorgfältige Inspektion nun an der Haustür fort. Claire stampfte die Stufen hinauf und zerrte Murphy mit sich. Aus der

Nähe konnte sie alles genau beobachten. Eileen drehte den Türknauf zuerst nach links, dann nach rechts. Als sich die Tür nicht öffnete, rüttelte sie kräftig daran.

»Würdest du bitte damit aufhören?«, zischte Claire. »Du kannst nicht einfach einbrechen.«

»Tue ich ja nicht«, erwiderte Eileen und fummelte weiter an der Tür herum. »Ich *kann* gar nicht in dieses Haus einbrechen, weil es mir *gehört*.«

»*Uns*«, korrigierte Claire sie. »Aber noch nicht.«

»Ich bin achtzehn, oder etwa nicht?«, konterte Eileen.

»Ja, aber der ganze Papierkram –«

»Wenn ich den Präsidenten wählen darf und in einen gottverdammten Krieg ziehen, dann kann ich auch mein neues Haus betreten.«

»Wir dürfen das nicht riskieren«, sagte Claire, als ihr mit wachsendem Entsetzen die Lage bewusst wurde, in die sie sich selbst manövriert hatte. »Was, wenn die Polizei hier auftaucht? Sie könnten uns verhaften. Wir können es uns nicht leisten, verhaftet zu werden. So viel Geld haben wir nicht.«

»Sicher haben wir das«, widersprach ihr Eileen und lächelte ruhig. »Du hast *Tausende*, Claire. Hast du das nicht gesagt? Die Menschen im Internet haben dich üppig entlohnt.«

Impulsiv zu sein war eine furchtbare Idee gewesen. Claire fragte sich, wie Leute, die nicht planten, nur so leben konnten, Tag für Tag. Sich einfach vom Wind treiben zu lassen, bis man flach auf dem Gesicht landete. Das hier war von Anfang an eine miese Idee gewesen, aber sie konnte es wieder in Ordnung bringen.

»Denk doch mal drüber nach«, sagte sie zu Eileen, wobei ihre Gedanken ihren Worten bereits einen Schritt voraus waren. »Wenn wir hier verhaftet werden … Mal ganz abgesehen von den *direkten* Konsequenzen … Dann würde Mr Knutsen davon erfahren, und du hast keine Ahnung, in welche Schwierigkeiten uns das bringen könnte. Du hast Onkel Patricks Testament doch gar nicht gesehen. Was, wenn es eine Klausel umfasst, dass wir *gar nichts* erben, wenn wir hier einbrechen?«

Ellen kniff die Augen zusammen. »Natürlich, Claire. Ich bin mir sicher, dass es eine Klausel gibt, in der genau das steht.«

»Das kannst du nicht wissen!«

»Du bist doch total paranoid, verdammt.«

»Na schön«, blaffte Claire sie an und suchte hektisch nach einer anderen Taktik. »Aber Mom wird auch davon erfahren. Willst du das?«

Eileen wurde mit einem Mal sehr still. Obwohl sie kaum noch miteinander redeten, wusste Claire in diesem Moment genau, was Eileen dachte. Genau wie Claire fragte sie sich, warum ihre Mutter sie angelogen hatte. Warum hatte sie ihnen ihr ganzes Leben lang erzählt, dass sie keine Verwandten hätten?

Claires Worte schienen bei Eileen Wirkung zu zeigen. Sie hörte auf, an der Tür herumzufummeln, und richtete sich wieder aus der Hocke auf.

Manchmal vergaß Claire, wie groß ihre Schwester war – gut fünfzehn Zentimeter größer als sie, wie ein echtes Topmodel. Sie fragte sich, woher Eileen diese guten Gene hatte, und warum das Universum in seiner unendlichen Ironie entschieden hatte, sie *ihr* zu geben anstatt Claire. Eileen wurde dieser Gabe der Natur mit ihren schwarzen Schlabberklamotten und ihrer dauerhaft gebeugten Haltung kein bisschen gerecht.

Eileen schaute unterdessen stirnrunzelnd ins Weite. »Wo ist Murph?«

Claire blickte sich um. Im Eifer des Gefechts hatte sie Murphys Arm losgelassen, und jetzt war ihre kleine Schwester verschwunden. Sie war weder auf der Veranda noch im Vorgarten.

»ICH HAB'S!«

Das Rufen kam von hinter dem Haus.

Claire und Eileen tauschten einen Blick, die Augen weit aufgerissen, bevor sie auf die Stimme zustolperten.

Sie folgten der Veranda zu einer doppelten Glastür. Der linke Türflügel stand offen und schwang in der leichten Meeresbrise hin und her – Murphy war nirgends zu sehen. Claire ging näher heran und versuchte, ins Haus zu linsen, aber das Innere lag in völliger Dunkelheit.

»Murphy!« Es fiel ihr immer schwerer, flüsternd zu rufen. Sie holte ihr Handy hervor, schaltete die Taschenlampen-App an und richtete den Lichtstrahl ins Haus. Aber sie ging nicht hinein.

Eileen jedoch stürmte sofort durch die Tür und stampfte mit ihren Stiefeln laut über den alten Hartholzboden. »Murphy!«, brüllte sie durchs Haus.

Vorsichtig folgte Claire ihrer Schwester, leuchtete mit der Taschenlampe in sämtliche Richtungen und versuchte, ihr hämmerndes Herz zu beruhigen.

»Murphy!«, fiepste sie. »Das ist *nicht* lustig.«

»Gott«, stöhnte Eileen und riss ihr das Smartphone aus der Hand. »Wir sind hier doch nicht auf 'nem Rave.«

Protest meldete sich in Claires Kehle, erstarb dann jedoch sofort wieder. Sie benahm sich vollkommen hysterisch, das wusste sie selbst, aber was sollte sie denn dagegen tun? Sie mochte keine dunklen, offenen Räume – oder die Vorstellung, wer oder was dort in den Schatten auf sie lauern könnte.

Eileen hingegen richtete die Taschenlampe beherzt ins Innere des Raums. Sie strahlte noch nicht mal einen Hauch von Angst aus. Genauso wie früher, als sie noch klein gewesen waren: Eileen war diejenige gewesen, die Spinnen aus dem Badezimmer entfernt und Claire versichert hatte, dass sich in ihrem Kleiderschrank auch nachts nichts anderes befand als Pullover und Schuhe. Sie war schon immer die Mutige gewesen, und wie es schien, war sie das noch heute.

»Murphy!«, rief Eileen erneut.

Sie folgten einem schmalen Flur, der in einen größeren Raum überging, eine Art Salon. Der Strahl der Taschenlampe durchschnitt die Dunkelheit, und Claire konnte den Raum Stück für Stück erkennen: ein grünes Samtsofa, ein Kamin, Stuckleisten an der Decke, ein Konzertflügel, Stapel mit Kisten.

Kisten. Haufenweise Kisten, mehrere Türme nebeneinander, immer vier Stück hoch, an einer kompletten Wand entlang.

Eileen trat tiefer in den Raum hinein und ließ den Lichtstrahl langsam nach oben wandern. Er erhellte eine imposante Treppe, die beinahe so breit war wie der Salon selbst.

Dort, ein paar Stufen weiter oben, stand eine reglose Gestalt.

»AAAH!«, kreischte Claire.

»Verfickte Scheiße!«, schrie Eileen.

Die Gestalt, violett und aufgebläht, sagte: »Beruhigt euch wieder. Oder *wollt* ihr, dass die Polizei hier auftaucht?«

»Murphy. Maureen. Sullivan.« Claire spuckte sämtliche Namen ihrer Schwester einzeln aus. Sie hatte sich von einem Moment auf den anderen von einem zu Tode verängstigten Kind in die schlimmste mütterliche Version ihrer selbst verwandelt.

»Was glaubst du bitte, was du da machst?«, keifte sie und musste sich auf die Zunge beißen, um kein »junges Fräulein« hintendran zu hängen.

»Das fragst du mich die ganze Zeit«, erwiderte Murphy und hüpfte unbekümmert die Stufen hinunter. »Aber vielleicht solltest du lieber mehr Zeit darauf verwenden, dich selbst zu fragen, was *du* eigentlich machst. Du und Eileen verschwendet lieber Zeit damit, euch zu streiten. Ihr habt uns kein Stück weitergebracht. Ich hingegen –«

»Du bist eine Kriminelle!«

»Hey, hey, hey.« Murphy senkte in einer beruhigenden Geste die Hände. »Wer verstößt hier bitte gegen das Gesetz?«

»Was glaubst du denn, was das hier ist?«, kreischte Claire und wedelte in Richtung der Glastür. »Du bist *eindeutig* hier eingebrochen.«

»Nein, bin ich nicht.« Murphy strahlte so breit wie die Grinsekatze.

»Und wie bist du dann reingekommen?«, wollte sie wissen.

»Magier können eben gut mit Schlössern umgehen.« Murphy strahlte. *»Ta-da!«*

Claire klatschte sich eine Hand gegen die Stirn und flüsterte: »Oh, mein Gott.«

»Es ist *unser* Haus«, beharrte Murphy trotzig. »Wir teilen es zwischen uns dreien auf, richtig? Also suche ich mir *mein* Drittel schon mal aus. Ist das denn nicht der Sinn und Zweck unseres kleinen Schwesterntrips?«

»Nein«, erwiderte Claire kalt.

»Was dann?«

»Ja, Claire«, ging Eileen dazwischen und leuchtete ihr mit der Taschenlampe direkt ins Gesicht. »*Warum* sind wir eigentlich hier?«

Claire legte wütend eine schützende Hand über ihre Augen, bis Eileen schließlich nachgab und den Taschenlampenstrahl wieder sinken ließ. Erst dann antwortete sie ihr. Jetzt hatte sie die Chance, ihren Plan zu formulieren. Mit ihrer schnippischen Frage hatte Eileen zwar sicher etwas anderes beabsichtigt, aber Claire würde sich diese Gelegenheit nicht entgehen lassen. Ein spontaner Impuls hatte sie in diese Situation gebracht, aber ein Plan würde sie wieder daraus befreien.

»Wir sind hergekommen, um das Haus mit eigenen Augen zu sehen«, begann sie mit festem Blick auf Eileen. »Und jetzt *haben* wir es gesehen. Wir hätten nicht einbrechen müssen, aber das haben wir getan. Deshalb verschwinden wir jetzt wieder, bevor uns noch jemand auf frischer Tat ertappt, und folgen ab sofort dem legalen Weg.«

»Du kannst ja wieder verschwinden, wenn du willst«, erwiderte Murphy. »Es hält dich niemand auf.«

Claire ignorierte sie und funkelte Eileen noch intensiver an. »Wir hatten einen Deal. Du bist nur dank meines Geldes hier.«

Eileens Lippen zuckten. »Es war aber nicht Teil des Deals, dass ich Befehle von dir annehme.«

Mit einer blitzschnellen Bewegung schnappte sich Claire ihr Smartphone aus Eileens Hand. »*Bitte.* Viel Spaß beim Erkunden dieses stockdunklen Hauses. Ich warte im Wagen auf euch. Und falls die Polizei auftaucht? Bin ich weg, viel Glück dabei, dann allein wieder zurück nach Emmet zu kommen.« Sie stolzierte zur Glastür und ließ die beiden nervtötendsten Schwestern der Welt einfach stehen.

»Bist du denn gar nicht neugierig?«

Claire hielt inne und drehte sich langsam zu Eileen um. »Bitte?«

»Fragst du dich denn gar nicht, warum Mom uns nie erzählt hat, dass wir einen Onkel haben?«, wollte ihre Schwester wissen.

Claire würde auf keinen Fall zugeben, dass sie sich genau diese Frage erst vor ein paar Minuten selbst gestellt hatte. Sie verschränkte die Arme und antwortete: »Ich bin mir sicher, dass sie gute Gründe dafür hatte.«

»Du bist dir *sicher*, ja?«

Eileens Worte trieften förmlich vor Sarkasmus, und Claire fiel einfach keine Erwiderung darauf ein. Ihre Mutter *musste* von ihrem Onkel Patrick gewusst haben, oder? Sie redete nicht oft von ihrem Dad, und zumindest *das* konnte Claire gut verstehen: Die Erinnerung an ihn war einfach zu schmerzhaft. Aber warum hatte ihre Mutter vor ihnen verheimlicht, dass ihr Vater einen Bruder hatte? Sie hatte ihnen allen immer erzählt, dass es keine Verwandten gab. Ihre Mom war in Pflegefamilien aufgewachsen, seit sie zwei Jahre alt gewesen war, wurde von einem Zuhause zum nächsten weitergereicht und blieb niemals lange irgendwo. Mit siebzehn hatte sie sich dann emanzipiert und ihrer aller Dad kennengelernt. Auch er war ein Einzelkind gewesen, und seine Eltern verstorben, als er noch ein Teenager war. Bei einem Autounfall. Claire hatte nie irgendwelche Fragen gestellt, weil sie die Geschichten aus der Vergangenheit ihrer Eltern traurig machten, und weil ... Nun, wer würde bei so etwas schon lügen?

Tja, ihre Mom zum Beispiel.

»Weißt du, wie Onkel Patrick von uns erfahren hat?«, fragte Eileen. »Knutsen hat mir erzählt, dass er einen Privatdetektiv engagiert hat, um uns aufzuspüren. Und er hat Knutsen Anweisungen hinterlassen, Mom nichts von alledem zu erzählen.«

Ein Kribbeln kroch Claires Arme hinauf. Sie konnte nicht anders, als zu erwidern: »Aber ... warum? Hat sie ihm irgendetwas getan? Haben die beiden sich überworfen oder so?«

»Wer weiß?« Eileen zuckte mit den Schultern. »Nach allem, was Knutsen mir erzählt hat, war der Typ total durchgeknallt.«

»Dann *muss* er unser Onkel sein«, warf Murphy ein und lachte schallend.

»Alles, was ich damit sagen will«, fuhr Eileen an Claire gewandt fort, »ist, dass wir vielleicht die Chance haben, ein paar Antworten zu finden, wenn wir noch eine Weile hierbleiben. Knutsen meinte, das Haus könnte voll mit allem möglichen Zeug sein. Dokumente, Fotos, Erinnerungsstücke.«

»Wie jetzt?«, erwiderte Claire. »Erst brichst du hier ein, und jetzt willst du auch noch was *klauen*?«

»Das hab ich nicht gesagt.« Eileen winkte mit einer Hand durch den Raum. »Ich brauche diesen ganzen Scheiß nicht. Aber *was* ich gerne hätte, ist ein bisschen Zeit, um zu sehen, ob ich irgendeinen Hinweis darauf finde, wer Patrick Enright war. Oder, du weißt schon, darauf, was zur Hölle hier eigentlich los ist. Und du willst schließlich wissen, was der alte Kasten wert ist, oder etwa nicht? Wie viel dir dieser ganze Scheiß einbringen könnte, um für Yale zu bezahlen.«

Claire geriet ins Wanken. Teilweise lag Eileen natürlich völlig daneben. Claire brauchte das Geld nicht für Yale. Aber sie brauchte es, um ein neues Leben zu beginnen. Selbst wenn sie dieses Haus erst in vier Jahren verkaufen konnten, bot es Geld für eine Zukunft. Geld, mit dem sie planen konnte, für später. Sie *war* neugierig. Was das Haus anging, aber auch – völlig unerwartet – was ihre Familie anging.

Bislang hatte sie es sich selbst nicht erlaubt, darüber nachzudenken, wer ihr Onkel Patrick gewesen sein könnte oder ob diese ganze Geschichte etwas mit ihrem Vater zu tun haben könnte, der vor Ewigkeiten an Krebs gestorben war. Diese Dinge gehörten nicht zu ihrem goldenen Moment. Jetzt betrachtete Claire die Sache jedoch ein wenig anders. Dieses Haus bedeutete nicht nur Geld für die Zukunft. Es konnte ihnen vielleicht auch mehr über ihren Dad erzählen.

Claire hatte nur eine Handvoll Erinnerungen an ihren Vater. Er war gestorben, als sie drei Jahre alt gewesen war. Sie konnte sich noch nicht mal mehr an die Beerdigung erinnern. Manchmal fragte sie sich, wie es möglich war, dass ihr Verstand etwas so Bedeutendes nicht hatte speichern können. Was er jedoch stattdessen gespeichert hatte, war ihr Dad an ihrem Bett, wie er ihr *Harold und der lila Buntstift* vorlas. Und auch eine andere Erinnerung: Wie sie sich das Knie aufgeschürft hatte und schluchzend ins Haus lief, wo ihr Dad ihr ein Pflaster auf die Wunde klebte, bevor er ihr einen Erdnussbutterkeks reichte und sagte: »Davon geht der Schmerz wieder weg.«

Er war ein guter Vater gewesen, da war Claire sich ganz sicher. Er war nur einfach schon viel zu lange nicht mehr da. Hin und wieder, wenn sie anderen erzählte, dass ihr Dad tot war, setzten diese einen ernsten Blick auf und sagten: »Tut mir leid.« Wenn das passierte, bekam Claire immer ein schlechtes Gewissen, weil sie natürlich traurig war, dass ihr Dad so jung gestorben war. In Wahrheit dachte sie jedoch an den meisten Tagen überhaupt nicht an ihn. Sie vermisste ihn nicht wirklich, weil sie zu wenige Erinnerungen an ihn hatte.

Sie war ohne einen Vater zurechtgekommen, genauso, wie sie seit einiger Zeit ohne eine besonders präsente Mutter zurechtkam. Wie sie ohne eine ältere Schwester zurechtkam, nachdem Eileen sie vor zwei Jahren im Stich gelassen hatte und in die Garage gezogen war. Sie hatte sich stattdessen eine eigene Familie aufgebaut, mit Harper

Everly als Familienoberhaupt und ihren Mit-Harperettes im Internet als Geschwister. Sie hatte mehr getan, als nur zurechtzukommen. Sie war eine *Überfliegerin*.

Aber was wartete jetzt schon zu Hause auf sie? Ein Ablehnungsschreiben aus Yale und eine unbeantwortete Nachricht von Ainsley St. John.

Doch Claire hatte Angst davor, hierzubleiben. Sie mochte Leichtsinn nicht, genauso wenig wie nicht zu wissen, was als Nächstes kam. Aber vielleicht musste sie diese Angst ja einfach überwinden. Vielleicht war *das* Teil ihres goldenen Moments.

Sie blickte Eileen mit zu Schlitzen verengten Augen an. »Du hast nicht vor, irgendwas mitzunehmen?«

Eileen hob zwei Finger zu einem ironischen Schwur. »Großes Pfadfinderehrenwort.«

Sie waren ja ohnehin bereits hier, *im* Haus, und der schlimmste Schaden war bereits angerichtet. Solange sie nichts klauten, würden sie auch keine weiteren Gesetze brechen. Vielleicht konnten sie ja doch noch ein bisschen bleiben. Nur für eine Stunde. Höchstens zwei.

»Schau sie dir an, Leenie«, sagte Murphy. »Ich sehe es genau: Du hast sie überzeugt.«

ZWÖLF

Murphy

Murphy war noch nie in einem so großen Haus gewesen, noch nicht mal, nachdem sie sich in der fünften Klasse mit Zoe Colvis angefreundet hatte und zu deren Poolparty in Chester Heights eingeladen gewesen war, dem einzigen wirklich schönen Viertel in Emmet. Dort hatten die Schlafzimmer ein eigenes Bad und die Küchen schicke Armaturen, und natürlich hatte praktisch jeder dort einen eigenen richtigen Swimmingpool im Garten.

Aber nicht mal Zoes Haus konnte mit *diesem* hier mithalten, denn es war so neu, dass die jungen Bäume im Vorgarten von Holzstreben gestützt werden mussten. Das Haus in der Laramie Road dagegen war uralt, das konnte Murphy an den kristallenen Türknäufen und der riesigen Treppe erkennen. Sie hatte solche Häuser schon oft im Fernsehen gesehen: in Filmen, die im 19. Jahrhundert spielten, oder in Serien über reiche Vampir-Teenager. Vielleicht kam sie sich bei ihrem Streifzug durch das Haus ja deshalb so vor, als befände sie sich an einem Filmset in Hollywood, wo jede Sekunde ein Regisseur »Schnitt!« rufen würde.

Eines Tages werde ich wissen, wie das wirklich ist, dachte Murphy, *wenn ich erst meine eigene Zaubershow auf Netflix habe.*

»WOW!«

Sie wurde so plötzlich aus ihren Gedanken gerissen, dass sie beinahe über ihre eigenen Füße stolperte. Licht flutete den Raum, in dem sie und ihre Schwestern standen.

»Was sagt man dazu?«, staunte Eileen, eine Hand auf dem Lichtschalter. »Es funktioniert immer noch.«

Claire wirkte völlig entsetzt. »Was tust du denn da? Schalt es sofort wieder aus, Leenie!«

»Warum?«

»Weil uns jemand sehen könnte!«

»Die Gegend ist völlig verlassen. Wir sind hier auf einer gottverdammten Klippe.«

»Eben. Jemand könnte das Licht von unten sehen.«

»Wie ich schon sagte: Du bist paranoid.« Eileen gähnte demonstrativ und blickte mit zusammengekniffenen Augen hinauf zu dem Kronleuchter über ihren Köpfen.

Stinkreich, dachte Murphy. Das war ihr Onkel Patrick gewesen. Zoe Colvis hatte jedenfalls keinen Kronleuchter.

Ganz langsam ließ Murphy den Blick durch den Salon schweifen und nahm alles in sich auf: Einen Moment lang starrte sie auf den glänzenden schwarzen Konzertflügel, dann auf die einen Kreis bildende Sitzgruppe aus weichen Sofas und Polstersesseln, dann auf die Kunstwerke an den Wänden – Ölgemälde von Farmlandschaften. Es war beeindruckend, aber Murphy wollte *alles* sehen.

Sie rannte aus dem Zimmer und die grandiose Treppe hinauf, genau wie sie es vorgehabt hatte, bevor ihre Schwestern sie aufgehalten hatten. Das Wunder der Elektrizität stand ihr zur freien Verfügung, also was sollte sie jetzt noch davon abhalten? Murphy legte im Vorbeilaufen sämtliche Lichtschalter um, rannte die Stufen hinauf und sauste einen Flur mit gewölbter Decke hinunter. Sie stürmte in eines der Zimmer und schaute sich um: ein Himmelbett, ein Kamin mit Gitter und ein riesiger Kleiderschrank.

Sie stieß ein Quietschen aus und eilte zum nächsten Zimmer weiter: ein Doppelbett mit Himmel, eine Kuppeldecke und ein Schreibtisch. Ein weiteres Quietschen, und Murphy sauste wieder davon und setzte ihre Erkundungstour fort. Sie wollte das ganze Haus in sich aufsaugen und unterwegs jedes einzelne Zimmer in Licht tauchen.

Und sie verlor dabei keine Zeit. Schon nach einer Minute hatte Murphy den Kopf in sämtliche Zimmer im ersten Stock gesteckt. Es waren insgesamt vier Schlafzimmer, zwei Bäder und ein Arbeitszimmer. Ein *Arbeitszimmer*. Wer zum Geier hatte in seinem Haus bitte genügend Platz für ein *Arbeitszimmer*? Murphy nahm vage wahr, wie Claire von unten ihren Namen rief, aber etwas viel Aufregenderes hatte ihre Aufmerksamkeit erregt: die Wendeltreppe am Ende des Flurs. Murphy rannte darauf zu, blieb dann jedoch darunter stehen und bestaunte die sich windende Form aus Metall mit offenem Mund. Die Treppe vollendete drei komplette Spiralen, bevor sie ihr verborgenes Ziel erreichte.

Murphy rannte die Stufen hinauf. Oben versperrte ihr keine Tür den Weg. Die Treppe endete direkt in einem kleinen, runden Raum mit Kuppeldecke. Ein großes Fenster in der Mitte des Zimmers bot einen Blick auf den Vorgarten und das Meer dahinter. Doch das Beste waren die in die Wände eingebauten Regale, die mit Büchern vollgestopft waren.

»Magisch«, flüsterte Murphy – und *sie* benutzte dieses Wort nie leichtfertig.

Sie ging zum Fenster und blickte auf die dunklen Klippen und den Pazifischen Ozean hinaus, weit und ruhelos am Horizont. Sie atmete tief ein, während sie sich langsam im Kreis drehte und die Schätze des Raums in sich aufnahm: gebundene Bücher in allen Farben und Größen, auf- und nebeneinandergestapelt in den vom Boden bis zur Decke reichenden Regalen.

»Yes, Onkel Pat!«, rief sie aus und stieß eine Faust in die Luft. »*So* teilt man seinen Reichtum!«

»Murphy?«

Claires Stimme drang vom Fuß der Wendeltreppe zu ihr herauf. Murphy lehnte sich über das Geländer und blickte nach unten.

»Oh, hey«, sagte sie in Claires mehr als nur verärgertes Gesicht.

»Die ganze Stadt wird mitkriegen, dass wir hier sind«, schimpfte Claire. »Wir sind der reinste Leuchtturm.«

Murphy schnappte nach Luft. »Es *ist* ein Leuchtturm! Komm, schau's dir an!«

Murphy konnte die Neugier in den Augen ihrer Schwester erkennen, auch wenn sie noch so genervt war. Sie stapfte die Stufen absichtlich laut hinauf und versuchte, streng auszusehen, doch als sie Murphy erreichte, verriet ihre staunende Miene sie.

»Wow!«, stieß sie aus.

»Ich weiß!«, stimmte Murphy ihr zu. Sie zog ein Buch

aus dem Regal – *Die drei Musketiere* von Alexandre Dumas –, hob es wie ein Heiligtum über ihren Kopf und wirbelte erneut kichernd vor Begeisterung im Kreis herum. »Eine Geheimbibliothek! Ein Schlossturm!«

Dann war ihr jedoch mit einem Mal ganz ernst zumute und sie drehte sich zu Claire. »Glaubst du, Onkel Patrick hat ganz allein hier im Haus gelebt? Das wäre mir total unheimlich. Viel zu viele Ecken, an denen sich unerwünschte Eindringlinge verstecken könnten.«

»Ich schätze, ich bin wohl nicht die Einzige hier, die paranoid ist«, murmelte Claire, zog ein Buch aus einem der Regale und schlug es auf. »Wow«, sagte sie und legte eine Hand flach auf die Seite. »Eine Erstausgabe. Die könnte eine Menge wert sein.«

»Hey!«, rief es von unten.

»Hier *ooobeeen*!«, trällerte Murphy. Sie fühlte sich völlig ekstatisch, oder vielleicht war sie auch nur im Delirium, schließlich war sie die ganze Nacht wach gewesen. Aber sie wurde einfach das Gefühl nicht los, dass hier etwas Magisches vor sich ging. Sie war in einem imposanten, phänomenalen Haus, zusammen mit ihren Schwestern. Sie teilten diesen Moment, verwandelten ihn in eine gemeinsame Erinnerung. Eileen und Claire *beachteten* sie. Es war ihr erster gemeinsamer Ausflug ganz allein, nur sie drei Schwestern, und es war der beste Trip aller Zeiten.

Eileen tauchte am Treppenabsatz auf, und ihre schwarz umrandeten Augen weiteten sich genauso wie Claires.

»Das gehört uns«, hauchte Murphy. »Alles uns.«

»Dir gehört es erst in vier Jahren«, widersprach Claire ihr hilfreich.

»Ja, aber Eileen wird sicher mit uns teilen, hab ich recht, Leenie? Oder wir könnten unseren Tod vortäuschen, den Caravan in die Luft jagen und einfach hier einziehen. Ohne dass es irgendjemand erfährt.«

»Sicher«, erwiderte Eileen abwesend. »Wir täuschen unseren Tod vor.«

»Was ist das?«, fragte Claire sie. Eileen drückte irgendetwas an ihre Brust.

»Das, äh, hab ich in einem der Schlafzimmer gefunden.« Sie drehte es um, damit ihre Schwestern es sehen konnten.

Es war ein Bilderrahmen mit einem Farbfoto. Darauf blickten drei Jungen in die Kamera, ihre Gesichter von grellem Sonnenschein erhellt. Zwei von ihnen hatten helles Haar – der eine blond, der andere rötlich. Sommersprossen bedeckten ihre Nasen, und ihre blauen Augen schienen zu leuchten. Der dritte Junge hatte dunkles Haar und dunklere Augen. Im Gegensatz zu seinen Brüdern lächelte er nicht. Denn sie *mussten* Brüder sein, da war Murphy sich ganz sicher.

»Das sind *wir*«, flüsterte Murphy verträumt und tippte auf den Bruder in der Mitte, der am jüngsten aussah.

»Das ist Dad«, sagte Claire. »Erkennst du das denn nicht? Und Onkel Patrick, schätze ich. Aber … ich habe keine Ahnung, wer der andere ist.«

Die Erkenntnis traf Murphy wie ein Blitz: Wenn ihre Mom sie wegen Onkel Patrick angelogen hatte, was hatte sie dann womöglich noch alles vor ihnen verheimlicht?

»Wir könnten auch *zehn* Onkel haben«, murmelte sie. »Oder fünfzig *Tanten*. Vielleicht *war* Mom ja gar kein Pflegekind und hat ein eigenes Familiengeheimnis!«

»Sei doch nicht albern, Murph«, wies Claire sie zurecht, obwohl sie selbst ziemlich unsicher klang, als sie fragte: »Könnte Dad wirklich zwei Brüder gehabt haben?«

»Keine Ahnung«, erwiderte Eileen und drückte den Bilderrahmen wieder an ihre Brust. Sie hatte einen seltsamen Ausdruck auf dem Gesicht. Beinahe so, als hätte sie … Angst? Aber das konnte nicht sein. Eileen hatte nie vor irgendetwas Angst. Der Ausdruck verblasste jedoch sofort wieder, als sie mit den Schultern zuckte und hinzufügte: »Außerdem sind wir nicht wegen einer Geschichtsstunde hier.«

Im selben Moment knurrte Murphys Magen. Nur, dass es lauter war als nur ein Knurren. Eher ein Brüllen.

»Scheiße, Murph«, sagte Eileen und zog eine Augenbraue hoch.

»Ich hab euch doch gesagt, dass ich Hunger hab.«

Sie hatte *wirklich* Hunger. Und jetzt, wo sie auch noch an Essen *dachte*, steigerte er sich mit einem Schlag zu gierigem Heißhunger und war nicht mehr zu leugnen. Sie nahm an, dass der menschliche Körper einfach nicht dafür geschaffen war, die ganze Nacht aufzubleiben, nur mit einer Flasche Dr Pepper als einziger Nahrungszufuhr.

Als würde sie etwas furchtbar Ernstes beichten, gestand Claire: »Ich hab auch irgendwie Hunger.«

»Wie spät ist es überhaupt?«, wollte Eileen wissen.

Claire holte ihr Handy heraus. »Fast sechs. Um die Zeit kriegen wir sicher schon irgendwo Frühstück, oder? Starbucks öffnet unter der Woche schon um vier Uhr morgens.«

»Klar, dass *du* das weißt«, grummelte Eileen.

Murphy zuckte zusammen und erwartete den nächsten

Streit, aber Claire war zu sehr in ihr Smartphone versunken. Sie tippte auf dem Bildschirm herum, die Stirn in Falten gelegt, tauchte nach ein paar Sekunden wieder auf und sagte: »Ich hab was: ein Diner. Sie haben seit fünf geöffnet. Es liegt nur«, sie warf einen Blick auf ihr Handy, »zwei Minuten Fahrt von hier entfernt.«

Eileen zuckte mit den Schultern. »Wollen wir hin?«

»Warum nicht?«, erwiderte Claire. »Ich fahre sicher nicht drei Stunden mit leerem Magen zurück.«

»Aber dir ist schon klar, dass das Frühstück auf dich geht, oder?« Eileen grinste schief.

Claire verdrehte die Augen, sagte jedoch nichts, als sie sich an Eileen vorbeischob und die Treppe hinunterstieg.

»Gibts auf der Website eine Speisekarte?«, rief Murphy ihr hinterher und folgte den beiden in den ersten Stock. »Steht da, ob sie Käsefritten haben?«

»Es sind zwei Minuten Fahrt, Murph«, sagte Eileen. »Das erfährst du schon noch früh genug.«

Die Schwestern hatten gerade den Salon erreicht, als Murphy auffiel, dass sie immer noch *Die drei Musketiere* in der Hand hielt. Sie legte es auf einem Sideboard ab und schloss zu ihren Schwestern an der Glastür auf. Claire blieb stehen, die Fäuste in die Hüften gestemmt, und fragte: »Was wollen wir deswegen unternehmen?«

»Was meinst du?«, fragte Murphy.

Claire kniff die Augen zusammen. »Ich meine, dass du eingebrochen bist und wir nicht abschließen können.«

Murphy schnaubte verächtlich. »Ich glaube nicht, dass du das Konzept des Schlossknackens wirklich verstanden hast.«

»Warum spielt das überhaupt eine Rolle?«, fragte Eileen. Sie wirkte gelangweilt.

»Es spielt eine Rolle«, antwortete Claire, »weil *jeder* einfach hier eindringen könnte, wenn Murphy es getan hat.«

»Und die Chancen, dass das passiert, liegen bei ...?«

»Es spielt keine Rolle, wie die Chancen dafür stehen. Es ist *möglich*, und ich werde sicher nicht riskieren, dass hier Schaden entsteht.«

»Hör auf, das ständig als Entschuldigung zu benutzen«, stöhnte Murphy. Dann, weil sie genau wusste, wohin das Ganze führen würde, tat sie das Undenkbare. Sie verstieß gegen den magischen Ehrenkodex: Sie enthüllte, *wie* ihr Trick funktionierte.

»Was ist das?«, fragte Claire und blickte angestrengt auf den kleinen Gegenstand, den Murphy aus ihrer Manteltasche gezogen hatte.

Es war ein Türschlüssel.

»Ich hab ihn unter der Fußmatte gefunden«, gestand Murphy.

»Du bist gar nicht eingebrochen?«, fragte Eileen. »Du hast einen verfluchten Schlüssel benutzt?«

»Ja, ja, schon gut.« Murphy drängte sich an ihren Schwestern vorbei auf die Veranda hinaus.

»Und was sollte dann dieses ganze Gelaber von wegen *Magie*?«, kreischte Claire beinahe.

Eileen grinste jedoch. »Cool«, befand sie und knuffte Murphy gegen die Schulter.

Das besänftigte Murphy ein wenig. Normalerweise bemerkte Eileen kaum etwas von dem, was sie tat, ganz davon zu schweigen, dass sie es als »cool« bezeichnete.

»Du bist so albern«, sagte Claire und folgte ihren Schwestern nach draußen. »Warum hast du uns denn nicht einfach gleich die Wahrheit gesagt?«

Weil es dann keine Magie gewesen wäre, hätte Murphy am liebsten erwidert, aber sie tat es nicht. Es hätte sich zu lächerlich angehört. Sie machte die Tür hinter sich zu, drehte den Schlüssel im Schloss und der Riegel schob sich wieder an seinen Platz.

»Bitte schön«, sagte sie und drehte sich mit hochnäsiger Miene zu Claire um. »Alles in Sicherheit. Und wir haben noch nicht mal das Gesetz gebrochen. Fühlst du dich jetzt besser?«

Claire murmelte irgendetwas davon, dass sie, genau genommen, trotzdem eingebrochen waren. Murphy rollte nur mit den Augen, insgeheim dankbar dafür, dass Claire sie nicht gezwungen hatte, ihr den Schlüssel zu geben. Es wäre typisch Claire gewesen. Wie dem auch sei, Murphy musste sich auf ihr Ziel konzentrieren. Während ihres Streifzugs durch das Haus hatte sie einen Entschluss gefasst: Sie würde all das zu nutzen wissen: den Ausflug, das Haus, das Diner. Sie waren ihr Zauberstab, ihr Zylinder, der Glitter in ihrem Zauberkasten.

Murphy war nicht naiv. Sie wusste, dass Eileen früher oder später aus der Garage aus- und in eine eigene Wohnung einziehen würde und dass Claire aufs College gehen und sie ganz allein zurückbleiben würde. Von früher, als sie noch jünger gewesen waren, hatte Murphy all diese schönen Erinnerungen an Claire und Eileen. Sie wollte noch mehr davon, damit sie sich daran festhalten konnte, wenn die beiden von zu Hause ausgezogen waren.

Von nun an war »Operation neue Erinnerungen« Murphys geheime Mission, und die erforderte Magie der höchsten Güte.

»Kommt jetzt«, sagte Eileen. »Gehen wir was essen.«

Die Schwestern folgten der Veranda zur Vorderseite des Hauses.

Und machten eine erschreckende Entdeckung:

Der Caravan war verschwunden.

DREIZEHN

Eileen

Verdammt«, fluchte Eileen. »Sie haben mich gewarnt, dass die Handbremse defekt ist.«

Die Schwestern starrten die Stelle auf dem abschüssigen Asphalt an, wo sie den Wagen geparkt hatten. Jetzt war er nicht mehr da.

Ein echter Verschwindetrick – dem Murphy mit ihrer grotesken Magiebesessenheit durchaus etwas abgewinnen konnte.

Claire hingegen gab einen seltsam erstickten Laut von sich, so als erleide sie einen anaphylaktischen Schock. »Wie?«, keuchte sie. »Wie kann es einfach weg sein?«

»Hab ich doch eben gesagt«, wiederholte Eileen. »Die Handbremse ist defekt. Das Auto muss den Berg runtergerollt sein.«

»A-a-aber –«, stammelte Claire.

Eileen wartete nicht auf das Ende des Satzes. Sie eilte bergab und rief den beiden anderen zu: »Irgendwo muss er ja stehen geblieben sein.«

Eileen hätte lügen müssen, wenn sie in diesem Moment

behauptet hätte, dass sie sich keine Sorgen machte. Natürlich tat sie das. Der Caravan war ein Haufen Scheiße, und sie hasste ihn von ganzem Herzen, aber er war auch a) alles, was sie für die kompletten Ersparnisse ihres ganzen Lebens bekommen hatte, und b) ihre einzige Möglichkeit, zurück nach Emmet zu kommen. Er konnte einfach nicht komplett *verschwunden* sein, oder noch schlimmer: einen schrecklichen Unfall verursacht haben. Er *musste* noch heil sein.

Aber Eileen würde sich nicht anmerken lassen, dass sie vor Angst beinahe durchdrehte. Claire war ganz offensichtlich bereits dabei, ihren gottverdammten Verstand zu verlieren, und das durfte immer nur *eine* Sullivan-Schwester auf einmal tun. *Sie* musste sich zusammenreißen, für Murphy, und für sich selbst.

Der Weg die Klippe hinunter war beschwerlich, und sie kam nur langsam voran. Von der Anstrengung schmerzten ihre Wadenmuskeln und sie wäre mehrmals beinahe gestolpert, aber schließlich gelangte sie sicher unten an – und entdeckte den Caravan.

Der alten Schrottkarre fehlte nichts. Allem Anschein nach war der Wagen die komplette Straße in einer leichten Innenkurve hinuntergerollt, weg vom offenen Abgrund der Klippe, und stand nun auf dem grasbewachsenen Ufer. Dahinter ragte eine Reihe unheilvoll wirkender Hemlocktannen auf, eine Erinnerung daran, dass die ganze Sache auch ein entschieden unglücklicheres Ende hätte nehmen können.

»Oh, Gott sei Dank«, rief Claire und eilte zu Eileen. »Er ist doch okay, oder? Er fährt doch noch, stimmt's?«

In dem Augenblick kam Eileen die Idee.

Ja, *sie wusste*, dass der Caravan noch fahren würde. Aber Claire nicht. Claire, die nervtötenderweise darauf fixiert zu sein schien, heute noch nach Emmet zurückzufahren, bevor Eileen die Chance gehabt hatte, das zu tun, weswegen sie eigentlich hierhergekommen war. Claire kannte den Trick mit der Zündung nicht. Sie wusste nicht, dass man den Schlüssel in eine ganz bestimmte Position drehen musste.

Eileen traf ihre Entscheidung blitzschnell.

Sie wandte sich zu Claire um und sagte: »Natürlich fährt er noch. Komm schon, steig ein.«

Sie kletterten in den Wagen, Eileen am Steuer, Claire auf dem Beifahrersitz und Murphy auf der Rückbank.

Eileen steckte den Schlüssel ins Zündschloss.

Sie drehte ihn. *Nicht* in die richtige Position.

Der Motor begann zu stottern und erstarb dann wieder.

Eileen drehte den Schlüssel erneut.

Der Motor heulte auf. Dann herrschte Stille.

»Was ist denn los?«, fragte Claire.

»Warte kurz«, sagte Eileen. »Das passiert manchmal.« Sie zog den Schlüssel wieder heraus und inspizierte ihn übertrieben dramatisch. Dann steckte sie ihn wieder ins Zündschloss und drehte ihn erneut.

Ein kehliges Stöhnen. Aber kein Erfolg.

»Scheiße!«, fluchte Eileen überzeugend.

»W-w-arte«, stotterte Claire. »*Was?* Aber er ist doch nur den Berg runtergerollt. Warum sollte deswegen die Batterie leer sein? Warum ist der Wagen denn tot?«

»Die Karre ist ein dreißig Jahre alter Dinosaurier.« Eileen

zuckte mit den Schultern. »Darum. Vielleicht ist auf dem Weg nach unten ja der Motor rausgefallen.«

»Mach keine Witze.«

»Mach ich nicht. Das ist Murphys Aufgabe.«

Auf dem Rücksitz lobte Murphy: »Der war gut, Leenie.«

»Na, und was sollen wir jetzt machen?«

Eileen bemerkte eine neue Woge der Panik in Claires Frage. Fast bekam sie deswegen ein schlechtes Gewissen.

Fast.

»Es ist alles okay«, versicherte sie. »Die Batterie ist nicht tot. Das passiert nur manchmal.«

»Es *passiert* nur manchmal?«

»Ja, Claire. Falls es dir noch nicht aufgefallen sein sollte: Das hier ist kein Tesla.«

»Aber … was kann man denn machen, damit es *nicht* passiert?«

»Der Motor muss sich nur ein bisschen erholen«, log Eileen glatter als glatt. »Das haben mir jedenfalls die Typen in der Werkstatt erklärt. Er braucht eine Weile Ruhe, wenn er vorher lange gefahren ist.«

»Und wie lange?«

Eileen kniff die Augen zusammen. »Ein paar Stunden.«

»Was?«

»Vielleicht auch länger.«

Vielleicht, fügte ihre innere Stimme hochnäsig hinzu, *bis ich von diesem Haus bekommen habe, was ich wollte.*

Claire blieb der Mund offen stehen. »Woher willst du überhaupt wissen, was wirklich das Problem ist? Woher willst du wissen, dass es nicht doch die Batterie ist, oder die … der … du weißt schon, das Ding, das den Motor anmacht. Oder *der Motor*? Woher willst du wissen, dass wir keinen Mechaniker brauchen?«

»Weil ich mein Auto kenne.«

»Was soll das denn nun wieder bedeuten? Es ist kein Mensch, es ist eine Maschine. Sollen wir jetzt vielleicht warten, bis –«

»WÜRDET IHR ZWEI ENDLICH DIE KLAPPE HALTEN?«

Eileen schreckte hoch.

Ihre Streits mit Claire waren vorhersehbar. Das waren sie schon seit zwei Jahren, seit sich ihr geteiltes Zimmer langsam, aber sicher zu eng für sie beide angefühlt hatte und Eileen in die Garage gezogen war, während Claire angefangen hatte, mit beinahe religiösem Eifer diese YouTube-Videos zu gucken und ihren Instagram-Account zu pflegen. Die Streits begannen jedes Mal mit einem winzigen Konflikt – den weißen Spritzern auf dem Badezimmerspiegel oder der Tatsache, dass Eileen nie die Mikrowelle sauber machte – und endeten damit, dass Claire schluchzte und Eileen dank kalter Logik den Tagessieg einfuhr. Deshalb hatte Eileen erwartet, dass auch dieser Streit genauso enden würde. Was sie nicht erwartet hatte, war, dass Murphy sie vom Rücksitz aus anbrüllte.

Doch genau die steckte jetzt den Kopf zwischen dem Fahrer- und dem Beifahrersitz hindurch, rot im Gesicht und mit wild funkelndem Blick.

»Ihr zwei seid echt das Letzte!«, spuckte sie aus. »Die Welt könnte untergehen, und ihr würdet euch trotzdem nur für euren dämlichen Streit interessieren. Das wird allmählich langweilig. Todlangweilig.«

Eileen starrte sie an und fragte sich, ob sie beleidigt oder beeindruckt sein sollte. Seit wann war Murphy denn so selbstbewusst und eigensinnig? Nicht, dass Eileen es jemals zugegeben hätte, aber sie hatte ihre jüngste Schwester nie richtig verstanden. Sie war zu jung, und es kostete zu viel Mühe. Irgendwann hatte sie Murphy einfach eher als Mitbewohnerin mit einer Art Haustierstatus betrachtet: permanent im Hintergrund präsent, ganz niedlich, aber kein ernst zu nehmender Ansprechpartner.

Was absolut furchtbar war, das wusste Eileen. Aber trotzdem entsprach es der Wahrheit.

Und wenn sie mit der Wahrheit konfrontiert war, wollte sie trinken.

Sie schielte sehnsuchtsvoll Richtung Handschuhfach.

»Ich meine«, sagte Murphy und fuchtelte mit einer Hand vor Claires Gesicht herum, »es spielt doch keine Rolle, *was* mit dem Wagen nicht stimmt. Das Einzige, was eine Rolle spielt, ist, dass er nicht funktioniert. Deshalb gehen wir jetzt zu Fuß in die Stadt und besorgen uns was zu essen, weil das erst mal das Wichtigste ist. *Capisce?*«

Claire rümpfte die Nase. »Sag nicht *capisce*.«

»Warum nicht?«

»Weil das nervt. Und weil du irischer Abstammung bist, nicht italienischer.«

Murphy bedachte sie mit einem Kopfschütteln. »Und du bist eine wahre Expertin darin, den Punkt zu verfehlen.«

Eileen hingegen erfasste den Punkt genau und war beeindruckt von ihrer jüngsten Schwester. Wenn sie geahnt hätte, dass Murphy die ganze Zeit ihre Drecksarbeit hätte erledigen können, indem sie Claire mit ihren treffenden Spitzen bombardierte. …

»Okay«, sagte sie. »Murph, hast du gute Schuhe an?«

Murphy blickte auf ihre UGG-Boots hinunter, ein Erbstück von Claire.

»Definiere *gut*«, antwortete sie.

»Die tun's schon.« Dann betrachtete sie Claires Glitter-Keds, die alles andere als ideal waren, wenn man vorhatte, anderthalb Kilometer durch den Regen zu spazieren. Aber das war schließlich Claires eigene verdammte Schuld.

Eileen stieg aus dem Wagen, und Murphy tat es ihr nach, ging um das Heck herum und gesellte sich am Straßenrand zu ihr. Es gab keinen Gehweg, aber angesichts der Tatsache, dass die ganze Zeit noch kein einziges Auto an ihnen vorbeigefahren war, ging Eileen davon aus, dass es ziemlich ungefährlich für sie war, auf der Straße zu spazieren.

»Komm schon, Claire«, drängte sie.

Claire hatte sich nicht von ihrem Sitz gerührt. Sie tippte auf ihrem Handy herum.

»Ich suche nach einer Werkstatt«, erklärte sie. »Es ist doch viel sinnvoller, wenn wir den Wagen abschleppen und uns mitnehmen lassen.«

»Ich hab aber *jetzt* Hunger«, winselte Murphy.

Eileen betrachtete ihre jüngste Schwester abschätzend von oben bis unten. Wie konnte sie im einen Moment so cool sein und sich im nächsten wie ein Baby aufführen? War sie selbst mit vierzehn etwa auch so unerträglich gewesen?

Claire tippte weiter auf ihrem Smartphone herum, zusehends frustrierter. »Die machen alle erst um halb sieben oder sieben auf«, verkündete sie. »Moment mal. Die hier hat geöffnet, aber sie ist im Nachbarort, und … ha. Die Bewertungen überschlagen sich auch nicht gerade.«

»Claire«, sagte Eileen, »ich hab dir doch gesagt, dass der Wagen okay ist. Wenn du mir nicht glaubst, dann erkundigen wir uns im Diner nach einer Werkstatt. Aber es hat doch keinen Sinn, hier weiter in der Kälte rumzustehen.«

»Und zu verhungern«, fügte Murphy hinzu.

Claire erwiderte nichts. Sie tippte weiter.

»Claire.«

»Oh, mein Gott, ich komm ja schon. Ich schaue nur nach der Wegbeschreibung zum Diner.«

Einen Moment darauf stieg sie aus dem Wagen. »Okay. Ich glaube, wir müssen hier lang.«

Sie zeigte die Straße hinunter.

Eileen schoss ihr einen Blick zu. »Super kombiniert, Sherlock.«

Claire blickte sich um, und ganz offensichtlich fiel ihr zum ersten Mal auf, dass die Straße, die von der Klippe wegführte, die einzige weit und breit war. Sie schniefte herablassend, setzte sich die Kapuze ihres Mantels auf und ging ihren Schwestern ohne ein weiteres Wort voraus. Murphy rannte ihr nach und plapperte aufgeregt irgendetwas von Käse.

Es war die perfekte Gelegenheit.

»Geht ihr ruhig schon vor«, rief Eileen ihnen nach. »Ich hab was vergessen. Ich hol euch dann ein.«

Claire und Murphy blickten sich noch nicht einmal um. Gut.

Hastig ging Eileen um den Wagen herum zur Beifahrerseite, lehnte sich hinein, öffnete das Handschuhfach und holte den Flachmann heraus. Sie schraubte den Deckel ab und trank einen Schluck. Die Flüssigkeit brannte auf dem Weg ihre Kehle hinunter und erfüllte Eileen mit süßer Erleichterung. Sie steckte den Flachmann in ihre Jackentasche.

Es dauerte nicht lange, bis sie die beiden anderen wieder eingeholt hatte. Murphy gab eine Beatbox-Version eines Weihnachtslieds zum Besten, und Claire sagte: »Bitte, du bist nicht Pentatonix.«

Eileen warf einen Blick auf Claires Handybildschirm, der einen blauen Punkt zeigte, der sich mit ihnen bewegte, die Shoreline Road hinunter. Ihr Ziel lag weiter östlich, in einer rechtwinklig abzweigenden Straße namens Honey Street.

Honey Street. Mal ernsthaft. Von so viel Süße wurde Eileen ganz übel.

»Was hattest du denn vergessen?«, wollte Claire von ihr wissen.

Eileen starrte geradeaus auf die rosa-rote Morgendämmerung. »Meinen Geldbeutel.«

»Den ohne Geld drin?«

»Ja. Genau den.«

Das Gefühl der Übelkeit wurde noch schlimmer. Es war nicht so, dass es Eileen etwas ausmachte, Claire anzulügen. Sie standen sich nicht mehr so nahe, und außerdem war Claire auch nicht unbedingt ein offenes Buch, wenn es um ihr eigenes Leben ging. Die Lügen *an sich* waren nicht der Grund, warum Eileen sich so unwohl fühlte. Es waren die Lügen, was das *Trinken* angingen. Eileen wusste, dass es widerlich war. Genauso widerlich wie all die Male, als sie von Asher im Supermarkt einen Gefallen eingefordert und ihn gebeten hatte, eine Flasche im Schnapsladen für sie zu besorgen. Genauso widerlich wie die Tatsache, dass sie irgendwann auf die Idee gekommen war, Whiskey würde hervorragend zu Toastwaffeln zum Frühstück passen. Genauso widerlich wie all die Male, die sie auf dem Fußboden in ihrem Zimmer ohnmächtig geworden war, mit auf dem Gesicht getrockneten Tränen und auf ihren Lippen klebendem Erbrochenem. Genauso widerlich, wie sich betrunken mit ihren Schwestern im Wagen hinters Steuer zu setzen. Genauso widerlich wie die Briefe, die sie im Wäscheschrank gefunden hatte. Die Briefe, mit denen alles erst angefangen hatte.

Dokumente.

Was befand sich in diesen Kisten in der Laramie Road 2270? In all den Stapeln an der Wand? Vielleicht enthielten sie ja überhaupt nichts Wichtiges. Aber vielleicht verbarg sich darin auch *die* eindeutige Antwort, nach der sich Eileen seit zwei Jahren sehnte.

Das Problem war nur, dass sie verhindern musste, dass ihre Schwestern etwas davon mitbekamen. Sie durften es nicht herausfinden. Allein der Gedanke daran, dass sie von dem Geheimnis erfahren könnten … Sie würden Eileen nie wieder mit denselben Augen betrachten. Genau deshalb hatte sie ihnen auch damals nichts davon erzählt.

Und genau deshalb hatte sie angefangen zu trinken.

In diesem Moment sehnte sich Eileen nach nichts mehr als nach einem weiteren Schluck. Aber vor Claire und

Murphy zu trinken, wäre ein widerlicher Schritt zu weit gewesen. Stattdessen griff Eileen in ihre andere Jackentasche, holte einen *Dubble Bubble* heraus und steckte ihn sich in den Mund. Sie kaute auf dem harten rosa Klumpen herum und sah schadenfroh zu, wie Claire dank ihrer völlig profillosen Schuhe hin und wieder auf der glatten Straße ins Schlittern geriet.

Vielleicht bildete sich Eileen es nur ein, aber es schien ihr nun kälter zu sein als noch vorhin – so als würde die Temperatur, wider die Natur, mit dem Sonnenaufgang sinken. Sie schlang die Jacke enger um ihren Körper und zog ihr Beanie tiefer, bis die Mütze fast ihre Augen bedeckte. Kein Auto fuhr an ihnen vorbei, als sie weiter der Shoreline Road folgten. Auf der Straße war alles ruhig, die Fenster der Häuser dunkel. Der Wind war irgendwie feucht, gesättigt von Salz. Das Geräusch der Wellen in der Brandung war allgegenwärtig.

Erst als sie die erste Kreuzung erreichten, erspähte Eileen Anzeichen für menschliches Leben: ein Postamt in einem Backsteingebäude, mit einem Spielplatz daneben. Stoppschilder, Ladenlokale und sogar ein Auto. Ein Truck rumpelte an ihnen vorbei, gefolgt von einem Kombi. Sie waren wieder im Land der Lebenden, und vor ihnen lag die Honey Street.

»Da ist es«, verkündete Claire und zeigte darauf. Und tatsächlich: Schräg gegenüber befand sich ein Restaurant in einem gedrungen wirkenden Gebäude, mit großen Fenstern und einem Leuchtschild mit der Aufschrift *RAMSEY'S DINER*.

Das Haus sah aus, als sei es seit 1950 nicht mehr renoviert worden, und als die Schwestern die Straße überquerten, blitzten die Worte »E. coli« und »Hepatitis« unerwünscht vor Eileens innerem Auge auf. Aber wenigstens standen mehrere Autos auf dem Parkplatz vor dem Diner, und so früh am Morgen konnte das nur bedeuten, dass der Laden zumindest einigermaßen beliebt war.

»Oder es ist das einzige Restaurant in der Stadt«, murmelte Eileen vor sich hin, als Claire die Tür öffnete und die Glocke darüber ihre Ankunft verkündete.

Das Diner war der Inbegriff von Retro, mit Schachbrettfliesen auf dem Boden und glänzenden Resopal-Tischen rund um den Tresen. Es war vielleicht zu einem Viertel voll: Ein paar Gäste saßen in den Sitznischen, andere an der Theke. Aus den Lautsprechern dudelte ein bekanntes Weihnachtslied, und Eileen entwich ein leises Lachen. Es spielte allem Anschein nach keine Rolle, wo in Oregon sie sich befand – Mariah Carey erwischte sie überall. Offensichtlich war *Eileen* alles, was die gute Frau zu Weihnachten wollte.

Eileen ließ den Blick durch den Raum schweifen und bemerkte zu ihrer Rechten eine Frau in einem khakifarbenen Hemd, auf dessen Brusttasche ein goldener Stern prangte. Sie schob sich ein paar Zentimeter weiter, um die Züge der Frau besser erkennen zu können: heller Teint, etwas mollig und dunkle Augen, und unter ihrem Hut mit breiter Krempe ergoss sich ein geflochtener schwarzer Zopf. Sie trank eine Tasse Kaffee und las Zeitung.

Auch Claire hatte die Frau bemerkt und wirkte mit einem Mal zu Tode erschrocken. Eileen konnte praktisch sehen, wie unter der Haut ihrer Schwester die Spannung kribbelte. Aber warum nur? Die Frau war die örtliche Sheriffin, keine Hellseherin. Die Gute konnte unmöglich wissen, dass sie drei irgendwo unbefugt eingedrungen waren. Alles, was sie tun mussten, war, gechillt zu bleiben, und diese Kunst hatte Eileen bereits vor einiger Zeit perfektioniert. Sie war gechillter als gechillt, verdammt.

»Was kann ich für euch Mädels tun?«

Eine Kellnerin tauchte neben der Kasse hinter der Theke auf. Sie war wahrscheinlich in den Fünfzigern, und auf ihrer blassen, leicht gebogenen Nase saß eine Brille. Sie trug eine grellrote Uniform, und auf dem an ihre Schulter gepinnten Namensschild stand CATHY.

»Wir möchten frühstücken«, antwortete Murphy und drängte sich an Eileen und Claire vorbei. »Und sind auf der Suche nach kulinarischer Befriedigung.«

Cathy betrachtete Murphy mit hochgezogener Augenbraue. »Was du nicht sagst?« Sie blickte auf die Uhr über der Kasse. »Ihr seid ja ziemlich früh auf. Wenn ich Weihnachtsferien hätte, würde ich mindestens bis mittags schlafen, das kann ich euch sagen.«

»Wir entstammen einer langen Reihe von Frühaufstehern«, erwiderte Murphy im Plauderton.

Damit entlockte sie Cathy ein amüsiertes Schnauben. Sie betrachtete die drei Schwestern kurz, bevor sie ihre Frage an Claire richtete: »Nur ihr drei, ja?«

»Ja, Ma'am«, bestätigte Claire.

Eileen rollte mit den Augen. Sie wusste, was gerade passiert war: Cathy hatte sie einer Blitzeinschätzung unterzogen, um zu beurteilen, wer von ihnen am ältesten oder verantwortungsbewusstesten aussah. Es spielte dabei keine

Rolle, dass Eileen die Älteste und einen Kopf größer war – natürlich hatte sich Cathy für Claire entschieden. Erwachsene mochten Claire immer am liebsten. Sie trug die richtigen Klamotten, lächelte und sagte »Ma'am«.

Cathy schnappte sich drei Speisekarten und drei Bestecksets und führte sie zu einem Tisch in der Ecke. Eileen rutschte zuerst auf die Bank, und Murphy gesellte sich zu ihr. Das war immerhin etwas. Erwachsene mochten sich vielleicht immer für Claire entscheiden, aber Murphy hatte Eileen gewählt.

»Was zu trinken?«, erkundigte sich Cathy und verteilte die Speisekarten.

»Haben Sie Mocha?«, fragte Claire.

Cathy betrachtete Claire eindringlich. »Wie bitte?«

»Mocha? Mochaccino? Das Kaffeemixgetränk? Mit Pfefferminzgeschmack oder …« Claire verstummte, als Cathy sie mit vollkommen leerem Blick anstarrte. »Vergessen Sie's. Einen Kaffee, bitte. Mit fettarmer Milch.«

Eileen kostete die kleine Szene selbstzufrieden bis zur letzten Sekunde aus, bevor sie selbst einen Kaffee bestellte, schwarz.

»Für mich auch«, fügte Murphy hinzu.

»Sei nicht albern«, erwiderte Claire.

»Wer ist hier albern?«, schoss Murphy zurück.

»Es gibt kein Gesetz, dass Kindern koffeinhaltige Getränke verbietet«, bemerkte Cathy. »Drei Kaffee, kommt sofort.«

Während die Bedienung sich entfernte, lehnte sich Murphy über den Tisch und zischte Claire an: »Tu nicht immer, als seist du wer weiß wie viel älter als ich!«

»Alles, was ich sage«, erwiderte Claire schnippisch, »ist, dass Mom es *mir* nicht erlaubt hat, Kaffee zu trinken, als ich vierzehn war.«

»Ja, na ja, Mom interessiert aber nicht, was ich tue.«

Murphys Worte klangen zwar heiter, aber Eileen entging nicht, mit welchem Ärger sie dabei ein Zuckerpäckchen über den Tisch schnipste. Sie erkannte diesen Ärger wieder. Er bohrte sich direkt in eine kleine, wunde Stelle, die sie schon seit Jahren unter ihrer Haut spürte. Diese Stelle beherbergte das Wissen, dass Leslie Sullivan für ihre Töchter das war, was die Sonne für die Planeten war: warm, aber weit entfernt; strahlend, aber langsam vor ihren Augen erlöschend.

Früher war alles anders gewesen. Eileen erinnerte sich noch daran, wie sie am Samstagmorgen gemeinsam gefrühstückt hatten und ihre Mom sich nach der Schule und nach ihrem Leben erkundigt hatte, und wie sie sich über alberne Fernsehsendungen lustig gemacht hatten. Sie erinnerte sich auch noch, wenn auch etwas verschwommener, an wundervolle Tage mit ihrer Mom und ihrem Dad, daran, wie sie und Claire sich zwischen den beiden auf die Couch gekuschelt und *Glücksrad* geguckt hatten. Ihr Dad hatte nach Orangen gerochen. Sie erinnerte sich noch ganz genau daran, obwohl es schon dreizehn Jahre her war: wie die Luft stets nach Zitrus roch, wenn er in ihrer Nähe war.

Aber das war damals, und dies war jetzt. Und hier und jetzt war ihre Mutter Tausende Kilometer weit weg, an den fernen Ufern des Paradieses, und Eileen brauchte *wirklich* was zu trinken. Aber vielleicht gelang es ihr ja, heimlich einen Schluck Whiskey in ihren Kaffee zu schütten. Es wäre leichter gewesen, wenn sie und Claire nebeneinandergesessen hätten. Nicht, dass sie neben Claire –

»Drei Kaffee«, verkündete Cathy und kehrte wieder an den Tisch zurück. Sie stellte die Tassen ab und zog einen Notizblock hervor, um den Rest ihrer Bestellung aufzunehmen.

»Gibts hier Käsefritten?«, fragte Murphy.

»Na, also«, sagte Cathy, »das ist nicht unbedingt die beliebteste Bestellung zum Frühstück. Normalerweise wirft Mike die Fritteuse erst gegen elf oder so an. Aber ich kann mal sehen, ob er heute großzügiger Stimmung ist.«

»Falls ja«, erwiderte Murphy feierlich, »dann würde er mich damit zum glücklichsten Menschen auf Erden machen.«

»Ich nehme das Joghurt-Parfait«, sagte Claire.

Eileen bestellte eine kleine Portion Pfannkuchen mit extra Speck.

»Seid ihr hier aus der Gegend?«

Nachdem Cathy sich wieder entfernt hatte, hatte Eileen eigentlich nicht vorgehabt, Bekanntschaft mit weiteren Fremden zu schließen. Sie blinzelte die beiden älteren Damen verständnislos an, die am Tisch gegenüber saßen und die drei Schwestern anglotzten, als seien sie die Sechs-Uhr-Nachrichten.

»Nö«, antwortete Murphy der weißhaarigen Dame, die die Frage gestellt hatte. »Wir sind aus Emmet. *Au!*«

Eileen konnte hören, wie Claire Murphy unter dem Tisch einen Tritt verpasste und Glitzerschuh auf Knöchel traf.

»Emmet.« Die Frau wirkte nachdenklich. »Wüsste nicht, dass ich schon mal davon gehört hätte.«

»Ist ziemlich klein«, erklärte Murphy, die ein Stück mit Knoten versehenes Seil aus ihrer Manteltasche gezogen hatte und begann, damit herumzuspielen.

Die Kleine war wirklich seltsam.

»Na, wir wissen doch genau, wie das mit Kleinstädten ist«, lachte ein Mann an der Theke. Er hatte seinen Barhocker herumgedreht, um sich der Unterhaltung anzuschließen.

Was wird das hier?, dachte Eileen. *Eine Gemeinderatssitzung?*

»Und was führt die Damen nach Rockport?«, erkundigte sich der Mann. »Besucht ihr Verwandte? Die Chancen stehen ziemlich gut, dass ich sie kenne.«

»Da hast du wohl recht, Orson«, sagte die neugierige Alte. Sie lächelte die Schwestern an und deutete auf den Mann. »Orson ist unser Bürgermeister.«

Es ist *eine Gemeinderatssitzung*, dachte Eileen. Sheriffin, Bürgermeister … Wer würde als Nächstes auftauchen? Der Vorsitzende des gottverdammten Gartenvereins?

Für einen Politiker wirkte Orson ziemlich underdressed. Er trug eine unförmige Wildlederjacke mit Karomuster am Kragen und dazu eine Baseballmütze. Da sie jedoch selbst oft vorschnell wegen der Wahl ihrer Garderobe verurteilt wurde, war Eileen bereit, sich mit *ihrem* Urteil zurückzuhalten. Was seine Frage anging, kam sie zu dem Schluss, dass es besser war, nicht mit einer direkten Lüge zu antworten. Orson kannte wahrscheinlich wirklich jeden in der Stadt, und sie würde sicher nicht das Risiko eingehen, ihm eine Geschichte mit erfundenen Großeltern aufzutischen. Sie überlegte immer noch, was wohl die beste Taktik war, als Claire ihr zuvorkam.

»Wir stellen Recherchen an«, sagte sie und zeigte auf Eileen. »Meine Freundin und ich sind im selben Journalistik-Erstsemesterkurs am College. Wir sollen über einen Aspekt des kleinstädtischen Amerikas berichten. Wir dachten, ein Podcast wäre eine gute Idee, Sie wissen schon. Unser Thema sind alte Häuser. Wissen Sie, meine Mom hat uns früher immer zu diesen öffentlichen Führungen in viktorianischen Gebäuden mitgenommen. In ihnen steckt so viel Geschichte. Wie dem auch sei, im Oktober hatte ich Pfeiffersches Drüsenfieber – keine Sorge, mir gehts wieder besser. Deswegen bin ich ziemlich zurückgefallen. Aber unsere Dozentin war total verständnisvoll und hat uns eine Verlängerung für das Projekt gegeben. Sie meinte, solange wir bis Weihnachten etwas einreichen, würde sie mit unserer Endnote noch warten. Na ja, jedenfalls haben wir uns ein paar alte Gebäude bei uns in der Gegend angeschaut, aber sie haben einfach nicht dieses … *gewisse Flair*, wissen Sie? Und dann ist uns das Haus in der Laramie Road in einem Artikel in der *Victorian Times* aufgefallen und wir haben beschlossen, es uns selbst mal anzuschauen. Wir sind hier, um darüber zu berichten. Ach, und das ist meine kleine Schwester.« Sie zeigte auf Murphy. »Meine Eltern haben ihr erlaubt, mit uns zu kommen. Sie soll schließlich auch mal ein bisschen Spaß haben. Trotzdem wollen wir am ersten Weihnachtsfeiertag natürlich auf jeden Fall wieder pünktlich zur Bescherung zu Hause sein. Aber wenn man Journalistik im Hauptfach studiert, hat man eben nie wirklich frei.«

Eileen starrte Claire sprachlos an. In sechzehn Jahren hatte sie noch nie gehört, dass ihre Schwester jemandem eine so butterweiche Lüge aufs Brot schmierte. Podcast? Pfeiffersches Drüsenfieber? *Victorian Times*? Sie hatte keine Ahnung gehabt, dass *so was* in Claire steckte: diese Fantasie, diese Eloquenz, dieser Mumm.

»Sehr geschmeidig«, flüsterte Murphy.

Nach ihrem Verbaldurchfall lächelte Claire fröhlich. Ihr war noch nicht mal ein winziges bisschen der Schweiß ausgebrochen.

»Ein … was, bitte?«, fragte die Dame am Nebentisch. »Pod-was?«

»Podcast«, erklärte Claire geduldig »Das ist eine Art voraufgezeichnete Radiosendung.«

»Oooh«, sagte Orson lachend. »Mit dieser neumodischen Technologie kann ich nicht mithalten. Ihr Digital Natives seid mir zu schnell.«

»Genau genommen«, erwiderte Claire, »sind wir gar keine Millennials. Das ist ein gängiger Irrtum. Wir sind jünger. Nicht, dass die Generation wirklich eine Rolle spielen würde. Man ist nie zu alt für Podcasts. Jede Menge ältere Menschen nutzen sie genauso gerne.«

Orson lachte immer noch. »Ich hab schon genug damit zu tun, die Website von Rockport auf dem neuesten Stand zu halten.«

Cathy tauchte an der Theke auf und füllte Orsons Kaffeebecher nach. »Was hab ich da über Patricks Haus gehört?«

Orson zeigte auf Claire und Eileen. »Die beiden wollen darüber berichten. Wir befinden uns in Gesellschaft zweier Topjournalistinnen in bester Watergate-Tradition.«

Cathy warf den Schwestern einen scharfen Blick zu. Eileen konnte den Ausdruck auf ihrem Gesicht nicht deuten.

»Reporter, ja?«, sagte sie. »Dann wisst ihr sicher über die Morde Bescheid, nehme ich an?«

Claire räusperte sich. »Die, äh … Morde?«

Eileen bohrte die Finger in das Polster der Sitzbank.

Nein, dachte sie. *Nicht das Geheimnis.*

Aber sie konnte es nicht verhindern.

»Ja, klar«, antwortete Cathy. »Die in der Laramie Road 2270.«

VIERZEHN

Claire

Wir wussten, dass die Enrights ziemlich eigenartig waren. Aber niemand wusste, *wie* eigenartig – bis es zu spät war.«

Cathy saß neben Claire. Die Krähenfüße um ihre hervorstehenden Augen verliehen der Dramatik ihrer Miene noch mehr Gewicht. *Sie ist eine geborene Geschichtenerzählerin,* dachte Claire. In einem anderen Leben hätte sie Hollywoodschauspielerin sein können. Die klassische Rolle der vom Leben gezeichneten Frau, altersweise und wunderschön. Ein echter Star im Stil von Meryl Streep. Claire war ganz hingerissen von ihrer Darbietung – so hingerissen, dass sie das Parfait vor sich völlig vernachlässigte.

Was war schon Joghurt im Vergleich zu Mord? – Und auch nicht irgendein Mord. Ein Mord, der in dem Haus geschehen war, das sie geerbt hatte.

Claire konnte nicht mal an Essen *denken.*

Genauso wenig, so schien es, wie die anderen Gäste in *Ramsey's Diner.* Auch sie lauschten wie gebannt. Nachdem Cathy den Mädchen ihr Essen serviert hatte, hatte sie sich einfach zu ihnen an den Tisch gesetzt und begonnen, die Geschichte zu erzählen.

»Amelia!«, hatte sie in die Küche gerufen. »Kannst du kurz übernehmen?« Und an die Schwestern gewandt hatte sie hinzugefügt: »Ich opfere eine Zigarettenpause für euch, also hört gut zu.«

Seit Cathy diese Bombe hatte platzen lassen, schien sich Murphy in eine Statue verwandelt zu haben, ihre Kinnlade so weit heruntergeklappt, als sei sie gerade einem Cartoon entstiegen. Eileen hingegen hatte nicht den Hauch einer Reaktion gezeigt. Sie schnitt gelangweilt ihre Pfannkuchen in Streifen, die Augenlider schwer vor Gleichgültigkeit. Als wäre Mord keine große Sache. *Wieso?*, fragte sich Claire. Hatte Mr Knutsen ihr bereits davon erzählt? Und falls ja, was hielt Eileen dann sonst noch vor ihr geheim?

Sicher, Claire hatte vorhin gelogen, dass sich die Balken bogen, aber sie *fühlte* sich wirklich wie eine echte Journalistin. Und sie wollte diese Story. Bis ins letzte Detail.

Während Cathy erzählte und ihre Stimme bis in die letzte Ecke des Raums drang, ließ Claire den Blick durch das Diner schweifen. Alle beobachteten Cathy, vollkommen gefesselt, genau wie sie selbst. Es war völlig still. Selbst die Weihnachtsmusik war andächtig, eine besinnliche Klavierversion von »O Holy Night«.

Sie müssen die Geschichte doch kennen, dachte Claire. *Ich frage mich, wie oft sie die schon gehört haben, und in wie vielen verschiedenen Versionen.*

Es ging dabei schließlich um einen Mord in einer Kleinstadt. Claire erinnerte sich noch gut daran, wie Marcie Hoffman, eine Zehntklässlerin an der Emmet High, von ihrem Stiefvater in den Arm geschossen worden war. Marcie hatte überlebt, ihr Stiefvater war ins Gefängnis gegangen. Kein Mord, keine Toten, aber trotzdem war es damals das Einzige, worüber die Leute wochenlang redeten. Selbst fünf Jahre später war es noch immer hin und wieder Thema von Tuscheleien in der Cafeteria.

Die Erinnerung brachte einen hässlichen Gedanken mit sich: *Marcie wurde angeschossen und hats trotzdem aufs College geschafft. Was ist deine Entschuldigung, Claire?*

Sie schüttelte den Gedanken ab und konzentrierte sich wieder auf Cathy.

»Der Vater war irgendein hohes Tier im Silicon Valley. Hat da unten ordentlich Kasse gemacht. Wie hieß noch mal die Firma, Orson? Intel?«

»Keinen blassen Schimmer«, gestand Orson.

»Jedenfalls«, fuhr Cathy fort, »war es die Idee der Mutter, nach Norden zu ziehen. Sie wollte sich für wenig Geld ein hübsches Stück Land unter den Nagel reißen. Gott allein weiß, warum sie sich ausgerechnet Rockport ausgesucht haben.«

»Es war nicht Intel«, meldete sich ein bärtiger Mann drei Tische weiter zu Wort. »Boeing, das wars. Er war im Flugzeuggeschäft.«

»Sicher, Wyatt?« Cathy rümpfte die Nase. »Boeing?«

Wyatt nickte höflich und trank einen Schluck von seinem Orangensaft.

»Das war dann aber in Seattle«, warf Orson ein, »nicht in Kalifornien.«

Cathy winkte ab. »Es war eins von beidem. Der Punkt ist: Diese Enrights waren reich. Sie sind ungefähr so …

Ende der Achtziger in der Stadt aufgetaucht. Die Leute hier haben sofort gemerkt, dass sie sich für was Besseres hielten. Großstadtpflanzen, ihr wisst schon. Verträgt sich nicht gut mit Rockport. Aber die Frau war wirklich ein hübsches Ding.« Cathy legte die Stirn in Falten. »Wie war noch mal ihr Mädchenname? VanderVeer?«

»Eschenburg«, korrigierte die geschwätzige alte Dame. »Deutscher Abstammung, ich erinnere mich noch gut. Sophia Eschenburg, so hieß sie.«

Orson lachte von der Theke herüber und sagte: »Ehrlich, Leute. Dieses Diner könnte auch als genealogisches Institut durchgehen. Hängt doch gleich ein Schild draußen an die Tür!«

»Es ist wichtig, die Fakten nicht durcheinanderzubringen, Orson«, erwiderte Cathy. Sie zeigte auf Claire. »Diese Mädchen sind Journalistinnen. Sie brauchen alle Fakten.«

Claire lächelte schwach und versuchte, sich irgendetwas einfallen zu lassen, das sie erwidern könnte, wie etwa: »Absolut richtig. Die Fakten sind das A und O, Ma'am.« In Wahrheit war sie sich jedoch nicht sicher, bei wie vielen dieser Details es sich tatsächlich um Fakten *handelte*. Seattle war sehr weit vom Silicon Valley entfernt. Und VanderVeer hatte einen ganz anderen Klang – einen ganz anderen Ursprung – als Eschenburg. Claire kam der Gedanke, dass Cathy vielleicht eine gute Geschichtenerzählerin war, aber möglicherweise nicht die vertrauenswürdigste.

Die Nichtvertrauenswürdige fuhr fort: »Reich wie Krösus, diese Enrights. Und wild entschlossen, dieses alte Haus auf der Klippe zu kaufen und komplett zu renovieren. Er war permanent geschäftlich unterwegs, hat Sophia aber immerhin genügend seiner Zeit geschenkt, um ihm drei Söhne zu gebären. Wyatt, du bist doch mit den Jungen aufgewachsen, oder?«

Wyatt schüttelte den Kopf. »Das war ein bisschen nach meiner Zeit. John war drei Jahre unter mir. Die anderen zwei waren noch jünger.«

»Patrick war in meiner Klasse«, meldete sich eine neue Stimme: eine Frau, die an der Theke saß.

Die Sheriffin.

Claire versteifte sich unwillkürlich.

Wenn du so tust, als hättest du nichts zu verbergen, ermahnte sie sich selbst, *dann gibt es auch nichts, weswegen sie Verdacht schöpfen müsste.*

»Wir haben in der Schule ab und zu gemeinsam an Gruppenprojekten gearbeitet«, fügte die Sheriffin hinzu. »Er war für ein paar Wochen mit meiner Freundin Faith zusammen.«

»Tatsächlich?«, erwiderte Cathy. »So, wie er sich am Ende entwickelt hat, kann man sich gar nicht vorstellen, dass er überhaupt mal mit jemandem zusammen war.«

Die Sheriffin lächelte. »Na ja, damals war er sechzehn. Das war vor den Morden. Es gibt viele Dinge, die einen Menschen verändern können.«

»Da sagst du was.« Cathy schlug mit der Hand auf den Tisch, und Murphy erstickte beinahe an einer der Käsefritten ihrer Sonderbestellung. »Na, wir schleichen hier doch immer noch um den heißen Brei herum. Aber ich warne euch, Mädels – es wird hässlich.« Sie hielt inne und schaute zu Murphy hinüber, der es gelungen war, die fragliche Fritte hinunterzuschlucken. »Wie alt ist die Kleine überhaupt?«

»Sechzehn«, log Murphy, ohne mit der Wimper zu zucken. »Ich sehe für mein Alter ziemlich jung aus.«

Claire war beeindruckt – fast genauso sehr wie von ihrer eigenen rhetorischen Gewandtheit.

»Sie ist alt genug«, versicherte Claire. »Bitte, Cathy, fahren Sie fort. Was können Sie uns über den Tag der Morde erzählen?«

Genau das würde doch auch eine Journalistin fragen, oder?

»Oh, es geschah nicht am Tag«, erwiderte Cathy, »sondern mitten in der Nacht. Und die Morde sind auch nicht zusammen passiert. Nein, es lagen Monate dazwischen. Es begann in der Nacht nach der Examensfeier der Highschool. Mark, der mittlere Sohn? Er hat als Jahrgangsbester abgeschlossen. Und dann … wer hätte gedacht, dass er …? Er schien noch der Normalste in diesem ganzen Enright-Clan zu sein. Ich schwöre bei Gott, genau das hätte ich euch damals erzählt. Er hat hier als Küchenhilfe gearbeitet, im Sommer, bevor es passiert ist. Mark war charmant, sehr charmant. Und gut aussehend. Die Gäste waren ganz begeistert von ihm. Irgendwie hat er es geschafft, sich neben dem Geschirreinsammeln mit allen möglichen Leuten zu unterhalten. Kerry, wenn du mit Patrick in einer Klasse warst, dann war Mark … was, zwei Jahre älter als du?«

»Ich war in der Elften«, antwortete Kerry, die Sheriffin.

»Würdest du nicht auch sagen, dass Mark wirklich gut aussehend war?«, rief ihr Cathy quer durch das Diner zu.

Kerry lächelte und erwiderte: »Ich weiß wirklich nicht, ob ausgerechnet ich das beurteilen kann, Ms Hollins.«

Cathy schien sich wieder an etwas zu erinnern und lächelte ebenfalls. Sie winkte mit einem Blick auf Kerry ab, so als hätte sie gerade einen Witz gemacht, den Claire nicht verstand. Dann fuhr sie wieder voller Ernst fort.

»Tja, so war Mark. Die ganze Stadt hat diesen Jungen geliebt – ich glaube nicht, dass ich damit übertreibe. Er war Schülersprecher und ein wirklich talentierter Künstler. Der sensible Typ, aber nicht zu sensibel. Er hat ein großartiges Stipendium erhalten. Für die Pennsylvania State, glaube ich. Oder vielleicht auch für die Lewis and Clark.«

Claire zuckte zusammen, auch wenn sie im ersten Moment selbst nicht wusste, warum. Dann fiel es ihr wieder ein.

Yale. Kein College. Ihre trostlose, studiumslose Zukunft. Natürlich. Wie hatte sie das nur vergessen können?

»Es war die Nacht nach der Examensfeier«, wiederholte Cathy. »Nach Mitternacht, laut Polizei. Da wurde Mr Enright getötet. Trauma durch stumpfen Schlag auf den Kopf. Die Wände des Salons waren voller Blut. Genau wie die Tasten des Klaviers, hieß es. Mrs Enrights wertvoller Flügel.«

Claire war dankbar, dass sie ihr Parfait nicht angerührt hatte. Ihr war ganz übel. Der Flügel, den sie selbst gesehen, den sie mit eigenen Augen bewundert hatte. Sie hätte auf ihrer Tour durch das Haus niemals daran gedacht, ihn auf Blutspuren zu untersuchen.

»Am nächsten Morgen«, erzählte Cathy weiter, »fand Mrs Enright die Leiche. Sie hat das ganze Haus zusammengebrüllt und sofort die Polizei gerufen. Und was stellten sie fest, als sie dort eintrafen? Mark Enright hatte die Stadt verlassen. Geflüchtet, mitten in der Nacht. Also, welcher unschuldige Mensch würde so etwas tun? Vor allem, wenn am nächsten Tag die Homecoming-Feier stattfindet.«

Claire runzelte die Stirn und hob den Zeigefinger. »Ich … tut mir leid, wenn ich Sie unterbreche. Aber sagten Sie nicht, es sei in der Nacht nach der Examensfeier passiert?«

Cathy blinzelte. »Ja, das ist richtig.«

»Aber … jetzt haben Sie gesagt, es sei vor dem Homecoming passiert.«

Cathys Augen weiteten sich. »O-oh. Das hab ich, oder? Na gut … lass mich mal nachdenken, wann war es noch gleich? Ich dachte, es sei im Frühling passiert, aber …«

»Nein«, rief Wyatt dazwischen. »Definitiv im Herbst. Ich erinnere mich noch genau, es war kurz vor Halloween. Auf den Fotos in den Zeitungen standen Kürbisse auf der Veranda.«

»Tatsächlich?«, fragte Cathy zweifelnd.

»Ich glaube, Cathy hat recht«, sprang Orson ihr bei. »Ich weiß noch, dass es Frühling war. Es hat in jener Nacht geregnet, ein echter Aprilschauer.«

Cathy, die ein wenig verstört wirkte, schüttelte abwiegelnd den Kopf. »Oh, na ja, es ist zwei Jahrzehnte her. Ihr müsst verzeihen, wenn wir uns nicht mehr so genau erinnern können, Mädels. Aber es ist auch nicht so wichtig, *wann* es passiert ist, sondern was *als Nächstes* passierte. Und das war Folgendes: Die Polizei hat den Jungen an einem Bahnhof in Portland aufgegriffen. Sie haben ihn wieder zurückgebracht, ihn verhaftet und ihm den Prozess gemacht. Es war eine echte Tragödie.«

Cathy stieß ein lang gezogenes Seufzen aus, so, als hätte sie eine Herkulesaufgabe vollbracht.

Claire spielte jedoch noch immer die Rolle der Journalistin. Sie *musste* diese Frage stellen.

»Cathy«, sagte sie, »Sie haben von Mord*en* gesprochen. Plural.«

Cathy wirkte erschöpft. Die Stille im Diner schien förmlich an Claire zu kleben, drang in ihre Poren ein wie Feuchtigkeit. In diesem Augenblick erkannte sie, dass Cathy ihre Geschichte gar nicht an dieser Stelle hatte beenden wollen, sie hatte sie beenden *müssen* – weil es eine zu große Last war, auch den Rest zu erzählen.

»I-ich ... Es tut mir leid«, stammelte Claire und legte sanft eine Hand auf Cathys.

»Schon in Ordnung, Kleines«, erwiderte Cathy. »Es ist nur ... so grauenvoll.«

Sie schwieg weiter, und Claire musste daran denken, wie sie selbst hier gelandet war, meilenweit von zu Hause entfernt, in einer winzigen Stadt, von der sie bis vor zwei Tagen noch nie etwas gehört hatte, wo sie eine Frau tröstete, der sie vor einer Stunde zum ersten Mal begegnet war. Sie blickte über den Tisch hinweg zu Murphy und Eileen und fragte sich, ob sie das Gleiche dachten. Sie hatte keine Ahnung. Sie waren beide so anders als sie selbst, dass es ihr manchmal schwerfiel, dass sie überhaupt irgendetwas gemeinsam haben könnten.

»Tut mir leid«, entschuldigte sich Cathy, aber sie wirkte entschlossen, ihre Geschichte doch noch zu Ende zu bringen. »Wie ich bereits sagte, sie haben Mark geschnappt und ihn für den Prozess wieder hierher zurückgebracht.

Alle hielten es für einen glasklaren Fall. Die Staatsanwaltschaft hatte allerdings nur sogenannte Indizienbeweise – nichts wissenschaftlich Fundiertes. Aber der jüngste Bruder, Patrick, hat bei dem Prozess ausgesagt, was sein Bruder ihm erzählt hatte: ›Pat, ich werde den Alten drankriegen, ein für alle Mal.‹ Wisst ihr, der Vater und Mark lagen seit Jahren im Streit und lieferten sich immer wieder richtig üble Auseinandersetzungen. Natürlich wusste das niemand von uns. Da kann man mal sehen, dass man seine Nachbarn nie wirklich kennt. Nun, jedenfalls schien der Fall ziemlich klar, bevor die Verteidigung diese sogenannten Experten involviert hat, die irgendwas von Fingerabdrücken und DNA erzählt haben. Und dann haben sie auch noch dieses Mädchen aus dem Hut gezaubert – sie stammte nicht hier aus der Stadt, irgendein Teenager ohne nennenswerte Familie. Die Kleine hat behauptet, sie sei Marks Freundin, und dass er in der Mordnacht mit ihr zusammen war. Und Gott allein weiß, warum, aber die Geschworenen? Sie haben ihr die Geschichte abgekauft. Sie haben den Jungen freigesprochen, und er kam ungeschoren davon.«

»*Nein!*«, stieß Claire aus, bevor sie es verhindern konnte. Sie klatschte sich eine Hand auf den Mund, ebenso schockiert von ihrer eigenen Reaktion wie von dem Urteil.

»Moment mal«, warf Murphy ein. »Wenn Mark es nicht getan hat, wer denn dann?«

»Genau *das* ist die Frage.« Cathy zeigte mit dem Finger auf Murphy. »Denn ob ihr's glaubt oder nicht: Noch in derselben Nacht, in der Mark Enright aus dem Gefängnis entlassen wurde, hat er die Stadt erneut verlassen. Diesmal endgültig, zusammen mit seiner kleinen Freundin. Und am nächsten Morgen? Da hat Patrick Enright seine Mutter tot am Fuß der Treppe gefunden, ihr Schädel war zerschmettert, wie eine Wassermelone.«

Claire spürte, wie ein Würgen ihre Kehle hinaufkroch. Sie spannte den Kiefer an und versuchte ihr Bestes, um sich nicht von einer Woge der Übelkeit mitreißen zu lassen. Die Treppe. Jene Treppe, die sie als so elegant empfunden hatte, als den Gipfel stilvoller Klasse. Nun sah sie das Geländer vor sich, gesprenkelt vom Blut, das auch jeden Zentimeter des Teppichläufers tränkte.

»Die Polizei ging von einem Selbstmord aus«, fuhr Cathy fort. »Ausgelöst durch tiefe Trauer. Aber andere … und ich muss gestehen, dass ich zu ihnen gehöre … Nun, wir sind der Ansicht, dass ein Mensch ebenso leicht springen kann, wie man ihn stoßen könnte. Und Mark Enright hatte ein Motiv. Außerdem könnte ihm seine kleine Freundin dabei geholfen haben. Nicht, dass mich irgendjemand gefragt hätte. Und natürlich mache ich dir auch keinen Vorwurf, Kerry«, fügte sie hinzu und nickte der Sheriffin zu. »Gott, das war schließlich alles lange vor deiner Zeit, und ich habe wirklich nicht das Geringste gegen die Polizei.«

Kerry antwortete mit einem einzelnen Nicken, schwieg jedoch.

»Tja, Cathy«, rief Bürgermeister Orson, »wir müssen die Mühlen der Justiz mahlen lassen. Ich bin mir sicher, dass die Geschworenen mehr gehört haben, als du oder ich über diesen Fall wissen.«

»Oh, natürlich, Orson«, rief Cathy zurück. »Aber jeder hat ein Recht auf seine eigene Meinung.«

Sie drehte sich wieder zu Claire um und rollte, mit dem Rücken zum Bürgermeister, sehr deutlich mit den Augen. Claire war sich nicht sicher, ob sie lachen sollte.

»Gut!«, stieß Cathy dann aus und klatschte mit den Händen auf den Tisch. »Meine Zigarettenpause ist vorbei. Aber jetzt wisst ihr, warum ich von Mord*en* gesprochen habe, Mädels. Und falls ihr wirklich bis Weihnachten hierbleiben wollt, dann schlage ich vor, dass ihr noch ein paar andere Leute in der Stadt zu den Enrights interviewt. Wenn ihr nach dem gewissen Flair für euer Pod-Dingsda sucht, dann findet ihr es hier.«

»Das, äh … ist in der Tat ein ganz besonderes Flair«, brachte Claire hervor. »Wir hätten niemals gedacht, dass wir bei unserem Besuch hier auf so eine Geschichte stoßen. Unsere Dozentin wird … beeindruckt sein.«

Claire fiel das Lügen immer schwerer. Sie sah nur noch ein einziges Bild vor Augen: eine Frau in einem blauen Seidenmorgenmantel, ausgestreckt am Fuß dieser Treppe in der Laramie Road 2270. Warum hatte Cathy auch unbedingt *Wassermelone* sagen müssen? Nichts würde dieses blutige Bild jemals wieder aus Claires Kopf spülen können.

»Was ist eigentlich aus dem ältesten Sohn geworden?«, fragte Orson, während Cathy wieder hinter die Theke huschte und nach der Kaffeekanne griff. »John, hieß er nicht so?«

»Er war im College, als es passierte«, antwortete Cathy und begann, allen Gästen Kaffee nachzuschenken. »Auf der anderen Seite des Landes. Er ist nie wieder hierher zurückgekommen, noch nicht mal zu den Beerdigungen oder zum Prozess. Ich schätze, der Skandal war einfach zu viel für ihn, und das kann ich dem Jungen noch nicht mal vorwerfen. Natürlich wissen alle hier, was mit dem armen Patrick passiert ist. Er ist in diesem Haus verrückt geworden. Hat sich in einen Einsiedler verwandelt. Exzentrisch ist gar kein Ausdruck. Es ist immer traurig, wenn jemand so jung stirbt. Aber, ehrlich gesagt, betrachte ich es in diesem Fall eher als Gnade. So zu leben, sich ganz allein in diesem Haus zu verkriechen, mit all diesen grauenvollen Erinnerungen … Wenn ihr mich fragt, dann ist das kein Leben. Gott hatte recht, dass er ihn zu sich geholt hat. Ist nur ein Jammer wegen der Beerdigung … unter Ausschluss der Öffentlichkeit. Und keine Menschenseele, die sich um das Grab kümmert. Wirklich tragisch.«

»Trotzdem interessiert mich, was mit dem Haus passiert«, bemerkte Orson. »Ich bin schon ein bisschen neugierig, was er da drin so alles gehortet hat. Was glaubst du, wem er es vermacht hat?«

Plötzlich rammte sich ein Gewicht in Claires Magen und drückte sie noch tiefer in den Sitz. Sie hatte das Gefühl, alle Augen im Diner seien mit einem Mal auf sie gerichtet.

»Na, eins kann ich dir versichern«, erwiderte Cathy, die Hand in der Hüfte. »Mir jedenfalls nicht.«

Sie blieb mit der Kaffeekanne am Tisch der Schwestern stehen, aber Claires Becher ließ sich nicht nachfüllen. Ihre Tasse war voll, der Kaffee kalt und unangetastet. Cathy zog eine Augenbraue hoch, zuckte mit den Schultern und kehrte wieder an die Theke zurück.

»Vielleicht«, sagte die gesprächige alte Dame, »hat er es ja einer Wohltätigkeitsorganisation hinterlassen.«

Cathy stieß ein Schnauben aus. »Wohl kaum. Und selbst wenn, dann würde das doch bedeuten, dass es versteigert werden müsste, oder? Und wer kann es sich bitte leisten, diesen Kasten zu kaufen? Jedenfalls niemand, den ich kenne. Und es wird sich sicher auch kein Narr finden, der von außerhalb in diese Stadt zieht. Denkt an meine Worte: Es wird unverkauft bleiben. Bis es irgendeiner von diesen kriminellen Idioten abfackelt, weil er gerne zündelt.«

»Na, aber was ist mit Mark?«, fragte Orson.

»Was soll mit ihm sein?«, knurrte Cathy. »Patrick hat gegen ihn ausgesagt. In einem Mordprozess! Glaubst du wirklich, er hätte es *ihm* hinterlassen?«

Claire gefiel diese ganze Sache nicht. Kein bisschen.

»Cathy«, rief sie und hob eine Hand. »Könnten wir bitte zahlen?«

»Natürlich, Kleines«, sagte Cathy, bevor sie fortfuhr: »Nein, ich glaube kaum, dass Mark in Patrick Enrights Testament erwähnt wird. Aber ich kann dir sagen, *was* ich glaube: Uns steht trotzdem in nicht allzu ferner Zukunft ein Besuch von Mark ins Haus. Falls ihn irgendetwas in diese Stadt zurückbringen kann, dann der Tod seines Bruders. Und auch wenn ihm dieses Haus vielleicht nicht gehört, bin ich mir sicher, dass er seinen Anspruch darauf geltend machen wird.«

Claire ballte unter dem Tisch die Fäuste, drückte sie fest zusammen und öffnete sie dann wieder. Drückte sie zusammen und öffnete sie wieder. Sie war im ersten Semester am College. Hauptfach Journalistik. Sie war nicht Claire Sullivan, Erbin des fraglichen Hauses.

Nachdem sie hinter der Theke alles erledigt hatte, kehrte

Cathy an ihren Tisch zurück und reichte ihnen die Rechnung. Claire hatte das Bargeld bereits in der Hand. Sie legte die Scheine hin und sagte zu Cathy: »Der Rest ist für Sie.«

Cathy betrachtete das Geld einen Moment lang, offensichtlich, um es zu zählen. Sie schien zu dem Schluss zu kommen, dass Claire äußerst großzügig gewesen war. Und das stimmte: vierzig Prozent Trinkgeld. Es kam Claire nur angemessen vor, angesichts von Cathys Darbietung.

»Hat dir das Essen nicht geschmeckt?«, fragte Cathy mit einem flüchtigen Blick auf Claires Parfait.

»Äh.« Claire blickte auf Murphys leeren Teller und Eileens halb verspeiste Pfannkuchen. »Ich schätze, ich war wohl zu gebannt von Ihrer Erzählung. Journalistenmagen, Sie wissen schon. So nennen wir das.«

Ihre Lügen wurden immer schlimmer. Claire rutschte aus der Sitznische, und Murphy und Eileen folgten ihr.

»Vielen Dank noch mal«, rief sie Cathy im Gehen zu. Sie hatte das Gefühl, sich bei allen im Diner bedanken zu müssen: bei Wyatt, Orson, Kerry und den beiden alten Damen. Es war, als hätten sie diesen Moment gemeinsam durchgestanden, die Erfahrung der Enright-Morde miteinander geteilt.

Cathy nickte Claire freundlich zu. »Passt gut auf euch auf, Mädels.«

»Machen wir. Danke.« Es war alles, was Claire herausbrachte. Sie wollte nur noch raus aus diesem Diner, raus aus Rockport, raus aus dieser Geschichte, die sich um sie entspann.

Sie hatten die Tür beinahe erreicht, als Claire eine ganz

leichte Berührung am Ellenbogen spürte. Sie blickte sich um und sah, dass Kerry, die Sheriffin, hinter ihr stand.

Sie weiß es, schrillte eine panische Stimme in ihrem Kopf. *Sie weiß es, sie weiß es.*

»Ist bei euch alles in Ordnung?« Der Tonfall der Sheriffin war freundlich, nicht anklagend. Aber vielleicht nutzte sie ja genau diesen Trick bei Leuten, wenn sie wusste, dass sie irgendwo unbefugt eingedrungen waren. Sie sorgte dafür, dass sie sich wohlfühlten, um ihnen die belastenden Informationen zu entlocken.

Mit größter Mühe brachte Claire ein Lächeln zustande. »Oh. Ja! Alles bestens.«

Kerry nickte, ihre Miene nachdenklich. Aber worüber dachte sie nach? Darüber, ob sie sie verhaften sollte oder nicht?

»Ich weiß, dass ihr auf dem College seid«, sagte Kerry, »und ich bin mir sicher, dass eure Eltern euch diesen Vortrag bereits gehalten haben. Aber junge Frauen, die rund um die Feiertage allein unterwegs sind, außerhalb ihrer vertrauten Umgebung … Denkt einfach daran, stets wachsam zu bleiben und alles im Auge zu behalten.«

Claire starrte Kerry an, und plötzlich breitete sich die Erkenntnis auf dem Gesicht der jungen Sheriffin aus.

»Oh! Ich will euch keine Angst machen.« Sie senkte die Stimme und fügte in verschwörerischem Tonfall hinzu: »Ich persönlich glaube nicht, dass an diesen Gruselgeschichten um Mark Enright irgendwas Wahres dran ist. Ich wollte damit nur sagen: Seid vorsichtig, ganz allgemein. Manche Leute nutzen die Unbedarftheit von Fremden aus, besonders an den Feiertagen.«

»Sicher«, erwiderte Claire. Sie wollte nicht unhöflich sein, vor allem, weil Kerry wirklich ein netter Mensch zu sein schien. Ihre sanfte Stimme klang beinahe wie ein leises Singen. Aber es fiel Claire trotzdem schwer, höflich zu bleiben, bei all den schrecklichen Gedanken, die durch ihren Kopf wirbelten. Sie steckte ihre zitternden Hände in die Manteltaschen und ging zur Tür hinaus.

Was sie brauchte, war ein Plan.

Ein Plan, um so schnell wie möglich aus Rockport zu verschwinden.

FÜNFZEHN

Murphy

»Wir müssen von hier verschwinden.«

Aus Claires Augen sprach strenge Entschlossenheit, genau wie zu Hause, wenn sie Murphy wieder mal dafür ausschimpfte, dass sie die Pfützen im Bad nicht aufgewischt hatte. Nur, dass es diesmal ernster war.

Mord. *Morde*.

Murphy hatte förmlich in sich aufgesogen, was Cathy ihnen erzählt hatte. In der Laramie Road 2270 waren Menschen gestorben. Sollte man so etwas nicht eigentlich spüren können? Hätte Murphy nicht ein komisches Gefühl haben müssen, als sie das Haus erkundete? Genau wie die Leute in Horrorfilmen, wenn sie einen Raum betraten, das Gesicht verzogen und sagten: »Hier ist irgendetwas *Schlimmes* passiert.«

Murphy vermutete, dass ihr sechster Sinn einfach einen Aussetzer gehabt hatte. Und vielleicht hatte er den immer noch, denn sie verstand nicht, warum Claire so aufgewühlt war oder warum sie so überstürzt aus dem Diner aufgebrochen und so unhöflich zu Sheriffin Kerry gewesen war.

Sie blickte stirnrunzelnd auf den Rücken ihrer Schwester, die mit energischen Schritten die Straße hinuntereilte.

»Hey, mach mal langsamer, ja?«, schnaufte Murphy. »Wir haben uns gar nicht nach einer Werkstatt erkundigt.«

»Absichtlich«, zischte Claire scharf. »Sie dürfen auf keinen Fall erfahren, dass wir am Haus waren. Sonst wird uns irgendjemand Fragen stellen oder Verdacht schöpfen. Wir hätten überhaupt nicht hierherkommen sollen.«

Murphy zog die Stirn in noch tiefere Falten. Der Ausflug nach Rockport war ein Abenteuer. Ihr erster und wahrscheinlich einziger Schwestern-Trip. Wie konnte Claire das bedauern?

»Hast du nicht zugehört?«, fragte Murphy. »Diese Morde sind vor Ewigkeiten passiert.«

Claire wirbelte so schnell herum, dass Murphy mit den Armen rudern musste, um sich aufrecht zu halten.

»Hast *du* nicht zugehört? Sie hat gesagt, dass Mark Enright zurück in die Stadt kommt. Er könnte bereits hier sein.«

Eileen war ihnen schweigend hinterhergetrottet. Nun blieb sie neben Murphy stehen und kaute auf ihrem Mundvoll Kaugummi herum, der zwischen ihren Worten schmatzte und schnalzte.

»Sie hat gesagt, dass Mark zurückkommen *könnte*. Ich weiß nicht, ob du das mitgekriegt hast, Claire, aber da drinnen roch es ein bisschen nach … Verschwörungstheorien. Du hast doch sogar selbst darauf hingewiesen: Cathy hat eine Menge Einzelheiten durcheinandergebracht. Wer weiß, auf wie viel man sich dabei überhaupt verlassen kann?«

»Ja, okay«, erwiderte Claire. »Aber es ist doch normal, dass sie bei ein paar Sachen daneben lagen. Es ist immerhin zwanzig Jahre her. Aber glaubst du ernsthaft, Cathy hätte sich das *alles* ausgedacht? Da drin waren sich zumindest alle einig, dass sich diese Morde wirklich ereignet haben. Und sie waren überzeugt, dass Mark Enright der Hauptverdächtige war – der, ganz nebenbei, noch ein weiterer Onkel ist, von dessen Existenz wir nichts wussten.«

»Was willst du denn damit sagen?«, höhnte Eileen. »Glaubst du wirklich, dass der große böse Mark Enright zurückkommt, Michael-Myers-mäßig, um uns umzubringen?«

Claire warf die Hände in die Luft. »Ich glaube nur, dass wir es hier mit einer ganzen Reihe von Unbekannten zu tun haben. Unheimlichen Unbekannten. Also warum bist *du* so entspannt?«

»Keine Ahnung, Claire«, sagte Eileen. »Vielleicht hab ich einfach weniger zu verlieren.«

»Was soll das denn nun wieder heißen?«

»Es soll heißen, dass ich keine Angst davor habe, verhaftet zu werden, weil ich mir keine weiße Weste für meine große schicke Ivy-League-Uni bewahren muss.«

Claire spannte den Kiefer an. »Du hast doch keine Ahnung, wovon du redest.«

»Ach ja? Und warum nimmst du dann alles für bare Münze, was dir irgendeine Kellnerin erzählt, die wir gerade erst kennengelernt haben? Was denn, glaubst du vielleicht, wir seien hier in einem echten True-Crime-Podcast gelandet? In dem ein Serienkiller in einer verschlafenen Kleinstadt an der Küste frei rumläuft?«

»Oh, mein *Gott*, du benimmst dich echt total absurd.«
»Äh, nein. Ich glaube, diese Ehre gebührt dir.«
»Du hörst doch nicht mal *zu* –«
Murphy hatte genug gehört. Sie ließ ihre Schwestern stehen, damit sie sich in Ruhe weiterstreiten konnten, und folgte weiter der Straße. Sie warf einen Blick zurück und sah, dass keine von beiden überhaupt bemerkt hatte, dass sie weg war. Da die Luft nun rein war, holte sie die Tupperdose unter ihrem Mantel hervor. Das war das Schöne an Daunenmänteln: Man konnte Schildkröten darunter verstecken, ohne dass es jemand mitkriegte.
»Siegfried?«, fragte Murphy und tippte auf den Rand der Dose. »Hey, Kumpel, alles okay?«
Siegfried antwortete nicht. Er war tot. Eine winzige Explosion der Schuldgefühle füllte Murphys Brust, und auf einmal fühlten sich die Käsefritten, die sie praktisch inhaliert hatte, wie Blei in ihrem Magen an.
»Es tut mir leid«, flüsterte sie dem Plastiksarg zu. »Ich werde ein hübsches Plätzchen finden, um dich zu begraben. Das hast du verdient. Du –«
»MURPHY.«
Sie erstarrte. Wenigstens war es ihren Schwestern doch noch aufgefallen. Sie schob den Mini-Sarg wieder unter ihren Mantel und drehte sich um.
»Was?«, fragte sie unschuldig.
Claire stürmte den Gehweg hinunter, alles andere als eilig von Eileen gefolgt.
»Du kannst das nicht dauernd machen! Wenn ich dich verliere, bringt Mom mich um.«
»Nee.« Murphy zuckte die Schulter. »Es würde eine

ganze Weile dauern, bis sie es bemerkt. Du hättest vorher locker noch Zeit, aus der Stadt zu verschwinden.«

»Nicht lustig.« Claire holte Murphy ein, baute sich entschlossen vor ihr auf und verschränkte die Arme. »Vielleicht nimmt keine von euch *beiden* diese ganze Sache ernst«, sie schoss Eileen einen scharfen Blick zu, »aber *ich* schon. Kapiert ihr denn nicht, was das bedeutet? Alles, was Cathy uns erzählt hat? Wenn Patrick wirklich unser Onkel ist, dann –«

»Klar«, unterbrach Murphy sie. »Es bedeutet, dass Dad in diesem Haus aufgewachsen ist.«

Claire blinzelte hektisch. »Na ja … ja.« Dann schien sie den Faden wiederzufinden. »Aber es bedeutet *auch*, dass wir mit einem Mörder verwandt sind.«

Eileen gab leise etwas von sich, das schroff und spöttisch klang. Claire ignorierte sie und fügte traurig hinzu: »Ich weiß wirklich nicht, warum Mom uns nichts von alldem erzählt hat.«

Murphy schluckte. Sie war auch nicht unbedingt glücklich darüber, dass ihre Mom sie an Weihnachten allein gelassen hatte. Trotzdem gefiel ihr der Gedanke nicht, ihre Mutter könnte eine Lügnerin sein. Und irgendwie erschien ihr das Ganze nicht fair – Moms Handeln infrage zu stellen, wenn sie nicht hier war, um sich zu verteidigen. Bestimmt hatte sie gute Gründe dafür gehabt. Zum Beispiel …

»Vielleicht hat sie nur versucht, uns zu beschützen.«

Claire machte den Mund auf, aber Murphy kam ihr zuvor.

»Wir haben es alle kapiert, okay?«, sagte sie. »Dad war der älteste Bruder, John. Derselbe Name. Er war auf dem

College, als es passiert ist, und der Mord hat ihn wahrscheinlich so aus der Bahn geworfen, dass er nie mehr nach Hause zurückgekehrt ist und beschlossen hat, eine Lüge zu erfinden und zu behaupten, seine ganze Familie sei tot. Er wollte einen Neuanfang. Das ergibt doch Sinn.«

Claire starrte auf den Asphalt und stocherte mit der Schuhspitze in einem Grasbüschel herum. »Na ja, wenn das stimmt, dann ist das noch eine weitere Lüge. Mom hat behauptet, Dad sei nie auf dem College gewesen.«

Murphy dachte darüber nach. »Ich bin mir nicht sicher, ob sie wirklich jemals gesagt hat, dass er *nicht* auf dem College war. Sie hat nur nie gesagt, dass er es *war*.«

»Komm schon. Wenn er einen Collegeabschluss gehabt hätte, glaubst du wirklich, dass er sich dann im verfluchten Emmet niedergelassen hätte?«

»Vielleicht«, vermutete Murphy, »war Dad wegen der Morde einfach so fertig, dass er nie seinen Abschluss gemacht hat.«

»Was auch immer.« Claire warf erneut die Hände in die Luft. »Es spielt keine Rolle. Mom ist nicht hier, und Dad und Onkel Patrick sind tot. Der Einzige, der noch übrig ist, ist dieser Mark, der wahrscheinlich unsere Großeltern getötet hat. Und es ist durchaus möglich, dass er bereits zurück in der Stadt ist.«

Claire rümpfte die Nase, und Murphy tat es auch. Sie hätte darauf gewettet, dass die beiden anderen genauso fanden, dass sich das alles einfach nur *eigenartig* anhörte: Onkel. Großeltern. Morde. Das passte alles nicht zum Leben der Sullivan-Schwestern.

»Der Plan sieht folgendermaßen aus«, verkündete Claire.

»Eileen, du versuchst noch mal, den Wagen zu starten. Wenn er anspringt – großartig. Wenn nicht, rufen wir in einer Werkstatt an, lassen ihn so schnell wie möglich reparieren und verschwinden dann aus der Stadt. Und vergessen, dass diese ganze Geschichte jemals passiert ist.«

Murphy klappte die Kinnlade herunter. »Wir sollen unser *Erbe* vergessen?«

Sie war zu einem Schluss gekommen: Sicher, das Haus hatte sich in eine Mordvilla verwandelt, aber es war *ihre* Mordvilla. Zumindest ein Drittel davon. Das Haus hatte etwas Magisches an sich, und es hatte die Schwestern wieder zusammengeführt. Es war genau der richtige Ort für ihre *Operation neue Erinnerungen*. Sie war einfach noch nicht bereit, ihn wieder zu verlassen.

»Natürlich nicht«, erwiderte Claire. »Aber im Moment können wir sowieso nichts unternehmen, was das Erbe betrifft.«

Während Claire den Schwestern ihren Masterplan erklärte, bewegten sie sich langsam wieder in Richtung der Klippe. Eileen gab die ganze Zeit kein Wort von sich. Murphy warf ihr immer wieder verstohlene Blicke zu und versuchte, die Miene ihrer ältesten Schwester zu entziffern, allerdings ohne Erfolg. In Eileens Augen funkelte noch immer kein Leuchten, und ihre Lippen bildeten eine emotionslose Linie, bis sie ihr Schweigen schließlich brach und sagte: »Ich bin noch nicht bereit, wieder zu gehen.«

»Was glaubst du denn, was du hier findest?«, forderte Claire sie heraus. »Cathy hat uns doch bereits das tiefste, finsterste Geheimnis erzählt, das eine Familie überhaupt haben könnte.«

»Oder«, widersprach ihr Eileen, »sie hat nur an der Oberfläche gekratzt. Vielleicht wussten nur die Enrights wirklich, was in diesem Haus passiert ist. Aber *wir* könnten es auch herausfinden. Dort drin wartet womöglich etwas, das uns die *ganze* Geschichte erzählt. Vielleicht sogar irgendwas ... über Dad.«

»Das kannst du nicht ernst meinen.« Claire winkte in Murphys Richtung. »Und was ist mit ihr? Es macht dir vielleicht nichts aus, leichtfertig mit deinem eigenen Leben umzugehen, aber Murphy ist noch ein Kind. Ich werde ganz sicher nicht zulassen, dass sie sich weiter hier aufhält, wenn ein Mörder frei in der Stadt herumlaufen könnte.«

Brodelnde Wut kochte in Murphy hoch. Ein *Kind*? Aber genau dafür hielten Eileen und Claire sie: für ein Kind, eine Nervensäge, nichts als *Ballast*. Für ein Ersatzrad.

Tja, aber dieses spezielle Ersatzrad war durchaus der Sprache mächtig.

»Ich bin vierzehn«, fauchte sie Claire an. »Wir gehen *beide* auf die Highschool. Und ich will noch hierbleiben.«

»Spielt keine Rolle.«

»Äh, doch, tut es.« Murphy wurde lauter: »Das hier ist eine Demokratie, und es steht zwei gegen eine.«

Claire lachte. »Du glaubst, das hier sei eine Demokratie? Vorsicht, News Alert: Ich bin diejenige mit dem Geld. Ich bezahle fürs Benzin. Wenn du irgendwann wieder nach Hause willst, dann tust du, was ich sage.«

»*Du* musst aber auch irgendwann wieder nach Hause«, konterte Murphy. »Du brauchst Eileens Auto. Ich hab gehört, wie du das selbst gesagt hast.«

Claire lachte wie eine tollwütige Hyäne. »Ich brauche

dieses Auto nicht. Ich hab's dir doch eben gesagt: Ich habe Geld. Genug, um wieder zurück nach Emmet zu kommen.«

»Wow«, stieß Murphy aus. »Für eine dreistündige Fahrt? Das kostet dich deinen kompletten Collegefonds.«

»Der bringt mir sowieso nichts«, murmelte Claire.

»Was soll das denn nun wieder heißen?«

Murphy fing Claires Blick ein. Sie nahm ein Flackern in dem strahlenden Blau wahr. Claire machte den Mund auf, um ihr zu antworten. Dann schien sie es sich jedoch wieder anders zu überlegen, schüttelte nur den Kopf und ging weiter.

Sie stiegen die Klippe im leichten Nieselregen hinauf, und als die regennasse Straße wieder flacher wurde, waren die obersten Giebel des Hauses zu erkennen. Bei dem Anblick breitete sich eine Gänsehaut auf Murphys Armen aus. *Das Wetter ist schuld daran, sonst nichts.* Trotzdem konnte Murphy nicht anders, als sich einen Moment lang zu fragen, ob dieser Mark Enright wirklich ein Mörder war. Und ob er womöglich herausgefunden hatte, wer dieses alte Haus geerbt hatte. Und ob er deswegen womöglich wütend war.

Murphy hatte keine Ahnung, wie ein Haus bei Tageslicht noch unheimlicher aussehen konnte als bei Nacht, aber dieses hier tat es. Seine Giebel ragten wie Zähne in den atmosphärisch dichten Himmel empor.

Die Wände des Salons voller Blut.

Der Schädel zerschmettert, wie eine Wassermelone.

Was war wirklich in diesem Haus passiert?

Ja, es war ein Abenteuer. Es war ein Drama.

Aber es war auch Furcht einflößend.

Doch Murphy hatte Claire demonstrativ verkündet, dass sie hierbleiben wollte. Sie konnte sich jetzt nicht anmerken lassen, dass sie Angst hatte wie ein kleines Kind. Dies war ein Moment für Tapferkeit. Für das Schaffen neuer Erinnerungen. Für Magie.

Murphy war schon einmal in einem Spukhaus gewesen, auf einem Schulausflug im einzigen Vergnügungspark in ganz Oregon: *Enchanted Forest*. Es war ziemlich gruslig gewesen, sicher, und sie hatte sogar einmal geschrien, als Derek Huggins plötzlich aus einer dunklen Ecke gesprungen war. Aber das war nur zum Spaß gewesen.

Das hier war ein richtiges echtes Spukhaus. Ein Ort, an dem Menschen getötet worden waren, *in echt*.

Murphy fasste in ihre Jackentasche und holte den Seiltrick heraus, den sie mitgenommen hatte. Sie wollte nicht damit üben. Sie brauchte einfach nur etwas, woran sie sich festhalten konnte. Sie dachte über die Technik des Tricks nach: *drüber, drunter, durchziehen, fertig*. Das wiederholte sie im Stillen immer wieder. Wie ein Mantra. Ein Hauch von Magie im Angesicht eines Mordes.

SECHZEHN

Eileen

Ich gebe euch eine Stunde.«

»Sicher, Claire. Alles klar.«

Denn, mal ehrlich, ihrer Schwester kam die Absurdität förmlich zu den Ohren heraus. Deshalb war es auch das Einzige, was Eileen darauf erwidern konnte: *Sicher, Claire. Alles klar*. Genauso, wie sie es schon seit Monaten tat:

»Ich will keine Pizza. Weißt du denn nicht, wie schlecht Gluten für deine Darmflora ist?«

Sicher, Claire. Alles klar.

»Du benutzt zu viel Kajal. Wenn du dir mal diese Tutorials anschauen würdest …«

Sicher, Claire. Alles klar.

»Es würde wirklich helfen, wenn du wenigstens deinen eigenen Müll rausbringen könntest.«

Sicher, Claire. Alles klar.

Und wenn Claire ernsthaft glaubte, sie könnte Eileens Leben bestimmen, ausgerechnet jetzt …

Sicher, Claire.

Alles klar.

Sie würde schon sehen, wozu das führte.

Eileen hatte vor, so viel Zeit in diesem Haus zu verbringen, wie es ihr gottverdammt noch mal beliebte. Und ein paar Morde würden sie sicher nicht davon abhalten.

Vor allem, weil sie bereits darüber Bescheid gewusst hatte.

Als Eileen vor zwei Jahren in dem Wäscheschrank herumwühlte, hatte sie nicht nach etwas gesucht, das ihr Leben zerstören würde. Wer würde schon nach einer Schachtel mit Briefen suchen, die einem ein Dutzend Wahrheiten erzählen konnten, die man überhaupt nicht kennen wollte? Wer würde jede Nacht eine Viertelflasche *Jack Daniel's* leeren, um zu vergessen, was er gelesen hatte? Wer würde seine Bewerbungen an den Kunsthochschulen wegschmeißen, weil er einfach keinen Sinn mehr darin sah? Wer würde stattdessen vierzig Stunden die Woche in einem geisttötenden Job im Supermarkt arbeiten, bei dem man sich die Füße plattstand?

Niemand, der bei gesundem Menschenverstand war.

Ergo konnte Eileen nicht bei gesundem Menschenverstand sein.

Aber Eileen hatte es sich ja nicht ausgesucht, diese Briefe zu finden. Sie hatte nach Malerkrepp gesucht und gedacht, es könnte vielleicht welches in den Schuhkartons verstaut sein, die ihre Mom hinten in ihrem Kleiderschrank aufbewahrte. Sie hatte angenommen, dass sich darin langweiliges Zeug befand, das man eben an so einer Stelle aufbewahrte: Wäscheklammern, Ersatzklammern für den Tacker oder Reißnägel – und vielleicht auch Malerkrepp.

Niemand rechnete schließlich damit, in einem Wäscheschrank schlimme Nachrichten zu entdecken. Aber genau das war passiert: In einem dieser Kartons hatte sie die Briefe gefunden.

Eileen wusste theoretisch, was Drohbriefe waren. Aber nichts hätte sie *darauf* vorbereiten können. Die Briefe waren an »Leslie« adressiert gewesen. Ihre Mutter.

Nun, zumindest stand in einigen von ihnen »Leslie«. Andere begannen mit der Anrede »Du Schlampe« oder »sündige Hure«.

Insgesamt waren es neun Briefe, in verschiedenen Handschriften und auf unterschiedlichem Briefpapier. Neun Briefe von mehreren Fremden – den kürzesten von ihnen kannte Eileen auswendig:

Du Schlampe,

wir wissen, dass er es war. Du hast einen Mörder verteidigt, und eines Tages wirst Du für Deine schreckliche Sünde bezahlen.

Niemand hatte einen der Briefe unterschrieben. Eileen nahm an, wenn sie ein Mengenlehre-Diagramm mit *Leuten, die Hassbriefe schreiben* zeichnen würde, würde sich der Kreis komplett mit der Menge *Gottverdammte Feiglinge* decken. Eine hundertprozentige Schnittmenge.

Folgendes hatte Eileen aus den einzelnen Puzzleteilen zusammengesetzt, nachdem sie die Briefe mehrfach gelesen hatte: Diese Leute beschuldigten ihre Mom, Leslie, einen Mann namens Mark verteidigt zu haben. Und dieser Mark war ein Mörder. Jeder der Briefeschreiber wusste dies mit absoluter Sicherheit. Mark Enright war ein kaltblütiger Killer, und Leslie hatte sich auf seine Seite gestellt, und eines Tages würde sie für diese Sünden bezahlen. Das Einzige, worin sich die Briefe unterschieden, war die jeweilige Theorie, *warum* ihre Mutter es getan hatte. Einige schrieben, sie sei getäuscht oder verleitet worden. Andere glaubten, sie sei von »sexueller Sünde« betört worden – »sexuelle Sünde«, so drückte es einer der Briefe aus, so als stamme er von einem dieser evangelikalen Fernsehprediger. Der Großteil der Briefeschreiber war jedoch der Ansicht, Leslie Sullivan habe sich ebenso schuldig gemacht wie dieser Mörder namens Mark. Sie schrieben, dass sie wahrscheinlich mit ihm hinter dem Mord an Mr Enright steckte. Dies waren auch die Schreiber, die Leslies zukünftiges Schicksal in den lebhaftesten Prophezeiungen ausschmückten: wie sie in der Hölle schmoren, an Krebs sterben oder – die beste Version von allen – selbst ermordet werden würde.

»Wer Menschenblut vergießet«, stand in einem der Briefe, »des Blut soll auch durch Menschen vergossen werden.«

Sie zitierten aus der Bibel und prophezeiten einer jungen Frau, dass sie sterben würde. Eileen war nicht religiös, aber so viel erkannte sie. Und diese Menschen konnten nachts noch ruhig schlafen?

Eileen hingegen hatte nicht mehr geschlafen. Tagelang. Diese Briefe hatten ihr eine Antwort auf eine Frage gegeben, die sie nie gestellt hatte.

Sie sah ihren Schwestern nicht ähnlich. Es war offensichtlich, selbst als sie alle noch klein gewesen waren. Es war schwer, die blauen Augen der beiden zu übersehen,

Murphys wilde Locken oder Claires blonden Schopf. Ganz anders als Eileen, mit ihren kaffeeschwarzen Augen und Haaren. Gewisse Gene ihrer Familie hatten sie ganz offensichtlich übersprungen, und eine Zeit lang hatte Eileen das auch gar nicht gestört. Es machte sie einzigartig, und das hatte ihr gefallen.

Bis sie die Briefe gefunden hatte. Bis sie die einzelnen Puzzleteile zusammengesetzt und alles mit einem Schlag auf grauenvolle Weise einen Sinn ergeben hatte:

Eileen sah nicht so aus wie ihr Dad auf den Fotos, die sie kannte, weil er nicht ihr Dad *war*. Sie sah nicht aus wie ihre Schwestern, weil sie nur halb miteinander verwandt waren.

Ihr war auch das Datum der Briefe aufgefallen: 2002, das Jahr, in dem sie geboren worden war. Sie konnte eins und eins zusammenzählen. Schon seit zwei Jahren war Eileen sich nun sicher, dass sie nicht John Sullivans Tochter war. Sondern die Tochter eines Mörders.

Sie wusste nicht, wohin dieser Mark geflohen war, aber sie konnte erraten, warum ihre Mom John Sullivan so schnell geheiratet hatte. Außerdem hatte sie herausgefunden, wo die Morde sich ereignet hatten. Einer der Briefeschreiber war tatsächlich mutig genug gewesen, eine Absenderadresse auf dem Umschlag zu vermerken. Der Brief kam aus einer Stadt namens Rockport in Oregon.

Alles, was sie dann noch hatte tun müssen, war, die Stadt zu googeln, zusammen mit »Mord« und »Mark« – und so hatte Eileen eine ganze Menge herausgefunden. Über Mr und Mrs Enright und ihren Tod, über den Prozess, über Marks Freispruch und darüber, dass eine Frau namens Leslie Clark als Zeugin für ihn ausgesagt hatte. Eileen hatte sogar Mark Enrights Kunstwerke gefunden. Eileen wusste alles. Sie brauchte Cathys Version der Geschichte nicht.

Mr Knutsen hatte Eileen jedoch etwas Neues berichtet: John Sullivan war in Wahrheit John *Enright* – kein x-beliebiger Typ, den ihre Mom geheiratet hatte, sondern Marks Bruder, also Eileens Onkel.

Allerdings wusste Eileen nicht, wie sie diese neue Erkenntnis einordnen sollte. Sie war immer noch dabei, alles zu verarbeiten – und dafür brauchte sie dieses Haus und das, was sich darin befand. Vielleicht hatte Patrick oder einer seiner Brüder ja einen Hinweis hinterlassen, ein Geständnis, *irgendetwas*, das Eileen Antworten geben würde.

Denn wenn sie nicht über *John Enright* Bescheid gewusst hatte, was war ihr dann noch entgangen? Was hatte sie falsch zusammengesetzt? Was, wenn die grauenvolle Wahrheit, an die sie glaubte, gar keine Wahrheit *war*?

Eileen hatte dieses Geheimnis so satt. Sie wollte endlich einen stichhaltigen Beweis. Entweder war sie Mark Enrights Tochter, oder sie war es nicht. Ihr Herz hämmerte wie wild bei der Möglichkeit. Der Chance auf ein *nicht*.

Ver-änder-ung, Ver-änder-ung, Ver-änder-ung.

Sicher, sie hatte nicht gewollt, dass ihre Schwestern etwas von den Morden erfuhren, aber wenigstens wussten sie immer noch nichts von Eileens möglicher Verbindung zu der ganzen Geschichte. Und sie konnte es auch weiterhin vor ihnen geheim halten, während sie nach der Wahrheit suchte.

Und falls es länger dauerte, diese Wahrheit zu finden, dann musste Claire eben so lange warten.

Eileen stand im Salon und betrachtete das Foto, das sie entdeckt hatte. Hier waren sie, die drei Söhne der Enrights: zwei blond, einer dunkelhaarig. Ein perfektes männliches Pendant zu ihr und ihren Schwestern. Bei den Zeitungsartikeln, die sie im Internet gelesen hatte, waren keine Fotos von Mark dabei gewesen – es hatte irgendetwas mit seiner Jugend und einer gerichtlichen Anordnung zu tun. Aber Eileen brauchte niemanden, der ihr zeigte, welcher der Brüder er war. Sie wusste es: Er war derjenige, der aussah wie sie. Der mit den dunklen Haaren, den dunklen Augen und dem Muttermal unter der Lippe. Auch sie hatte ein Muttermal, unter dem linken Auge.

War dies das Zeichen eines Mörders? Der Beweis dafür, dass Mark Enrights Blut in ihren Adern floss?

Falls ja, dann war es Eileen nicht gelungen, die Spuren dieses Bluts vollständig unter Verschluss zu halten. Es war auf die unwahrscheinlichste Weise durchgesickert, vom Pinsel auf Leinwände, hatte die Farben mit seiner Bösartigkeit befleckt und ihr selbst einen Charakter von »bizarr« bis »psychisch labil« beschert. Eileen hatte ihre Kunst immer als einen Weg betrachtet, zu sich selbst zu finden. Zu erforschen, wer sie in ihrem tiefsten Inneren war. Doch als sie von dem Geheimnis erfahren hatte, hatte sie nicht mehr weiterforschen wollen. Denn was zur Hölle hätte sie dabei möglicherweise gefunden?

Und hier auf dem Foto war er, der Mörder höchstpersönlich, gekleidet in grünes Karo, die Sonne auf dem Gesicht. Er kam Eileen sehr real vor, wie er dort neben Patrick und John stand. Sie blickte in seine Augen.

Beinahe *hoffte* sie, Mark Enright würde zurück in die

Stadt kommen. Sie wollte ihm eine Frage stellen, oder zwei, oder dreitausend.

Sie befürchtete, dass sie dies zu einer schlechten Schwester machte. Sie hatte mehr gewusst als Claire und Murphy, als sie zu diesem Ausflug aufgebrochen waren, und vielleicht hätte sie die beiden vor den Risiken warnen sollen: davor, dass die Möglichkeit bestand, dass der mörderische Mark in seinem alten Zuhause auftauchte, um sich zu holen, was seiner Ansicht nach rechtmäßig ihm gehörte. An diese Theorie schienen jedenfalls alle in Rockport zu glauben.

Eileen brauchte dringend Auskünfte, denn ihre Mutter konnte sie nicht fragen. Sie hatte sich bereits lange, bevor Eileen die Briefe gefunden hatte, immer weiter von ihnen entfernt, längere Schichten bei der Arbeit übernommen und behauptet, die Familie brauche das Geld, um die stetig wachsenden Schulden und die steigenden Mietkosten bezahlen zu können. Vielleicht hatte sie sogar die Wahrheit gesagt, aber als Eileen anfing, im Supermarkt zu arbeiten, und ihrer Mutter die Hälfte ihres Lohns anbot, hatte ihre Mom nur zu weinen begonnen, sich strikt geweigert, das Geld anzunehmen und darauf beharrt, dass es allein Eileen gehörte. Damals hatte sie angenommen, ihre Mom würde sich einfach nur schämen und deshalb darauf bestehen, dass allein ihr die Aufgabe zufiel, für den Unterhalt der Familie zu sorgen. Nun fragte sie sich jedoch, ob sich ihre Mutter aus anderen Gründen davor gescheut hatte, das Geld anzunehmen.

Nachdem sie die Briefe gefunden hatte, war Eileen sich sicher: Ihre Mutter wollte so wenig wie möglich mit ihr zu tun haben. Sie hatte irgendwann aufgehört, Zeit mit ihr zu verbringen oder ihr Fragen zu stellen. Vielleicht bildete Eileen es sich ja auch nur ein, aber manchmal ertappte sie ihre Mom dabei, wie sie sie mit einem Ausdruck anstarrte, den man nur als … *angsterfüllt* bezeichnen konnte.

Lag es daran, dass Eileen ihm, je älter sie wurde, immer ähnlicher sah? Andererseits waren Claire und Murphy *nicht* die Brut eines Mörders, und ihre Mom hatte sich trotzdem von ihnen entfernt. Waren sie die Kollateralschäden gewesen?

Eileen legte das Foto beiseite, kehrte wieder in die reale Welt zurück und fand Murphy am Flügel sitzend, wo sie immer wieder auf ein und dieselbe Taste drückte.

Die Kleine konnte manchmal ein richtiger Freak sein.

Claire wartete draußen und weigerte sich aus Prinzip, das Haus zu betreten.

»Woher willst du denn wissen«, hatte sie Eileen gewarnt, »dass Mark uns dort drinnen nicht auflauert?«

Doch daran glaubte Claire selbst nicht wirklich. Sie machte sich die Angst nur zunutze, um zu beweisen, dass sie recht hatte – eine echte Politikertaktik.

Aber Angst zog bei Eileen nicht. Nicht mehr.

Nachdem sie aus Claires Blickfeld verschwunden war und Murphy in der Diele herumschnüffelte, nutzte Eileen die Gelegenheit, auf die sie die ganze Zeit gewartet hatte. Sie holte ihren Flachmann heraus und genoss das elektrisierende Brennen. Das Versprechen auf etwas Besseres: keine Angst, nur Entschlossenheit.

In den vergangenen zwei Jahren hatte Eileen sich zu einer wahren Expertin entwickelt, was das richtige Maß ihrer eigenen Grenzen betraf – sie kannte den schmalen Grat zwischen angetrunken und besoffen. Das Trinken war eine hohe Kunst, auch wenn es nicht als solche begonnen hatte. Es hatte alles damit angefangen, dass Asher ihr nach ihrer Schicht im Supermarkt ein Bier angeboten und Eileen, nachdem sich der eher abstoßende Geschmack verflüchtigt hatte, dieses angenehme Prickeln in ihrem Kopf gespürt hatte. Ein Gefühl der Leichtigkeit, nicht in ihrem Körper, sondern in ihrem Gehirn. Es hatte ihr gefallen, weil sich ihr Gehirn, seit sie die Briefe einen Monat zuvor entdeckt hatte, schwer wie Blei anfühlte.

Es hatte ihren Geist leichter gemacht, und danach hatte sie es immer wieder getan, jeden Tag, und ihre Grenzen ausgetestet, indem sie einen Selbstversuch mit allem durchgeführt hatte, was die über einundzwanzigjährigen Kolleginnen und Kollegen ihr anboten, von Wein über Bier bis hin zu Wodka, Gin und – ihrem Lieblingsstoff – *Jack Daniel's*. Sie hatte sich übergeben, sie hatte unzusammenhängendes Zeug gefaselt und sie hatte, einmal, mit Asher auf dem Parkplatz Einkaufswagenrennen veranstaltet. Sie hatte herausgefunden, was am besten funktionierte und was ihr Gehirn auf die wirkungsvollste Weise am leichtesten machte.

Sie hatte aufgehört, mit ihren Kolleginnen und Kollegen zu trinken und angefangen, den Alkohol direkt mit nach Hause zu nehmen. Sie hatte herausgefunden, wie viel sie sich gönnen konnte, bevor sie Auto fuhr und wie viel, bevor sie sich schlafen legte. Doch irgendwann, trotz ihres gesammelten Wissens und ihrer Fachkenntnis, hatte sich der Alkohol von etwas, das *sie* kontrollierte, in etwas verwandelte, von dem sie kontrolliert *wurde*.

Sie hatte über das Wort nachgedacht. Das Wort, das mit »A« begann.

Aber das war sie nicht. Das war *es* nicht.

Eileens Bedürfnis, zu trinken, machte sie nicht zu einer Alkoholikerin. Es gab haufenweise Teenager, die sich andauernd volllaufen ließen und die deswegen niemand in eine Entzugsklinik schleppte. Sie hatte es im Griff. Und deshalb konnte sie sich auch einen Schluck aus diesem Flachmann gönnen.

Eileen stellte sich vor die Wand im Salon, wo die Kistenstapel auf sie warteten. Sie nahm die erste von ihnen herunter, hob den Deckel an und inspizierte den Inhalt. Darin befanden sich mit Papieren vollgestopfte Ordner, auf denen mit *Nebenkosten*, *Rechnungen* oder *Quittungen* beschriftete Etiketten klebten. Doch Eileen vertraute Etiketten nicht. Sie hatte sich schon einmal von etwas so scheinbar Banalem täuschen lassen.

Sie öffnete den ersten Ordner, und während sie es tat, drang ein Geräusch an ihre Ohren. Es war kraftvoll und gleichmäßig und überall auf einmal, prasselte gegen die Fenster und trommelte zwei Stockwerke über ihr auf das Dach.

Regen. Nicht das alltägliche Oregon-Nieseln – sondern richtiger, treibender Regen.

Komisch, dachte Eileen. Sie hatte vorhin überhaupt nicht in den Himmel geblickt. Hatte sich der Sturm schon länger zusammengebraut?

Sie schaute von der Kiste zur Tür des Salons, in der Murphy stand.

»Wow«, sagte Murphy.

»Ja«, stimmte Eileen ihr zu.

Sie lauschte weiter dem Regen und stellte nach einer Weile fest, dass er seltsam abgehackt gegen das Haus peitschte. Sie blickte zum Fenster und sah, dass sich die Welt in ein einziges Durcheinander aus flirrenden weißen Punkten verwandelt hatte: Hagel.

Es gab Regen in Oregon – ein häufiges Ereignis, so reichlich vorhanden wie Dreck. Es gab Stürme – gelegentlich, für die man seinen besten Parka brauchte. Und dann gab es das hier – Unwetter, aber keine gewöhnlichen Unwetter. Gewaltige Küstenstürme, direkt aus der Hölle.

»Claire!«, schrie Murphy.

Eileen drehte sich um, und tatsächlich: Dort stand Claire, in der Glastür, mit geisterhaftem Gesicht und zitternd wie ein Junkie.

»Na, das ist doch einfach perfekt«, zischte sie.

Im Stillen dachte Eileen: *Sicher, Claire. Alles klar.*

Aber diesmal meinte sie es auch so.

Der Wagen war das eine gewesen, aber jetzt hatte das Schicksal ihr das hier beschert: einen mächtigen Hagelsturm, der sie zwang, im Haus auszuharren. Der Eileen die Zeit gab, die sie brauchte, um ihre Hinweise zu finden. Um die Wahrheit über ihr Geheimnis zu entdecken, so oder so.

Perfekter ging es gar nicht.

SIEBZEHN

Claire

»Wir fahren.«

Claire verlieh ihren Worten Autorität. Sie hatte Eileen und Murphy ihren Spaß gelassen, was ein fairer Kompromiss war, da der Caravan immerhin Eileen gehörte. Sie hatte draußen gewartet und ihre offenen Apps geschlossen, um den Akku des Handys zu schonen, der nur noch bei mageren elf Prozent lag. Sie hatte versucht, nicht an all die grauenvollen Dinge zu denken, die Cathy ihnen im Diner erzählt hatte. Vorher hatte sie sich beim Gang durch die Räume dieses Hauses beinahe gefühlt, als würde sie Atlantis entdecken. Jetzt hatte Claire jedoch das Gefühl, sie sei betrogen worden.

Es war nicht fair: sich in ein Haus zu verlieben, nur um herauszufinden, dass es der Schauplatz abscheulicher Verbrechen gewesen war. Die Giebel wirkten nicht länger elegant, sondern finster. Die Rundumveranda alles andere als romantisch. Auch der Turm, der über dem Haus aufragte, kam ihr auf einmal bösartig vor.

Es war nicht so, dass Claire vorgehabt hatte, jemals in

der Laramie Road 2270 zu wohnen. Dafür hätte sie schließlich in Oregon bleiben müssen, und sie hatte noch immer vor, der Vorhölle des pazifischen Nordwestens baldmöglichst zu entfliehen. Sie nahm an, dass sie, tief in ihrem Inneren, einfach geglaubt hatte, ihre entgleiste Welt würde wieder in die richtige Bahn zurückfinden. Sie hatte gedacht: *Okay, Claire, du wurdest knallhart von deinem Traumcollege abgelehnt, aber in Rockport wartet ganz bestimmt etwas Gutes auf dich.* Sie hatte, noch vor wenigen Stunden, gedacht, sie könnte diesen Kasten in vier Jahren für ein hübsches Sümmchen verkaufen. Und dass sie vielleicht – ein wilder Gedanke – etwas über einen Vater erfahren würde, den sie kaum gekannt hatte, was sich höchstwahrscheinlich positiv auf ihr persönliches Wachstum auswirken würde.

Sie hatte versucht, wie eine Überfliegerin zu denken.

Aber als es zu hageln begonnen hatte, als die Körner auf ihren Kopf prasselten, war Claire bewusst geworden, dass sie sich einmal mehr nur etwas vormachte.

Hier gab es nichts für sie, für keine von ihnen. Und wenn der Hagel ein Vorzeichen dafür sein sollte, was als Nächstes kam, dann wollte sich Claire nicht mal in der Nähe dieses verfluchten Ortes aufhalten. Eileen mochte sie gerne als paranoid bezeichnen, und Murphy konnte ihr ruhig vorwerfen, sie sei gemein. Sie war immer noch die Überfliegerin in ihrer Familie, und wie es schien, war sie auch die einzige Schwester mit einem Plan. Und wenn dies bedeutete, dass *sie* die Befehle erteilen musste – na schön.

»Habt ihr mich gehört? Wir *fahren*, bevor es noch schlimmer wird.« Claire hielt ihr Handy hoch: acht Prozent, beinahe tot. »Sie sagen Schneeregen und überfrierende Nässe voraus. Die Straßen werden richtig gefährlich. Wir müssen los.«

»Aber Eileen hat gesagt, dass sich das Auto ausruhen mu-uuss«, jammerte Murphy weinerlich.

Und sie wunderte sich ernsthaft, dass Claire sie wie ein Baby behandelte?

Claire und Murphy hatten sich nie wirklich nahegestanden. Drei Jahre waren ein seltsamer Altersunterschied. Wann immer Claire eine Phase in ihrem Leben hinter sich ließ, schien sie für Murphy gerade zu beginnen. Das mochte vielleicht nicht Murphys Schuld sein, aber sie konnte einfach so eine *Nervensäge* sein: ein permanent brabbelndes Kleinkind, als Claire mit sieben bereits ein richtiger Bücherwurm war; eine schlaksige, viel zu laute Grundschülerin, als Claire bereits in der Highschool anfing; eine unbeholfene frischgebackene Highschool-Schülerin, als Claire in der Elften kurz vor ihrem Abschluss stand. Das Timing passte einfach nie.

Seltsamerweise hatte Eileen Murphy nähergestanden. Vor Jahren, wenn Eileen abends auf sie aufpasste, hatte sie sich bei einem Streit zwischen ihren jüngeren Schwestern fast immer auf Murphys Seite geschlagen. Es hatte Claire wahnsinnig gemacht, damals, als sie und Eileen sich selbst noch nahegestanden hatten und Eileens Meinung ihr tatsächlich wichtig gewesen war. In letzter Zeit hatte jedoch keine von ihnen mehr Zeit mit Murphy verbracht, und Murphy hatte aufgehört, sie ständig zu nerven.

Claire fragte sich, ob Murphy im Laufe der Zeit vielleicht erwachsen geworden war. Aber: nein. Keine Chance.

Murphy hatte sich als blinde Passagierin in den Caravan geschlichen und endlos wegen ihrer dämlichen Käsefritten genörgelt, war trotz Claires strikten Anweisungen davongelaufen und in dieses Haus eingebrochen. Und jetzt saß sie am Flügel und klimperte eine unbeholfene Version von »Heart and Soul«.

Claire drehte sich der Magen um, als sie sie dabei beobachtete. Murphy hatte Cathys Geschichte genauso gehört wie sie – wie konnte sie überhaupt dort sitzen, nach allem, was sie erfahren hatte? Claire dachte unwillkürlich an blutbefleckte Tasten, an einen zertrümmerten Schädel. Sie musste würgen.

»Ja, ja«, sagte Eileen, »entspann dich mal.«

Claire schluckte die Übelkeit hinunter und erwiderte: »Ich entspanne mich, sobald wir wieder unterwegs sind.«

»Ist es wirklich so schlimm da draußen?« Eileen blickte mit zusammengekniffenen Augen zur Decke empor, als würde sie dort zuverlässigere Informationen über das Wetter entdecken als in einer permanent aktualisierten App.

»Es *ist* so schlimm«, versicherte Claire ihr. »Und es wird nur noch schlimmer werden.«

»Und warum sollen wir dann da raus?«

Claire starrte sie nur an. Eileen liebte es, die Neunmalkluge zu spielen, aber jetzt war nicht der richtige Zeitpunkt.

»Mal ernsthaft«, beharrte ihre ältere Schwester, »du weißt doch, was für eine Schrottkarre der Caravan ist. Selbst wenn er anspringt, wage ich mich damit ganz sicher nicht bei diesem Wetter auf die Straße. Wir könnten unterwegs irgendwo stecken bleiben.«

»Wir stecken *hier* fest«, entgegnete Claire.

»Eben«, erwiderte Eileen. »Hier. In einem Haus. Mit Strom und einem Dach über dem Kopf. Aber du willst, dass wir zu einer mehrstündigen Fahrt aufbrechen, obwohl wir dabei von der Straße schlittern könnten? Oder der Caravan liegen bleiben und wir auf dem Highway erfrieren könnten? Das Risiko gehe ich nicht ein.«

Claire traf eine unfreiwillige Erkenntnis: Eileen verhielt sich nicht nur starrköpfig – sie verhielt sich wie die große Schwester, die sie früher einmal gewesen war. Damals, als Claire weinend aus der Grundschule nach Hause gekommen war, Eileen ihr eine Limo eingeschenkt und ihr versichert hatte, dass alles wieder gut werden würde. Damals, als ihr ein Gespräch mit Eileen stets das Gefühl gegeben hatte, sie würde jemand Weisen und Mutigen um Rat fragen, der ihr den Rücken stärken und mit ihr gegen ihre Widersacher kämpfen würde, ganz egal, was passierte. Eileen hatte immer auf sie aufgepasst und war diejenige gewesen, die sich eine Lösung hatte einfallen lassen, wenn die Spülmaschine geleckt hatte und ihre Mom bei der Arbeit gewesen war. Sie *war* die große Schwester gewesen.

Doch vor zwei Jahren hatte sie diese Rolle freiwillig an den Nagel gehängt. Sie hatte sich in der Garage verkrochen und aufgehört, sich um irgendjemand anders zu kümmern. Und es stand ihr schlichtweg nicht zu, sich eine Rolle zurückzuholen, die sie freiwillig aufgegeben hatte. Nicht jetzt.

Trotzdem erkannte Claire, dass Eileen nicht ganz unrecht hatte: Der Caravan *war* unzuverlässig, das Wetter schlecht und die Fahrt nach Hause ziemlich lang. Es könnte gefährlich sein, sich auf die Straßen zu wagen, vielleicht sogar tödlich. Claire war sich nur nicht sicher, ob Eileen wirklich recht damit hatte, dass es am besten wäre, einfach hierzubleiben. Schließlich war dies hier kein sicheres Motel, sondern im Prinzip ein Spukhaus.

»Wir könnten zurück in die Stadt gehen«, schlug sie vor. »Und im Diner fragen, ob es irgendwo eine Unterkunft gibt.«

»Ich dachte, du wolltest keine unnötige Aufmerksamkeit erregen«, konterte Eileen, während Murphy im selben Moment ausrief: »Bei *dem* Wetter geh ich nicht raus!«

Murphy zeigte nach oben, in Richtung des trommelnden Klopfens auf dem Dach. Claire *war* bei diesem Wetter bereits draußen gewesen. Sie war durch den Sturm gerannt, während erbsengroße Eiskugeln auf ihren Körper prasselten. Sie wollte sich genauso wenig wieder in dieses Unwetter hinauswagen wie Murphy. Aber sie wollte die Nacht auch nicht in einem Mordhaus verbringen. Warum war sie überhaupt auf diesen Ausflug mitgekommen? Ihrem Impuls zu vertrauen hatte ihr nichts als Ärger beschert und sie in eine furchtbare Situation gebracht.

Plötzlich wurde Claire so sehr von ihrer Erschöpfung überwältigt, dass sie zu weinen begann.

Nein, nicht jetzt, ermahnte sie sich selbst. *Überflieger weinen nicht wegen so etwas. Sie ergreifen die Initiative.* Sie rieb sich mit den Fingerknöcheln die Augen und wischte die Spuren ihrer Schwäche weg.

»Na schön«, sagte sie zu Eileen. »Da draußen ist es vielleicht gefährlich, aber hier drin möglicherweise auch. Wenn wir hierbleiben wollen, dann müssen wir das Haus sichern.«

»*Das Haus sichern*«, ahmte Murphy sie nach. »Wie bei einer verdeckten Operation, alles klar.«

»Das hier ist kein Spaß«, schimpfte Claire sie.

»Alles ist ein Spaß.« Murphy sprach langsam, so als wollte sie Claire daran erinnern, dass zwei plus zwei vier ergab.

Claire konzentrierte sich stattdessen auf die Schwester, die zumindest vernunftbegabt zu sein schien. »Wenn *wir* hier eingebrochen sind«, warnte sie Eileen, »dann kann es auch jeder andere tun. Ich schlage vor, dass wir noch mal das komplette Haus absuchen, und diesmal schauen wir in jeden Schrank und in jeden Winkel. Eine von uns bleibt hier und behält den Eingang im Auge.« Sie deutete auf die Glastür. »Dann, wenn wir uns ganz sicher sind, dass wir allein hier sind, verbarrikadieren wir alles. Wir harren hier aus, bis der Sturm nachlässt, und sobald es wieder aufklart, verschwinden wir von hier. Können wir uns darauf einigen?«

»Ich melde mich freiwillig für den Patrouillengang!«, rief Murphy.

Eileen zuckte nur mit den Schultern, weil es sie natürlich umbringen würde, zuzugeben, dass Claire hin und wieder eine gute Idee hatte. »Na schön«, sagte sie dann, »Murphy und ich durchsuchen das Haus.«

»*Gründlich*«, beharrte Claire.

Sie war sich ziemlich sicher, dass sie ein leises »Zicke« von Eileen hörte, beschloss jedoch, drüberzustehen und sich stattdessen darauf zu konzentrieren, eine Steckdose zu finden, um ihr Handy aufzuladen. Als sie eine entdeckte, waren ihre Schwestern bereits nach oben verschwunden.

Es war nicht so, dass Claire paranoid war, wie Eileen behauptet hatte. Sie glaubte nicht wirklich, dass sich Mark

Enright bereits in der Stadt befand. Es war eher so, dass sie einen Plan brauchte, um wieder ein Gefühl von Kontrolle zu verspüren. Wenn das Haus sicher war, dann konnte *sie* sich auch sicher fühlen.

Und ja, ein winziger Teil von ihr hatte Angst, Cathys schreckliche Theorie könne der Wahrheit entsprechen.

Als Claire ihr Handy in der Steckdose neben dem Sideboard einsteckte, fiel ihr die Ausgabe von *Die drei Musketiere* auf, die Murphy in der Bibliothek entdeckt hatte. Sie schlug das Buch auf und suchte nach dem Erscheinungsjahr: eine Ausgabe von 1894. Claire war zwar keine Expertin, aber sie war sich ziemlich sicher, dass ein Buch von 1894 eine hübsche Summe auf eBay erzielen würde – hundert Dollar, vielleicht? Und das hier war nur *ein* Buch von Hunderten. Wer konnte schon sagen, wie viel die ganze Bibliothek wert war? Mit dem Gewinn könnte Claire ein für alle Mal aus Emmet verschwinden, locker für den Umzug nach Neuengland bezahlen, sich mehrere Monate Miete leisten, sich Möbel kaufen …

Hör auf damit, ermahnte sie sich selbst. *Dieses Buch gehört dir noch nicht. Du hältst dich unbefugt hier auf.*

Sie setzte sich auf den Dielenboden, legte das Handy auf ihren Schoß und sah zu, wie die rote Batterieanzeige von acht auf neun Prozent kletterte. Es kribbelte ihr in den Fingern, ins Internet zu gehen, sich auf der Yale-Website einzuloggen und sich zum einundfünfzigsten Mal zu vergewissern, dass die Ablehnung *kein* Fehler gewesen war.

Sei nicht so besessen, befahl sie sich selbst. *Lass es gut sein. Es ist vorbei. Fokus voraus.*

Fokus voraus – ein Original von Harper Everly. Es war

ein so legendärer Slogan von ihr, dass sie sogar mit dem Ratschlag bedruckte Leinentaschen und T-Shirts verkaufte. Claire hatte zwar keins von beidem, aber sie hatte sich anderes Merchandising gekauft, darunter einen Becher mit der Aufschrift KEINE AUSREDEN in geschwungener rosafarbener Schrift.

Doch nun bohrten sich all diese Phrasen wie Pfeile in ihre Haut:

Langzeit-Träume > Kurzzeit-Probleme
Power und Erfolg gründen auf positiver Energie
Ein kleiner Schritt ist besser als gar kein Schritt
Träume erfüllen sich nicht von selbst
Plane nicht für Misserfolge

Das Kribbeln in Claires Fingern wurde stärker. Vielleicht hatte ja irgendein dämlicher Praktikant einen Fehler bei der Eingabe gemacht, der erst eine Woche später bemerkt worden war. Vielleicht lohnte es sich doch, auf der Website nachzusehen. Nur noch *ein* Mal.

Claire war zu schwach, um der Versuchung zu widerstehen. Ihre Finger flogen mit der Macht der Gewohnheit über den Handybildschirm. Kurz darauf hatte sie die Website geöffnet und starrte auf ihr unveränderliches Schicksal: Nicht angenommen. Abgelehnt. Ausgespuckt.

Die Vorabbewerbung hatte überhaupt nichts geändert. Ebenso wenig wie die Tatsache, dass sie die Vorsitzende von fünf studentischen Komitees war, unzählige Stunden ehrenamtlich in der Suppenküche in Emmet gearbeitet und drei ihrer Lehrer förmlich gestalkt hatte, damit sie ein Empfehlungsschreiben für sie verfassten.

Claire wünschte sich, sie hätte einen lebendigen Menschen aus Yale vor sich, nicht nur eine URL. Sie wäre sehr höflich geblieben und hätte nur eine einzige Frage gestellt: »Was habe ich falsch gemacht?«

Sie *musste* es wissen. Die Antwort nicht zu kennen machte sie fast wahnsinnig.

Claire öffnete ihre Nachrichten-App und tippte auf die vernachlässigte Unterhaltung mit Ainsley St. John. Ainsley Nachricht starrte sie vorwurfsvoll an, eine blaue Sprechblase der Anklage:

Hey, lebst du noch?

»Ja«, flüsterte Claire, »aber meine Träume sind tot, vielen Dank.«

Sie wusste, dass sie melodramatisch war. Vielleicht war ja alles, was jemals zwischen ihnen gewesen war, diese seltsame Harperettes-Verbindung zwischen ihr und Ainsley, nichts weiter als Melodramatik. Claire hatte sich so lange eine perfekte Geschichte zusammenfantasiert: Sie würden beide nach Yale gehen und sich eine Wohnung teilen, und Ainsley würde Claire verstehen und irgendwann erkennen, wie unwiderstehlich sie war, und dann würden sie sich ineinander verlieben, Claire würde ihren ersten Kuss erleben und alles wäre gut, alles wäre *richtig*.

Wen interessierten schon die Fotos von Ainsley und ihrer neuen Freundin? Wen interessierte es, dass sie und Claire

Tausende Kilometer voneinander entfernt lebten? War Claire wirklich so verzweifelt?

Vollkommen wahnsinnig.

Die Worte klingelten in Claires Ohren.

Sie hatte geglaubt, sie sei eine Überfliegerin. Sie hatte geglaubt, wenn sie nach dem Mond griff, würde sie wenigstens die Sterne erreichen. Es war nicht unmöglich, in Yale angenommen zu werden. Und selbst wenn Ainsley eine Freundin *hatte*, würde sie diese zurücklassen müssen, sobald sie aufs College ging. Es würde sich alles finden.

So dachte ein Überflieger.

Während Claire weiter auf ihr Handy starrte, poppte ein Benachrichtigungsbanner auf. Es war eine E-Mail, die sie darüber informierte, dass Harper Everly ein neues Video hochgeladen hatte. Claire tippte auf das Banner und öffnete die Mail. Dann sah sie den Titel von Harpers jüngstem Vlog: GEH POSITIV DURCH DIE STÜRME DES LEBENS.

»*Wow*«, stieß Claire aus.

Sie konnte nicht. Sie konnte es einfach nicht.

Sie riss das Handy vom Ladekabel, schleuderte es quer durch den Raum – und es knallte gegen die Wand gegenüber. Schon im nächsten Moment war Claire auf den Beinen und wappnete sich für das, was sie erwartete. Sie wollte nicht hinsehen, wollte so tun, als hätte dieser Temperamentsausbruch niemals stattgefunden.

Aber das hatte er. Der Bildschirm war zerschmettert, das Glas in ein Dutzend Spinnennetzfäden zersprungen. Sie versuchte, das Handy einzuschalten. Nichts passierte. Kein Licht erhellte den Bildschirm. Kein Leben.

Sie hatte 800 Dollar für dieses Smartphone bezahlt. Sie hatte zwei Jahre lang dafür gespart.

Die Einkäufe im Handarbeitsladen. All die Stunden, in denen sie filigrane Armbänder im Licht ihrer Schreibtischlampe gebastelt hatte. Die zig Gänge zur Post. Innerhalb einer Sekunde hatte sie das alles zerstört – im wahrsten Sinne des Wortes.

Und jetzt? Jetzt *lachte* sie.

Über Pläne.

Über goldene Momente.

Über Harper Everly.

Sie lachte so heftig, dass ihre Arme zu zittern begannen.

Sie versuchte erneut, das Handy einzuschalten, dann noch einmal. Der Bildschirm blieb dunkel.

Ich bin allein, dachte sie keuchend. *Ich bin von der Außenwelt abgeschnitten.*

ACHTZEHN

Murphy

Hörst du das?«, fragte Murphy.
»Was?«, fragte Eileen.

»Da lacht jemand.«

»Nicht lustig.«

Ihre Schwestern liebten es offensichtlich zu sagen: *Nicht lustig, das ist kein Spaß, sei nicht immer so dramatisch.* Was natürlich wahre Wunder für das Selbstbewusstsein einer Bühnenkünstlerin wirkte.

Aber diesmal versuchte Murphy gar nicht, komisch zu sein.

»Leenie, ich mein's ernst …«

»Das hier ist keine deiner Shows, Murph, also halt die Klappe.«

Murphy mochte Eileen lieber als Claire. Das hatte sie schon immer. Was jedoch nicht bedeutete, dass sie Eileen *immer* mochte. Wenn sie wollte, konnte Eileen eiskalt sein, und im Laufe der letzten Jahre war sie immer kälter geworden. Manchmal wollte Murphy am liebsten in die Luft springen, um mit Eileen auf derselben – viel zu hohen –

Augenhöhe zu sein, und sie lauthals anbrüllen, damit sie sie wahrnahm, netter zu ihr war und Murphy ein paar Erinnerungen schenkte, an denen sie sich festhalten konnte.

Das war schließlich ihr großes Ziel, richtig? *Operation neue Erinnerungen*. Aber wie sollte man neue Erinnerungen mit jemandem erschaffen, der einem kaum Beachtung schenkte?

Murphy ließ das Lachen auf sich beruhen, aber nur, weil ihr ohnehin bereits mulmig zumute war und sie ihrer Liste mit *Anzeichen dafür, dass es in diesem Haus spukt* nicht auch noch *mysteriöses Geisterlachen* hinzufügen wollte.

Und immerhin: Das Ganze hier könnte trotzdem irgendwann eine amüsante Anekdote werden. Murphy und ihre Schwestern, die aufgrund eines Wintersturms in einem alten Haus festgesessen hatten und beinahe von ihrem lange verschollenen Onkel mit einer Axt ermordet worden waren.

Ha … ha?

Nein. Diner-Cathy musste sich irren. Murphy hätte darauf gewettet, dass Mark Enright, nachdem er die Stadt verlassen hatte, nach Argentinien geflohen war, oder in die Schweiz, oder wohin auch sonst moralisch zweifelhafte Gruseltypen so flohen. So oder so, er interessierte sich ganz sicher nicht für ein Haus in Hinterpfuiteufel-Oregon.

Aber falls er doch in der Nähe war, unbewaffnet würden sie ihm nicht entgegentreten. Eileen hatte ein großes Küchenmesser in der Hand, das sie unten gefunden hatte, und Murphy hatte sie ihr eigenes Klappmesser gegeben.

»Sind die nicht illegal?«, hatte Murphy sie gefragt.

»Das sind Einbrecher auch«, hatte Eileen erwidert.

»Wie dem auch sei, Klingen sind am besten. Wenn jemand versucht, dir deine Waffe abzunehmen, schneidet er sich. Halt es einfach gut fest.«

»Und ich schreie, falls ich irgendwas Verdächtiges sehe?«

»Du wirst *gar nichts* sehen, Murph. Es ist niemand hier. Wir tun das nur, damit Claire zufrieden ist, weil sie eine verfluchte Prinzessin ist und ich mich nicht mir ihr herumschlagen will, wenn sie die ganze Nacht keine Ruhe gibt.«

Eileen wirkte zuversichtlich, und Murphy hatte sofort ein besseres Gefühl, was ihre Mission anging. Für ... eine Minute. Im oberen Stock fühlte sich jedoch alles schon wieder viel unheimlicher an.

Gut, hier waren vielleicht keine Einbrecher. Aber was war mit Geistern?

»Murph, hör auf, mir in den Nacken zu atmen.«

Murphy wurde wieder in die Realität zurückgerissen, wo sie tatsächlich in Eileens Nacken atmete. Ihr war gar nicht bewusst gewesen, wie dicht sie hinter ihr hergegangen war. Was jedoch nicht daran lag, dass sie Angst hatte.

Echt nicht.

»Du schaust da drüben nach«, befahl Eileen und schubste Murphy in Richtung des Schlafzimmers auf der anderen Seite des Flurs.

Murphy wollte schon *Warum ich?* fragen, hielt sich dann jedoch zurück. Es war ihr egal, wenn Eileen sie für eine Quengeltante hielt – aber für einen Feigling? Das war etwas vollkommen anderes. Also zuckte sie nur mit den Schultern, als sei es keine große Sache, und betrat tapfer das andere Zimmer.

Der Raum war seit den 1970ern nicht mehr angerührt worden, mindestens. Die Tapete war senfgelb und schlammbraun gestreift, und Murphy kniff die Augen zusammen, bis die Linien verschwammen und zu einer einzigen widerlichen Matsche verschmolzen. Sie fragte sich, ob es sich *so* anfühlte, wenn man Gras geraucht hatte oder auf LSD war. *Ist das der Grund, warum in den Siebzigern alles kotzfarbig war?*

Zunächst sah Murphy unter dem Bett nach. Sie musste sich allerdings erst selbst Mut zusprechen und sich wieder daran erinnern, dass in diesem Zimmer niemandem das Hirn eingeschlagen worden war und dass auf der anderen Seite der Tagesdecke ganz sicher keine verwesende Leiche wie in *Eine Rose für Emily* wartete. *Danke, Ms Hutchinson, für Ihren Englischunterricht in der Siebten.*

»Bleib cool«, sagte sie sich selbst und umklammerte das Klappmesser. »Bleib einfach cool.«

Sie schlug die Häkelspitze um. Unter dem Bett war nichts. Keine Kartons, noch nicht mal Staub. Hatte Onkel Patrick einen Putzfimmel gehabt und ihn bis kurz vor seinem Tod ausgelebt?

Murphy ermahnte sich, positiv zu denken: keine Leiche. Sie fühlte sich schon viel selbstbewusster, als sie sich wieder aufrappelte und zum Kleiderschrank ging. Auch dort: keine Leichen, genauso wenig wie Axtmörder. Und auch keine Staubmäuse, gar nichts.

Sie ließ den Gedanken zu: Was, wenn es das Zimmer ihres Vaters gewesen wäre? Eine seltsame Vorstellung. Noch seltsamer war jedoch, dass diese Räume alt waren, auch wenn keiner von ihnen irgendwelches alte Zeug enthielt. Murphy hatte in den Kommoden keine Kleidung gefunden, keine Papiere in den Schreibtischen und keine Bilderrahmen an den Wänden. Das einzige Foto, das sie gesehen hatte, war jenes, das Eileen entdeckt hatte. Vielleicht hatte sich ihr Onkel Patrick ja von allen persönlichen Dingen getrennt. Oder vielleicht lagerten sie unten in diesen Kisten.

»Hier ist nichts!«, brüllte Murphy, aber als sie sich wieder zur Tür umdrehte, fiel ihr Blick auf ein anderes Augenpaar. Blau. Starr. Tot.

»HEILIGE SCHEI–«, begann Murphy, aber sie beendete den Satz nicht.

Es war eine Puppe. Die unheimlichste, hässlichste Porzellanpuppe, die sie je gesehen hatte. Ihr Haar glich einem zerzausten blonden Lockenberg, und ihre Lippen waren blutrot angemalt, leicht geöffnet und enthüllten weiße Hasenzähne. Sie trug ein rosa Schürzenkleid, und Murphy stellte verstört fest, dass sogar die Fingernägel der Puppe lackiert waren.

Ihr Herz raste mit dreihundert Schlägen pro Minute. Sie krallte die Hand in ihre Brust, wie eine kurzatmige alte Frau, und versuchte, Luft zu schnappen.

Es war alles gut. Es war nur eine Puppe.

Murphy funkelte die gruslige Porzellanfratze an.

»Nicht cool, Winifred«, keuchte sie.

Die Puppe stammte definitiv mindestens aus viktorianischer Zeit, deshalb schien ihr der Name eine ziemlich sichere Nummer zu sein.

Winifred starrte sie weiter mit diesen vollkommen toten Augen an, und Murphys Herz trat urplötzlich wieder aufs

Gas. Sie stürmte in den Flur hinaus und knallte die Tür hinter sich zu. Eileen stand ein paar Meter entfernt und blickte sie mit erhobener Augenbraue an.

»Da war … eine Puppe«, versuchte Murphy, es ihr zu erklären, klang dabei jedoch wie der größte Feigling, der jemals auf Erden gewandelt war.

Eileen zuckte mit den Schultern und erwiderte: »Ja, Puppen sind scheiße.«

Sie konnte echt eiskalt sein, aber manchmal war sie auch richtig anständig.

Murphy lächelte schüchtern. »Findest du nicht auch?«

»Klar. Ich hatte mal eine Stoffpuppe namens Deirdre. Die war mir total unheimlich.«

»Was hast du mit ihr gemacht?«

»Hab sie Claire geschenkt.«

Murphy kicherte, und auch Eileen lächelte tatsächlich. Dann deutete sie auf die Wendeltreppe am Ende des Flurs. »Fehlt nur noch der Turm, oder?«

Murphy war froh, dass ihre Aufklärungsmission beinahe zu Ende war. Eileen hatte recht: Claire war paranoid. Außer ihnen war niemand in diesem Haus. Keine Penner, keine Geister und kein Mark Enright.

Murphys Herz hatte sich wieder auf die zugelassene Höchstgeschwindigkeit verlangsamt, als sie und Eileen die Stufen hinaufstiegen. Auf halber Höhe der Wendeltreppe befand sich ein Bogenfenster. Strömender Regen trommelte gegen das Glas. Draußen peitschte heftiger Wind die tobenden Wellen im Pazifik auf. Es war richtig, dass sie hiergeblieben waren. Wenn sie bei diesem Wetter aufgebrochen wären, hätten sie es niemals bis nach Hause geschafft.

Sie wären von einer Sturzflut mitgerissen oder von einem umstürzenden Baum zerquetscht worden. Tot.

Tot wie Siegfried.

Murphy zuckte zusammen. Sie hatte es immerhin geschafft, sich seinetwegen ein paar Minuten lang nicht mehr furchtbar schuldig zu fühlen. Und wenigstens behandelte sie Siegfried nach seinem Tod anständig. Sein Tupperdosensarg war sicher im Korpus des Konzertflügels verstaut, wo er unter dem Deckel auf den Saiten ruhte. Es war ihr als die stilvollste Alternative zu einem Schildkröten-Grab erschienen. Murphy hatte zwar einen leichten Geruch aus dem Sarg wahrgenommen, wie zu lange liegen gelassener Müll, aber er war noch nicht so stark, dass man ihn außerhalb des Klaviers hätte riechen können. Sie würde eine richtige Grabstelle für Siegfried finden, bevor der Geruch noch schlimmer wurde.

»Murph, beweg dich.«

Eileen schubste sie mit der Schulter an, und die Schwestern stiegen die restlichen Stufen hinauf. Als sie das Ende der Treppe erreichten, knipste Eileen das Licht an und erhellte das runde Zimmer mit seinen Hunderten von Büchern. Murphys Fantasie ging mit ihr durch. Was hatte sich in diesem Raum schon alles zugetragen? Teepartys? Geheimtreffen? Stürmische Liebesaffären?

Oder vielleicht war dies auch der Ort, an dem sich Mark Enright zum ersten Mal mit seinem Vater gestritten hatte. Vielleicht hatte er ihm genau hier einen Schlag auf den Kopf verpasst. Vielleicht hatten sie die Blutflecke ja übermalt. Vielleicht –

»AAAAAH!«, kreischte Murphy.

Etwas schoss direkt auf ihr Gesicht zu – klein, schwarz und schnell. In heller Panik riss sie die Hände nach oben. Dann bekam sie richtig Angst, weil auch Eileen zu schreien begann. Es war ein einziges Chaos. Murphy fuchtelte wie wild mit den Händen, stolperte rückwärts, stürzte und knallte mit dem Hintern auf den Boden. Das Klappmesser fiel ihr aus der Hand und schlitterte quer durch den Raum. Auch Eileen hatte ihr Messer fallen lassen, aber langsam verwandelte sich ihr Geschrei in Worte: »SCHEISSE« und »EI DER DAUS«, doch dann wurde Murphy klar, dass sie nicht »EI DER DAUS« kreischte, sondern »FLEDERMAUS«.

Sie nahm all ihren Mut zusammen, machte die Augen auf und erkannte es selbst: Das mysteriöse Etwas, das auf ihr Gesicht zugerauscht war, war tatsächlich eine Fledermaus, die ziellos durch den Raum flatterte.

»Scheiße!«, kreischte Eileen erneut, packte Murphy an den Schultern und versuchte, sie auf die Beine zu ziehen. Murphy hatte sich gerade mal halb aufgerappelt, als sie bereits die Treppe hinuntertaumelten.

Sie knallte mit dem Schienbein gegen das Geländer, aber der Schmerz war bedeutungslos – Murphy war voll und ganz auf ihr Haar konzentriert. Was, wenn sich die Fledermaus in ihrem Haar verfing? Sie richtete sich ganz auf, während sie weiterstolperte, und dann rannten sie und Eileen Kopf an Kopf den Flur entlang und die nächste Treppe hinunter. Sie hatte keine Ahnung, wo die Fledermaus war. Sie konnte nur hoffen, dass sie sich immer weiter von den Krallen, schwarzen Augen und Reißzähnen des Biests entfernten.

Nun lag nur noch die große Freitreppe vor ihnen. Murphy nahm immer drei Stufen auf einmal, sprintete sie wie ein Leichtathletikstar hinunter und warf sich über unsichtbare Hürden. Schließlich brach sie auf dem Boden im Salon zusammen und schnappte keuchend nach Luft. Sie krallte die Finger in ihre Locken, tastete ihre komplette Mähne ab und schrie: »Sie ist weg, oder? Wo ist sie? Ist sie weg?«

Als sie verzweifelt auf eine Antwort wartend aufblickte, sah sie Claire vor sich stehen, die Augen weit aufgerissen. Sie hielt einen Suppentopf in den Händen.

»Was?« Claire blickte hektisch zwischen Eileen und Murphy hin und her. »Was ist denn los?«

Eileen keuchte genauso heftig wie Murphy, die Hände auf den Knien abgestützt. Keine von beiden brachte ein Wort hervor.

Claire fuchtelte bedrohlich nah mit dem Topf über Murphys Kopf herum. »Was ist hier *los*? Ist jemand hier?« Dann rief sie in den Raum: »Wir sind bewaffnet, hören Sie mich? WIR SIND BEWAFFNET!«

»Scheiße«, stieß Eileen aus, aber die Dringlichkeit war aus ihrer Stimme verschwunden. Sie war wieder zu Atem gekommen und blickte Claire kopfschüttelnd an. »Okay, alles gut. Alles gut. Da war … eine Fledermaus.«

Claire starrte Eileen mit leerem Blick an, als hätte sie russisch gesprochen.

Murphy setzte sich auf und räusperte sich, bereit für die dramatische Darbietung, die dieser Moment erforderte: »Es war eine *Riesen*fledermaus. Im Turm. Sie hat uns angegriffen!«

Claire schaute Murphy an. Murphy schaute Eileen an.

»Aber gut zu wissen, dass wir bewaffnet sind.« Eileen zeigte auf den Topf. »Wenn es Mark Enright gewesen wäre, hättest du ihn zu Tode töpfern können.«

Claire starrte Eileen an. Dann starrte sie Murphy an. Sie ließ den Topf fallen. Er rollte über den Boden, prallte gegen die Wand und blieb mit einem Scheppern davor liegen. Als Nächstes würde Claire sie anbrüllen und ihnen sagen, wie unmöglich sie waren. Sie würde ihnen vorwerfen, dass sie auf sie hätten hören und von hier verschwinden sollen, als sie noch die Chance dazu gehabt hatten. Murphy war darauf gefasst.

Nur, dass Claire sie gar nicht anbrüllte.

Sie lachte.

Und als sie es tat, wusste Murphy mit Sicherheit, dass das Geisterlachen vorhin zu ihrer Schwester gehört hatte. Doch ihr Kichern klang seltsam hohl. Claire presste eine Hand auf ihre Stirn, und Tränen rannen über ihre Wangen. Sie lachte und lachte, und Murphy wurde das Ganze langsam unheimlich.

Aber dann passierte etwas noch Eigenartigeres: Eileen fing ebenfalls an zu lachen. Sie stand immer noch vornübergebeugt, die Hände auf den Knien, und gab ein lautes, kreischendes Gackern von sich.

Dann spürte Murphy, dass ihr Herz wieder im Formel-Eins-Tempo raste. Gewaltige Energie staute sich in ihr auf – so mächtig, dass sie ihr bestimmt die Knochen brechen oder ihre Adern zum Platzen bringen würde. Und im nächsten Moment explodierte die geballte Energie und sie lachte auch.

Sie lachten alle drei wie verrückt. Murphy lachte, weil ihre Schwestern lachten, und sie hatte das Gefühl, sie würden stundenlang einfach so weiterprusten, vielleicht sogar bis die Welt unterging. Es war das, worauf Murphy gehofft hatte: eine neue Erinnerung.

Und dann gingen sämtliche Lichter aus.

Zwei Jahre zuvor

CAYENNE CASTLE

In ihrem fünften Jahr hatte die Burg weder Türme noch Brüstungen. Tatsächlich hatte sie den Großteil ihrer Mauern eingebüßt.

»Ihr gebt euch gar keine richtige Mühe«, beschwerte sich Murphy. Sie hatte Schwierigkeiten, ein Bettlaken über ihrem Kopf hochzuhalten und es an einer Seite der Stehlampe zu befestigen. Es wäre viel einfacher gewesen, wenn ihr jemand geholfen hätte, der größer war als sie. Eileen, zum Beispiel.

Aber Murphys älteste Schwester hockte mit verschränkten Armen auf dem Ohrensessel in der Ecke des Zimmers.

»Das tut es völlig, Murph«, grummelte sie. »Lass gut sein.«

Eileen grummelte in letzter Zeit ziemlich häufig oder starrte finster vor sich hin. Murphy glaubte, dass nur ihr neues Zimmer daran schuld war. Warum hatte Eileen auch unbedingt in die Garage ziehen müssen? Sie und Claire hatten sich doch immer gerne ein Zimmer geteilt. Murphy kannte die Geschichte gut, wie Eileen damals, als Murphy geboren worden war, ihre Mom angebettelt hatte, dass sie und Claire weiter in einem Zimmer schlafen durften, anstatt Murphy zusammen mit Claire in ein Zimmer zu stecken.

»Ich *will* keine Ältestes-Kind-Privilegien!«, hatte sie lautstark protestiert, als ihre Mom versucht hatte, sie doch noch zu überreden.

Murphy fand die Geschichte irgendwie süß, und das Ergebnis gefiel ihr definitiv: ein Zimmer für sie ganz alleine. Sie hatte verstanden, warum es für Eileen und Claire so gut funktionierte, sich ein Zimmer zu teilen. Sie waren praktisch die besten Freundinnen.

Jedenfalls dachte sie das. Dann, vor zwei Monaten, völlig aus dem Blauen heraus, war Eileen ausgezogen.

Warum zur Hölle wollte sie unbedingt in einer kalten, zugigen Garage wohnen? Die einzige Erklärung war, beschloss Murphy: Claire musste furchtbar schnarchen. Es ergab jedenfalls mehr Sinn als die Vorstellung, Eileen und Claire würden sich nicht mehr verstehen. Das war unmöglich.

Aber an diesem einundzwanzigsten Dezember hatten Eileen und Claire nichts anderes getan, als sich zu streiten.

»Wenn sie diese Burg oder was auch immer bauen will, dann lass sie doch«, blaffte Claire Eileen an. Sie lag auf der Couch, und ihre Augen klebten förmlich an ihrem Handy.

»Was hat das denn für einen Sinn?«, schoss Eileen zurück. »Sie wird nur die Lampe kaputtmachen, und *wir* dürfen uns dann Moms Anschiss anhören.«

Noch so etwas, das in letzter Zeit immer häufiger passierte: Murphys Schwestern redeten über sie, als sei sie gar nicht mit im Raum. *Sie* hat dies, *sie* will das. *Murphy war zu jung und zu naiv, während sie beide älter und unendlich viel weiser waren, bla, bla, bla.*

Tja, aber heute würde sie die beiden beeindrucken. Sie arbeitete schon seit Wochen an ihrer Nummer, und Cayenne Castle war der perfekte Ort dafür.

Murphy wusste schon seit Langem, dass sie für die Bühne bestimmt war, aber bis vor Kurzem hatte sie ihre Ambitionen nur halbherzig verfolgt – sie hatte immer wieder versucht, neue magische Tricks einzustudieren, es nach ein paar Tagen aber jedes Mal aufgegeben. Doch jetzt war sie eine echte Zauberschülerin. Sie hatte die Illusionen aus *Bühnenmagie für Anfänger*, das sie sich aus der Bibliothek ausgeliehen hatte, schon richtig gut drauf. Und wenn sie weiterhin fleißig übte, würde sie nur *noch* besser werden.

Vielleicht sogar so gut, dass Claire und Eileen – und sogar ihre Mom – ihr furchtbar beschäftigtes Leben für eine Weile unterbrachen, um Murphy ihre Aufmerksamkeit zu schenken.

Mit Magie war alles möglich.

»Ernsthaft?« Claire schnaubte verächtlich in Eileens Richtung. »Als ob Mom eine Lampe bemerken würde.«

Claire hatte nicht ganz unrecht: Ihre Mom bemerkte nicht mal das dreckige Geschirr im Spülbecken oder die Urkunde, die Murphy an den Kühlschrank gehängt hatte – eine Auszeichnung für den *Besten Soloauftritt in der Winter-Weihnachts-Revue* der Theater-AG. Warum sollte sie also eine kaputte Lampe bemerken?

»Und überhaupt«, fügte Claire hinzu, »hast *du* in diesem Haus schon mehr kaputtgemacht als wir alle zusammen.« Sie hob eine Hand und zählte ab: »Moms Aschenbecher, die Seifenschale mit dem Vogel, die Steckdosenabdeckung in meinem Zimmer –«

»*Unserem* Zimmer.«

»Äh, es ist nicht mehr deins.«

»Was auch immer. Und es tut mir wirklich leid, aber ich hatte ja keine Ahnung, dass du Buch über meine verfi… luchten Fehler führst.«

»Tue ich nicht. Es ist nur offensichtlich, wer hier die eigentliche Kaputtmacherin ist.«

»*Kaputtmacherin*? Wow, du bist so sprachgewandt.«

»Immer noch besser als du, Miss F-Wort.«

»Ich hab nicht –«

»HEY, IHR ZWEI!« Murphy ließ das Laken fallen.

Widerwillig drehten sich ihre Schwestern zu ihr um.

»Niemand hilft mir«, sagte sie, die Hände in die Hüften gestemmt. »Man könnte fast meinen, ihr zwei wollt Cayenne Castle gar nicht mehr bauen.«

Eileen und Claire tauschten einen Blick quer durchs Zimmer.

Schulterzuckend sagte Eileen: »Tut mir leid, Murph, wollen wir auch nicht.«

»Wir sind zu alt dafür«, fügte Claire hinzu, und ihr Blick wanderte erneut zu ihrem Smartphone. »Das sind wir schon seit einer Weile.«

»Es sind … Bettdecken«, erwiderte Murphy verdutzt. »Wer wird denn bitte zu alt für Bettdecken?«

»Du weißt doch, was wir meinen«, erwiderte Claire. »Die erfundenen Namen und die Teepartys. Den ganzen Babykram.«

Murphy verzog die Lippen. Ihre Augen begannen zu brennen. *Nein*. Sie würde nicht weinen. Vor allem nicht, weil Claire sie praktisch als »Baby« bezeichnete. Als seien Claire und Eileen so viel älter als sie. Letztes Jahr hatten die beiden jedenfalls nicht so gewirkt, als seien sie zu alt für die Burg.

Aber irgendetwas hatte sich verändert. Es veränderte sich schon seit Monaten. Eileen und Claire machten ihre Zimmertüren jetzt immer zu. Sie flüsterten nicht mehr, teilten keine Geheimnisse mehr. Sie brüllten sich nur noch an und schleuderten sich gegenseitig Beleidigungen an den Kopf. Als hätten sie vergessen, wie nahe sie sich einmal gestanden hatten. Als hätten sie ihre royalen Titel vergessen: Prinzessin Paprika und Sir Salbei.

Dann, vor ein paar Wochen, hatte Eileen gesagt: »Lasst uns das mit den Geschenken vergessen, ja?«

Murphy hatte sie nur angestarrt, vollkommen verständnislos. »Aber … das ist *unsere* Tradition. Das machen wir schon seit Jahren.«

»Ja, na ja, aber jetzt ist es langweilig.«

Claire hatte bei Eileens Vorschlag nur mit den Schultern gezuckt – es war seit Langem das Einzige gewesen, wobei sie ihrer älteren Schwester zugestimmt hatte. Und dann hatten die beiden Murphy einfach in der Küche stehen lassen, wo sie nur noch auf ihre lauwarmen Makkaroni mit Käse starren konnte. Sie hatte ihnen nicht gesagt, dass sie ihre Geschenke bereits gekauft hatte: einen schillernden Pinsel mit schwarzem Griff für Eileen und eine Statement-Kette mit rosa Blumen für Claire.

Seither hatte sie die ganze Zeit das Schlimmste befürchtet: dass Eileen und Claire auch nichts mehr von Cayenne Castle wissen wollten. Trotzdem hatte sie die Hoffnung nicht aufgegeben. Sie hatte ihre Show einstudiert und war wild entschlossen gewesen, die Burgmauern zum Beben zu bringen und ihnen ein unvergessliches Erlebnis zu bereiten.

Aber jetzt …

»Ihr macht alles kaputt«, flüsterte sie, den Blick auf den Boden gerichtet, um ihre Tränen unbemerkt hinunterschlucken zu können. »Ich wollte eine Riesenshow veranstalten, und ihr habt alles zerstört.«

»Sei doch nicht so dramatisch«, stöhnte Claire und scrollte auf ihrem Handy.

Eileen schwang ihre Springerstiefel über die Armlehne des Ohrensessels. »Was denn für eine Show, Murph?«

Jetzt kam sie sich total albern vor, es laut auszusprechen: *Ich habe eine Zaubershow einstudiert.* Es war das Schlimmste, was sie sagen konnte, wenn sie ihr sowieso schon vorwarfen, sie sei total unreif. Das Kartendeck in ihrer Jeanstasche fühlte sich auf einmal ganz heiß an, so als würde es sich in ihr Bein brennen.

»Vergiss es«, murmelte sie. »Ist doch sowieso schon alles ruiniert.«

Etwas flackerte in Eileens Augen auf – Augen, in denen Murphy in letzter Zeit kein Leuchten mehr gesehen hatte.

»Hey«, sagte sie, sanfter als zuvor. »Tut mir leid, was ich gesagt hab. Ich weiß, dass du nichts kaputtgemacht hättest.«

Die Tränen, die Murphy vorhin noch unterdrückt hatte, kehrten mit aller Macht zurück und strömten über ihre Wangen.

»Das … ist es nicht«, krächzte sie. »Es ist *alles.*« Sie konnte nicht weiterreden. Sie konnte nur noch weinen, wie das Baby, für das Claire und Eileen sie hielten.

Wenn sie das sowieso schon von ihr dachten – bitte schön. Dann würde sie ihnen beweisen, dass sie recht hatten. Murphy riss die nächstbeste Bettdecke herunter, die sie mit Wäscheklammern aufgehängt hatte, und zerrte das Laken heraus, das hinter dem Rückenpolster der Couch steckte.

Dann rannte sie davon, floh aus dem Zimmer, knallte die Tür hinter sich zu und schloss sie ab.

Komm zurück, Murph, wartete sie auf den Ruf ihrer Schwestern. Oder: *Sei doch nicht so,* während sie mit den Fäusten gegen ihre Tür trommelten.

Aber niemand klopfte.

Und je länger Murphy in ihrem Zimmer weinte, desto klarer wurde es: Ihre Schwestern würden ihr nicht nachkommen. Sie war ihnen nicht wichtig genug.

Die Burg war eingestürzt, und sie würde niemals wiederaufgebaut werden.

Dreiundzwanzigster Dezember

NEUNZEHN

Eileen

»Gott verdammt noch mal, Claire, lass mich das machen«, zischte Eileen.

Wie sich herausstellte, war ihre siebzehnjährige Schwester nicht in der Lage, ein Streichholz anzuzünden.

»Ich weiß, wie das geht«, beharrte Claire.

»Du bist viel zu nervös. Du musst dich vergewissern, dass es wirklich brennt, bevor du es reinwirfst. Die Reibefläche ist ziemlich abgenutzt, du musst es ein paar Mal drüberziehen. Du guckst nie nach, ob es wirklich an ist.«

»Ich *weiß*, was ich *tue*.«

Nachdem sämtliche Lichter ausgegangen waren, vermutete Eileen, dass der Stromanbieter schließlich doch mitbekommen hatte, dass sein Kunde in der Laramie Road 2270 verstorben war. Entweder das, oder der Sturm hatte Schuld daran. So oder so, sie waren im Arsch. Eileen konnte bereits spüren, wie die winterliche Kälte durch die alten Fenster kroch und die Wärme verdrängte, die das Haus bisher erfüllt hatte. Sie konnten sich auf eine eiskalte, stockfinstere Nacht gefasst machen. Trotzdem waren die Schwestern zu dem

Schluss gekommen, dass es besser war, im Haus zu bleiben, mit dicken Decken und einem Kamin, anstatt es zu riskieren, sich in den sintflutartigen Regen hinauszuwagen. Eine Nacht würden sie schon aushalten, hatte Claire gesagt, und morgen endlich aus der Stadt verschwinden. Jeder Sturm musste schließlich irgendwann wieder aufhören.

»Hör auf, rumzudilettieren und lass mich das machen«, drängte Eileen und grapschte nach der Streichholzschachtel, die Claire in einer Küchenschublade entdeckt hatte.

Claire wich Eileen aus und legte die Hand mit der Schachtel auf ihren Rücken. »Ich kann ein Feuer anzünden.«

»Dann stell dich nicht an wie ein Weichei und tu es endlich. Leg dich mal ein bisschen ins Zeug!«

»Leck mich mal ein bisschen am Arsch.«

»Wie bitte?« Eileen fühlte sich nicht beleidigt, sie war nur beeindruckt, dass Claire geflucht hatte. Es hatte gerade mal einen halben Tag gedauert, bis ihre perfekte Sauberfraufassade Risse zeigte. Was würde ihre hochheilige Retterin Harper Everly wohl dazu sagen?

Dann passierte etwas noch Unerwarteteres: Claire fuhr mit einem Streichholz über die Reibefläche, und diesmal wartete sie ab, bis die Flamme wirklich brannte. Ohne das geringste Zucken hockte sie sich vor das Feuerholz und die zusammengeknüllten Zeitungen, die die Mädchen im Kamin aufgehäuft hatten, und warf das Streichholz dann auf den Kienspan. Die Flamme setzte das Papier sofort in Brand, und das Feuer begann zu lodern.

Claire erhob sich wieder, warf die Streichhölzer nach Eileen und sagte: »Ich bin *kein* Weichei.«

Die Schachtel traf Eileen mitten gegen die Brust. Sie hatte diese Seite von Claire schon völlig vergessen: ihre Starrköpfigkeit und Entschlossenheit. Wie oft hatte Eileen Claire, als sie noch Kinder gewesen waren, zu Mutproben herausgefordert? Etwa damals, als sie ihre jüngere Schwester überredet hatte, sich auf dem Jahrmarkt in den *Area 51*-Looping zu trauen. Oder als sie Claire so lange getriezt hatte, sich die Beine zu rasieren, bis sie es irgendwann getan hatte und von Schnittwunden übersät gewesen war. Im Nachhinein betrachtet, hätte Eileen vielleicht etwas sanfter bei der Wahl ihrer Methoden sein können, aber letzten Endes hatte Claire davon profitiert. Auch wenn man, so wie sie sich inzwischen aufführte, meinen könnte, Harper Everly selbst hätte ihr das Laufen und Sprechen beigebracht.

Die drei Schwestern gingen nach oben, um ein paar Bettdecken und Kissen aus den Schlafzimmern zusammenzusuchen. Murphy weigerte sich jedoch, das Zimmer mit der Porzellanpuppe erneut zu betreten, und keine von ihnen näherte sich dem von Fledermäusen befallenen Turm. Schließlich kehrten sie mit genügend Decken für ein anständiges Lager am Kaminfeuer wieder in den Salon zurück.

In einem Paralleluniversum wäre es ein richtig gemütliches Plätzchen gewesen. Aber nicht in dieser Dimension. Claire beschwerte sich ununterbrochen über die winzigsten Kleinigkeiten, zum Beispiel, dass sie die kratzigste Decke und das klumpigste Kopfkissen abbekommen hatte. Das einzig Gute, was sie den ganzen Nachmittag zu sagen gehabt hatte, war, dass zumindest die Toilettenspülung funktionierte, als sie aus dem Badezimmer zurückkam.

Doch nun, da sie alle drei um das Feuer versammelt waren, blickte Eileen zu den Fenstern hinaus und versuchte zu erkennen, wie spät es war. Die Sonne hatte keine Chance gegen den Sturm, aber das kränkliche Weiß der regengepeitschten Außenwelt hatte sich inzwischen in ein immer dunkler werdendes Grau verwandelt. Der Sonnenuntergang nahte. Es musste gegen vier Uhr sein, vermutete Eileen.

»Hey«, wandte sie sich an Claire, »wie spät ist es?«

Claire bedachte sie mit einem bizarren Blick, so als hätte Eileen ihr befohlen, ihr Erstgeborenes zu opfern.

»Was?«, fragte Eileen.

Claire zeigte auf die vorhanglosen Fenster. »Es wird langsam dunkel. Was musst du denn sonst noch wissen?«

Es war nicht das erste Mal, dass Eileen ihre Schwester am liebsten als dämliche Zicke beschimpft hätte. Stattdessen ging sie in die Küche, um einen Blick auf die Uhr am Herd zu werfen, nur um sich dann wieder daran zu erinnern, dass – natürlich – der Strom ausgefallen war. Eileen konnte auch nirgendwo eine analoge Uhr entdecken. So altmodisch das Haus auch war, Patrick Enright hatte offensichtlich zumindest seine Uhren dem digitalen Zeitalter angepasst. Und wie Eileen feststellte, als sie die Küche erneut inspizierte, hatte er auch dafür gesorgt, dass die Speisekammer gut gefüllt war. Sie ließ den Blick über die Vorräte schweifen und griff dann nach dem, was am ansprechendsten aussah: einer Packung Toastwaffeln. Als sie wieder in den Salon zurückkehrte, saß Murphy am Klavier, während Claire gegen einen Stapel Kissen gelehnt am Feuer hockte.

»Ich hab mein Handy kaputtgemacht«, sagte sie, als Eileen nahe genug war.

»Was? Wie denn?«

»Ich hab's gegen die Wand geschleudert.«

Eileen verarbeitete diese Information. Dann sagte sie: »Gut gemacht.«

Denn, ganz ehrlich: Aus welchem Grund Claire auch immer das getan hatte, es war ein Zeichen dafür, dass sie teilweise doch noch menschlich und nicht nur ein YouTube-Influencer-Bot war.

Drüben am Flügel spielte Murphy in Endlosschleife die Bassakkorde von »Heart and Soul«.

»Mozartmäßig«, sagte Eileen trocken.

»Danke«, erwiderte Murphy, ohne aufzublicken.

Die Kleine war seltsam, wie immer, aber irgendetwas an der schlichten Melodie des Stücks traf Eileen mitten ins Herz. Irgendwie passte sie zu Murphy – lebendig, hell und klar. Es war Eileen bis jetzt noch nie an Murphy aufgefallen: Selbst wenn sie jammerte, klang sie stets positiv.

Sie setzte sich ans Feuer und riss die Packung mit den überzuckerten Erdbeerwaffeln auf. Wortlos bot sie Claire eine an.

Wortlos schob Claire das Gebäck von sich weg. Richtig. *Gluten*. Gott. Wenn Claire sich freiwillig zu Tode hungern wollte, dann bitte. Eileen aß schweigend, während Murphy immer wieder dieselben Akkorde klimperte. Eileens Blick fiel auf Claires Hände, die auf ihren Knien gefaltet lagen. Der Lack an ihrem rechten Daumen war teilweise abgeblättert und enthüllte ein Dreieck des nackten Nagels darunter.

Die Waffel war gut. Süß und high-carb, und sie schmeckte nicht das kleinste bisschen alt.

»Wisst ihr noch, wie Mom mit uns an die Küste gefahren ist?«, fragte Claire plötzlich.

Murphy blickte vom Flügel auf. »Ja, ich erinnere mich.«

Eileen tat es auch. Sie hatte nicht mehr an diesen Tag gedacht, seit … dem Tag, an dem *es* passiert war, schätzte sie. Es musste mindestens drei Jahre her sein. Leslie Sullivan hatte ihre Töchter an jenem Tag früher aus der Schule abgeholt, sie in den Subaru verfrachtet und ihnen gesagt, dass sie eine Überraschung für sie hatte. Auf der langen Fahrt nach Norden hatten Eileen und Claire auf dem Rücksitz gesessen, in einer Ausgabe des *Star*-Magazins geblättert und die ganze Zeit gelacht. Damals hatten sie beide oft ihr letztes Kleingeld zusammengekratzt und es für saure Gummitiere und Klatschzeitschriften ausgegeben.

Die Nostalgie traf Eileen mit voller Härte, rammte sich mit Wucht in ihre Brust, und einen Moment lang glaubte sie, sie müsse ihr Essen wieder ausspucken. Sie hatten sich so nahegestanden, sie und Claire. Was zur Hölle war nur passiert? *Wie* war es passiert? Es war, als hätten sie miteinander Schluss gemacht, nur, dass sie hinterher weiter dasselbe Haus geteilt hatten, dasselbe Blut.

Murphy riss Eileen aus ihren Gedanken, als sie fragte: »Was war an diesem Tag bloß mit Mom los?«

»Keine Ahnung«, antwortete Claire und starrte ins Feuer. »Das hab ich mich auch die ganze Zeit gefragt.«

Genau wie Eileen. Von dem Moment an, als ihre Mutter sie mit dem Wagen abgeholt hatte, sie am Strand angekommen und in der Spätsommersonne über den Sand spaziert waren, bis zu dem Moment, als sie auf dem Weg nach Hause in einem Restaurant angehalten und ihre Mom ihnen gesagt hatte, sie könnten bestellen, was immer sie wollten – Milchshakes oder extra Kringelfritten, *was auch immer*. Ihre Mutter hatte ihnen nie eine Erklärung dafür gegeben, und sie hatte nie wieder etwas Ähnliches getan. Am nächsten Tag war sie wieder ganz normal zu ihrer Zwölf-Stunden-Schicht in die Drogerie gefahren, als hätte es diesen Ausflug an die Küste nie gegeben. Als hätten alle drei Sullivan-Schwestern gemeinsam unter Halluzinationen gelitten.

Aber es war real gewesen, das wusste Eileen genau. Sie konnte sich noch lebhaft an die Farben erinnern: daran, wie der strahlend blaue Himmel in einer perfekten Linie auf das Grau des Meeres traf. An zerklüftete Felsen, die aus dem Wasser ragten, von Algen umhüllt. An den Sand, der die Sonne reflektierte, schillernd und grell.

»Ich will, dass ihr es wirklich genießt«, hatte ihre Mom mit einem Lächeln gesagt. »Vergrabt eure Zehen tief im Sand.«

Und das hatten sie getan. Claire hatte Räder geschlagen, perfekt balanciert. Murphy hatte ihre Namen in den Sand geschrieben – LEENIE + CLAIRE + MURPH – und ein riesiges Herz um die Worte gemalt. Eileen war ganz dicht ans Wasser gegangen und hatte die eiskalten Wellen über ihre Zehen schwappen lassen. Sie konnte sich nicht mehr an den Namen des Strands erinnern, oder auf welcher Route sie dorthin gelangt waren. Sie hatte keine Ahnung gehabt, *warum* der Ausflug stattfand.

Doch an diesem Nachmittag wurde Eileen etwas klar,

was sie mit fünfzehn noch nicht verstanden hatte: Vielleicht hatte sich ihre Mom damit auf die einzige Weise bei ihnen entschuldigt, die ihr einfiel. Vielleicht hatte sie versucht, damit wiedergutzumachen, dass sie nie zu Elternabenden gegangen war, ihren Töchtern nie erklärt hatte, welche Wimperntusche die beste war und sie nie vor Regelschmerzen gewarnt hatte.

Ja, ihre Mom bot ihnen ein Dach über dem Kopf und das Nötigste, was man zum Leben brauchte. Sie war nie grausam zu ihnen. Sie schrie sie nie an oder stritt sich mit ihnen. Sie war nicht böse, sie war nur schlichtweg nie da.

Doch an jenem Tag an der Küste war Leslie Sullivan eine ganz normale Mutter gewesen. Sie hatte Zeit mit ihren Kindern verbracht. Und es war genau diese Normalität, die es so seltsam gemacht hatte.

Eileen war seit damals unzählige Male an der Küste gewesen – bei Schulausflügen oder in den ersten zwei Jahren an der Highschool, als sie sich noch mit Freunden getroffen hatte. Ein Ausflug an die Küste war einfach nur eine Möglichkeit gewesen, etwas zu unternehmen, nur eine Stunde Fahrt Richtung Westen. Warum dem Pazifik nicht einen Besuch abstatten? Und warum nicht ein paar leckere Meeresfrüchte genießen, wenn man schon mal dort war? Ein Ausflug an die Küste war nichts Bemerkenswertes. Abgesehen von diesem einen, ganz speziellen Ausflug.

Murphys Ellenbogen rutschte auf die Klaviertasten, und ein lauter Missklang ertönte.

»Vielleicht war Moms Menopause ja daran schuld«, vermutete sie. »Oder, ich weiß auch nicht, sie hatte eine Midlife-Crisis oder so.«

Eileen hatte keine Ahnung, was sie darauf erwidern sollte.

»Wer weiß schon, was mit ihr los war«, sagte Claire leise.

Murphy sprang vom Hocker des Flügels auf und gesellte sich zu ihren Schwestern ans Feuer. Sie schnappte sich eine frische Packung Toastwaffeln aus der Schachtel, riss das Plastik auf und biss genüsslich in die doppelte Waffelschicht.

Mit vollem Mund sagte sie: »Onkel Pat hatte wirklich keinen Geschmack. War ihm denn nicht klar, dass Erdbeere auf der Geschmacksskala der Toastwaffeln ganz unten rangiert?«

Onkel Pat. Diese Vertraulichkeit brachte Eileens Haut zum Kribbeln. Hatte er über die Affäre ihrer Mutter Bescheid gewusst? Hatte sie auch mit *ihm* geschlafen? Hatte sie einen Bruder-Fetisch? Das wusste Gott allein.

Aber vielleicht auch bald Eileen, wenn sich ihr endlich die Gelegenheit dazu bot, die Kisten zu durchsuchen. Ihr Blick wanderte zu der Wand hinüber, vor der sie aufgestapelt waren. Sie hätte sich die Geschichte mit dem unbekannten Onkel und der Erbschaft und diesem ganzen Scheiß nicht mal in ihren wildesten Träumen ausmalen können. Und dass sie ihr jetzt einfach so in den Schoß fiel, genau in dem Moment, in dem sie sich so beschissen fühlte wie noch nie, so richtungslos – es reichte beinahe aus, sie davon zu überzeugen, dass alles aus einem bestimmten Grund passierte.

Beinahe. Aber nicht ganz.

Natürlich nicht. Diese Vorstellung war absoluter Bullshit.

Claire legte sich auf den Boden und streckte die Arme über dem Kopf aus. Der Feuerschein tanzte mit orangefarbenen Flecken über ihr Gesicht, und ihre Augen leuchteten tiefblau. Das krasse Gegenteil von Eileens.

»Wisst ihr noch, was wir mit den Milchshakes gemacht haben?«, fragte Claire.

»Oh, du mein Gott«, kreischte Murphy. »FLAVORNADO!«

Claire nickte und wiederholte das Wort wie ein andächtiges Gebet: »Flavornado.«

Die Erinnerung traf Eileen wie ein Kinnhaken geballter Emotionen. Während sie in der Drive-in-Schlange bei *Arby's* warteten, hatten die drei Schwestern auf dem Rücksitz des Subarus konspirativ alles geplant. Sie bestellten jede einen anderen Milchshake und baten um einen leeren XL-Trinkbecher. Sie schütteten ihre Milchshakes in den Becher und vermischten die verschiedenen Geschmacksrichtungen mit einem Plastiklöffel. Dann, mit dem Geschick eines geübten Barkeepers, hatte Eileen die Mischung in ihre drei Becher gegossen – und der Flavornado war geboren. Eine perfekte Kombination aus Vanille, Mokka und Pfefferminz. Sie waren nur dieses eine Mal in den Genuss eines Flavornados gekommen, aber es hatte ganz offensichtlich ausgereicht, um eine Erinnerung zu schaffen.

Eileen spürte wieder dieses flaue Gefühl im Magen. Sie musste an die Zeit vor drei Jahren denken, daran, wie es damals gewesen war. Manches war noch immer so: die Abwesenheit ihrer Mom, das verstopfte Waschbecken im Bad, die verregneten Winter und Frühlinge. Andere Dinge hatten sich jedoch verändert, und nicht zum Guten: ihre

Verbundenheit als Schwestern, wie sie miteinander herumgealbert, gescherzt, sich einander anvertraut und ihre Zimmertüren offen gelassen hatten. Damals hatte sich Eileen ein Zimmer mit Claire geteilt. Sie hatte Murphy ständig huckepack genommen. Sie hatte geglaubt, sie sei eine von ihnen – eine Sullivan-Schwester.

Dann, *nach* den Briefen, hatte sie angefangen, anders darüber zu denken. Sie hatte sich zurückgezogen, sich in der Garage verbarrikadiert. Weil Eileen ein Geheimnis kannte, das ihre Schwestern nicht kannten, und das alles veränderte. Es ihnen zu erzählen oder ihre Mom damit zu konfrontieren … hätte es zu real gemacht. Die Wahrheit laut auszusprechen war unmöglich, und selbst wenn Eileen den Mut dazu aufgebracht hätte, war klar, was danach passiert wäre: Claire und Murphy hätten sie mit anderen Augen betrachtet, sie anders behandelt, gewusst, dass sie die Tochter eines Mörders war.

Aber stimmte das? Sie sah zu, wie der Feuerschein über Murphys Sommersprossen tanzte, in den graublauen Sprenkeln von Claires Augen. Und sie fragte sich, ob sie ihre Schwestern nicht vielleicht falsch eingeschätzt hatte. Selbst wenn das Schlimmstmögliche der Wahrheit entsprach, selbst wenn sie Mark Enrights Tochter war, würden Claire und Murphy sich wirklich von ihr abwenden?

Claire, die Eileen – aus welchem Grund auch immer – Benzingeld gegeben und sie davon abgehalten hatte, angetrunken Auto zu fahren? Murphy, die den Mumm gehabt hatte, sich als blinde Passagierin in den Wagen zu schleichen und Eileen und Claire ins Gesicht zu sagen, dass sie sich wie Idiotinnen aufführten?

Vielleicht war Claire gar nicht die dämliche Zicke, als die Eileen sie abgestempelt hatte. Und vielleicht war Murphy gar nicht mehr so klein und schwach. Vielleicht waren sie ja offen, stark und freundlich genug, um mit dem Geheimnis klarzukommen. Sie waren schließlich ihre gottverdammten Schwestern.

Aber … was, wenn das nicht ausreichte?

Eileen fühlte sich vollkommen leer und taub, wie damals, als sie die Briefe entdeckt hatte. Sie fragte sich, ob ihr immer so zumute sein würde, als sei sie erfroren, ganz gleich, wie nah sie ans Feuer rückte.

Sie brauchte wirklich was zu trinken, und der restliche Geschmack von Mehl und Zucker auf ihrer Zunge machte das Verlangen nur noch schlimmer. Sie wühlte in ihrer Jackentasche und fand einen letzten unschätzbar wertvollen *Dubble Bubble*. Hastig wickelte sie den Kaugummi aus und steckte ihn sich in den Mund – ihre Rettung in Babyrosa, für den Moment. Während sie kaute, unterhielten sich Murphy und Claire weiter und stritten sich dabei nicht ein einziges Mal. *Keine* von ihnen stritt sich, also warum brauchte Eileen dann dringender denn je etwas zu trinken?

Ihre Unterhaltung hatte sich in eine Runde *Wisst ihr noch* verwandelt.

Murphy begann mit: »Wisst ihr noch, die Reifenschaukel?«

Eileen konnte sich gut erinnern. Sie hatte schon darauf geschaukelt, bevor Murphy geboren worden war. Ihr Dad hatte sie angeschubst. Dann war der Ast des Baumes eines Nachts während eines Sommersturms abgebrochen.

Claire fragte: »Wisst ihr noch, der Brombeer-Wettbewerb?«

Sie waren zu dritt zum Stadtfest gegangen, wo sie unter dem grauen Nieselhimmel gestanden und mit offenen Mündern zugeschaut hatten, wie sich die Teilnehmer im stereotypischsten aller Oregoner Wettbewerbe maßen: Sie stopften sich vor der tobenden Zuschauermenge so viele Brombeeren in den Mund, wie sie nur konnten. Als die Schwestern wieder nach Hause gekommen waren, hatte Murphy das Schauspiel nachgestellt, indem sie auf die Küchentheke geklettert war und sich zwanzig aufeinandergestapelte Scheibletten-Scheiben in den Mund gequetscht hatte. Eine Minute später hatte sie sich im Garten hinter dem Haus übergeben, aber sie hatten sich alle darüber totgelacht. Eileen kam der Gedanke, dass es vielleicht das letzte Mal gewesen war, dass sie drei zusammen gelacht hatten.

Bis heute.

Claire und Murphy schwelgten weiter in Erinnerungen und fielen sich dabei gegenseitig ins Wort, wie übereifrige Spatzen. Eileen machte nicht mit. Sie konnte nicht mehr. Sie konnte nur noch energisch auf ihrem Kaugummi herumkauen, bis er ganz hart wurde und seinen Zuckergeschmack völlig verloren hatte. Es dauerte mehrere Minuten, vielleicht sogar eine ganze Stunde, bevor die beiden anderen es bemerkten. Murphy verpasste Eileens Fuß einen leichten Stups und fragte: »Warum bist du denn so still?«

Eileen hatte die ganze Zeit auf die Wand aus Kisten gestarrt. Sie wartete auf ihre Chance, endlich hineinzuschauen, ohne Angst haben zu müssen, dass ihr eine ihrer Schwestern dabei über die Schulter blickte.

Sie zuckte die Achseln und sagte: »Ich bin total erledigt.«

»Leenie.« Murphy senkte den Kopf und fragte mit einem seltsam schüchternen Blick: »Was ist deine liebste Erinnerung an Dad?«

Eileen blinzelte nervös und ihr schnürte sich die Kehle zusammen. Es hätte eigentlich ganz leicht sein sollen, die Frage zu beantworten – logisch betrachtet, zumindest. Eileen hatte mehrere Erinnerungen an ihren Vater. Es hätte kein Problem für sie sein sollen, eine herauszupicken. Aber so einfach war das nicht.

Damals, als sie sich noch nahegestanden hatten, hatten sie und Claire häufig Erinnerungen an ihren Vater ausgetauscht – und Eileen hatte herausgefunden, dass Claire kaum Erinnerungen an ihn besaß. Noch nicht einmal an die Beerdigung. Eileen hatte es immer eigenartig gefunden, dass sie nur ein Jahr auseinander waren und trotzdem sie den Löwenanteil der Erinnerungen bekommen hatte. Lag es daran, wie das menschliche Gehirn funktionierte? Schaltete sich die Fähigkeit, Erinnerungen zu speichern, auf magische Weise ein, wenn man vier war, während sie mit drei Jahren noch nicht richtig funktionierte?

Doch aus welchem Grund auch immer, Eileen war diese Verantwortung übertragen worden: Sie war die erwählte Hüterin der Erinnerungen an John Sullivan. Wie verkorkst war das denn, bitte? Er war der biologische Vater ihrer Schwestern, nicht ihrer, und trotzdem hortete sie sämtliches Wissen über ihn.

Aber es waren schöne Erinnerungen, und John Sullivan

hatte sich immer so verhalten, als *sei* er ihr Vater. Davon konnte sie Claire und Murphy erzählen, wie sie in der Küche mit Fingerfarben gemalt hatten, oder wie er sie auf der Schaukel im Vorgarten angeschubst hatte, bevor der Ast abgebrochen war. Sie konnte ihnen von der lustigen Haarsträhne über seinen Augen erzählen, von seiner selbstbewussten Aura und seinem Zitrusgeruch.

Aber das wäre nicht aufrichtig gewesen. Über *ihren* Vater zu sprechen, wenn sie wusste, dass sie noch einen *anderen* Vater hatte. Einen Mörder, mit dem nichts Gutes verbunden sein würde.

Eileen konnte es einfach nicht.

»Murph, ich bin müde, okay?« Sie klang gereizter, als sie es beabsichtigt hatte.

Ein verletzter Ausdruck huschte über Murphys Gesicht, bevor sie leise sagte: »Okay.«

»Mom hat uns immer an sein Grab mitgenommen«, sagte Claire.

Murphy runzelte die Stirn. »Daran kann ich mich gar nicht erinnern.«

»Sie hat schon vor Ewigkeiten damit aufgehört. Du warst noch ganz klein.«

»Oh«, sagte Murphy und wirkte niedergeschlagen. Nach einer Weile murmelte sie: »Ich würde es gern irgendwann sehen.«

Keine von ihnen erwiderte etwas, und zu Eileens großer Erleichterung verstummte die Unterhaltung danach. Es war fast, als hätte ihr »ich bin müde« wie ein Stichwort gewirkt: Claire gähnte, und auch Murphy ließ sich anstecken. Claire blieb, wo sie war, ausgestreckt auf dem Boden und die Augen geschlossen. Murphy vergrub sich unter einem Haufen Patchworkdecken, kuschelte sich an ein besticktes Kissen und gab schon wenige Minuten später leise Schnarchgeräusche von sich. Eileen betrachtete ihre schlafenden Schwestern und das knisternde Feuer, während auf den Salonwänden immer wieder Schatten anschwollen und verblassten.

Wind und Regen schlugen gegen das Haus und ließen die Holzbalken knarren. Ansonsten war alles friedlich. In diesem Moment konnte sich Eileen überhaupt nicht vorstellen, dass Mark Enright seine Mutter die Treppe hinuntergestoßen oder seinem Vater den Schädel eingeschlagen hatte.

Aber genau das war passiert.

Und es war an der Zeit, dass sie endlich die ganze Wahrheit darüber herausfand.

Eileen erhob sich von der Couch und zog, ganz vorsichtig, etwas aus ihrer linken Hosentasche – nicht aus der Kaugummitasche, aus der Alkoholtasche. Der Flachmann war bereits halb leer, aber sie beschloss, dass sie heute Nacht gut die Hälfte des Rests vertragen konnte. Sicher, es war mehr als gewöhnlich, aber das hier war schließlich auch eine besondere Situation. Eileen musste sich Mut antrinken, um das zu überstehen.

Sie durchquerte den Salon, betrachtete die gestapelten Kisten und trank einen Schluck Whiskey, der scharf in ihrer Kehle brannte. Dann steckte sie den Flachmann wieder ein und machte sich an die Arbeit. Sie nahm eine der Kisten herunter, öffnete den Deckel und setzte sich, den Inhalt auf dem Schoß.

Anfangs fand sie nur Stromrechnungen und tonnenweise alte Ausgaben vom *New Yorker*. Aber Eileen ließ sich nicht abschrecken, und sie ließ sich auch nicht von ihrem Ziel abbringen. Während sie dasaß und penibel sämtliche Unterlagen durchforstete, kehrte eine Erinnerung zu ihr zurück, ein ureigenes *Wisst ihr noch*. Sie war dreizehn gewesen, Claire zwölf, und sie hatten beschlossen, die fünfundvierzig Minuten von ihrem Haus zum *Walmart* in Emmet zu Fuß zu gehen, an einem ungewöhnlich heißen Tag im August. Claire brauchte neue Schuhe für den Schulanfang – ihr einziges Paar Turnschuhe war so abgenutzt, dass die Gummisohlen bereits abbröckelten.

»Ich weiß nicht genau, was ich will«, hatte sie zu Eileen gesagt. »Aber sie müssen richtig gut sein. Ich komme in die siebte Klasse, da muss ich schließlich Eindruck schinden.«

Eileen hatte ihr versichert, dass es nicht wichtig war, ob sie Eindruck machte, und dass sie einfach sie selbst sein solle. Claire hatte erwidert, dass Eileen sich anhörte wie Mr Rogers, und Eileen hatte sich für das reizende Kompliment bedankt. Es war kein Streit gewesen. Sie hatten sich nur gegenseitig aufgezogen, geneckt, getriezt – damals hatten sie sich noch nicht gestritten.

»Ich weiß nicht, was ich will«, hatte Claire wiederholt, als sie den Laden betreten hatten und sie die herrlich kühle Luft der Klimaanlage umwehte. »Aber sobald ich es sehe, weiß ich es.«

Die Worte hallten in Eileens Kopf wider. Sie passten auch fünf Jahre später perfekt, während sie in der Dunkelheit saß, ihre Suche nur vom Schein des Feuers erhellt.

Sie brauchte eine Antwort auf die Frage: Bin ich die Tochter eines kaltblütigen Mörders?

Sie wusste nicht, in welcher Form sich ihr die Antwort präsentieren würde.

Sie wusste nur, dass sie wissen würde, was es war, sobald sie es sah.

Vierundzwanzigster Dezember

ZWANZIG

Claire

»Claire. Ju-hu!«

Es war ein rüdes Erwachen. Claires Glieder waren steif wie Stein, ihre Haut eiskalt, und jetzt hing auch noch Murphy über ihr und kitzelte sie mit ihren roten Locken in der Nase. Aus der Nähe konnte sie den Morgenatem ihrer Schwester riechen.

»Murph, *hör auf.*« Claire fuchtelte sie weg.

»Schon gut, tut mir leid!« Murphy warf die Hände in die Luft. »Ich hab's zuerst mit Anstupsen versucht, aber du bist 'ne echte Tiefschläferin.«

Aber das stimmte nicht. Im letzten Monat hatte Claire alles andere als gut geschlafen. Vor der Entscheidung zu ihrer Vorabbewerbung hatte sie die nervöse Anspannung wachgehalten – und dann war die Absage eingetroffen. Claire hatte schon ewig keine Ruhe mehr gefunden.

Wer hätte gedacht, dass ein Ausflug mitten ins Nirgendwo, ein Hagelsturm und ein Einbruch in das Haus eines Toten alles war, was sie für eine Nacht erholsamen Schlafes brauchte?

Ein Leben als Kriminelle, dachte sie höhnisch. *Das neue Valium.*

»Wie spät ist es?«, fragte Claire und schälte sich aus ihrem Patchwork-Kokon.

Murphy zuckte mit den Schultern. »Du warst die mit dem Smartphone. Aber draußen ist es hell.«

Sie deutete auf die Fensterfront des Salons, hinter der graues Licht den kräftig gegen das Haus prasselnden Regen erhellte, genau wie am Tag zuvor. Claire verzog das Gesicht.

»Ja, es stürmt immer noch«, sagte Murphy. »Ich wette, die ganze Stadt ist überflutet.«

»Sehr tröstlich.« Claire rieb sich die Schläfen.

Wenn es so weiterregnete, würde der Caravan wahrscheinlich irgendwann von der Straße gespült werden und über die Klippen ins Meer stürzen.

Du bist zu pessimistisch, ermahnte sie die Stimme von Harper Everly in ihrem Kopf. *Überflieger denken nicht negativ. Und sie sind auch nicht sarkastisch. Du musst –*

Claire verpasste der Stimme einen soliden rechten Haken. Zum allerersten Mal seit über zwei Jahren hörte sie ihr nicht zu. Sie hatte gestern eine Entscheidung getroffen, nachdem sie ihr Handy zertrümmert hatte: Ab heute würde sie tun und sein, was immer ihr beliebte.

»Wo ist Eileen?«, fragte sie und schaute sich im Salon um. Ihr Blick blieb an einer an der gegenüberliegenden Wand hockenden Gestalt hängen.

Auf Eileens Schoß stand eine offene Kiste. Ihr Kopf war zur Seite gekippt, ihr Mund stand offen. Auch wenn Claire den Sabber aus dieser Entfernung nicht sehen konnte,

konnte sie ihn sich lebhaft vorstellen. Sie rollte mit den Augen. Was hoffte Eileen nur, in diesem Haus zu finden? Einen dicken Stapel Hundert-Dollar-Scheine?

»Leenie«, rief sie.

Eileen rührte sich nicht.

Murphy gab ein *Tss, tss, tss* von sich und sagte: »Sie ist eine noch tiefere Tiefschläferin als du.«

Claires Magen knurrte unüberhörbar. Sie schlang die Arme darum und zuckte ein wenig zusammen, als sich das nagende Hungergefühl mit aller Macht hineinbohrte.

»Ja, oder?«, sagte Murphy. »Ich bin auch am Verhungern.«

Claire blickte zu der Packung Toastwaffeln auf dem Couchtisch hinüber. Dort, wo sie hergekommen war, musste es noch mehr geben.

»Komm mit«, forderte sie ihre Schwester auf und erhob sich. »Lass uns in der Küche nachschauen.«

»Okay, cool«, erwiderte Murphy und klang unerklärlich erleichtert.

Als sie die Küche betraten, verstand Claire auch, warum: Der Raum war wirklich unheimlich. Er verfügte nur über ein Fenster über der Spüle, klein und aus Milchglas, wodurch der Rest des Raumes in gruselig-düsteres Licht getaucht lag. Der Fliesenboden im Karomuster war alt, 30er-Jahre-Stil, genau wie die Arbeitsplatten aus Holz. Die Küchengeräte wirkten auch nicht wirklich neuer. Claire schätzte, dass der Kühlschrank mindestens seit Reagans Präsidentschaft hier stand. Murphy eilte bereits so schnell darauf zu, dass Claire keine Zeit mehr blieb, sie zu warnen.

»Igitt«, stieß Murphy aus, nachdem sie die Tür aufgerissen hatte. Sie legte einen Arm über ihre Nase und unterdrückte ein Würgen.

»Von den Sachen da drin solltest du dich lieber fernhalten«, bemerkte Claire.

»Was du nicht sagst«, erwiderte Murphy, aber sie blieb trotzdem vor dem dunklen Kühlschrank stehen und ließ den Blick über den Inhalt schweifen: ein Karton Milch, unzählige Gläser mit eingemachtem Zeug, Dressings und Soßen. In das unterste Fach waren mehrere Styroporbehälter mit Essen zum Mitnehmen gestopft, und Claire erschauderte bei dem Gedanken daran, wie lange sie schon dort drin sein mussten.

Sie runzelte die Stirn und dachte darüber nach. Wem fiel diese Aufgabe zu? Einen Kühlschrank post mortem auszuräumen? Wer warf das Essen eines Einsiedlers weg, nachdem er gestorben war? Wer hatte Patrick Enrights Leiche überhaupt entdeckt? Und warum hatte seine Beerdigung unter Ausschluss der Öffentlichkeit stattgefunden? All diese endlosen Fragen waren ihr bereits durch den Kopf gegangen, als sie den Brief von William J. Knutsen gelesen hatte – zu viele, um sie alle zu stellen oder eine Antwort darauf zu bekommen, deshalb hatte sie sie fürs Erste beiseitegeschoben.

Aber jetzt begann Claires Verstand wieder zu rattern. *Warum* hatte Patrick dieses Haus seinen Nichten hinterlassen, obwohl er sie nie kennengelernt hatte? Vielleicht hätte Claire sogar darauf eine Antwort bekommen, wenn sie Cathy in *Ramsey's Diner* hätte direkt danach fragen können.

Bei dem Gedanken an das Diner knurrte Claire erneut der Magen. Sie wünschte sich, sie hätte dieses Joghurt-Parfait gegessen. Aber gestern Morgen hatte sie noch geglaubt, sie würden sofort wieder aus dieser Stadt verschwinden. Bevor sich der Himmel weltuntergangsmäßig verfinstert hatte und dieser irrsinnige Sturm aufgezogen war – und bevor sie sämtlichen Glauben verloren und ihr Handy an der Wand zerschmettert hatte. Eine Menge hatte sich in den letzten vierundzwanzig Stunden verändert.

Der Geruch von Verrottetem kribbelte in Claires Nase und riss sie aus ihren Gedanken.

»Murphy, jetzt mach ihn endlich wieder zu«, befahl sie und ging zu einer Holztür, an der ein äußerst hilfreiches Schild mit der Aufschrift SPEISEKAMMER hing.

Als sie die Tür öffnete, klappte ihr vor Staunen die Kinnlade herunter. Sie hatte den Heiligen Gral gefunden. Wie hatte Eileen das vor ihnen geheim halten können? Und was noch viel wichtiger war: Wie hatte sie sehen können, was sich hier drin befand, und trotzdem nur eine Packung Toastwaffeln mitnehmen? Der Anblick war so himmlisch, dass Claire beinahe die Myriaden von Artikeln vergaß, die ihr versichert hatten, wie schlecht Gluten für sie war.

»Yes!«, rief Murphy hinter ihr. »Jackpot!«

Sie stieß Claire aus dem Weg, schnappte sich eine Packung Schokolinsen und warf die Wäscheklammer weg, mit der die halb volle Tüte verschlossen gewesen war. Sie langte hinein und stopfte sich eine Handvoll in den Mund.

»Mmmm«, machte sie. »Versuch auch mal, Claire.«

Claire blickte auf die Tüte und geriet ins Straucheln. Dunkle Schokolade war zwar auch ungesund, aber sie enthielt wenigstens kein Gluten.

Murphy schien Claires inneren Kampf zu erkennen.

»Tu es«, flüsterte sie verführerisch. »Komm schon, nur ein paar.«

Sie hielt ihr die Tüte hin, und der Schokoladenduft stieg Claire in die Nase. Sie konnte nicht länger widerstehen. Sie nahm eine Handvoll Linsen, warf sie sich in den Mund und genoss das erdbebenartige Gefühl, als süße, schokoladige Köstlichkeit auf ihrer Zunge explodierte. Die Linsen schmeckten überhaupt nicht alt. Sie ließ den Blick über den Rest der Speisekammer schweifen und begab sich auf Schatzsuche.

»Was gibts hier?«

Claire drehte sich um und sah, dass Eileen hinter ihnen stand. Ihr Kajal war verschmiert und hatte ihr Gesicht in eine Waschbärenmaske verwandelt. Irgendwie sah sie durch die verschmierte Schminke jünger aus. Sanfter. Claire hätte bei dem Anblick beinahe gelächelt.

»Frühstück«, antwortete sie und nickte in Richtung von Murphys Schokolinsen.

Murphy hielt Eileen pflichtschuldig die Tüte hin.

»Nee«, sagte Eileen. »Mir ist nach was Herzhaftem.«

Sie langte über Murphy hinweg und zog eine Dose *Pringles* aus dem Regal.

»Mehr für mich«, freute sich Murphy und stopfte sich die nächste Handvoll Schokolade in den Mund.

Diesmal breitete sich jedoch ein seltsamer Ausdruck auf ihrem Gesicht aus. Sie rümpfte die Nase, kniff die Augenbrauen zusammen und verzog den Mund. Dann gab sie einen erstickten Laut von sich.

»Murph?«, fragte Claire vorsichtig.

Murphy riss den Mund ganz weit auf, und ein Wasserfall

aus Schokolinsen ergoss sich daraus und verteilte sich über den Fußboden.

»Heilige *Scheiße*«, schrie Eileen und machte einen Satz rückwärts. »Murphy, was zur Hölle?«

»Oh, Gott«, winselte Murphy und drängte sich an ihren Schwestern vorbei. »Oh, Gott. Oh, Gott.«

Claire schaute verwirrt zu, wie Murphy den Wasserhahn in der Küche anstellte und sich mit ungeschickter Hektik Wasser in den Mund spritzte.

Was war nur mit ihr los?

Was war nur … mit der Schokolade los?

Sie warf einen Blick in die Tüte, die Murphy fallen gelassen hatte, und schaute dann auf den ausgespuckten Schokoladenhaufen hinunter. Im spärlichen Licht war es zwar nur schwer zu erkennen, aber es war eindeutig: In der Schokolade bewegte sich irgendetwas.

Maden.

Und dann spürte Claire es auch – ein träges Geschlängel in ihrem Mund.

Sie spuckte die Schokolade auf Eileens Stiefel.

»SCHEISSE!«, kreischte Eileen, rannte aus dem Raum und schrie dann aus dem Salon: »ICH WILL ES GAR NICHT WISSEN!«

»Weg da, *weg da*!« Claire stieß Murphy an der Spüle zur Seite, hielt ihren Mund schräg unter den fließenden Wasserhahn, schabte sich mit den Fingern über ihre Zunge.

Sie war sich so gut wie sicher, dass die Maden weg waren, aber das Gefühl war immer noch da. Bei dem Phantomkribbeln würgte Claire erneut und spuckte klebrige Flüssigkeit in die Spüle.

Murphy saß heulend auf dem Boden, Schnodder tropfte aus ihrer Nase.

»Iiiigiiiitt«, jammerte sie. »Iiiigiiitt. Aber das geschieht uns nur recht! Das Zeug eines Toten zu essen!«

Claire war sich nicht sicher, ob Murphy nur einen Witz machte, aber Lachen fühlte sich immerhin besser an als Würgen, also lachte sie. Sie wischte sich über die brennenden Augen und ließ sich neben Murphy auf den Boden plumpsen.

»A-alles okay«, tröstete sie ihre Schwester. »Uns gehts gut, Murph.«

»Dir vielleicht«, heulte Murphy, ein seltsames, hysterisches Grinsen im Gesicht.

Wie absurd war das denn bitte? Sie saßen in der Küche ihres toten Onkels und spuckten Maden aus, und das an Heiligabend. Claire weinte ein bisschen und lachte ein bisschen und fuhr mit der Zunge über ihre Backenzähne, während Murphy neben ihr schniefte und spuckte.

Kurz darauf tauchte Eileen wieder in der Tür auf.

»Du warst wirklich eine große Hilfe!«, brüllte Murphy sie an und zeigte anklagend mit dem Finger auf sie.

Eileen zuckte mit den Schultern. »Was hätte ich schon tun können?«

»Keine Ahnung«, schniefte Murphy. Dann fügte sie sanfter hinzu: »Falls Onkel Patrick ein Geist ist, dann kann ich euch eins verraten: Er ist sauer auf uns.«

»Bist du sicher, dass du keins willst?«

»Leenie, zum allerletzten Mal.«

»Was denn? Du musst doch am Verhungern sein.«

Claire starrte Eileen ungläubig an. Nach mehreren weiteren Runden Mundausspülen und Würgen war es ihr gelungen, die Küche zumindest mit einem kleinen Rest Würde zu verlassen. Jetzt saßen sie und Murphy mit Eileen vor dem neu entzündeten Feuer, während Eileen sich die Salt-and-Vinegar-*Pringles* schmecken ließ. Es spielte keine Rolle, dass sie ihren Schwestern versichert hatte, die Dose sei fest versiegelt gewesen oder dass die Chips nicht die geringsten Anzeichen von Schädlingsbefall aufwiesen. Claire war der Appetit vergangen. Sie hatte keine Ahnung, ob sie jemals wieder Schokolade essen würde, aber eins wusste sie mit Sicherheit: Sie würde *nichts* anrühren, was aus dieser Speisekammer stammte.

Murphy schien der gleichen Ansicht zu sein. Sie lag auf der Couch, die Hände in den Magen gekrallt und eine Märtyrermiene auf dem Gesicht. Sie war und blieb eine Dramaqueen, aber unter ihren Sommersprossen sah sie wirklich blasser aus als sonst. Claire konnte es ihr nicht übel nehmen. Ausnahmsweise, vielleicht zum allerersten Mal, verstand sie Murphy vollkommen. Genau wie Claire lehnte auch sie Eileens Angebot dankend ab.

»Selber schuld«, befand Eileen und stopfte sich die Chips vierlagig in den Mund. »Ich hoffe, ihr habt nichts dagegen, wenn ich …?«

Claire wusste nicht, was sie dazu sagen sollte. Im Augenblick hatte sie etwas gegen Essen im Allgemeinen, genauso wie gegen die Tatsache, dass sie immer noch in diesem Haus festsaßen, Gefangene eines Wintersturms. Tosender Wind pfiff durch die Mauern und senkrechte Wasserfälle strömten an den Fenstern hinab.

»Dieses Weihnachten ist wirklich total verkorkst«, sagte Claire und blickte ins Feuer.

Sie würde so lange in Pessimismus schwelgen, wie ihr der Sinn danach stand. Dieser Überfliegermist konnte ihr endgültig gestohlen bleiben.

»Genau das hab *ich* neulich auch gesagt«, meldete sich Murphy von der Couch.

»Ist Weihnachten nicht immer total verkorkst?«, fragte Eileen und knabberte den nächsten Chip.

Claire dachte darüber nach. Wenn ein schönes Weihnachten bedeutete, es sich mit seiner Familie gemütlich zu machen, tolle Geschenke auszupacken und Eierpunsch am Kaminfeuer zu schlürfen, dann ja, im Vergleich dazu war bisher jedes Weihnachten der Sullivans verkorkst gewesen. Ihre Mom versuchte zwar immer, ihnen ein schönes Fest zu bereiten, aber meistens ließ sie das Abendessen anbrennen oder vergaß die Weihnachtsstrümpfe, und falls sie doch daran dachte, füllte sie sie mit irgendwelchem Müll aus dem Ein-Dollar-Laden: billigem Desinfektionsgel und No-Name-Süßigkeiten. Weihnachten bei den Sullivans war die reinste Parodie.

Andererseits hatte es auch ein paar wenige Jahre gegeben, in denen die Schwestern in ihrer Burg mit eigenen Geschenken Bescherung gefeiert hatten. Ihr ganz privates Ritual, am Einundzwanzigsten. Claire würde niemals vergessen, was Eileen ihr vor ein paar Jahren überreicht hatte: ein gebrauchtes iPhone, die Antwort auf all ihre Gebete.

Es war das vorletzte Weihnachten gewesen, an dem sie sich noch gut verstanden hatten, sie und Eileen. Im nächsten Jahr war ihre Schwester aus dem gemeinsamen Zimmer ausgezogen und hatte einen Monat vor Weihnachten praktisch im Alleingang bestimmt, dass sie keine Geschenke mehr austauschen würden. Claire hatte das Farbenset versteckt, das sie bereits für Eileen gekauft hatte – eine schwer zu findende Marke, die sie in einem Handarbeitsladen in Eugene aufgespürt hatte.

Ja, sinnierte Claire, die meisten unserer Weihnachtsfeste waren verkorkst.

»Aber du musst doch zugeben«, meldete sich Murphy erneut, »dass dieses hier besonders verkorkst ist.«

»Ein erinnerungswürdiges letztes Weihnachten«, murmelte Eileen.

Claire blickte von dem Dekokissen auf, das sie an ihre Brust drückte. »Was soll das denn nun wieder heißen?«

»Oh, komm schon«, schnaubte Eileen.

»Komm schon, was?«

»Du wirst nächstes Jahr in Connecticut sein«, führte Eileen aus, »wie du uns unzählige Male aufs Brot geschmiert hast. Deshalb ist das hier unser letztes Weihnachten, fürs Erinnerungsalbum, richtig? Bevor du wegziehst.«

Claire versuchte, das scharfe Kribbeln in ihrem Hals hinunterzuschlucken.

»Vielleicht könnten wir dich ja besuchen?«, schlug Murphy vor. Ihre Stimme klang zaghaft, so als würde sie ein Nein erwarten.

War das nicht auch berechtigt? Warum sollte Claire Murphy nach Yale einladen? Claire verbrachte nie Zeit mit ihrer kleinen Schwester. Sie hatte einen Onlineshop zu führen, die Highschool mit Bestnoten abzuschließen und ihren Lebenslauf mit genügend außerschulischen Aktivitäten aufzupeppen. Was sie neben all dem nicht gehabt hatte, war die nötige Energie, um Murphys schlechte Witze und »Zaubershow«-Versuche zu ertragen – mit Kartentricks, bei denen sie immer danebenlag, und geheimnisvollen Münzen, die aus den Ärmeln von Rollkragenpullovern kullerten. Murphy war kein Kind mehr, aber sie benahm sich trotzdem noch wie eines. War das immer so mit den Jüngsten in der Familie? Claire war sich nicht sicher. Sie wusste nur, dass sie zu beschäftigt gewesen war, um sich um ihre Schwester zu kümmern.

Warum hätte Yale daran irgendetwas ändern sollen?

Das kribbelnde Gefühl kehrte zurück, aber diesmal spürte sie es nicht auf ihrer Zunge. Es schlängelte sich durch ihren Körper, in ihre Herzkammern. Rastlos. Unerbittlich.

Was, wenn sie die ganze Zeit *alles* falsch gemacht hatte?

Sie schaute zu Murphy auf der Couch hinüber, ihr rotes Haar zerzaust, die Arme um die Hüften geschlungen, und dann zu Eileen, auf die Ellenbogen gestützt, schwarz verschmierte Linien auf den Wangenknochen. Wie hatte Claire mit diesen beiden Menschen zusammenleben können, auf so engem Raum gemeinsam in einem Haus, und doch so weit von ihnen entfernt? Wie hatte sie die beiden in den letzten Jahren ständig treffen, sie aber nie *sehen* können? Irgendwie, während Claire ihre Ziele abgesteckt und an ihren Visionstafeln bastelte, durchliefen Murphy und Eileen eine Metamorphose. Sie hatten aufgehört, ihre Schwestern zu sein, und waren stattdessen zu einem Teil von Emmet, Oregon, geworden. Sie hatten sich in Kulissen eines Lebens verwandelt, das sie zurücklassen wollte.

Vielleicht lag es an diesem Gefühl des Bedauerns oder

daran, dass sie mit Maden verseuchte Schokolade gegessen hatte. Vielleicht lag es aber auch daran, dass es sowieso schon das verkorksteste Weihnachten aller Zeiten war. Was immer auch der Grund dafür war, Claire sagte: »Ich wurde nicht angenommen.«

Die Worte laut auszusprechen fühlte sich an, als würde ihr jemand einen Dolch in die Kehle bohren. Die Klinge drang tief in ihre Haut ein, und das Blut rann heiß an ihrem Hals hinunter.

»Moment mal, was?« Murphy setzte sich auf der Couch auf.

»Ich wurde nicht angenommen«, wiederholte Claire, diesmal lauter, und fühlte sich seltsam euphorisch. Wenigstens hatte sie es jetzt aller Welt verkündet: Sie war nicht die Überfliegerin, die sie zu sein versucht hatte. »Sie haben mich abgelehnt. Yale. Sie haben Nein gesagt.«

Eileen starrte Claire mit entgleisten Gesichtszügen an. »Was zur Hölle?«

»Ja.« Claire zuckte mit den Schultern. »Was zur Hölle?«

»Und was ist mit anderen Colleges?«, fragte Eileen. »Die Uni von Oregon? Oder Ohio? Da hast du dich doch auch beworben, oder?«

Claire antwortete nicht.

»Scheiße«, sagte Eileen.

Claire vergrub ihr Kinn in dem Dekokissen. »Na los, mach schon. Sag mir, was für ein Arsch ich die ganze Zeit war, dass Harper Everly eine Witzfigur ist und das meine Strafe ist, weil ich die ganze Zeit so besessen war.«

Doch Eileen schwieg. Claire spürte einen leichten Druck auf ihrem Arm – das sanfteste Streicheln dreier Finger. Es war Murphy, die sich von der Couch zu ihr hinüberlehnte.

»Tut mir leid, Claire«, sagte sie, sonst nichts.

Eileen hatte den Kiefer angespannt, und ihre Augen leuchteten wild im Feuerschein.

»Scheiß auf die«, spuckte sie aus. »Elitäre Mistsäcke. Du bist verdammt noch mal der klügste, organisierteste Arsch, den ich kenne. Und wenn *sie* das nicht blicken, dann sind sie Idioten. Also, scheiß auf sie.«

Claire konnte nur blinzeln. Ihr Blut floss langsamer, die Euphorie verebbte. Obwohl sie letzte Nacht so tief geschlafen hatte, fühlte sie sich völlig erschöpft. Und vielleicht war sie ja auch im Delirium, denn es kam ihr beinahe so vor, als sei Eileen *nett* zu ihr.

Wie die Eileen von vor vier Jahren, die Claire zugehört hatte, als sie ihr anvertraut hatte, dass sie lesbisch war. Vielleicht nicht direkt mit Worten – Claire war damals dreizehn gewesen und war selbst noch dabei, alles zu begreifen –, aber Eileen hatte trotzdem verstanden, was sie ihr sagen wollte.

»Das ist okay, Claire«, hatte sie gesagt. »Mehr als okay.« Und dann hatte sie hinzugefügt: »Und lass dir deswegen von niemandem irgendwelchen Scheiß erzählen.«

Claire hatte es völlig vergessen. Nicht, dass Eileen ihr Geheimnis kannte – man vergaß niemals, wem man es erzählt hatte –, sondern dass sie es einfach akzeptiert und so gut aufgenommen hatte. Sie war … eine gute Schwester gewesen. Genau wie jetzt.

Claire war nicht darauf gefasst. Es war alles ein bisschen zu viel für sie.

»Ich muss mal ’ne Weile allein sein«, sagte sie, doch erst als sie sich erhob, wurde ihr wirklich bewusst, wie viel Wahrheit in den Worten steckte. »Ich muss … nur kurz … allein sein.«

Sie strampelte sich aus dem Deckenberg frei und lief zu der großen Treppe.

»Claire!«, rief Murphy ihr hinterher. »Da oben ist es total kalt und dunkel!«

Sie ignorierte ihre Schwester, was ihr alles andere als schwerfiel – darin hatte sie Übung.

Aber ihr waren die falschen Dinge zur Gewohnheit geworden, oder?

Sie rannte die Stufen hinauf und wischte sich dabei die Tränen von den Wangen. Als sie das Ende der Treppe erreichte, stolperte sie in den Flur und warf sich in das erstbeste Zimmer. Sie knallte die Tür hinter sich zu und ließ sich auf den Boden sinken, und dann, zum allerersten Mal, weinte Claire über die schlechten Nachrichten.

Die Absage.

Die zerstörte Zukunft.

Den Verlust von Ainsley, von ihrem Überfliegerdasein und von allem, was hätte sein können.

EINUNDZWANZIG

Murphy

Operation neue Erinnerungen war ins Stocken geraten. Dabei war bis jetzt alles so gut gelaufen.

Vergangene Nacht, bei all dem *Wisst ihr noch*, hatte sich Murphys Herz mit Hoffnung gefüllt. Sie, Claire und Eileen hatten einen Moment geteilt. Sie hatten wirklich miteinander geredet und sich bei Feuerschein an früher erinnert. Im Prinzip hätte die Szene auch direkt aus *Little Women* stammen können. Sicher, Eileen war ein wenig distanziert gewesen, aber es war immerhin ein Fortschritt. Ein Schritt in die richtige Richtung.

Und jetzt?

Nachdem Claire nach oben gerannt war, verfielen Eileen und Murphy in Schweigen. Was konnten sie auch sagen nach dieser Eröffnung?

Claire würde nicht aufs College gehen.

Bäm. Die große, schreckliche Wahrheit war explodiert wie eine Bombe. Murphy war sich nicht sicher, wie sie daraus eine Erinnerung schaffen sollte.

Also lag sie einfach auf der Couch und verarbeitete

Claires niederschmetternde Nachricht, während Eileen den Rest der *Pringles* mampfte. Als die Dose leer war, durchquerte sie den Raum zu der Wand aus Kisten, griff nach der offenen Kiste, bei der sie eingeschlafen war, und begann, den Inhalt zu inspizieren.

Wonach sucht sie denn?, fragte sich Murphy. Das Einzige, wozu diese Kisten gut sein mochten, war zu beweisen, dass ihr Onkel Patrick ein ziemlicher Messie gewesen war.

Murphy robbte sich zum Ende der Couch und lugte über die Kante.

»Suchst du nach vergrabenen Schätzen?«, fragte sie Eileen.

»So was in der Art«, antwortete diese.

»Und warum glaubst du, dass es in diesen Kisten ist?«

»Nur so ein Gefühl.« Eileen blätterte durch die Papiere, überflog jedes einzelne und legte es dann wieder beiseite.

»Das sind doch nur Rechnungen und solches Zeug.«

»Es hat dich ja niemand gebeten, sie durchzuschauen.«

»Aber warum schaust *du* sie durch?«

Eileen gab ein Schnauben von sich und warf einen Stapel Zeitungen auf den Boden. »Weil alles, was nötig ist, ein Brief ist, okay?«

»Äh, ja. Okay.«

Ganz offensichtlich wollte Eileen nicht mit ihr reden. Na, das war ja mal was Neues. Aber Murphy fragte sich trotzdem: *Wofür* war ein Brief alles, was nötig war? Ein Brief, in dem *was* stand?

Sie zog den Seiltrick aus ihrer Manteltasche. *Drüber, drunter, durchziehen, fertig.*

Während ihre Finger der geübten Routine folgten, hob

sie den Blick zum Fenster. Der Regen schlug dagegen, ergoss sich über das Glas und bildete einen Sturmvorhang zwischen dem Haus und der Welt außerhalb.

Man könnte nicht mal erahnen, dass dort draußen eine ganze Welt wartet, dachte Murphy. Und dann: *Aber vielleicht tut sie das ja gar nicht. Vielleicht befinden wir uns in einem Vakuum. An einem Ort im Nirgendwo.*

Die Vorstellung jagte ihr einen eiskalten Schauer über den Rücken. Sie fragte sich, ob es einen Menschen in den Wahnsinn treiben könnte, wenn er nur lange genug in einem Haus eingesperrt war. Zu einem *Mord*? War das mit ihrem Onkel Mark passiert? War das der Grund, warum sich ihr Onkel Patrick in einen Einsiedler verwandelt hatte?

Vielleicht steckte dieses Haus ja voller Magie. Aber nicht von der guten Sorte. Nicht die Art, die für die Bühne gedacht war. Voller tragischer Magie. Die Art, die sich an einen heranschlich, von hinten, und einem eine Schlinge um den Hals legte, bevor sie *Ta-da, da ist der Tod* flüsterte.

Das Seil erschlaffte in Murphys Händen, als sie an den Tod dachte.

Murphys Blick huschte zum Klavier hinüber, Siegfrieds provisorischer letzter Ruhestätte. Es war nicht richtig, ihn dort einzusperren. Sie schaute erneut zu den regenverhangenen Fenstern und stellte sich vor, was dahinter lag: der Ozean, die Klippen, der Sand. Sie wettete, dass es hier an einem Sommertag wunderschön war. Ein echtes Schildkrötenparadies.

Siegfried hatte etwas Besseres verdient als einen stinkenden Käfig oder eine kaputte Wärmelampe. Er hatte Rockport am vierten Juli verdient.

Aber manchmal bekam man nicht das, was man verdient hatte. Wie bei Claire und dem College. Wenn *sie* es nicht aufs College schaffte, wer zur Hölle dann?

Murphy war froher denn je, dass sie für ihre Bühnenkarriere kein Diplom brauchte. Sobald sie achtzehn war, würde sie nach Vegas verschwinden und richtig durchstarten. Keine Bewerbungen, keine Prüfungen, keine Colleges. Sie würde auf die harte Schule des Lebens gehen, genau wie alle wahren Künstler.

»Äh, Leenie?« Murphy reckte den Hals über die Couch.

Eileen blätterte weiter durch die Papiere. Sie antwortete ihr nicht.

»Leenie.«

»Gottverdammt, Murph.«

»Sollten wir nicht mal nach Claire sehen?«

»Nein. Sie will allein sein.«

»Da oben muss es ziemlich kalt sein. Und sie hat wirklich doll geweint.«

»Sie kommt schon drüber weg. Lass sie ihn Ruhe.«

Murphy schnaubte. *Sie* war drüber weg. Darüber, ständig ignoriert zu werden. Sie steckte den Seiltrick wieder ein, stand auf und schlurfte zur Tür, die vom Salon in die vorderen Zimmer führte.

Sie wartete darauf, dass Eileen fragte: »Was glaubst du, wo du hingehst?«

Aber sie hob nicht mal den Blick.

»Von mir aus«, murmelte Murphy. »Find du deinen geheimnisvollen Brief.«

Die weitläufige Diele verfügte über eine hohe Decke, genau wie der Salon. Die Haustür war rot. *Blutrot*, dachte

Murphy. Aus dem Nichts erinnerte sie sich urplötzlich an Cathys Worte aus dem Diner: *zerschmettert, wie eine Wassermelone.*

Murphys Mund fühlte sich wieder ganz madig an. Sie floh ins Wohnzimmer.

Obwohl es dort keinen Kamin gab, wirkte der Raum behaglicher als der Salon. Vielleicht lag es an der rosa Blümchentapete oder der Tatsache, dass drei Sofas darin standen, die alle sehr gemütlich aussahen.

»Warum haben wir letzte Nacht denn nicht *darauf* geschlafen?«, wunderte sie sich laut.

Ihr Verstand war ganz offensichtlich nicht eingeschaltet gewesen. Tatsächlich war alles, was sie seit ihrer Ankunft hier getan hatten, ziemlich willkürlich gewesen. So als seien die Schwestern aus ihrer Umlaufbahn in Emmet geschossen worden und trieben nun ziellos durch das weite, dunkle All.

Murphy fuhr mit der Zunge über ihre Zähne. Maden. In der Schokolade. Sie hatte Fliegenbabys gegessen. »Igitt.« Sie ließ sich auf die nächste Couch sinken und vergrub das Gesicht in den Händen. Für einen langen Moment blieb sie so.

Dann fiel ihr etwas ins Auge, das unter der Couch gegenüber schimmerte. Sie stand auf und näherte sich dem glänzenden Objekt, um es genauer zu betrachten. Es lag gar nicht unter der Couch, sondern war an der samtenen Polsterung festgemacht, unter dem mittleren Kissen. *Das* war es: ein Griff aus Metall. Murphy ging in die Hocke und zog daran. Nichts passierte, als sie ihn nach vorne riss, also drückte sie ihn stattdessen nach oben.

Die Couch ächzte, und Murphy erstarrte vor Schreck. Dann verstand sie es. Sie ließ den Griff wieder los, warf die Kissen von der Couch und enthüllte ein Holzbrett mit Scharnieren darunter. Die Couch war eine *Geheimtruhe*.

Murphys Hände zitterten vor Aufregung, als sie den Griff erneut packte und ihn nach oben zog. In dem Sofakasten fand sie …

Bettdecken. Patchworkdecken. Laken. Ordentlich zusammengelegt und übereinandergestapelt. Sie hatte eine Wäschetruhe gefunden.

Murphy spürte ein Stechen der Enttäuschung. Dann kam ihr plötzlich eine Erinnerung. Eine Erinnerung, gefolgt von einer Idee.

»Heilige Scheiße«, flüsterte sie. »Fröhliche Weihnachten.«

Sie holte die oberste Patchworkdecke heraus, die mit dunklem Pink und Gold umhäkelt war, hielt sie sich vors Gesicht und atmete den Geruch vergangener Dezember ein.

Dieses Haus mit seinen Morden und Maden würde ihr heute Abend nicht die Stimmung vermiesen.

Operation neue Erinnerungen kam wieder in Gang.

ZWEIUNDZWANZIG

Eileen

In den Kisten war nichts.

Eileen hatte die letzte von ihnen durchsucht und stand noch immer mit leeren Händen da.

Nichts. Kein lebensveränderndes Dokument. Keine Antwort auf ihre Frage. Kein welterschütterndes Beben, getarnt als belangloser Müll. Das hier *war* belangloser Müll.

Und wonach suchte sie überhaupt? Nach einem Brief von Mark Enright, in dem er reinen Tisch machte und alles bis ins letzte Detail gestand?

Ich *bin* des Vatermords schuldig. Ich *hatte* eine Beziehung mit Leslie Clark, die später meinen Bruder geheiratet hat, was echt total pervers ist. Ich *bin* der Vater von Eileen. Ich *bin* ein Psychopath, und sie hat all meine Charaktereigenschaften geerbt – da könnt ihr jeden fragen, der ihre Kunst kennt.

Aber nichts dergleichen. Rechnungen, Zeitungsausschnitte, abgelaufene Gutscheine, Steuerformulare und halb ausgefüllte Umfragebögen.

Keine Antworten.

»Gottverdammt, Mark«, stieß Eileen aus, schob die letzte Kiste von sich und streckte sich auf dem Boden aus, sämtlicher Willenskraft beraubt.

Was zur Hölle sollte sie denn jetzt tun? Weiter dem vagen Gefühl folgen, ihr Onkel Patrick hätte ihr dieses Haus aus einem bestimmten Grund hinterlassen, genau wie es einen bestimmten Grund dafür gab, dass William J. Knutsen ihr gesagt hatte, es lagerten »Dokumente« darin?

Irgendwann war sie während ihrer Suche sogar so leichtsinnig geworden, dass es sie gar nicht mehr gekümmert hatte, ob sie die Kisten in Murphys Beisein durchwühlte, und obendrein hatte sie ihrer Schwester auch noch ganz genau erzählt, *wonach* sie suchte. Sie hatte das Gefühl gehabt, ganz nahe dran zu sein und die Zeit wieder aufholen zu müssen, die sie verloren hatte, weil sie in der vergangenen Nacht eingeschlafen war. Der Sturm war ein Geschenk. Das hier war ihre Chance. Und sie musste sie nutzen.

Nur, dass es nichts zu nutzen gab.

Ihr Herz schlug langsamer, jeder Schlag eine traurige Niederlage – *Ver-änder-ung, Ver-änder-ung* –, bis das Wort irgendwann ganz verklang.

Nichts hatte sich verändert.

Eileen saß an Heiligabend in diesem Haus fest, ohne Strom, von Regen und Hagel in Gefangenschaft gezwungen. Der Sturm war kein Segen gewesen, sondern ein Fluch. Gott, sie brauchte wirklich was zu trinken. Aber sie hatte nichts mehr. Sie hatte noch nicht mal mehr einen *Dubble Bubble.*

Sie hatte während ihrer Suche in der Nacht zuvor den

Rest ihres *Jack Daniel's* geleert. Danach hatte sie sich für ein paar Stunden ganz taub gefühlt. Weit weg.

Nun meldeten sich Kopfschmerzen, pulsierten wütend in ungleichmäßigem, dumpfem Rhythmus hinter ihren Schläfen. Eileen kannte diesen Kreislauf. Sie steckte schon seit langer Zeit darin fest.

Manchmal versuchte sie, sich daran zu erinnern, wie es sich angefühlt hatte, das Leben zu *genießen*. Früher hatte sie das getan, aber dann nicht mehr, von einem Tag auf den anderen. Es hatte keinen eindeutigen Wendepunkt gegeben – es war nicht der Abend der Kunstausstellung in der Schule gewesen oder der Tag, an dem sie diese vermaledeiten Briefe gefunden hatte. Der Verlust ihrer Freude am Leben war graduell verlaufen. Als sei ihre Welt von Technicolor zu grauen Schattierungen verblasst, Pixel für Pixel, über Monate hinweg, bis irgendwann sämtliche Farben verschwunden waren.

Sie hatte sich irgendwann umgeblickt und keine ihrer Freunde mehr entdeckt. Sie hatte in ihren Kalender geschaut und festgestellt, dass die Anmeldefristen für die Kunsthochschulen verstrichen waren – was aber ohnehin keine Rolle gespielt hatte, da sie seit der Ausstellung nichts mehr gezeichnet oder gemalt hatte, was irgendetwas wert gewesen wäre.

Aber ihr blieb immer noch der Alkohol, und den konnte sie Asher durch simple Bestechung entlocken. Für eine Weile hatte sie ihr Leben in Schwarz-Weiß verbracht, ohne Gefühle. Ein Drink. Eine Schicht im Supermarkt. Ein Drink. Eine Schicht. Ein Drink. Das Trinken hatte ihre Kunst ersetzt, ihre Freunde, sogar das Fernsehen.

Und nebenbei hatte sie Geld verdient. Genug, um sich ein Auto zu kaufen. Und das Handschuhfach des Autos hatte sie ebenfalls mit Alkohol ausgestattet. Es hatte sich eine nette Routine bei ihr entwickelt, bis sie irgendwann zu bröckeln begann. Bis es ihr immer schwerer fiel, aufzustehen. Bis es ihr sinnlos erschien, Kajal aufzutragen. Sich völlig erschöpft zur Arbeit zu schleppen, zu einer weiteren Schicht aus Scannen, Einpacken, Gutscheine einlösen. Bis das Trinken selbst öde wurde.

Dann, eines Nachts, abgefüllt mit mehr Whiskey als jemals zuvor, hatte Eileen sich selbst einem Realitätscheck unterzogen: Sie war keine Künstlerin, wie sie mit vierzehn noch geglaubt hatte. Sie war ein uneheliches Kind, mit einem Mörder als Vater, zwei Schwestern, die sich in Fremde verwandelt hatten, und einer Mom, die genauso weit von ihr entfernt war wie der Mond.

Und mit einem Mal war ihr alles erstickend schwer erschienen.

Die Schwere drückte sie nieder – so fest, dass sie noch nicht mal mehr die nötige Energie hatte, traurig zu sein. In dieser Leere hatte sie die Freiheit gehabt, gar nichts zu empfinden. Und gar nichts zu empfinden hatte sich sogar beinahe *gut* angefühlt.

Aber warum war das jetzt nicht mehr so?

Patrick Enright, die Anwaltskanzlei *Knutsen & Crowley*, Murphy mit ihren Sommersprossen und Claire mit ihrem gottverdammten herzerweichenden Geständnis – sie hatten das allgemeine Gleichgewicht durcheinandergebracht, und das stechende Gefühl in Eileens Brustkorb wollte einfach nicht wieder verschwinden, ganz gleich, wie tief sie ihre Zähne auch in zuckrigen Kaugummi haute. Sie brauchte wirklich, *wirklich* was zu trinken.

Doch in diesem Haus war nirgendwo auch nur ein einziger Schluck zu finden, das wusste Eileen. Sie hatte auf ihrer, wie Claire es genannt hatte, Aufklärungsmission bereits jeden letzten Zentimeter abgesucht und sich jedes mögliche Versteck für lebensverändernde Dokumente – oder Whiskeyflaschen – eingeprägt. Kein einziger Tropfen Schnaps in der Vorratskammer, keine nennenswerten Dokumente in irgendeiner dieser siebenundvierzig Kisten. Sie hatte sämtliche Optionen ausgeschöpft, in beiderlei Hinsicht.

Eileen lag mit geschlossenen Augen da und lauschte den Geräuschen des Wintersturms. Das wilde Tosen dauerte nun schon so lange an, dass es sich in weißes Rauschen verwandelt hatte – peitschender Regen, drängender Wind, gelegentliche Hagelschauer.

Eileen glaubte nicht an böse Omen, aber sie glaubte an Aufs und Abs. Die Gezeiten des Lebens zogen sich zurück und fluteten dann alles wieder. Die Zeit war ebenso ein Kreislauf wie ihr alltägliches Trinken. Einst hatten drei Geschwister in diesem Haus gelebt. Drei Brüder, jeder mit seiner eigenen Leidensgeschichte. Und nun waren wieder drei Geschwister hier. Drei Sullivan-Schwestern, jede allein in ihrer Ecke. Genauso, wie es in Emmet gewesen war.

Ein neues Geräusch drang an ihre Ohren: knarrendes Holz.

Sie schlug die Augen auf und sah Claire auf der breiten Treppe. Ihr Make-up war, ausnahmsweise, nicht mehr makellos und ließ ihre gerötete Nase und die dunklen Ringe unter ihren Augen erkennen. Natürlich, sie hatte geweint. In einem der Zimmer dort oben in ihrem Kummer geschwelgt.

Noch vor ein paar Tagen hätte Eileen vielleicht etwas Verletzendes zu ihr gesagt: *Genug in Selbstmitleid gebadet, ja?* Heute hatte sie jedoch nicht die nötige Energie dafür. Oder vielleicht brachte sie es auch einfach nur nichts übers Herz.

»Hey«, sagte Claire, leise. Sie ging die letzten Stufen hinunter, blieb einen halben Meter von Eileen entfernt stehen und ließ sich, nachdem sie es sich offensichtlich gut überlegt hatte, im Schneidersitz auf dem Boden nieder.

»Hast du nicht gefunden, was du in den Kisten gesucht hast?«, fragte sie Eileen.

»Nein.«

Wenn Claire doch nur eine Ahnung gehabt hätte … Eileen fragte sich, ob sie ihr die Briefe gezeigt hätte, wenn sie sie bereits vor fünf und nicht erst vor zwei Jahren gefunden hätte. Oder waren die Briefe Teil des Problems gewesen, ein Grund dafür, warum sie sich zurückgezogen hatte?

»Und, äh … alles gut?«, fragte Eileen vorsichtig. Was für eine Frage war das denn? Nein, ganz offensichtlich war bei Claire *nicht* alles gut.

»Ich schätze, ich stehe wohl noch unter Schock«, antwortete diese und trommelte abwesend auf den Sohlen ihrer Glitter-Keds herum. »Ich war mir so sicher, weißt du? Ich war mir in meinem ganzen Leben noch nie bei irgendetwas so sicher.«

»Wenn wir gewettet hätten«, erwiderte Eileen, »wer definitiv aufs College geht, dann hätte ich mein ganzes Geld auf dich gesetzt.«

Ihre Augen trafen sich – blau auf braun. Claire öffnete den Mund, ihre Augen weiteten sich und sie sah beinahe … dankbar aus? Ein Ausdruck, den Eileen schon lange nicht mehr bei ihr gesehen hatte. Möglicherweise nicht mehr seit dem Tag, an dem Eileen ihr dieses alte iPhone geschenkt hatte.

Das messerscharfe Stechen bohrte sich noch tiefer in ihre Rippen.

»Meine Studienberaterin hat mir von Anfang an gesagt, dass ich mir keine allzu großen Hoffnungen machen soll«, gestand Claire. »Und dass die Chancen ziemlich gering stehen. Eine Menge Leute treten mit guten Testergebnissen und Abschlussnoten an, darum brauchte ich irgendetwas, um mich aus der Masse abzuheben. Und, ganz ehrlich? Deshalb hab ich in meinen Bewerbungsaufsätzen darüber geschrieben, dass ich lesbisch bin. Du weißt schon, nach dem Motto: *Habt Mitleid mit einer kleinen Lesbe, die in einem winzigen Nest aufwachsen musste.*«

Eileen riss die Augen auf. »Mein Gott, Claire.«

»Jetzt komme ich mir deswegen richtig scheiße vor. Nicht, weil ich ehrlich war, sondern weil … ich mich geöffnet habe, weißt du? Völlig Fremden gegenüber. Ich habe mich vor diesem Auswahlkomitee vollkommen nackt gemacht. So als würde ich mich, ich weiß auch nicht, prostituieren oder so. Und es war die Sache noch nicht mal wert. Ich meine, *natürlich* nicht. Wir sprechen hier von Yale. Als gäbe es dort nicht schon genügend queere Kids aus irgendeinem Kuhkaff.« Ein verächtliches Lächeln breitete sich auf Claires Gesicht aus.

»Warum zur Hölle hast du dich denn nicht auch auf

Colleges in Oregon beworben?«, wollte Eileen wissen. »Die Uni dort ist total queerfreundlich. Du tust ja gerade so, als sei es die gottverdammte Westboro Baptist Church.«

Claire schüttelte mit ernster Miene den Kopf. »Das ist nicht der Grund, warum ich nicht dort hinwollte. Es musste einfach ... eine prestigeträchtige Uni sein. Eine, an der man nicht so leicht angenommen wird. Eine, wo es seltener regnet und die wenigstens in der *Nähe* einer coolen Stadt liegt, in der rund um die Uhr Leben herrscht. Ich weiß auch nicht, aber ich hatte einfach immer nur Yale im Kopf. Als die *eine* perfekte Lösung. Yale oder nichts.«

»Plane nicht für Misserfolge«, murmelte Eileen.

Claire schoss ihr einen scharfen Blick zu. »Woher kennst du das?«

»Es steht auf deinem verfluchten Kaffeebecher, Claire.«

»Oh. Richtig.«

»Glaubst du wirklich, ich hätte diesem Harper-Everly-Bullshit entkommen können? Ich hab mindestens die Hälfte ihrer grandiosen Motivationsansprachen durch Osmose aufgenommen.«

Es war nicht besonders nett von Eileen, das wusste sie, aber Claire schien nicht in Abwehrstellung zu gehen. Es war fast so, als würden sie eine richtige Unterhaltung führen.

»Claire?«, sagte sie.

»Hm?«

»Es tut mir leid. Das ist echt beschissen. Aber, wie schon gesagt: Sie sind echte Idioten.«

»Ja, *Yale*: ein Haufen Idioten.«

Eileen setzte sich auf und schaute Claire an, ohne zu

blinzeln. »Scheiß auf landesweite Ranglisten, Claire. Weißt du, wer die erstellt? Elitäre Ärsche. Leute, die nicht wie wir aufgewachsen sind, in einer beschissenen Kleinstadt, in einem beschissenen Haus, mit beschissenen Jobs. Scheiß auf Ranglisten, Punkt. Die erstellen nur die Reichen und Schönen. Und du bist besser als das. Besser als *sie*. Als diese Harper Everlys. Verschwende deine guten Tränen bloß nicht an sie.«

Dieses messerscharfe Stechen – etwas zu *fühlen* – war unerträglich. Eileen war wütend auf Claire, weil sie es irgendwie geschafft hatte, dass sie das alles kümmerte. Aber noch wütender war sie auf all diese hohlen YouTuber, die ihrer Schwester eingeredet hatten, sie sei weniger wert.

»Du bist keine Loserin«, sagte sie bestimmt. »Du bist keine Ambitionslose oder wie immer diese bescheuerte Bezeichnung auch lautet. Du bist ein Mensch, Claire. Ein Mensch, der Gutes und Schlechtes tut. Ein Mensch, der kompliziert ist. Der gottverdammt noch mal richtig klug ist, ein eigenes kleines Unternehmen gestartet hat und sich von dieser ganzen Scheiße im Leben nicht die Hoffnung hat aussaugen lassen. Also, bewirb dich einfach nächstes Jahr auf der Uni von Oregon. Oder lass es sein. Mach weiter deinen Schmuck und zieh in eine eigene Wohnung. Du bist nicht dem Untergang geweiht. Wir sprechen hier von einem *College*. Einer überbewerteten, überteuerten Schule.«

Claire betrachtete Eileen aufmerksam, wie eine Kritikerin, die ein Kunstwerk begutachtete – die Pinselstriche und Farben in sich aufnahm, bevor sie sich eine Meinung darüber bildete.

Dann sagte sie: »Ich bin diejenige, die sich entschuldigen muss.«

Eileen verzerrte automatisch das Gesicht. War das Ganze etwa nur ein Scherz gewesen?

»Wofür?«, fragte sie misstrauisch.

Claire wandte den Blick ab zu dem erloschenen Feuer.

Ohne Eileen in die Augen zu schauen, erwiderte sie: »Ich wurde nicht am College angenommen, aber … du schon.«

DREIUNDZWANZIG

Claire

»Newsalert, Claire: Ich habe mich auf gar keinem College beworben.«

Claire hatte nichts anderes erwartet. Wie auch? Wie sollte Eileen auch nur ahnen können, was Claire getan hatte? Es ergab schließlich überhaupt keinen Sinn.

Aber vor ein paar Monaten, als Claire noch ganz im Bann von Harper Everly stand, *hatte* es Sinn ergeben. Das Leben an sich hatte einen Sinn ergeben. Nur nicht für Eileen. Sie machte sich ständig über die inspirierenden Zitate lustig und motzte über alles, was mit Harpers Lifestyle-Vlog zu tun hatte. Wenn Claire dieses Geständnis nun wirklich ablegen wollte, dann am besten schrittweise.

»Leenie«, begann sie, »wann hast du aufgehört zu malen?«

Eileen zuckte zusammen. »Was?«

Claire wiederholte ihre Frage nicht. Sie wartete ab. Sie wollte die Antwort schon seit langer Zeit wissen und hoffte, dass Eileen sie ihr endlich geben würde. Denn in diesem Moment leuchtete ein Licht in Eileens Augen, das Claire schon seit einer gefühlten Ewigkeit nicht mehr bei ihr gesehen hatte. In den letzten zwei Jahren waren Eileens Augen stumpf gewesen, ihre Antworten einsilbig. Claire hatte sich eingeredet, dass Schwestern sich eben manchmal so entwickelten: Eine Zeit lang standen sie sich nahe, bis sie zu dem Menschen heranwuchsen, der zu sein sie bestimmt waren. Viele Erwachsene verstanden sich schließlich auch nicht, Schwestern eingeschlossen.

Vor allem Schwestern.

Claire hatte geglaubt, Eileen würde sich in eine Ambitionslose verwandeln. Zuerst hatten sie sich nur noch gestritten und irgendwann gar nicht mehr miteinander geredet, und Claire hatte geglaubt, es sei am besten so – weil Harper Everly sagte, man müsse sich mit den Menschen umgeben, denen man ähnlich sein wollte.

Aber genau das war ja das Komische daran: Früher einmal *war* Eileen einer dieser Menschen gewesen, denen Claire ähnlich sein wollte. Als Claire vierzehn und Eileen fünfzehn gewesen war, hatte Claire ihre Schwester für den schönsten Menschen auf Erden gehalten. Viel hübscher als jedes Instagram-Model, dem sie folgte. Einfach weil sie es nicht so angestrengt versuchte. Sie benutzte keine Foundation und zupfte sich nicht die Augenbrauen. Sie ging mit nacktem Gesicht in die Schule, zeigte ihre markante Nase, ihre scharfen Wangenknochen und ihre durchdringenden Augen – alles Züge, die Claire selbst nicht besaß. Eileen hatte ihr Haar damals lang getragen, bis über die Taille, hatte immer nur Jeans und T-Shirts angehabt und darin trotzdem mühelos elegant gewirkt.

Und dann war da noch ihre Kunst. Mit mutigen Pinselstrichen und Wasserfarben bemalte Leinwände – Aquamarin und Salbei, Gold und Violett. Eileen hatte Porträts von Mädchen mit sehnsuchtsvollen Blicken und lila Haaren geschaffen. Sie hatte Sonnenuntergänge über apokalyptischen Welten entstehen lassen und Stillleben vollkommen trivialer Objekte, von zerknüllten Bonbonpapieren bis hin zu zerrissenen Teebeuteln. Und sie war *gut* gewesen. Richtig gut. Das hatten auch all ihre Lehrer gesagt. In der Highschool hatte sie dann irgendwann angefangen, Arbeiten bei verschiedenen Wettbewerben und Ausstellungen einzureichen. Eines ihrer Gemälde mit dem Titel *Die Unheilige Dreieinigkeit* war sogar in der Lokalzeitung von Eugene abgebildet gewesen.

Und dann hatte Eileen plötzlich aufgehört. Sie hatte sich die Haare kurz geschnitten und angefangen, ihre Augen mit Kajal zu umranden. Und dann, vor zwei Jahren, an einem Abend Ende Oktober, hatte sie Claire eröffnet, dass sie sich das Zimmer nicht mehr mit ihr teilen wolle. Und ihre Mom, abwesend wie immer, hatte es Eileen erlaubt, die Garage auszuräumen und sie in ihr zugiges neues Zuhause zu verwandeln.

Es war der Anfang vom Ende gewesen.

Claire wusste nicht, warum das Licht in Eileens Augen erloschen war. Aber als sie es an diesem Abend wieder entdeckt hatte, hatte sie beschlossen, ihrer Schwester alles zu gestehen. Aber dafür würde sie auch von Eileen ein Geständnis verlangen.

»Ich hab eben einfach aufgehört«, sagte Eileen.

»Nein«, widersprach ihr Claire. »Hast du nicht. Was hat dich dazu *gebracht*?«

»Gar nichts. Früher mochte ich Kunst, und irgendwann eben nicht mehr. Ganz einfach.«

»Du hast Kunst nicht nur gemocht, Leenie, du hast sie *gelebt*. Du warst brillant.«

»Hör auf, verdammt noch mal. Ich hasse es, wenn du pseudo-nett bist.«

»ICH BIN NICHT PSEUDO-NETT. ICH BIN ÜBERHAUPT NICHT NETT.«

Claire hatte sie nicht anschreien wollen. Im Nachhinein betrachtet, war das langsame Herantasten vielleicht doch nicht die richtige Taktik. Sie spannte den Kiefer an, und ein Teil von ihr wünschte sich verzweifelt, die blanke Wahrheit auch weiterhin für sich behalten zu können. Während sie sprach, konnte sie sehen, wie das Licht in Eileens Augen nach und nach verblasste.

»Harper Everly«, begann Claire, und als Eileen ein abfälliges Schnauben ausstieß, fuhr sie lauter fort, um sie zum Schweigen zu bringen. »Sie hat ihre Follower aufgerufen, sich einer Herausforderung zu stellen, die sie einen *Akt der Selbstlosigkeit* nennt. Man wählt dabei jemanden aus, von dem man glaubt, es stecke großes Potenzial in ihm, das er nicht nutzt. Und dann ermutigt man ihn irgendwie. Man schreibt der Person einen Brief, sagt ihr, dass man stolz auf sie ist, oder tut irgendetwas für sie, weil sie nicht genug an sich glaubt, um es selbst zu tun.«

»Wovon zur Hölle redest du da?«, fragte Eileen.

»Ich habe deine Gemälde genommen. Oder ein paar davon. Ich habe Kopien davon angefertigt und sie in einem Portfolio zusammengefasst. Es war überhaupt nicht schwer. Ich hab eine Bewerbung ausgefüllt und sie an eine

Kunsthochschule in Eugene geschickt. Sie haben dort das sogenannte Myrtle-Waugh-Stipendium. Dabei bekommt die Gewinnerin die Chance, mit lokalen Künstlern zu arbeiten, und die Studiengebühren werden ein ganzes Jahr lang bezahlt. Ich habe deine Bewerbung zur gleichen Zeit abgeschickt wie meine nach Yale – und du hast es in die nächste Runde geschafft. Sie haben dich zu einem persönlichen Bewerbungsgespräch eingeladen. Ich weiß es schon seit einer Woche, aber ich hab's dir nicht erzählt, weil ...«

Claire sprach das *Weil* nicht aus. Es war immer noch zu hart, es laut zu sagen: Es war so astronomisch ungerecht, dass sie etwas so Selbstloses für ihre Ambitionslosen-Schwester tat und nur Eileen die Belohnung dafür einsackte. Eileen, nicht Claire, die entschlossenste Überfliegerin überhaupt. Es war nicht richtig, dass Eileens goldener Moment am selben Tag eintrat, als Claires Ablehnung kam. Darum hatte sie es Eileen verschwiegen.

Bis jetzt.

»Ich habe es hinter deinem Rücken getan«, fuhr Claire fort, »und dir dann nichts davon erzählt. Ich glaube ... ich wollte nicht, dass du glücklich bist. Nicht, wenn ich es nicht auch sein darf.«

Auf Eileens Gesicht war kein Ausdruck zu erkennen. Sie atmete und blinzelte, zeigte sonst jedoch keinerlei Regung.

Claire erwartete nicht gerade ein Dankeschön. Was sie getan hatte, war total daneben: Sie hatte Eileens Privatsphäre verletzt und ihre Kunst ohne ihr Einverständnis verschickt. Und Claire würde sicher nicht so tun, als hätte sie all das aus reiner Freundlichkeit getan, weil sie so ein gutes

Herz hatte. Sie hatte es getan, weil Harper Everly behauptet hatte, selbstlose Taten seien gut für das eigene Selbstbewusstsein. In Wahrheit war Claires selbst*loser* Akt selbst*süchtig* gewesen.

Und deshalb machte sie sich darauf gefasst, dass Eileen sie anbrüllen würde, weil sie das alles nichts anging, und wie konnte sie es überhaupt wagen, sich einzumischen?

Die Zeit verstrich, aber Eileen sagte kein Wort.

»Es tut mir leid«, sagte Claire, weil ihr sonst nichts einfiel. »Es … tut mir leid.«

Plötzlich explodierte das Licht in Eileens Blick, zehn Mal intensiver – wie eine Supernova.

»Weißt du noch, die Kunstausstellung?«, fragte sie.

Claire erinnerte sich gut. Obwohl sie und Eileen damals bereits zerstritten gewesen waren, war sie zu der Ausstellung gegangen und in der Menge der Erwachsenen und anderen Schülerinnen und Schüler in der Sporthalle der Highschool untergetaucht. Jeden Mai, am Samstag vor der Examensfeier, wurden die Schüler und Schülerinnen der Elften und Zwölften an der Emmet High eingeladen, ihre Kunstwerke auszustellen. Es war stets das Gleiche: Leinwände mit düsteren Gedicht-Collagen, recht anständige Selbstporträts und hin und wieder ein eher ungewöhnliches Projekt, etwa *Interaktive Kunst auf Lehmbasis*. Aber Claire war nicht wegen der anderen Schüler hingegangen. Sie hatte sehen wollen, was Eileen ausgestellt hatte, und sie war nicht enttäuscht worden.

Es waren insgesamt fünf Werke gewesen, die an schuleigenen rostigen Staffeleien lehnten. Am meisten stach ein Ölgemälde auf Leinwand heraus: ein Porträt von drei Figuren, ihre Gliedmaßen unproportioniert und ihre Gesichter grotesk in die Länge gezogen.

Sie erinnerten Claire an Vampire, oder Geister, oder an eine Kreuzung aus beidem. Ihr Anblick war verstörend, aber sie waren auch wunderschön und mit entschlossener Präzision erschaffen.

Eileen hatte dem Gemälde den Titel DIE UNHEILIGE DREIEINIGKEIT gegeben. Claire war so stolz auf sie gewesen.

»Ich erinnere mich«, antwortete Claire.

Eileen nickte. »Ja, na ja. Anschließend konnten die Leute Kommentare hinterlassen. Es war Ms Medinas grandiose Idee: Die Leute konnten anonyme Nachrichten auf Karten schreiben und erklären, wie das Kunstwerk zu ihnen *gesprochen* hatte. Ich glaube, sie hat es nur gut gemeint, aber, na ja, ziemlich beschissene Idee, oder?«

Claire hatte nichts von den Karten gewusst.

»Ich hab all die Kommentare gelesen. Und in den meisten von ihnen stand, wie … *gestört* ich sei. Nicht die Gemälde – *ich*. Sachen wie: *Sie ist total labil*. Oder: *Viel zu bizarr für mich*. In einem der Kommentare wurde ich sogar als Psychopathin bezeichnet. *Eileen malt wie eine totale Psychopathin.*«

»Leenie«, sagte Claire, »das war in der Highschool. Da sind nun mal alle furchtbar. Du weißt, dass sie unrecht hatten.«

»Tue ich das?«

Auf Eileens Gesicht lag ein seltsamer Ausdruck. Claire musste den Blick abwenden, als sie sagte: »Ich verstehe wirklich nicht, wo das Problem liegt.«

»Nein«, erwiderte Eileen, »natürlich tust du das nicht.«

Stille folgte. Claire verfiel in Panik und hatte Angst, es sei alles schon wieder vorbei und Eileen würde sich erneut vor ihr verschließen.

Dann sagte ihre Schwester jedoch: »Wusstest du, dass Mark Enright auch gemalt hat?«

Die Frage warf Claire ein wenig aus der Bahn. »Ich ... erinnere mich, dass Cathy so was erwähnt hat. Aber was hat das denn mit der ganzen Sache zu tun?«

»HEY, IHR ZWEI!«

Plötzlich hallte das Quietschen von Turnschuhen im Salon wider. Murphy stürmte mit einem Strahlen auf dem Gesicht ins Zimmer.

Der wilde Gedankenstrudel in Claires Kopf löste sich mit einem Schlag auf.

»Ich muss euch was zeigen«, rief Murphy atemlos. »Kommt mit. Kommt mit. Hört auf, euch zu streiten, oder was auch immer. Kommt mit und schaut es euch an.«

Leise Wut stieg in Claire auf. Wenn Murphy in der Lage gewesen wäre, die Stimmung in einem Raum richtig zu deuten, dann hätte sie erkannt, dass Eileen und sie so weit davon entfernt waren, sich zu streiten, wie schon seit zwei langen Jahren nicht mehr. Aber stattdessen hatte sie den Moment versaut und quasselte vollkommen ahnungslos drauflos.

»Bitte! Kommt mit, ich hab eine Überraschung für euch.«

Claire schaute zu Eileen hinüber, und ihr wurde ein wenig schwer ums Herz, als sie sah, dass ihre Schwester bereits auf den Beinen war.

»Schon gut, Murph«, sagte Eileen. »Wenn wir es uns ansehen, kannst du dann bitte die Lautstärke ein bisschen drosseln?«

»Ich verspreche nichts.« Murphy grinste und rannte wieder aus dem Zimmer.

Genervt folgte Claire ihr in die Diele hinaus. Murphy blieb im Türrahmen des Wohnzimmers stehen und wippte auf den Fußballen auf und ab. Dann sah Claire, warum ihre Schwester so laut und hibbelig war: Das Zimmer war eine riesige Festung aus Decken und Laken, die an Vorhangschnüren festgebunden, über Sofas gehängt und an Stehlampen befestigt waren.

Die Erinnerungen trafen Claire wie eine eiserne Faust, als Murphy verkündete: »Willkommen in unserer Burg!«

VIERUNDZWANZIG

Murphy

»Cayenne Castle.« Eileen raunte die Worte wie einen Fluch.

»Toll, oder?« Murphy blickte mit sehr ernster Miene und einem stummen Flehen in den Augen zwischen Claire und Eileen hin und her, so als wolle sie sagen: *Staunt. Seht hin. Seht* es.

Murphy hatte gewusst, dass nichts Gutes vor sich ging, als sie einen Blick in den Salon geworfen und die beiden gesehen hatte, dicht nebeneinandersitzend, leise ins Gespräch vertieft. Sie hatte es satt, dass sich die beiden immer nur stritten. Außerdem war heute Heiligabend, und das hier Murphys großer Weihnachtstrick: Sie würde den Vorhang zurückziehen und den beiden einen Blick in die Vergangenheit gewähren, und dann wären sie ganz starr vor Staunen. Sie würden sich an Cayenne Castle erinnern und daran, wie sie ihre Zeit früher verbracht hatten – wunderbar gemütlich und *gemeinsam*. Keine Streitereien, keine bleierne Stille und keine geschlossenen Türen. Murphy würde all das wieder auferstehen lassen, was die Sullivan-

Schwestern einst gewesen waren. Es würde ihre bislang größte Show werden, und niemand würde behaupten können, dass sie keine stehenden Ovationen verdient hatte.

Bislang verlief auch alles nach Plan. Den Ausdruck auf den Gesichtern ihrer Schwestern konnte man nur als … *wie vom Blitz getroffen* bezeichnen.

»Wow«, stieß Claire aus, betrat den Raum und streckte die Hand nach der herunterhängenden Patchworkdecke aus, die sowohl als Wand als auch als Burgtor diente. »Daran hab ich seit Ewigkeiten nicht mehr gedacht.«

»Seit zwei Jahren«, präzisierte Murphy.

»Prinzessin Paprika«, sagte Claire leise. Sie drehte sich auf dem Absatz um und zeigte auf Murphy. »Und Prinz Pfeffer.«

Murphy strahlte. Es funktionierte. *Operation neue Erinnerungen* war in vollem Gange.

Sie zog die Eingangsdecke zur Seite und forderte ihre Schwestern auf: »Tretet ein.«

Eileen und Claire protestierten nicht. Sie duckten sich unter der Decke durch und traten ein. Murphy folgte ihnen und ließ sich auf dem Kreis aus Sofakissen nieder, den sie im Inneren arrangiert hatte.

»Der Thronsaal«, verkündete sie. »Ich meine, eigentlich ist die ganze Burg der Thronsaal. Im Vergleich zum letzten Mal ist sie ziemlich klein geraten, aber hier gab es einfach nicht genügend Baumaterial.«

Eileen hatte ein schiefes Lächeln im Gesicht. »Du bist echt verrückt, Murph.«

»Danke«, erwiderte sie.

»Wisst ihr noch?«, fragte Claire, ihr Blick ein wenig verschwommen. »Wisst ihr noch, das Jahr, als ich mich im Backen versucht habe? Ich meine, *die ganze Zeit*?«

»Wegen dieser britischen Sendung«, sagte Murphy ermutigend. Sie hatte vor, den beiden so viele Erinnerungen zu entlocken, wie sie nur konnte.

»Ich hab diese weihnachtlichen Bakewell-Törtchen gebacken«, fuhr Claire fort, bevor sie in gackerndes Gelächter ausbrach, »und sie dann total vergessen, weil wir Scrabble gespielt haben.

»Oh, mein Gott«, stöhnte Eileen und wischte sich mit einer Hand übers Gesicht. »Und du hast uns trotzdem gezwungen, sie zu essen. Verdammt, waren die grauenvoll.«

»Oh, komm schon, Leenie. Du hast höchstens einen Bissen probiert.«

»Und ihn sofort wieder ausgespuckt!«, warf Murphy ein.

»Stimmt!«, rief Claire. »Murphy hat sich nicht so angestellt und das ganze Ding verdrückt.«

Murphy strahlte, leuchtete förmlich vor Freude. Claire erinnerte sich noch daran: Murphy hatte ihr verkohltes Pfirsich-Pfefferminz-Törtchen komplett aufgegessen, damit Claire sich nicht wie eine Versagerin fühlte.

»Na ja, zumindest die Glasur war … gut?«, scherzte sie.

Claire rümpfte die Nase und schlug Eileen aufs Knie. »Hast du das gehört? Sie war *gut*. Die Spritztechnik hatte ich total drauf.«

»Wisst ihr noch, wie Mom in all das reingestolpert ist?«, fragte Eileen.

»Oh, Mann!«, kicherte Murphy. »Oh, Mann.«

Es war ein Moment für die Ewigkeit gewesen. Leslie Sullivan war am einundzwanzigsten Dezember völlig unerwartet früher nach Hause gekommen. Sie hatte die Haustür geöffnet und war direkt in die Westmauern der Burg gerauscht – ein Spannbettlaken, das straff zwischen zwei Vorhangstangen gespannt war. Die Mädchen hatten alles von außerhalb der Burg beobachtet, da sie gerade auf der Veranda im Westflügel Ginger Ale tranken. Das Laken hatte ihre Mutter an der Stirn erwischt und sie wieder rückwärts durch die offene Haustür geschleudert, woraufhin sie über die regennasse Veranda geschlittert und von dort in den Garten gefallen war. Die Szene war so cartoonmäßig und die Schwestern gleichzeitig so perplex gewesen, dass sie in seltsam gedämpftes Lachen ausgebrochen waren.

Doch nach dem ersten Schock waren sie natürlich sofort nach draußen gerannt, um sich zu vergewissern, dass ihrer Mutter nichts passiert war, aber die hatte sich bereits wieder aus dem nassen Matsch aufgerappelt. Auch sie hatte ein bisschen gelacht, den Mädchen unsicher auf die Schultern geklopft und ihnen versichert, dass alles in Ordnung sei. Dann war sie den Flur hinuntergestapft und hatte sich in ihrem Schlafzimmer eingeschlossen, um sich ein wenig auszuruhen, und damit war die Sache erledigt gewesen.

»Es war so lächerlich«, keuchte Claire. »Wie aus einem Zeichentrickfilm.«

»Genau!«, quietschte Murphy.

Eileen war verstummt und ließ den Blick über die Stoffmauern der Burg schweifen. »Könnt ihr euch vorstellen, dass Dad hier gewohnt hat? Als Kind? Dass er in diesem riesigen Haus aufgewachsen ist? Ich frage mich, wie reich die Enrights wohl waren, und wie er und Mom so geworden sind.«

»Du meinst: *nicht* reich«, stellte Claire klar.

»Cathy hat gesagt, dass er nie vom College zurückkam«, sagte Murphy. »Nicht mal zu den Beerdigungen. Vielleicht hat er sich mit seiner Familie nicht gut verstanden. Vielleicht hatten sie ihn ja verstoßen.«

»Na, es muss jedenfalls irgend so was in der Art passiert sein«, erwiderte Eileen, »sonst hätte Onkel Patrick ganz sicher kein komplettes Haus plus Inventar zu vererben gehabt.«

»Vielleicht hat er es uns ja deshalb vermacht«, vermutete Claire. »Wegen seines schlechten Gewissens, weil *er* alles geerbt hatte?«

»Vielleicht«, murmelte Eileen nachdenklich. »Aber falls dem wirklich so ist, warum hat er es dann nicht Mom hinterlassen?«

»Ja«, sagte Murphy. »Ich schätze, Mom könnte so eine Erbschaft auch ganz gut gebrauchen.«

»Was?«, stieß Eileen aus. »Hör mal gut zu, Murph, wir erzählen Mom *nichts* von dieser ganzen Sache.«

»Wann haben wir das denn beschlossen?«, fragte Claire.

»Du hast es doch selbst vorgeschlagen«, forderte Eileen sie heraus. »Gleich, als wir hergekommen sind, schon vergessen? Du musst also gar nicht erst auf dein hohes Harper-Everly-Ross steigen.«

»Ich habe nicht gesagt, dass wir ihr *nie* etwas davon erzählen sollen. Es dauerhaft geheim zu halten wäre … emotional nicht gesund.«

»Oh, Mann.« Eileen klatschte sich gegen die Stirn. »Stimmt, das hab ich ja ganz vergessen. Wir haben eine Expertin für emotionale Gesundheit in unserer Mitte.«

Nein. *Nein*. So lief das nicht, hier sollten warme Erinnerungen entstehen, die sie einander wieder näherbrachten, kein Stoff für neuen Streit. Murphy musste etwas unternehmen, um die Show noch zu retten.

»Was glaubt ihr, wem Winifred gehört hat?«, fragte sie.

»Winifred?«, fragte Claire stirnrunzelnd.

»Die Puppe da oben. Ich meine, wenn es nicht ihre war …«

»Worauf willst du hinaus, Murph?«, fragte Claire gereizt. »Dass Jungs keine Puppen haben können?«

»Natürlich können sie das«, verteidigte sich Murphy. »Ich meine nur –«

»Was wissen *wir* schon über diese Puppe?«, unterbrach Eileen sie. »Oder über irgendwas von alldem hier? Gar nichts, weil Mom uns nie *irgendwas* erzählt hat.«

Murphy betrachtete ihre Fingerspitzen, die vom vielen Üben mit dem Seil ganz schwielig waren. Echte Magierhände. Sie wollte sagen: *Wann erzählt* ihr mir *mal irgendwas?* Sie wollte sagen, dass dieses Haus nicht das einzige Vermächtnis ihrer Familie war. Aber das war nicht der Sinn von Cayenne Castle. Der Sinn war, dass sie sich alle wieder vertrugen.

»Hey«, flüsterte Claire. »Hört ihr das?«

Murphy hob wachsam den Kopf. Sie lauschte angestrengt nach einem Geräusch und antwortete schließlich: »Ich höre überhaupt nichts.«

»Ganz genau«, sagte Claire mit leiser, aber freudiger Stimme.

Sie kletterte über die Kissen und riss eines von Murphys mühevoll aufgehängten Laken zur Seite.

Murphy musste blinzeln, um sich an das Licht zu gewöhnen, das Claire ins Zimmer gelassen hatte. Draußen war es hell, der Regenvorhang verschwunden.

Murphy starrte mit offenem Mund aus dem Wohnzimmerfenster.

Der Sturm war vorüber.

Das passende grandiose Finale für ihren großen Zaubertrick.

FÜNFUNDZWANZIG

Eileen

Endlich«, murmelte Claire, eine Hand ans Fenster gepresst. »*Endlich.*«

Sie wirkte ziemlich aus dem Gleichgewicht.

»Beruhig dich mal«, sagte Eileen. »Es hat eben erst aufgehört. Selbst wenn es nicht wieder anfängt, wird es eine Weile dauern, bis sie die Straßen geräumt haben. Ist wahrscheinlich überall Glatteis da draußen.«

Claire drehte sich von der Fensterscheibe weg, ihre Augen leuchtend vor Eifer. »Du hast gesagt, der Caravan bräuchte ein paar Stunden, um sich zu erholen. Ich würde sagen, er hatte mehr als genug Zeit. Falls er nicht anspringt, gehen wir zurück zum Diner und bitten Cathy, in einer Werkstatt anzurufen.«

»An Heiligabend?«, schnaubte Eileen verächtlich. »Ich kann dir garantieren, dass die alle erst am Sechsundzwanzigsten wieder aufmachen, frühestens.«

»Na, und wenn schon?« Claire klang allmählich wütend. »Dann holen wir uns eben einen Termin für den Sechsundzwanzigsten, am frühen Morgen. Mom kommt erst spätabends von ihrer Kreuzfahrt zurück. Wir können den Wagen reparieren lassen und sind trotzdem vor ihr zu Hause.«

Leise Wut kribbelte in Eileen, flackerte flüchtig auf. Sie war sich nicht sicher, warum sie so gereizt war. Claire hatte schließlich recht, oder? Sie mussten wirklich zurück nach Hause, und was gab es hier schon für sie, in diesem Haus? Eileen hatte sämtliche Kisten durchsucht und nichts gefunden. Was hatte es noch für einen Sinn, hierzubleiben? Claire hatte recht. Also warum war Eileen deswegen so genervt?

Du wolltest, dass sich Dinge ändern. Du wolltest irgendetwas finden, oder irgendjemanden. Das willst du immer noch. Du wärst froh, wenn Mark Enright tatsächlich auftauchen würde, hier und jetzt.

Eileen wusste, dass es krank war, sich zu wünschen, ein Mörder würde hier auftauchen, vor allem, wenn ihre Schwestern bei ihr waren. Claire und Murphy hatten nichts mit ihm zu tun. Sie hatten Eileen nur als nervtötende Anhängsel begleitet. Und darum verstanden sie es auch nicht. Sie wussten nicht, warum dieser Ausflug so wichtig für ihre große Schwester war.

Zuzugeben, dass Claire recht hatte, wäre so, als würde Eileen eine persönliche Niederlage eingestehen. William J. Knutsens Brief hatte letzten Endes überhaupt nichts bedeutet, und alles, was in Emmet auf Eileen wartete, waren Frühschichten im Supermarkt und ein allabendlicher Rausch.

Oder zumindest war das alles, was dort bisher auf sie gewartet hatte.

Eileen versuchte immer noch, zu verarbeiten, was zwischen ihr und Claire im Salon passiert war. Sie hatte Claire etwas Großes anvertraut – oder zumindest die Hälfte von etwas Großem. Darüber, was in jener Nacht bei der Kunstausstellung passiert war, einen Monat, nachdem Eileen die Briefe gefunden hatte.

In der Highschool sind alle furchtbar, hatte Claire gesagt. *Du weißt, dass sie unrecht hatten.* Aber Claire verstand es nicht in seiner ganzen Tragweite. Konnte sie gar nicht. Weil sie die Zeitungsartikel nicht kannte, die Eileen gelesen hatte und in denen stand, wie Mark Enright, ein unglaublich talentierter junger Künstler, seinen Vater im Haus der Familie abgeschlachtet hatte. Sein Blut. In Eileens Adern.

An jenem Ausstellungsabend war Eileen alles klar geworden, als sie das Wort auf der Kommentarkarte gelesen hatte: *Psychopathin*.

War sie das wirklich? Das künstlerische Talent und die kranke, verstörte Seele – waren das die beiden Eigenschaften, die sie von ihrem alten Herrn geerbt hatte? Eileen hatte sich selbst ermahnt, nicht so albern zu sein. Sie weinte, wenn Hunde in Filmen starben, oder kranke Kinder. Sie war zu Mitgefühl fähig.

Trotzdem: Als sie sich das nächste Mal hingesetzt hatte, um ein Stillleben zu malen, hatte der Pinsel über der Leinwand geschwebt, gezögert, versagt.

Es war verrückt, es laut auszusprechen, aber sie hatte ihn *gespürt*. Seinen heißen Atem in ihrem Nacken. Und es war seine Hand gewesen, die den Pinsel gehalten hatte, nicht ihre. Mark Enright hatte sie so vereinnahmt, bis auch das

Malen – Eileens große lebenslange, heilige Leidenschaft – nicht mehr ihr gehört hatte. Sondern *ihm*. Einem Teil der schmutzigen Vergangenheit aus diesen Briefen.

Sie hatte immer wieder versucht zu zeichnen – mit Kohle, Bleistift, Pastellfarben. Doch sie alle waren verseucht, weil *sie* dieses vergiftete Erbe in sich trug.

Also hatte Eileen aufgehört es zu versuchen. Sie hatte nicht mehr gezeichnet. Sie hatte ihr Portfolio geschlossen und es für immer beiseitegelegt. Sie hatte die Anmeldefristen der Kunsthochschulen vorbeiziehen lassen wie Flugzeuge in der Ferne, unterwegs zu Zielen, die sie niemals sehen würde.

Doch um Claire auch das zu erklären, hätte sie ihre Schwester in das ganze Geheimnis einweihen müssen. Eileen war tatsächlich kurz davor gewesen, als Murphy plötzlich ins Zimmer geplatzt war.

Hätte sie Claire wirklich von Mark Enright erzählt?

Hätte es irgendeinen Unterschied gemacht?

Und dann war da noch Claires Geheimnis – das sie ihr gestanden hatte: Claire hatte sich in *ihrem* Namen für ein Kunststipendium beworben. Und Eileen schien tatsächlich Chancen zu haben. Sie wollten sie zu einem *Bewerbungsgespräch* einladen.

Spielte das noch eine Rolle?

Konnte es eine Rolle spielen, wenn sie es zuließ?

Konnte sie zurück nach Hause und sich dieser Frage stellen?

Nein.

Das war der Punkt: Sie war noch nicht bereit, wieder nach Hause zu gehen.

Darum wollte sie auch am liebsten dieses hoffnungsvolle Lächeln aus Claires Gesicht wischen. Und darum wünschte sie sich, der Himmel würde erneut aufreißen und die nächsten zehn Tage überfrierenden Regen auf die Erde niederprasseln lassen.

»Ja, gehen wir ins Diner!«, rief Murphy, die sich offensichtlich von Claires Begeisterung hatte anstecken lassen. »Es ist immer noch einigermaßen hell draußen. Wir können zu Fuß hingehen, so weit ist es ja nicht, und endlich was Richtiges essen.«

»In der Speisekammer gibts auch richtiges Essen«, konterte Eileen.

Murphy würgte. »Madiges Essen.«

»Weil die Packung bereits geöffnet war, seit wer weiß wie lange. Die *Pringles* und die Toastwaffeln waren noch gut. Solange es verpackt und versiegelt ist, ist es essbar.«

Murphy winkte ab. »Du hast leicht reden. Du hattest den Mund schließlich nicht voller Ungeziefer.«

»Du willst doch nur Käsefritten.«

Murphy fragte: »Und was soll an diesem Plan bitte so schlecht sein? Wir holen uns was zu essen und organisieren jemanden, der das Auto repariert, falls es nötig sein sollte. Und dann fahren wir nach Hause.«

»Da draußen ist immer noch alles vereist.« Eileen zeigte Richtung Fenster. »Und es wird bald dunkel.«

Das stimmte. Die tieforangerote Sonne tauchte bereits hinter den Horizont der Klippe.

»Ich hab eine bessere Idee«, fügte sie hinzu. »Wir schlafen uns heute Nacht noch mal richtig aus und brechen dann morgen ganz früh auf.«

»Wir wissen doch gar nicht, ob das Diner am ersten Weihnachtsfeiertag geöffnet hat«, erwiderte Claire.

»Wir wissen auch nicht, ob es an Heiligabend *abends* geöffnet hat«, entgegnete Eileen, dankbar, dass ihre verzweifelten Argumente tatsächlich Sinn ergaben. »Ich meine, wir hätten die Öffnungszeiten natürlich nachschauen können, aber *jemand* hat leider sein Smartphone zertrümmert.«

Claire kniff die Augen zusammen. »Jemand *anders* glaubt nicht an Smartphones.«

»Und noch jemand anders kann sich keins leisten«, nölte Murphy.

»Was auch immer«, sagte Eileen. »Der Punkt ist doch: Es ist keine gute Idee, da rauszugehen. Wir haben keine Ahnung, ob der Sturm wirklich endgültig vorbei ist, und wir sind diesen Hügel schließlich schon mal runtergestiegen – er ist steil. Und bei Glatteis? Wir könnten uns alle das gottverdammte Genick brechen.«

Claire durchbohrte Eileen mit ihrem Blick. »Ich verstehe das nicht. Warum willst du denn nicht von hier weg?«

»Das *tue* ich. Ich will nur nicht, dass uns was passiert.«

»Bullshit«, spuckte Claire aus und schockierte Eileen – mit dem Schimpfwort ebenso wie mit der Tatsache, dass sie sie zu durchschauen schien. »Was ist mit dir los?«

Das gereizte Kribbeln wurde stärker, prickelte in Eileens Körper. »Gar nichts ist *los*. Aber wir brauchen kein Essen aus dem Diner, wenn die Speisekammer hier voll ist. Und wir brauchen auch keine gottverdammte Werkstatt, okay? Der Wagen war nie kaputt.«

Sie hatte die Worte voller Wut ausgesprochen, überstürzt. Sie hatte nicht nachgedacht. Jetzt war es zu spät – sie hingen zwischen ihnen in der Luft und umwaberten die dünnen Stoffwände von Cayenne Castle.

Claire wurde kreidebleich und starrte Eileen an. »Wie bitte?«

Eileen leckte sich die Lippen. »Ich meine, es ist der *Caravan*. Es ist immer *irgendwas* kaputt, also ist er nie *wirklich* kaputt.«

»Nein«, widersprach Claire ihr langsam. »Das hast du nicht gemeint.«

Eileen hatte gehofft, dass Claire die Sache auf sich beruhen lassen würde. Aber nichts da.

»Du hast uns gesagt, der Wagen sei tot«, zischte Claire. »Du hast gesagt, der Motor müsse sich ausruhen.«

Sie war ertappt. Also warum nicht einfach den letzten Nagel in den Sarg hauen? Eileen spannte den Kiefer an. »Okay, na schön. Ich hab gelogen, was den Wagen angeht. Ich hab gelogen, weil du uns sonst gezwungen hättest, wieder nach Hause zu fahren. Genauso, wie du mich gezwungen hast, dich mitzunehmen und dich ans Steuer zu lassen. Weil du verflucht noch mal immer *alles* kontrollieren musst. Alles muss in Claires perfekten Masterplan passen. Nur, dass *ich* nicht zu deinem Plan gehöre und es bei diesem Trip auch nicht um *dich* ging. Es ging um *mich*. Aber das könntest du ja sowieso nie verstehen, oder?«

»Oh, mein Gott.« Claire erkannte die ganze Wahrheit, und jeder einzelne Muskel in ihrem Gesicht verzerrte sich. Sie stand auf, und als sie mit dem Kopf gegen eine Decke stieß, riss sie sie herunter, warf sie auf den Boden und ignorierte Murphys Kreischen.

»Wow, Eileen. *Ich* bin der Kontrollfreak, ja? Ich bin nicht diejenige, die ihre Schwestern praktisch als *Geiseln* festgehalten hat, obwohl ein Stück die Straße runter ein vollkommen funktionstüchtiges Auto stand. Du solltest vielleicht lieber mal in den Spiegel schauen.«

Eileen schnaubte verächtlich. »Ja, schon klar.«

»Fällt dir wirklich nichts Besseres dazu ein? Na schön, mir schon: Du kriegst, was du willst. Ganz offensichtlich wolltest du nie, dass Murphy oder ich dich bei diesem Ausflug begleiten. Es geht dabei schließlich nur *um dich*, richtig? Also von mir aus. Genieß Weihnachten in diesem gottverlassenen Haus, ganz allein. Murphy und ich verschwinden.«

»W-w-was?«, stotterte Murphy.

Claire wartete nicht mehr länger. Sie stürmte aus der Burg und aus dem Zimmer. Kurz darauf war das Klicken von Schlössern zu hören, als sie das Haus verließ. Als Eileen sich durch die Decken gekämpft hatte, war Claire die Vortreppe bereits halb hinunter.

»Was zur Hölle tust du denn da?«, brüllte Eileen ihr hinterher und stampfte auf die Veranda.

Claire wirbelte herum. »Was *glaubst* du wohl? Ich gehe ins Diner und rufe mir ein Taxi. Weil ich mein Geld lieber für eine verfluchte Taxifahrt verblase, als noch länger in diesem Haus zu bleiben.«

»Es ist *mein Auto*. Ich kann darüber so viele Lügen erfinden, wie ich will!«

Eileen wusste, dass sie sich wie eine Irre aufführte, aber jetzt gab es kein Zurück mehr. Sie und Claire hatten ihre Schützengräben ausgehoben. Es war Zeit für die Schlacht.

»Ja, ja, schon gut, du kannst dein Auto behalten.« Claire warf die Arme in die Luft. »Bleib einfach hier, Leenie, so lange du willst. Worauf du auch immer wartest, wonach du auch immer *suchst* – es ist total *unheimlich*. Ich schaue mir das jedenfalls nicht mehr länger an, genauso wenig wie Murphy.«

Murphy klebte an Eileens Seite, die Augen weit aufgerissen. »Ich … ich …«, stammelte sie und tätschelte dabei unerklärlicherweise ihren lilafarbenen Daunenmantel.

»Ich weiß wirklich nicht, was mit dir los ist, Eileen«, wütete Claire weiter, »aber finde es endlich heraus, okay? *Ich* habe für deinen kleinen Ausflug hier bezahlt, und alles, was *du* getan hast, war, diese Kisten zu durchsuchen, nach … was? *Was?*«

Funken sprühten in Eileens Brust, zündeten, explodierten.

»Wage es ja nicht«, warnte sie durch zusammengebissene Zähne. Von Salz satter Wind hieb ihr ins Gesicht und Tränen brannten in ihren Augen. Sie rannte die Vordertreppe hinunter, bis sie nur noch einen halben Meter von Claire entfernt stand. »*Du* hast für alles bezahlt, weil es die einzige Möglichkeit für dich war, auf diesen Ausflug mitzukommen. Du wolltest wissen, was du geerbt hast und wie viele *Chanel*-Taschen du dir von den Einnahmen kaufen kannst. Die du, Spoileralarm, allerdings erst kriegst, wenn Murphy achtzehn ist und wir gemeinsam das Haus verkaufen können.«

Claire versuchte, ihr über den Mund zu fahren, aber Eileen war lauter. »Also hör auf, mich mit dieser selbstgerechten Scheiße zu nerven. Niemand hat dich gebeten, mitzukommen. Oder dich in meinem Namen für ein Stipendium zu bewerben. Oder mir hier einen Vortrag zu halten, obwohl bei dir selbst so einiges nicht stimmt.«

»Was denn?«, kreischte Claire beinahe. »*Was* stimmt denn nicht mit mir? Es muss ja was ziemlich Großes und richtig Übles sein, wenn du einfach so aus unserem Zimmer ausziehst und so tust, als würde ich nicht mehr existieren.«

Eileen schnaubte verächtlich. »*Du* hast doch aufgehört, mit *mir* zu reden. Weil du dachtest, du wärst was Besseres. Mit deinem Make-up und deinen Designer-Halsketten und deinen verfickten Harper-Everly-Videos. Mit deinem ganzen perfekten, komplett durchgeplanten Leben. Willst du wissen, was mit dir nicht stimmt, Claire? Du bist ein selbstgerechtes Miststück.«

»Das …« Claire schien nach den richtigen Worten zu suchen, aber es kam nichts aus ihrem Mund. Wie konnte sie sich schließlich gegen etwas wehren, von dem sie wusste, dass es der Wahrheit entsprach?

Dann verschwand die Unsicherheit jedoch aus ihrem Gesicht.

»Na schön«, spuckte sie aus. »Wenn du das von mir denkst, bitte. Ich bin immer noch lieber ein Miststück als eine Säuferin wie du!«

»Hey, ihr zwei!«, schrie Murphy hinter ihnen. »*Hört auf*, alle beide.«

»Halt die Klappe, Murphy«, kreischte Claire. »Du hast doch keine Ahnung, worum es hier geht!«

»Aber du –«

»MURPH, GOTTVERDAMMT NOCH MAL, NICHT JETZT!«, brüllte Eileen und wirbelte zu ihr herum.

Doch sie bedauerte es sofort. Murphy zuckte in Richtung des Hauses zurück, ganz klein und voller Entsetzen, wie ein verschrecktes Kaninchen.

»Komm jetzt«, rief Claire ihr zu. »Wir verschwinden.«

Aber Murphy schüttelte den Kopf. »Ich gehe nirgendwohin. Mit keiner von euch.« Sie drehte sich um und rannte ins Haus.

»Großartig.« Claire wedelte mit einer Hand in Eileens Richtung. »Das hast du wirklich großartig hingekriegt.«

»Ernsthaft?« Eileen lachte finster. »Das ist *meine* Schuld?«

Sie starrten einander an, und einen Moment lang sah Eileen alles in Claires Augen: die Kissenschlachten und Gespräche mitten in der Nacht, die Geständnisse und Enthüllungen, das gemeinsame Johlen ihrer Lieblingssongs und die Insiderwitze, die Plaudereien im Sommer am Pool, die Mittagessen in der Mensa und Cayenne Castle, genau wie jeden anderen Moment, den sie miteinander geteilt hatten. All das sah sie in Claires kaltem, blauem Starren.

Dann verschwanden die Bilder plötzlich. Claire hatte sich abgewandt und eilte über den nassen Kies davon, auf die Straße zu, die die Klippe hinunter nach Rockport führte und dann immer weiter, zu einem Ort weit entfernt von Eileen. Claires Haar wippte im verblassenden Licht, als sie ihre Cabanjacke enger um ihre Taille schlang. Sie rutschte aus und stürzte beinahe, fand das Gleichgewicht jedoch wieder und stürmte mit entschlossenen Schritten davon, bis sie die Klippe so weit hinabgestiegen war, dass der Horizont sie verschluckte und keine Spur mehr von Claire Sullivan zu sehen war.

SECHSUNDZWANZIG

Claire

Die feuchte Luft klebte an Claires Wangen und entlockte ihr einen Schauder. Sie hatte nicht daran gedacht, noch einmal ins Haus zu gehen und sich Schal, Mütze und Handschuhe zu holen. Sie hatte nicht daran gedacht, Murphy mit Gewalt herauszuzerren und darauf zu bestehen, dass sie mit ihr kam. Sie hatte gar nicht gedacht, Punkt. Sie war zu wütend gewesen.

Eileen hatte gelogen. Sie hatte sie absichtlich in Gefahr gebracht, und sie waren nur ihretwegen in dieser fremden Stadt gestrandet. Die ganze Zeit hatte der Caravan einwandfrei funktioniert. Sie hätten längst verschwinden können, bevor der Sturm überhaupt losgebrochen war, und wären zum Weihnachtsfest sicher wieder in Emmet gewesen. Aber stattdessen hatte Eileen sie in diesem Haus festgehalten … Was hatte sie bloß in diesen Kisten zu finden gehofft?

Claire war nur mit auf diesen Trip gekommen, weil sie einem Impuls gefolgt war, der verzweifelten Hoffnung, dass irgendwo ein goldener Moment auf sie wartete. Sie hatte, fälschlicherweise, angenommen, dass Eileen aus einem ähnlich spontanen Grund hierhergekommen war. Jetzt war ihr jedoch klar, dass in dieser neuen, verkehrten Welt *sie* die Planlose und *Eileen* diejenige mit der festen Absicht war.

Claire hatte Eileen schlafend ertappt, mit einer der Kisten auf dem Schoß. Sie hatte den sehnsuchtsvollen Ausdruck bemerkt, mit dem Eileen mitten in ihrer Unterhaltung zu den im Salon aufgestapelten Kisten geblickt hatte. Sie hatte gehört, wie sie gesagt hatte: *»Wir könnten vielleicht ein paar Antworten finden, wenn wir noch hierbleiben.«*

Aber Eileen war eine *Lügnerin*. Wahrscheinlich hatte sie genauso gelogen, was die Kisten anging. Woher sollte Claire denn wissen, ob William J. Knutsen ihrer Schwester nicht eine detaillierte Schatzkarte inklusive Anweisungen gegeben hatte, um seltene Edelsteine aufzuspüren?

Und dann hatte *sie* ernsthaft *Claire* als selbstgerechte Schlampe beschimpft?

Dafür, dass Eileen in einem wahren Glas*palast* saß, warf sie mit ziemlich großen Steinen um sich. Sie war schließlich die in der Garage hausende Ambitionslose, die sich nicht die Mühe gemacht hatte, ihren Kunstraum zu verfolgen, stattdessen lieber einen Job ohne Zukunft im Supermarkt angenommen hatte und weiterhin zu Hause wohnte. Sie war die Teenager-Säuferin.

Hatte Eileen wirklich geglaubt, Claire hätte es nicht bemerkt?

Sie hatte die flaschenförmigen Papiertüten gesehen, die Eileen regelmäßig mit nach Hause brachte. Sie war ihr oft genug im Flur begegnet, um den beißenden Whiskeygestank wahrzunehmen. Sie hatte beobachtet, wie Eileen spätnachts ins Bad taumelte und zugesehen, wie sie morgens völlig ungepflegt und eindeutig mit einem Riesenkater in die Küche schlurfte.

Es ist schlimm, hatte Claire sich gesagt. *Aber es ist nur eine Phase. Sie ist nur ein orientierungsloser Teenager, der mit lauter Ambitionslosen abhängt.*

Claire hatte nichts gesagt, denn was hätte das für einen Sinn gehabt? Eileen hätte sie nur angeschrien, dass sie sich um ihre eigenen gottverdammten Angelegenheiten kümmern sollte. Also hatte Claire genau das getan. Sie hatte den Mund gehalten, obwohl sie ihn hätte aufmachen sollen. Sie hatte sich blind gestellt, obwohl sie hätte hinschauen sollen. Bis heute Abend, als sich eine so gewaltige Wut in ihr angestaut hatte, dass die Worte wie Pistolenkugeln und mit tödlicher Zielsicherheit aus ihr herausgeschossen waren: *Ich bin immer noch lieber ein Miststück als eine Säuferin wie du!*

Claire folgte dem rutschigen Weg die Klippe hinunter und versuchte, ihre Schuldgefühle zu unterdrücken. Sie hatte den Fuß des langen, steilen Hügels beinahe erreicht, als sie plötzlich den Halt verlor und ihre Gummisohlen über eine kleine Eisfläche rutschten, und diesmal konnte sie sich nicht mehr abfangen. Ihre Beine gaben unter ihr nach, und eine Schrecksekunde lang flog Claire durch die Luft. Dann knallte sie mit dem Rücken und einem dumpfen Schlag auf den Asphalt. Der Schmerz zuckte durch ihren Körper, als sie die Beine anzog und sich keuchend aufsetzte.

Ihr tat der Hintern weh, und der eisige Pazifikwind jagte

durch sie hindurch, noch beißender als zuvor, und Claire erlaubte sich den Luxus zu heulen. Sie ließ den Tränen freien Lauf, und sie tränkten den Kragen ihrer Cabanjacke. Noch immer weinend gelang es ihr, mit dem Fuß Halt auf dem frostbedeckten Untergrund am Straßenrand zu finden. Sie rappelte sich auf und humpelte in Richtung von *Ramsey's Diner* weiter, oder welchen Laden sie auch immer als Erstes fand, der geöffnet hatte und über ein Telefon verfügte.

Wenn Murphy ein jammerndes Kleinkind sein wollte, dann bitte. Wenn Eileen eine Lügnerin sein wollte, okay. Claire war schon viel zu lange die Verantwortungsvolle in dieser Familie. Ihre Schwestern konnten zusehen, wie sie allein zurechtkamen und von ihr aus eine weitere Nacht in diesem Haus verbringen. Claire würde jedenfalls wieder heimfahren.

Die Sonne versank schnell am Horizont und tauchte die Welt in dunkle violettblaue Flecken. Die Straßenlaternen sprangen an, während Claire weiterhumpelte und dabei wachsam auf das verräterische Glitzern von Eis vor ihren Füßen achtete. Sie befand sich inzwischen dort, wo sie den Caravan hatten stehen lassen. Sie blickte sich um, ganz sicher, dass sie die Holzverkleidung des Wagens jeden Moment entdecken würde.

Aber er war nirgends zu sehen.

Vielleicht bin ich ja verrückt geworden, dachte Claire und glaubte es einen Moment lang beinahe wirklich. Oder vielleicht – und das war die wahrscheinlichere Erklärung – hatte jemand den verlassenen Wagen gemeldet und er war abgeschleppt worden.

Geschieht Eileen recht, dachte sie gehässig. *Ich hoffe, es wird richtig teuer.*

Sie ging noch ein paar Minuten weiter, lauschte dem fernen Rauschen der Brandung und beobachtete, wie ihr Atem in pudrigen Wolken aufstieg. Lichter brannten in den Häusern, an denen sie vorbeikam, die Fensterscheiben mit fröhlichen Girlanden geschmückt, die Briefkästen mit roten Schleifen verziert. Auf der Straße fuhren keine Autos. Wer sollte an diesem Abend auch unterwegs sein, an Heiligabend, nach einem gewaltigen Unwetter? Vor allem, wenn man sich in seinem warmen, einladendem Häuschen verkriechen konnte.

Du wirst heute Abend auch wieder zu Hause sein, tröstete Claire sich selbst. Ein Telefon war alles, was sie brauchte. Dann konnte sie endlich aus diesem lebendigen Albtraum verschwinden.

Ein neues Geräusch erreichte sie, näherte sich von hinten. Der Motor eines Autos. Claire drehte sich um und sah, dass ein riesiger SUV auf sie zurollte. Eine Lichterleiste erstreckte sich über das Dach, und im verblassenden Licht konnte Claire gerade noch die Worte erkennen, die an der Seite des Wagens prangten: POLIZEI ROCKPORT.

»Hey!«

Claire erstarrte, die Fäuste an den Seiten geballt.

Aus dem offenen Fahrerfenster lugte ein Gesicht, das Claire erkannte: Kerry, aus *Ramsey's Diner*. Die Sheriffin von Rockport.

»M-hm?«, murmelte Claire, als der SUV direkt neben ihr stehen blieb.

Nimm mich mit, dachte Claire schicksalsergeben. *Sperr*

mich wegen unbefugten Betretens ein. Solange ich nicht mit meinen Schwestern in einer Zelle sitzen muss, ist mir alles egal.

»Das Podcast-Mädchen!«, rief Kerry. Sie lächelte freundlich, was Claire für einen offensichtlichen Trick hielt.

»Äh, ja, das bin ich. Ich meine, eigentlich heiße ich Claire.«

An jedem anderen Tag wäre Claire auf Zack gewesen. Sie hätte ihre Rolle der Erwachsenen perfekt gespielt und genau die richtigen Dinge gesagt, um jeden Verdacht von sich abzuwenden. Aber heute stand sie vollkommen neben sich.

»Was machst du denn hier draußen?«, fragte Kerry. »Recherchieren?«

»N-nein. Ich war auf dem Weg zum Diner, um was zu essen zu besorgen.«

»Wo sind denn deine Schwester und deine Freundin?«

»Oh, ähm. Die sind im … Hotel. Meine Schwester wollte Käsefritten, und als der Sturm aufgehört hat, hab ich mich freiwillig gemeldet. Aber weil wir Angst hatten, dass die Straßen noch zu unsicher sein könnten, bin ich zu Fuß gegangen.«

Kerry runzelte die Stirn. »Im Hotel? Meinst du Barbaras Bed and Breakfast?«

»Genau das.«

Claire war es leid, Spielchen zu spielen. Wenn Kerry ihr wirklich eine Falle stellte, dann würde Claire geradewegs hineintappen.

Doch Kerry nickte nur. »War ein ziemlich übles Unwetter. Wusstest du, dass es Leute gibt, die extra an die

Küste kommen, um diese Stürme mitzuerleben? Sie lieben es, zuzusehen, wie sich die gewaltigen Wellen am Ufer brechen. Mir ist unklar, warum. Und die Einheimischen scheinen es auch nicht zu kapieren. Ich hab jedenfalls die ganze Zeit niemanden auf den Straßen gesehen. Aber wenigstens hatte ich auf diese Art Zeit, ein bisschen Papierkram zu erledigen. Du würdest gar nicht glauben, wie viel sich rund um die Feiertage ansammelt.«

»Das kann ich mir vorstellen«, erwiderte Claire.

Innerlich schrie sie jedoch: *Was ist das? Small Talk? Was willst du nur von mir?*

»Seid ihr mit euren Recherchen vorangekommen?«, erkundigte sich Kerry. »Konntet ihr ein paar Leute interviewen?«

»Ein paar.«

Kerry wirkte genauso nachdenklich wie eh und je. »Ihr strengt euch für euer Schulprojekt jedenfalls entschieden mehr an, als ich es jemals getan hätte. Dass ihr bereit seit, das Weihnachtsfest mit eurer Familie wegen eines *Podcasts* zu verpassen …«

Claire lachte – ein nervöses, glucksendes Geräusch. »Ja, wir sind eben alte Streber, was soll ich sagen?«

Sie weiß es, dachte Claire. *Sie ist die Sheriffin, sie muss von unserem Wagen wissen, und ob er abgeschleppt wurde.*

»Und du willst ins *Ramsey's*?«, fragte Kerry. »Ich sage dir das ja nur ungern, aber sie haben geschlossen. Ehrlich gesagt, hat heute Abend gar nichts mehr geöffnet.«

Claires Herz flatterte kurz gegen ihre Rippen und holte sich einen Knacks. »O-oh.«

»Aber ich sag dir was«, fügte Kerry hinzu. »Ich kann

dich zurück zu Barbara fahren. Serviert sie heute Abend denn kein Weihnachtsmenü?«

»Äh.« Claire blinzelte nervös. »Doch … tut sie, und es klingt fantastisch. Aber Murphy liebt nun mal Käsefritten.«

»Du bist wirklich eine gute Schwester.«

Claires beschädigtes Herz machte einen jämmerlichen Satz. *Wenn du wüsstest, Kerry.*

»Ich hab nur ein schlechtes Gewissen, wissen Sie?«, erwiderte Claire. »Sie dachte, es würde ein tolles Abenteuer für sie werden, mit uns zu kommen, aber jetzt, wo Heiligabend ist, meldet sich bei ihr langsam das Heimweh.«

Claire hielt inne und überlegte. War das eine Lüge oder nahe an der Wahrheit? Murphy war sicher nicht auf all die Streitereien und das Geschrei gefasst gewesen, oder auf Claires College-Geständnis. Wahrscheinlich litt sie wirklich unter Heimweh – und was hatte Claire getan? Sie angebrüllt, dass sie die Klappe halten sollte, und sie dann einfach im Stich gelassen.

Murphy und sie hatten sich nie besonders nahegestanden – weil sie Claire zu jung und zu nervig war. Doch zum allerersten Mal zog Claire die Möglichkeit in Erwägung, dass sie Murphy immer nur nervig *gefunden* hatte. Murphy hatte nichts anderes getan, als Fragen zu stellen. Claire war diejenige gewesen, die sie alle mit Nein beantwortet hatte.

»Claire?«

Plötzlich spürte sie, wie ihr Tränen in die Augen traten. »Hmm?«

Kerry wirkte besorgt. »Soll ich dich zu Barbara fahren? Der Weg zurück ist ziemlich lang, und du siehst nicht aus, als seist du besonders dick eingepackt.«

Claire krallte die Hände in die Jackentaschen. Sie versuchte schon minutenlang, Gefühl in ihre tauben Finger zurückzuzwingen. Sie blickte auf die dunkle Straße, die sie hinter sich gelassen hatte. Das *Ramsey's* war geschlossen, und bei dieser Barbara gab es wahrscheinlich zumindest ein Telefon an der Rezeption, das Claire benutzen konnte. Und im schlimmsten Fall konnte sie einfach für eine Übernachtung in dem Bed and Breakfast bezahlen. Vielleicht würde sie am nächsten Morgen ja sogar ganz früh zum Haus zurückgehen, sich bei Murphy entschuldigen und sie mitnehmen.

So oder so, Claire konnte sich aus der ganzen Sache wieder herauswinden.

»Ja«, antwortete sie Kerry. »Das wäre wirklich nett.«

Kerry nickte in Richtung des Beifahrersitzes und Claire öffnete die Tür und stieg ein.

»Anschnallen«, befahl Kerry.

Claire gehorchte, schnallte sich an und Kerry fuhr los.

»Tut mir leid wegen der Umstände«, entschuldigte sich Claire.

»Das macht keine Umstände«, versicherte Kerry. »Es liegt sowieso auf meinem Nachhauseweg, und außerdem gefällt mir die Vorstellung nicht, dass du ganz allein zu Fuß zurückgehst, vor allem, falls der Sturm doch noch mal losbricht.«

Claires Haut kribbelte. »Soll er das denn?«

»Nicht laut der jüngsten Wettervorhersage. Aber um diese Jahreszeit kann das Wetter hier an der Küste ziemliche Kapriolen schlagen. Ich bin jedenfalls froh, dass ich nicht im Dienst bin. Die Straßen sind nach dem gefrierenden

Regen wirklich gefährlich, da sind haufenweise Unfälle vorprogrammiert. Zum Glück nutzen die meisten Leute hier in der Gegend ihren gesunden Menschenverstand und bleiben, wo sie sind.«

»Wie oft passieren in Rockport denn Unfälle?«, fragte Claire.

»Nicht oft. Aber wenn, dann sind meistens die Sommertouristen involviert. Die Leute lassen sich ablenken und gucken auf die tolle Aussicht. Trotzdem, alles in allem passiert hier nicht viel. In Portland sah die Sache allerdings ganz anders aus.«

»Haben Sie dort auch als Polizistin gearbeitet?«, fragte Claire überrascht.

»Acht Jahre lang. Aber ich bin in Rockport geboren und aufgewachsen. Irgendwann hatte ich das Gefühl, es sei an der Zeit, wieder hierher zurückzukommen. Und meine Frau liebt die Küste, das hat natürlich auch eine Rolle gespielt.«

Claires Augenbrauen schossen nach oben. »Ihre … Frau?«

»Seit fünf Jahren«, erwiderte Kerry fröhlich, nahm die linke Hand vom Lenkrad und wedelte mit dem Ringfinger in Claires Richtung.

»*Oh*. Ich meine, äh … wie schön.«

Kerry blickte Claire aus dem Augenwinkel an. »Wie sich herausstellt, kann man auch in einer winzigen Kleinstadt als Lesbe Polizistin sein.«

»N-n-na, das ist gut zu wissen.« Claire hustete verlegen. »Ich meine, das bin ich auch. Eine Lesbe, meine ich. Keine Polizistin.«

Kerry lachte laut. »Und sogar als *Nicht*-Weiße, in Oregon. Wahnsinn, oder? Meine Eltern waren die erste vietnamesische Familie hier in Rockport.«

»War das hart?«

»Ja. War es.« Kerry ging nicht näher auf das Thema ein. Sie setzte den Blinker und bog auf eine Straße mit dem Namen BEACHFRONT ab. Claire speicherte ihn ab.

»Ehrlich«, begann Kerry und seufzte tief. »Ich kann dir sagen, dieses Weihnachten ist ganz schön heftig. Erst stirbt Patrick, und jetzt auch noch das verrückte Wetter. Ihr habt euch wirklich den perfekten Zeitpunkt für einen Besuch ausgesucht, Claire. Ich hoffe, ihr geht nicht zu hart mit Rockport ins Gericht, wenn ihr euren Artikel schreibt. Ihr solltet im Juni oder Juli noch mal wiederkommen.«

Claire nickte kaum merklich. Sie musste erst einmal sacken lassen, was Kerry ihr erzählt hatte. Erstens, dass sie mit einer Frau verheiratet war – und zweitens ihre Bemerkung über Patricks Tod. »Im *Ramsey's*«, hakte sie dann nach, »haben Sie gesagt, dass Sie die Enrights kannten.«

Obwohl sie den Blick auf die Straße gerichtet hielt, zog Kerry eine Augenbraue hoch. »Sind wir wieder im Reportermodus?«

Claire lachte nervös. »Nein, ich frage ganz inoffiziell, versprochen.«

»Na, in dem Fall: Ja, ich kannte sie. Vor allem Mark. Ist wirklich ein Jammer, was mit ihm passiert ist. Mit ihnen allen, aber vor allem mit Mark.«

Claire schluckte. »Sie … glauben nicht, dass er es getan hat?«

»Nein«, antwortete Kerry voller Überzeugung. »Diese

Stadt liebt Klatsch und Tratsch und sehnt sich für ihre kleine Welt immer das größtmögliche Drama herbei. Und das bedeutete in dem Fall, Mark die Schuld zu geben. Der Musterknabe, der völlig durchdreht, bot einfach eine bessere Geschichte als die Tatsache, dass Mrs Enright schlicht und ergreifend kein guter Mensch war.«

»Was meinen Sie denn damit?«, fragte Claire mit gedämpfter Stimme. »Glauben Sie ... *sie* hat ihren Mann getötet? Und dann sich selbst?«

Kerry fuhr schweigend weiter.

»Es ist wirklich alles ganz inoffiziell«, versicherte Claire schüchtern.

Kerry räusperte sich. Als sie erneut zu sprechen begann, tat sie es sehr bedächtig.

»Nach allem, was die Brüder mir erzählt haben, regierte Sophia Enright dieses Haus nach strengen Regeln. Aber es waren nicht die Regeln, die man erwarten würde. Sie waren völlig neurotisch – Regeln für makellose Sauberkeit, verschlossene Türen und in die Hose gesteckte Hemden. Wenn auch nur die winzigste Kleinigkeit falsch lief, bekam sie diese ... Tobsuchtsanfälle. In Kalifornien ereignete sich irgendein Zwischenfall mit ihr. Darum ist die Familie überhaupt hierhergezogen. Ich glaube, Mr Enright hat gehofft, die Veränderung würde ihr guttun, aber die Wutanfälle wurden wieder schlimmer. Sie schrie stundenlang, bedrohte die Jungs und warf irgendwelche Gegenstände nach ihnen, wenn einer von ihnen ihre Regeln missachtete. Mr Enright war oft auf Geschäftsreisen unterwegs. Aber sobald er wieder zu Hause war, ging sie genauso auf ihn los. Wenn man Mark so reden hörte, konnte man meinen, jeder Tag in diesem Haus sei ein einziger Albtraum. John war der Älteste, deshalb konnte er als Erster verschwinden, aufs College. Patrick und Mark haben nie jemandem erzählt, wie schlimm es danach wurde. Sie hatten Angst. Wir waren damals praktisch noch Kinder. Wir wussten nicht, was wir tun sollten. Und als das Schlimmste passierte und …«

Kerry brachte den Satz nicht zu Ende. Sie bremste den SUV ab und stellte den Schalthebel auf Parken. Dann erst sah Claire das Schild im Lichtkegel der Scheinwerfer:

THE VIOLETT INN
BED & BREAKFAST MIT MEERBLICK

»Ich kann dir nur so viel sagen«, fügte Kerry hinzu und drehte sich zu ihr. »Mark war ein guter Freund von mir. Was mit ihm passiert ist, war nicht richtig. Er wurde freigesprochen, aber diese Stadt hat ihn nie wieder so gesehen wie vorher. All das, was Cathy gesagt hat, klang vor zwanzig Jahren noch viel bösartiger. Die meisten Leute hier glauben immer noch, dass Mark ungeschoren mit einem Mord davongekommen ist.« Kerry schüttelte den Kopf. »Gerüchte halten sich ewig. Sie verändern alles.«

»Sie glauben, dass Mark ein guter Mensch war«, erwiderte Claire vorsichtig.

»Das war er«, sagte Kerry bestimmt. »Ich weiß, dass du glaubst, ich sei nicht objektiv. Aber dass ich Polizistin geworden bin … Was hier passiert ist, hatte einen großen Anteil daran. Ich habe inzwischen die komplette Beweislage dieses Falls studiert und jedes einzelne Dokument aus dem Prozess gelesen. Man könnte es als eine Art Steckenpferd von mir bezeichnen. Und ich kann dir sagen, dass ich nicht den geringsten Zweifel daran habe, dass Mark unschuldig war.«

»Aber Cathy hat doch gesagt, dass Patrick gegen ihn ausgesagt hat. Musste er nicht am besten wissen, was in diesem Haus passiert ist? Und John … Wenn er auch geglaubt hätte, dass Mark unschuldig war, wäre er dann nicht zurück in die Stadt gekommen, um ihn zu verteidigen?«

»Du hast eine Schwester, Claire«, erwiderte Kerry mit leerer Miene. »Sag mir eins: Ist bei euch zu Hause alles immer nur schwarz und weiß?«

Claire starrte Kerry an, und ihr lädiertes Herz zitterte.

»Familien sind kompliziert«, fügte Kerry hinzu. »Würdest du das nicht auch sagen?«

Claire hustete eine Antwort: »J-ja.«

»Aber wenn du mich fragen würdest, würde ich sagen, dass ihn seine Freundin am besten kannte. Leslie hat durch dick und dünn zu diesem Jungen gehalten. Sie war der Grund dafür, dass er freigesprochen wurde, das wissen alle. Sie waren beide erst achtzehn, und sie sind ohne einen Cent einfach von hier abgehauen.« Kerry stieß ein unerwartetes Lachen aus. »Mit nichts als seiner verfluchten Schildkröte. Er hat sie auf dem Jahrmarkt gewonnen und *Tortue* getauft. Das ist Französisch. Weißt du, was es bedeutet? *Schildkröte*. Manchmal konnte Mark auf sehr bizarre Weise unkompliziert sein.«

Claires Kehle fühlte sich mit einem Mal ganz trocken an, auch wenn sie sich nicht sicher war, warum. Hitze strömte aus den Lüftungen im Armaturenbrett und brachte ihr Gesicht zum Glühen.

»Ich wünschte, sie hätten sich mal bei mir gemeldet«, murmelte Kerry. »Ich lag nachts oft wach und hab mich gefragt, was aus ihnen geworden ist.«

Das unbehagliche Gefühl umschloss Claire wie ein Mantel. Sie zuckte unter dem Gewicht zusammen. Sie spürte, wie privat dieser Moment war, und kam sich wie ein Eindringling in Kerrys Gedanken vor.

»Es tut mir leid«, brachte sie hervor. Dann blickte sie zu der Pension hinüber und sagte: »Danke fürs Mitnehmen. Dann lass ich Sie jetzt besser endlich nach Hause.« Sie öffnete die Tür und streckte einen Fuß hinaus.

»Claire?«

Ihre Muskeln spannten sich an. Das war er: Der Moment, in dem Kerry »Erwischt!« rief und sie mit aufs Polizeirevier nahm, um sie für ihre Sünden zu bestrafen.

»Du und deine Freundin, und deine Schwester – passt gut auf euch auf, ja?«

»Ich … natürlich«, erwiderte Claire und stieg aus dem Wagen. Sie hatte es eilig, endlich zu verschwinden.

Kerry betrachtete sie, ein Zucken um eine ihrer Augenbrauen.

»Stimmt was nicht?«, wagte Claire sie zu fragen.

Kerry schüttelte den Kopf, und plötzlich wirkten ihre Augen klarer, so als sei sie gerade eben aus einem Traum erwacht. »Nein, nein. Ich schätze, ich habe nur zu intensiv an sie gedacht. Manchmal sehe ich ihre Gesichter in völlig Fremden.«

Claire entfernte sich von dem Streifenwagen.

»Also, vielen Dank noch mal!«, rief sie, zwang sich zu einem Lächeln und schloss die Tür. Sie eilte die Einfahrt hinunter und die Stufen des Bed and Breakfast hinauf. Sie drehte den Knauf an der Tür, und zu ihrer überwältigenden Erleichterung öffnete sie sich.

Der Raum dahinter wirkte gemütlich, mit fröhlich gelber Tapete an den Wänden. Ein Kaminfeuer brannte in einer Ecke, und auf einem Schild auf der Theke vor ihr stand BITTE KLINGELN. Aber von oben waren schon Schritte zu hören, und kurz darauf trampelte eine Frau in einem übergroßen Pullover die Treppe herunter.

»Oh, um Himmels willen!«, rief sie. »War die Tür denn nicht abgeschlossen? Es tut mir so leid, Kleines, aber wir haben geschlossen. Über Weihnachten. Keine Zimmer für heute Nacht.«

Claire war dank des SUVs noch immer völlig überhitzt.

»I-i-ich …«, stammelte sie. »Schon okay, ich brauche kein Zimmer. Ich habe mich nur gefragt, ob ich mal Ihr Telefon benutzen könnte?«

Die Frau blieb schnaufend am Fuß der Treppe stehen und betrachtete Claire mit fragendem Ausdruck. »Mein Telefon?«

»Mein Wagen ist liegen geblieben«, erklärte Claire und suchte verzweifelt nach einer letzten guten Lüge. »Ich war auf dem Weg nach Hause, und die Batterie hat den Geist aufgegeben. Ich hab mich gefragt, ob ich wohl meine Eltern anrufen dürfte? Sie wohnen im Nachbarort, in … in …«

»Seaside?«, warf die Frau ein.

»Ja.« Claire lächelte verlegen. »Tut mir leid, ich bin den ganzen Weg hierher gerannt, mein Hirn ist total –«

»Oh, aber natürlich, natürlich«, unterbrach sie die Frau, eilte hinter die Theke, schnappte sich das Festnetztelefon und reichte es Claire. »Natürlich kannst du sie anrufen, Kleines, kein Problem. Wo ist dein Wagen denn liegen geblieben?«

»Ähm.« Claire zeigte vage in Richtung des Fensters und ging nicht näher darauf ein. »Sie haben nicht zufällig die Nummer eines Taxiunternehmens, oder? Ich muss schließlich irgendwie hier wegkommen. Ich denke, es ist das Beste, heute Nacht nach Hause zu fahren und mir am Sechsundzwanzigsten Sorgen darüber zu machen, ob ich den Wagen abschleppen lassen muss.«

Die Frau nickte langsam. »Oh, ja, verstehe. Na ja, ich weiß allerdings nicht, ob du besonders viel Glück haben wirst. In so einem abgeschiedenen Nest wie Rockport … Du könntest versuchen, jemanden in Salem zu erwischen, aber das sind gut zwei Stunden Fahrt. Oder … Oh, nein, ist alles in Ordnung?«

Claire starrte wortlos auf das Telefon.

Die plötzliche Erkenntnis traf sie mit voller Wucht. Die Wahrheit, die sie in Kerrys SUV nicht erkannt hatte, weil sie zu nervös und verlegen gewesen war.

Leslie.

Kerry hatte gesagt, der Name von Marks Freundin sei Leslie gewesen.

Und dass er eine Schildkröte namens Tortue gehabt hatte.

Manchmal sehe ich ihre Gesichter in völlig Fremden, hatte sie gesagt.

»Oh, mein Gott«, hauchte sie.

»Alles okay?«, erkundigte sich die Frau in dem grauenvollen Weihnachtspullover. »Willst du dich vielleicht setzen, Kleines?«

»Nein«, flüsterte Claire. »Ich muss los.«

Sie stellte das Telefon auf die Theke, vollkommen benebelt, und taumelte Richtung Tür.

»Hey!«, rief ihr die Frau hinterher. »Ich glaube nicht, dass du da rausgehen solltest, Kleines! Warum lässt du mich nicht … deine Eltern …«

Aber Claire hörte ihr gar nicht zu. Sie stolperte die Vordertreppe hinunter.

Kerrys SUV war verschwunden. Gut. Claire wollte nicht, dass die Sheriffin ihr folgte. Nicht, wenn sie zurück zur Laramie Road lief.

»Hey!«, rief die Frau – Barbara, hieß sie so?

Claire beachtete sie gar nicht. Sie ging weiter, begann dann zu rennen und folgte dem Weg zurück, auf dem Kerry sie hierhergebracht hatte. Die Beachfront hinunter, dann links auf die Shoreline und dann wieder zurück, zurück zur Laramie. Claire spürte ein Brennen in ihren Beinen, während die Straßenlaternen vor ihren Augen verschwammen und ihre Umgebung an ihr vorbeirauschte. Kalte Luft füllte ihre Lungen, der Wind stach ihr ins Gesicht. Ihr Zopfgummi musste sich gelöst haben, denn ihr Haar war nicht mehr zu auf ihrem Kopf zusammengefasst, sondern flatterte wild um ihr Gesicht.

Mark.

Leslie.

Tortue.

Die drei Worte schrillten in ihrem Kopf.

Dann, als sie scharf auf die Shoreline abbog, rutschte sie mit dem Absatz weg, schlitterte über das Eis und wurde nach vorne geschleudert, Richtung Boden.

Sie würde gleich die nächste unsanfte Landung erleben und machte sich auf den Aufprall gefasst.

Doch dann knallte etwas gegen ihren Kopf – ein Pfosten vielleicht oder ein Ast –, und die Welt wurde schwarz.

SIEBENUNDZWANZIG

Murphy

Murphy saß auf der Couch im Salon, die Hände zu Fäusten geballt, und zählte ihre Fingerknöchel ab.

Eins, zwei drei. Sie waren real.

Vier, fünf, sechs. Aus Fleisch und Blut.

Sieben, acht, neun. Vielleicht kleiner als andere Knöchel, jedoch deutlich zu erkennen.

Zehn. Ja, sie waren definitiv real, sie hatte es überprüft.

Also warum war Murphy für ihre Schwestern dann ein Geist? War sie ein so talentierter Zauberlehrling, dass sie es geschafft hatte, sich in Luft aufzulösen, ohne es überhaupt zu versuchen?

Murphy, halt die Klappe.

Murph, gottverdammt noch mal, nicht jetzt.

Die Worte ihrer Schwestern hallten in Endlosschleife in ihren Ohren. Auch in Emmet fragte Murphy nie jemand danach, wie ihr Tag gewesen war oder wie es in der Schule lief. Niemand fragte sie, ob das Leben gerade leicht oder hart für sie war. Aber das war nicht immer so gewesen.

Sie sehnte sich nach den alten Zeiten von Cayenne

Castle zurück, nach ihrer Rolle als Prinz Pfeffer. Sie hatten so viel gelacht damals, und gesungen, und Geschichten erfunden. Sie war Teil eines schillernden Königreichs gewesen.

Dann war das Dunkle Zeitalter über sie hereingebrochen – mit zuknallenden Türen und Augenrollen über ihre Witze. Murphy hatte nicht verstanden, warum. Bedeutete das, erwachsen zu werden? Im einen Moment unterschieden sich ihre Schwestern gar nicht so sehr von ihr – und im nächsten waren sie in die Highschool gekommen, Claire hatte angefangen, Sätze zu sagen wie: »Du bist zu klein, um das zu verstehen«, und Eileen hatte aufgehört, überhaupt *irgendwas* zu sagen.

Die anderen hatten schlichtweg vergessen, dass Murphy existierte.

Genauso, wie sie selbst Siegfried im Stich gelassen hatte, hungernd, verhungernd, tot.

Genau das war das Problem: Auch Murphy hatte Schuld auf sich geladen. Sie nahm den Tupperdosensarg, der auf ihren Knien ruhte, erhob sich langsam und ging zu dem Sideboard hinüber, das im Salon stand. Dort fand sie *Die drei Musketiere*. Schniefend schlug sie den Buchdeckel auf, blätterte durch die Seiten und fragte sich, warum es mit ihren Schwestern nicht auch so sein konnte: Einer für alle und alle für einen.

Beim Blättern löste sich ein Stück Papier, fiel aus dem Buch und flatterte zu Boden. Stirnrunzelnd legte Murphy das Buch wieder weg und hob den Zettel auf. Eine Hälfte davon war eine Anzeige für Teppichreinigungen.

»Hä?«, murmelte sie. Sie drehte das Papier um und sah den eigentlichen Zeitungsausschnitt: eine Traueranzeige.

Für John Enright.

Dad.

Murphy starrte mit verschwommenen Augen auf den Text und legte die Stirn in Falten.

»*Was?*«, stieß sie aus, denn das ergab keinen Sinn. War sie im Delirium? Vielleicht. Vom vielen Weinen und Schlafmangel. Sie legte den Ausschnitt beiseite, wischte sich die Tränen weg und blickte zum Fenster.

Der Wind wehte gewaltig vom Meer her, drängte sich gegen das Haus, rüttelte an den Dachbalken und löste die Nägel. Dieses mörderische Haus verweste, während Murphy sich darin befand. So wie ihre tote Schildkröte in ihrem Sarg langsam verweste.

»Es tut mir leid, Siegfried«, sagte sie unter Tränen. »Ich werde es wiedergutmachen.«

Denn Murphy wusste endlich, was sie zu tun hatte.

Die Sonne war bereits vor Stunden untergegangen, und keine ihrer Schwestern hatte nach ihr gesehen.

Ein Teil von Murphy wollte arrogant sein. Wenn ihre Schwestern sie absichtlich kleinmachten und ausschlossen, dann hatten sie es verdient, so wütend aufeinander zu sein, dass sie sich richtig elend fühlten. Doch ein anderer Teil von Murphy war einfach nur traurig.

Weil er sich an Cayenne Castle erinnerte.

Obwohl diese royalen Tage weit entfernt waren, hatte Murphy, als sie alle gemeinsam am Kamin gesessen und sich an den Ausflug zum Strand erinnert hatten, einen funkelnden Widerschein dessen aufflammen sehen, was Claire und Eileen einmal gewesen waren. Doch jetzt war der Sturm vorbei und ihre Schwestern in alle Winde zerstreut.

Im Haus war es vollkommen still. Das Kaminfeuer im Salon knisterte nur noch selten, klammerte sich an die letzten Splitter Holz und erstarb dann völlig.

Murphy gestand sich ein: *Operation neue Erinnerungen* war gescheitert. Doch in der wachsenden Dunkelheit fasste sie einen neuen Plan. Einen Plan, der in ihr gärte, seit sie das Meer von der Rückbank des Caravans erspäht hatte.

Murphy schritt durch die Doppeltür des Salons. Sie steckte Siegfrieds Sarg unter ihre Daunenjacke, atmete ein letztes Mal tief durch, um sich zu wappnen, und trat dann hinaus in den Wind. Die Kapuze ihres Mantels wurde fast sofort von ihrem Kopf geweht, und sie musste die Kordeln noch enger zuziehen. Sie stapfte die Stufen in den Vorgarten hinunter und folgte dann der steilen, glatten Straße hinab zum Meer, immer weiter nach unten. Vorsichtig machte sie einen großen Schritt über ein klaffendes Schlagloch und erreichte schließlich den tiefsten Punkt der Straße. Sie folgte ihr zum Strand, vorbei an einem verwitterten Holzzaun, bis ihre Füße tief im losen, nassen Sand versanken.

Der Himmel war von Wolken durchzogen, die sich nur hin und wieder teilten, um den Halbmond zu enthüllen. Vor Murphy erstreckte sich der Ozean – eine endlose Weite, gebändigt allein vom Auf und Ab von Ebbe und Flut. Der Wind presste sich gegen sie, übergoss ihr Gesicht mit salziger Kälte. In der Ferne bellte ein Hund, bösartig und abgehackt.

»Klingt wie ein Wolf«, sagte Murphy. »Scheiß unheimlich.«

Sie wusste nicht, mit wem sie redete – mit Siegfried, vielleicht, oder mit sich selbst. Sie wusste nur, dass sie reden musste, damit ihr Herz weiterschlug und ihre Füße sich weiterbewegten.

Murphy watete durch den Sand und sank bei jedem Schritt knöcheltief ein. UGGs waren definitiv nicht für den Strand geschaffen.

Schließlich erreichte sie den Rand des Meeres. Die Flut grapschte gierig nach ihr und Wasser färbte die Spitzen ihrer Schaffellstiefel. Sie zog Siegfrieds Sarg unter ihrem Mantel hervor und hielt ihn feierlich mit beiden Händen hoch. Sie blickte nicht in die Tupperdose, um ein letztes Mal Abschied zu nehmen. Der Gestank war zu übel, und außerdem war Siegfried sowieso nicht mehr dort drin, sondern nur ein Panzer und zerfallender Körper.

Ihr Atem stieg in Wolken auf, und sie begann mit ihrer Grabrede: »Das ist sie, Kumpel. Deine letzte Ruhestätte. Du warst eine gute Schildkröte und hast nie jemandem etwas zuleide getan. Ruhe in Frieden in dem Wissen, dass du das perfekte Haustier warst. Es ist nicht deine Schuld, dass du so eine beschissene Besitzerin hattest.«

Murphy ließ die Schuldgefühle über sich hereinbrechen, wie eine Dusche mit eiskaltem Wasser. Sie konnte sie spüren, bis in die Poren. Sie ließ das Gefühl eine volle Minute lang über sich ergehen – atmete ein, atmete aus.

Dann war es Zeit.

»Versau das nicht, Murph«, flüsterte sie. Dann schwang sie den Plastiksarg mit aller Kraft nach hinten, ließ ihn in einem perfekten Bogen wieder nach vorne sausen und schleuderte Siegfried A. Roy ins Meer.

Vielleicht würde er wieder am Strand angeschwemmt.

Murphy war sich nicht ganz sicher, was die physikalischen Details betraf. Und natürlich wusste sie, dass Siegfried eine Süßwasserschildkröte war, keine Meeresschildkröte. Doch in diesem Augenblick hatte sie das Gefühl, ihm gerecht geworden zu sein, weil sie ihn zurück ins Wasser gebracht hatte, wo er hingehörte. Zum ersten Mal, seit er gestorben war, tat sie das Richtige für ihn, und die Last erstickte sie endlich nicht mehr.

Murphys Füße waren eiskalt, ihre nackten Hände noch kälter, als sie auf Siegfrieds wässriges Grab hinausblickte. Sie fragte sich, wie spät es war. Ob es bereits nach Mitternacht sein mochte.

Ein Weihnachtsbegräbnis. Wie wunderschön und schrecklich.

»Es tut mir leid, dass ich dich nicht gesehen habe«, flüsterte sie. »Es tut mir leid, dass du unsichtbar warst und ich dich vergessen habe.«

Die Welt war still und dunkel, aber Murphys Gedanken waren laut – so laut, dass sie das Gefühl hatte, ihr Kopf würde explodieren. Ihre Beine fühlten sich zu schwach an, um zu stehen. Sie setzte sich, wo sie war, in den Sand, die Beine überkreuzt, und atmete so tief ein, dass die Kälte in ihrer Lunge brannte. Sie schloss die Augen, legte sich zurück und lauschte dem tosenden Brechen der Wellen.

Sie drückte die Finger in den Sand, einen nach dem anderen:

Eins, zwei, drei.

Vier, fünf, sechs.

Sieben, acht, neun …

Vier Tage zuvor

CAYENNE CASTLE

Es war der einundzwanzigste Dezember, und die Tage von Cayenne Castle waren vergessen.

Die ganze Stadt lag in Düsternis gehüllt, Nebel sprühte auf die Tannen und den gerissenen Beton, und die Sullivan-Schwestern saßen daheim um einen künstlichen Weihnachtsbaum. Ihre Mutter hatte heiße Schokolade gemacht und trug eine weihnachtsmannrote Strickmütze. Im Fernsehen lief, leise gestellt, *Frosty, der Schneemann*, und überall lag zerknülltes Geschenkpapier auf dem Boden.

Sie hatten in diesem Jahr wieder früher Bescherung gefeiert – aber nicht, weil es die Schwestern so geplant hatten. Ihre Mutter war diejenige gewesen, die darauf bestanden hatte, weil sie an Weihnachten nicht da sein würde. Sie wusste nicht, was das heutige Datum Murphy, Claire und Eileen einst bedeutet hatte. Sie wusste nicht, dass sie in den Ruinen einer längst vergangenen Burg saßen.

Ihr Lächeln verblasste, und sie sagte von ihrem Platz auf der Couch aus: »Ihr könnt nachschauen, was in euren Strümpfen ist, wenn ihr wollt.«

Eileen hatte die Arme verschränkt. Sie betrachtete das Geschenk auf ihrem Schoß – eine Biografie von Dante Gabriel Rosetti, mit farbigen Illustrationen. Ihre Mutter wusste ganz offensichtlich nicht, dass Eileen die Präraffaeliten hasste. Das war jedoch keine Überraschung. Wann hätten Eileen und ihre Mutter schon Zeit gehabt, sich über Kunst zu unterhalten?

Eileen wusste außerdem bereits, was in ihrem Weihnachtsstrumpf wartete: Handdesinfektionsgel, Bonbons und winzige Päckchen mit Taschentüchern. Und für *das* hier hatte sie ihre Frühschicht im Supermarkt sausen lassen.

Sie schaute zu ihrer Mutter hinüber, deren Blick von einer Tochter zur anderen huschte. Ihr Gesicht war von erschöpfter Hoffnung erfüllt, von der stummen Bitte, dass dies hier in Ordnung für sie sei, dass ein frühes Weihnachten genauso gut sei wie ein echtes.

Sie gab sich Mühe mit dem Kakao, den sie gekocht, und mit dem Lametta, das sie an den Baum gehängt hatte. Aber es war einfach nicht genug – schon seit einer ganzen Weile nicht mehr. Ihre Mutter war in den letzten Monaten nur noch eine Hülle gewesen, mit wässrigen Augen und gebeugter Haltung. Sie hatte gesagt, dass sie diesen Urlaub brauchte, die Chance, sich zu entspannen.

Eileen interessierte nicht, was Leslie Sullivan mit ihrem Leben anstellte. Sie war deswegen nicht zickig oder so, das war es nicht. Sie interessierte sich nur für überhaupt nichts mehr, abgesehen davon, wann sie endlich zum Supermarkt fahren, mit Asher reden und sich für heute Abend eine Flasche *Jack Daniel's* besorgen konnte.

Murphy nahm ihren Strumpf vom Haken und schüttete

den Inhalt aus, zu dem auch zwei Päckchen *Big Red*-Kaugummi gehörten. Murphy konnte Zimt nicht ausstehen, aber das hatte sie ihrer Mutter nie gesagt. Und ihre Mutter hatte auch nie gefragt.

Alles, was sie sagte, war: »Danke.«

»Gern geschehen, Schatz.« Ihre Mom lächelte liebevoll, und Murphys Herz schlug einen Moment lang schneller. Ihre Mutter schaute sie an. Sah sie sie? Konnte es wieder so werden wie früher, als Murphy eines ihrer selbstkomponierten Lieder gesungen und ihre Mom applaudiert hatte? Als sie Murphy gehört hatte, und noch mehr als das: ihr *zugehört hatte?*

Doch dann piepste das Handy ihrer Mutter. Sie schreckte hoch und warf einen Blick auf die Nachricht.

»Oh, Gott«, sagte sie und legte eine Hand an die Stirn, wo sich eine tiefe Falte gebildet hat. »Melody sagt, der Verkehr ist furchtbar. Ich muss los.«

Sie stand von der Couch auf, und Murphys Hoffnungen zerfielen zu Staub.

»Es sollte genug zu essen in der Gefriertruhe sein«, sagte ihre Mutter und eilte aus dem Wohnzimmer in die Küche. »Und ich hab zwanzig Dollar auf den Kühlschrank gelegt, für einen Pizzaabend. Ich will, dass ihr euch was Schönes gönnt. Und … hab ich sonst noch was vergessen?«

Als sie wieder auftauchte, wirkte ihre Miene angespannt, als hätte sie gerade den genauen Zeitpunkt ihres Todes erfahren. Murphy war an diesen Ausdruck gewöhnt. Wenn ihre Mom zu Hause war – und das kam nicht oft vor –, hatte sie ihn ständig im Gesicht. Permanent besorgt. Schauend, nicht sehend. Lauschend, nicht zuhörend.

Tränen quollen in Murphys Augen. Sie wischte das rechte trocken und ließ das linke feucht. Vielleicht wollte sie, dass ihre Mom sah, wie traurig sie war. Vielleicht wollte sie, dass *irgendjemand* sie sah, Punkt.

Claire beobachtete ihre Mutter, voller Verachtung für alles, was ihrer aller Leben bestimmte: die Lotterie, die Fertigmahlzeiten in der Gefriertruhe, den unausweichlichen Regen, der auf das Dach trommelte. In New Haven, da war sie ganz sicher, gab es kein verregnetes Weihnachten, sondern nur makellos weiße. Sie hatte geglaubt, sie könne diesen trostlosen Dezembern für immer entfliehen. Sie hatte sich geirrt.

Ein Gefühl eisiger Kälte kroch Claire durch Mark und Bein. Ihre Mom ließ sie an Weihnachten allein. Und sie hatte sich diesen Urlaub noch nicht einmal verdient. Sie hatte ihn in der örtlichen Lotterie gewonnen: eine fünftägige All-inclusive-Kreuzfahrt für zwei auf die Bahamas. Als sie den Anruf bekommen hatte, war ihre Mom auf und ab gehüpft und hatte wie verrückte gekreischt, und da sie sich unmöglich entscheiden konnte, welche ihrer Töchter sie mitnehmen sollte, hatte sie gar keine von ihnen gefragt. Stattdessen nahm sie ihre Arbeitskollegin Melody mit. Melody aus der Drogerie. Es war so ungerecht.

»In wie vielen von den Fertigmahlzeiten ist Weizen?« Claire folgte ihrer Mutter aus dem Wohnzimmer in die Küche. Mit verschränkten Armen sah sie zu, wie ihre Mom einen Koffer in Richtung Ausgang rollte.

»Was?« Sie blickte auf. Dann verzerrte die Erkenntnis ihr angespanntes Gesicht. »Oh, nein. Claire, es tut mir so leid. Ich hab dein neues … Ding ganz vergessen.«

»Das ist kein *Ding*. Ich habe eine Unverträglichkeit. Darum hatte ich auch ständig diese Magenkrämpfe. Das hab ich dir doch gesagt.«

Ihre Mutter kramte auf dem Küchentisch in ihrer Handtasche herum. »Na ja, das wissen wir nicht mit Sicherheit«, erwiderte sie abgelenkt. »Du warst schließlich nicht beim Arzt. Das hast du nur von deinen Internetvideos.«

Claire grub die Fingernägel tief in ihre Handflächen. Eileen und Murphy waren ebenfalls in die Küche gekommen, und Eileen knatschte laut auf einem Kaugummi herum.

»Ich war nicht beim Arzt«, sagte Claire, »weil *du* nicht mit mir hingehst.«

»Schatz, ich hab's dir doch erklärt, es ist wegen der Versicherung. Wir können im neuen Jahr einen Termin für dich ausmachen, aber den Eigenanteil für die Tests …«

»Und es sind nicht nur Internetvideos. Es gibt auch jede Menge Bücher zu dem Thema. Alle wissen über Gluten Bescheid.«

Ihre Mutter hörte auf zu kramen. Es schien, als versuche sie, Ruhe zu bewahren. Vielleicht zählte sie innerlich ja bis zehn.

»Ich hab's verstanden, Claire«, sagte sie dann langsam. »Und es tut mir leid, dass ich es vergessen habe. Aber die Pizzeria macht doch auch glutenfreie Böden, oder?«

Claire hätte am liebsten laut geschrien. Ihre Mom war nett, aber sie kapierte es einfach nicht. Sie hatte ihnen Geschenke gekauft und Kakao gekocht und versucht, alles richtig nett zu machen, aber letzten Ende ließ sie sie trotzdem allein, an *Weihnachten*, um auf eine Kreuzfahrt zu gehen. Und das Ungerechteste daran war: Ihrer Mutter, einer typischen Ambitionslosen, wurde ihr Traum erfüllt. Und Claires Traum? War in tausend Scherben zerschmettert. Und deswegen hätte sie am liebsten laut geschrien.

Doch Überflieger schrien nicht. Harper Everly hatte Claire das schon vor langer Zeit beigebracht. Aber nur dieses eine Mal verlor Claire doch die Beherrschung.

»Na schön, dann geh doch!«, schrie sie. »Ganz offensichtlich willst du die Feiertage nicht mit uns verbringen, also verschwinde! Leg dich in die Sonne und trink mit Melody deine Piña coladas. Verhalte dich genau wie die Ambitionslose, die du bist. *Hau einfach ab*!«

Claire würde sicher nicht bleiben, um die Nachwirkung ihres Ausbruchs mitzuerleben. Sie stürmte aus der Küche in ihr Zimmer und knallte die Tür hinter sich zu.

»Oh, Gott«, flüsterte ihre Mutter heiser und schloss die Augen. »Ich will nicht gehen, wenn sie so ist.« Sie ließ die Schultern sinken, und ihre Strickmütze verrutschte ein wenig. Sie sah aus, als sei sämtliches Leben aus ihr gesickert.

Dann geh nicht, dachte Murphy. *Geh einfach nicht.*

Das Handy ihrer Mutter klingelte, dröhnende Polkamusik. Murphy blickte auf den Bildschirm und las MELODY.

»Ich … muss wirklich los«, krächzte ihre Mom und ignorierte den Anruf. »Man weiß nie, bei dem Verkehr in Portland und … Meine Mädchen.« Sie blickte Murphy und Eileen flehend an. »Es ist doch nur Gluten, richtig?«

Dann passierte es erneut. Ihre Mom bemerkte Murphy.

»Schatz«, fragte sie, »warum weinst du denn?«

Murphy wischte sich die Tränen weg und zuckte mit den Schultern. »Weiß nicht. Es ist … alles okay.«

Die Erschöpfung auf dem Gesicht ihrer Mutter wirkte noch erdrückender. »Ich hab euch doch gefragt, ob es in Ordnung ist. Wir haben doch alles besprochen.«

Das stimmte. Als ihre Mutter den Anruf erhalten hatte, dass sie die glückliche Gewinnerin einer Bahamas-Kreuzfahrt war, hatte sie Murphy und ihre Schwestern ins Wohnzimmer gerufen und ihnen alles erklärt.

»So eine Chance kriegt man nur einmal im Leben«, hatte sie gesagt. »Aber ich muss nicht fliegen.«

Wie konnte man da schon »dann flieg nicht« sagen? Also hatte Murphy es nicht getan. Keine von ihnen hatte das.

Sie wischte sich noch mehr Tränen weg und erwiderte: »Mir gehts gut, alles bestens.«

»Ihr habt sämtliche Notfallnummern«, sagte ihre Mutter, so als würde das alles besser machen. Dann breitete sie die Arme aus und schaute Murphy an.

Ihre Mom zu umarmen fühlte sich an, als sei sie ein Geist – jemand, der nicht vollständig hier war.

Eileen hob eine Hand, als ihre Mutter sich zu ihr umdrehte. »Nicht mein Ding«, sagte sie.

Ein verletzter Ausdruck huschte flüchtig über das Gesicht ihrer Mom, dann schaute sie den Flur hinunter, durch den Claire verschwunden war, um sich in ihrem Zimmer zu verbarrikadieren. Ihre hellen Augen spiegelten einen inneren Konflikt wider, dann, mit einem Seufzen, wandte sich ihre Mutter wieder ihrer Handtasche zu und zog ein ausgedrucktes Flugticket heraus.

Wie es schien, war der Moment der Entscheidung vorbei.

Ihre Mutter rollte den Koffer zur Carporttür hinaus, die Einfahrt hinunter und zum steinalten Subaru der Familie.

»Das ist doch scheiße«, stieß Eileen aus, nicht laut genug, dass ihre Mutter es hören konnte.

Eileen *kümmerte* es vielleicht nicht, aber scheiße *war* es trotzdem. Sie warf einen letzten Blick auf Leslie Sullivan, die gerade die Fahrertür öffnete. Als der Motor anging, dröhnte ein Song aus den Lautsprechern: Mariah Carey trällerte davon, was sie sich zu Weihnachten wünschte.

»Scheiße«, wiederholte Eileen leise, nur zu sich selbst.

Sie wandte sich ab und ging.

»Warte!«, rief Murphy. »Willst du dich denn nicht verabschieden?«

Aber das hatte Eileen bereits.

Murphy blieb, wo sie war, und wickelte ihre Jeansjacke gegen die Kälte noch enger um sich. Ihre Mutter ließ das Fenster herunter und winkte ihr mit einer behandschuhten Hand zu.

»Tschüss, mein Schatz!«, rief sie. »Wir sehen uns in fünf Tagen!«

Murphy winkte zurück, als der Wagen rückwärts aus der Einfahrt rollte und über die Bordsteinkante rumpelte. Sie kniff die Augen gegen die aufgehende Sonne zusammen und schaute zu, wie der Subaru am Horizont verschwand. Sie blieb noch eine Weile stehen, schaute und wartete … worauf? Die überraschende Wendung der Geschichte? Einen echten Zaubertrick?

Nichts dergleichen passierte.

»Schon okay«, munterte die letzte Sullivan-Schwester sich selbst auf. »Alles wird gut.«

Aber sie irrte sich.

In diesem Augenblick ging Eileen nach draußen, um nach der Post zu sehen.

Claire hockte mit dem Handy in ihrem Zimmer und starrte ihre Absage auf der Yale-Website an.

Und in Murphys Zimmer lag eine Leiche.

Fünfundzwanzigster Dezember

ACHTUNDZWANZIG

Eileen

In dem Traum war Eileen jünger. Zwölf, vielleicht dreizehn. Claire war auch da, aber sie war noch dieselbe: siebzehn, mit perfekt geschminktem Gesicht und Messy Bun. Murphy war noch ein Baby und steckte in einem rosa Baumwollstrampler. Sie war seltsamerweise in einen Kindersitz geschnallt, obwohl sie nicht in einem Auto saßen. Sie standen am Strand. Eileen drehte sich zur Seite und sah ihre Mutter neben sich stehen, mit einem ungewöhnlich entspannten Ausdruck im Gesicht.

»Ich will, dass du es wirklich genießt«, sagte Leslie Sullivan zu Eileen. »Vergrab deine Zehen im Sand und genieße es.«

Eileen tat es. Sie spazierte am Rand des Wassers entlang. Häuser mit hervorstehenden Giebeln in der Farbe des Meeres standen am Ufer verstreut: türkis und weiß und tiefblau.

Und dann: rot.

Die Sonne schien auf das nächstgelegene Haus, schnitt durch den Wind und den Regen und erhellte das Rot seiner Mauern, sodass es noch röter leuchtete. Weil das Rot keine getrocknete Farbe war, sondern flüssig. Es ergoss sich zwischen den Holzbrettern, sickerte aus den Fenstern, sammelte sich unter den Türen.

»Oh, nein«, sagte Eileen, aber es schockierte sie nicht. Irgendwie hatte sie das Blut erwartet. Sie hatte gewusst, dass es kommen würde, weil sie diesen Ort kannte. Sie war schon einmal hier gewesen.

Eileen erwachte.

Die Luft war eiskalt, und ihr schneller Atem stieg in Wolken im blassen Licht der Morgendämmerung auf. Sie tastete um ihren Körper herum und spürte weiche Laken.

Dann kehrte die Erinnerung zurück. Sie war nach dem Streit mit Claire davongestürmt, wutentbrannt, und hatte sich im Schlafzimmer am Ende des Flurs verkrochen. Sie war nicht in der Stimmung gewesen, Murphys Gejammer zu ertragen oder sich ihren eigenen Schuldgefühlen zu stellen, weil sie die Kleine angeschrien hatte. Nicht in der Stimmung, irgendetwas ohne die Hilfe von Alkohol zu tun. Das schmerzliche Verlangen danach war ihre Kehle hinaufgekrochen und hatte ihre Glieder geschwächt.

Claire war brutal gewesen. Sie hatte mit chirurgischer Präzision Eileens tiefste, versteckteste Lebenslüge durchtrennt. Und dann war sie abgehauen.

Natürlich hatte Claire es gewusst.

Eileen hatte geglaubt, sie sei vorsichtig gewesen, als sie die Flaschen ins Haus geschmuggelt und sich nur in der Garage hatte volllaufen lassen. Bis Claire sie auf der Fahrt damit konfrontiert hatte, hatte Eileen angenommen, dass Claire genauso war wie ihre Mutter: ahnungslos.

Und selbst dann hatte Eileen sich weiter eingeredet, es sei ihr erster Ausrutscher gewesen, dass sie sich betrunken ans Steuer gesetzt hatte. Ein einsamer Fehltritt. Sie hatte sich an die Überzeugung geklammert, dass Claire keine Ahnung vom wahren Ausmaß des Problems hatte.

Aber Claire hatte Bescheid gewusst, und geschwiegen. Sie hatte ihre Klinge gewetzt und auf den perfekten Moment gewartet, um sie tief in Eileen hineinzubohren und in der Wunde herumzudrehen.

Eine Säuferin wie du.

Nachdem sie so viel Blut gelassen hatte, schaffte Eileen einfach nicht mehr, als zu schlafen. Sie war in dieses Schlafzimmer geflüchtet, hatte sich eingeschlossen, und zum allerersten Mal seit drei Tagen in einem Bett geschlafen. In der vergangenen Nacht hatten ihr Kälte oder Dunkelheit nichts ausgemacht. Aber jetzt, frisch aus dem bösen Traum erwacht, war das anders.

Ihre Wirbelsäule war völlig steif und sie konnte ihre Füße nicht mehr spüren. Ihre Nase, zweifellos erfroren, *fühlte* sich sogar blau an. Ihr Verstand hing an einem einzigen Wort fest: *Säuferin*. Ein Synonym für das, was sie nicht akzeptieren wollte.

Alkoholikerin.

Sie hatte sich selbst immer wieder eingeredet, dass es nicht stimmte. Sie hatte alles versucht, sich selbst zu glauben, dass es ihr gut ging, sie alles unter Kontrolle hatte. Aber jetzt ging das nicht mehr. In diesem Moment war ihr Verlangen, die wachsende Angst mit einem antiseptischen Brennen fortzuspülen, überwältigend.

Aber der Flachmann war leer. Es nahte keine Erlösung.

Sie war vollkommen wehrlos, und die unleugbaren Ängste krochen durch ihren Körper, wie Spinnen, die ein schattiges Zuhause in ihrem Herzen suchten. Sie dachte an die Briefe im Wäscheschrank. An ein blutbeflecktes Klavier, einen leblosen Körper am Fuß der Treppe. An bemalte Leinwände und eine dahingekritzelte Karte, auf der stand: *Eileen malt wie eine totale Psychopathin.*

»Haltet die Klappe«, zischte sie die spinnengleichen Gedanken an. Sie hob den Blick von der Bettdecke und er fiel auf ein lebloses, hellblaues Augenpaar.

Die Puppe.

Sie stand ihr auf der Kommode direkt gegenüber. Eine weiße Hand erhoben, die Finger ausgebreitet und den Daumen leicht abgespreizt, so als wollte sie Eileen um ein bisschen Kleingeld anbetteln. Oder als sei sie nach ihr ausgestreckt. Um sie zu packen.

»Leck mich«, fluchte Eileen, warf die Decke weg und krabbelte über das Bett. Um zur Tür zu gelangen, musste sie der Puppe den Rücken zukehren, und für einen schrecklichen Moment schoss kaltes Adrenalin durch ihre Adern. Sie knallte die Tür hinter sich zu, klammerte sich für einen Moment am Türknauf fest und keuchte heftig.

Sie beschloss, nach unten zu gehen, die Toilette dort zu benutzen und sich dann vor dem Kamin niederzulassen, neben Murphy.

Das schlechte Gewissen krallte sich mit scharf gewetzten Klauen in Eileen.

Murph, gottverdammt noch mal, nicht jetzt.

Sie hatte gesehen, wie sich die Verletztheit auf Murphys Gesicht ausbreitete, eine Maske der Niedergeschlagenheit.

Sie hatte nicht so grausam zu ihr sein wollen. Eileen würde sich bei Murphy entschuldigen, sobald sie aufwachte, und dann würden sie aus diesem Haus verschwinden. Sie würden in ihrem Caravan nach Hause fahren, und dann würde sich Eileen all dem Zorn stellen, den Claire in Emmet für sie bereithielt. Die Erbschaft, Mark Enright – über all das konnte sie sich später noch Gedanken machen. Nach Weihnachten.

Eileen ging die breite Treppe hinunter und zitterte furchtbar. Ihre Lederjacke konnte es mit der Winterkälte im Salon nicht aufnehmen. Das Feuer im Kamin war erloschen, oder vielleicht hatte Murphy es auch gar nicht angezündet. Eileen entdeckte sie auf der Couch, unter einem Berg Decken vergraben. Sie ging an dem Zimmer vorbei, bog in die Diele ab und schlüpfte ins Bad.

Als sie fertig war und sich die Hände wusch, blickte sie in den Badezimmerspiegel. Hinter ihrem Rücken, durch die offene Tür, konnte sie die Ruinen von Cayenne Castle im Wohnzimmer erkennen. Sie stellte den Wasserhahn ab, wischte sich die Hände an ihrer Jeans trocken und drehte sich zu dem Durcheinander aus herumliegenden Laken und Decken um. Sie trat in den Raum – und in ihre Vergangenheit. Die einundzwanzigsten Dezember längst vergangener Jahre lebten hier weiter, ließen Eileens Erinnerungen in einem nebligen Karussell kreisen: Murphys ungeschickte Münzzaubertricks und Teepartys mit Ginger Ale und die begeisterte Fanfare ihrer Schwestern, als Eileen ihr Gemälde über dem Kaminsims aufgehängt hatte. Die Erinnerungen erwachten im Licht des Halbmonds wieder zum Leben.

Eileens Blick wanderte über die heruntergerissenen Burgwände und Kissenthrone, bis er an etwas hängen blieb: einem Umschlag, halb verdeckt unter dem Fuß der offenen Klappcouch. Sie konnte sich vorstellen, was passiert war: Während Murphy die Decken aus der Truhe gezogen und die Burg erbaut hatte, war er herausgefallen. Oder vielleicht hatte er auch die ganze Zeit auf dem Boden gelegen und war dabei ein Stück durch den Raum gekickt worden, sodass er nun zu sehen war.

Sie ging in die Hocke, nahm den Umschlag an sich und öffnete die Klappe. Dann stellte sie ihn auf den Kopf und schüttete den Inhalt aus.

Ein Schauer aus Fotos ging auf den Boden nieder.

Sie griff nach dem obersten, glänzend, 9 × 13. Zunächst begriff sie nicht, was sie sah. Und als sie es tat, konnte sie es nicht glauben.

Sie ließ das Foto fallen und griff nach einem anderen, dann noch einem.

Es waren offensichtlich heimlich gemachte Aufnahmen, aus einiger Entfernung geknipst – von der anderen Straßenseite, durch ein Fenster, aus leicht erhöhter Position. Die Motive waren Claire, Murphy und Eileen. Claire in der Warteschlange am Postamt, wie sie auf ihrem Handy herumtippte. Murphy an der Bushaltestelle vor ihrer Schule. Eileen vor dem Supermarkt, wie sie Einkäufe in den Kofferraum eines Kunden lud.

Noch mehr Fotos, aus verschiedenen Blickwinkeln, aber mehr oder weniger mit dem gleichen Inhalt: die Sullivan-Schwestern, die ihrem Alltag nachgingen, in Unkenntnis der Linse, die sie einfing.

Eileen ließ auch das letzte Foto fallen. Sie fühlte sich entblößt, nackt vor einem gaffenden Augenpaar. Sie hatte Angst, wie ein Kind, das mitten in der Nacht aufwacht. Doch hier war kein Erwachsener, der das Licht anschaltete, Eileens Kleiderschrank öffnete und ihr versicherte, dass keine Monster darin lauerten. Sie stand allein in diesen Burgruinen, mit dem Wissen, dass jemand sie beobachtet hatte.

Was hatte Mr Knutsen noch zu ihr gesagt, in seinem Büro?

Wissen Sie, er hat durch einen Privatdetektiv von Ihnen erfahren.

So hatte Patrick sie entdeckt, herausgefunden, dass sie seine Nichten waren. Er hatte einen Fremden damit beauftragt, sie aufzuspüren und Fotos von ihnen zu machen.

Nun erinnerte sich Eileen wieder an den Albtraum von dem Spaziergang entlang der Küste und diesem blutrot gefärbten Strandhaus.

Plötzlich wurde ihr alles klar. Sie *befand sich* in diesem roten Haus.

Sie war schon einmal hier gewesen.

Der unerklärte Ausflug an die Küste, der Tag des Flavornado. Ihre Mutter hatte sie hierhergebracht. Nach Rockport. Wie hatte Eileen das nicht erkennen können? Die Wahrheit war so offensichtlich. Aber warum hatte ihre Mom sie hierhergebracht? In einem misslungenen Versuch, ihnen alles zu erklären?

Während Eileen die verstreut liegenden Fotos anstarrte, fiel ihr Blick auf einen Zeitungsausschnitt. Sie hob ihn auf und drehte den Artikel um, sah *Die Unheilige Dreieinigkeit.*

Ihr Bild, mit der Unterschrift: »Die örtliche Nachwuchskünstlerin Eileen Sullivan zeigte ihre Arbeit bei der Emmet High Kunstausstellung.«

Ihr Gemälde. Ihr Herz. Herausgeschnitten.

»Leenie?«

Eileen schrie auf und wirbelte so schnell in der Hocke herum, dass sie zu Boden kippte. Sie starrte auf die geisterhafte Gestalt, die über ihr stand.

Es war Claire. Sie atmete schnell und hatte die Kälte von der offenen Haustür mit hereingebracht. Eine Schnittwunde erstreckte sich über ihre linke Wange und endete in einem dunkelblauen Fleck unter ihrem Auge.

»W-was zur Hölle?«, stammelte Eileen erstickt.

»Ich hatte einen Unfall«, erklärte Claire und tastete ihr Gesicht mit einer Hand ab. »Ich bin hierher zurückgerannt.«

Eileen blickte auf die Fotos, und dann tat es auch Claire. Sie kam näher, kniete sich neben Eileen und hob eines von ihnen auf.

»Gott«, stieß sie bei dem dritten Foto aus.

»Das ist so krank«, sagte Eileen. »Knutsen hat mir erzählt, dass Patrick einen Privatschnüffler angeheuert hat. Ich fühle mich irgendwie total … nackt. Nicht sicher.«

Claire blickte auf und fragte: »Wo ist Murphy?«

»Im Salon, sie schläft.«

Claire ließ die Fotos fallen und eilte aus dem Raum. Aber Eileen konnte ihr nicht folgen. Im Moment war sie wie gelähmt.

Sekunden später brüllte Claire: »EILEEN!«

Im selben Augenblick kehrte das Gefühl in ihre Beine

zurück, zusammen mit einer heißen Angst, von der ihr ganz übel wurde. Sie hielt sich an der Couch fest und hievte sich auf die Beine. Als sie den Salon betrat, sah sie, wie Claire Decken und Kissen durch den Raum schleuderte und die nackte Couch darunter enthüllte. Keine Murphy.

»Aber sie war …« Eileen schüttelte den Kopf. »Ich weiß nicht –«

»Sie ist weg.« Claires Stimme klang kalt wie Eis. »Hast du denn nicht auf sie aufgepasst?«

»Ob ich … *Du* warst doch diejenige, die einfach abgehauen ist!«

Claire schüttelte energisch den Kopf. »Das spielt keine Rolle.«

»Murphy?«, rief Eileen. »Murph!«

Sie blickte zu der breiten Treppe, zum Klavier, zu den Fenstern, zum Kamin. Keine Spur von ihrer Schwester. Wie lange war sie schon fort?

Und was, wenn diese Fotos nicht das Werk von Patrick Enrights Privatdetektiv waren?

Was, wenn sie … Mark geschossen hatte? Und wenn er in der Lage gewesen war, ihnen zu folgen und sie zu stalken, ohne dass sie es bemerkten, wer sagte dann, dass er in diesem Augenblick nicht genau dasselbe tat?

Eileen öffnete die Türen des Sideboards. Sie suchte nach einem Versteck, nach irgendeinem Platz, an dem Murphy sich verkrochen haben könnte. Sie hatte sich schließlich auch auf der Fahrt hierher versteckt. Vielleicht war das nur wieder einer ihrer weniger komischen Tricks.

Aber keine Murphy, nirgendwo.

Ganz in der Nähe lag jedoch ein Stück Papier auf dem

Boden. Eileens Blick blieb an dem Namen hängen – in fetten Großbuchstaben stand dort: John Enright.

John.

Dad.

Mit flauem Gefühl im Magen griff sie nach dem Zeitungsschnipsel und las den Text:

John Enright, 24, ist am 20. Januar 2004 in Boston, Massachusetts, verstorben. Zum Zeitpunkt seines Todes war John ein engagierter Umweltschützer und Jurastudent im ersten Jahr an der Suffolk University, ein aktives Mitglied seiner Gemeinde und ein geschätzter Praktikant bei Rowe & Lundergren. Außerdem trainierte er für seinen ersten Boston-Marathon. Er hinterlässt seine beiden Brüder, Mark und Patrick. Die Trauerfeier findet am 25. Januar 2004 um 12 Uhr im Beerdigungsinstitut Hayworth statt.

»Was?«, hauchte Eileen. »Was zur Hölle …?«

Sie hielt Claire den Zettel hin, die zu ihr kam und ihn ihr aus der Hand riss. Sie überflog den Text und erwiderte Eileens Blick mit geweiteten Augen.

»Das ist nicht Dad«, sagte Eileen. »Das ist … nicht Dad. Er ist hier gestorben. In Oregon. 2006. Und er war auch kein verdammter Jurastudent.«

Claire leckte sich die Lippen. »Leenie, ich hab was rausgefunden. Kerry hat mir etwas erzählt.«

»Kerry wer?«

»Die Sheriffin. Sie hat etwas gesagt, und da hab ich es

verstanden … Leenie, Mark ist nicht Mark Enright. Mark ist Dad.«

Eileen starrte Claire an. »Wie bitte?«

»Dad – *unser* Dad, John Sullivan – war Mark Enright. Er hat seinen Vor- und Nachnamen geändert.«

Eileen starrte sie nur weiter an. »Ich verstehe nicht … Das ergibt keinen …«

»Kerry hat mir erzählt, dass die Mutter die Morde begangen hat, nicht Mark. Sie war total gestört und hat es getan, nicht Dad. Kerry hat gesagt –«

Eileen hob beide Hände an den Kopf. »Hör auf. Hör verdammt noch mal auf.« Ihr Gehirn stand in Flammen. Die Fotos. Diese Traueranzeige. Die Sheriffin. Es waren zu viele Gedanken auf einmal, die in ihrem Kopf um Aufmerksamkeit kämpften. Und außerdem war Murphy verschwunden. Sie hatten ihre Schwester *verloren*.

Eileen wandte sich ab und schrie erneut Murphys Namen – ein verzweifeltes, zitterndes Echo. Sie spürte, wie sie von Angst übermannt wurde, wie sie sich von hinten in ihren Rücken bohrte, wie eine lebende, atmende Kreatur.

Und dann war sie sich sicher: Sie hörte ein Atmen.

Claire sah es zuerst. Ihr Blick blieb an irgendetwas hinter Eileen hängen, und sie legte eine Hand auf den Mund.

Langsam drehte sich Eileen zur Diele um, zu der Gestalt, die dort stand: eine erwachsene Gestalt, die eine schlaffe, dahingestreckte Murphy auf dem Arm trug. Eileen war so starr vor Schreck, dass sie das Gesicht der Gestalt zunächst nicht erkannte.

Dann schaute sie noch einmal hin, konzentrierter, und murmelte ungläubig: »Mom?«

NEUNUNDZWANZIG

Claire

Oh, mein *Gott*«, stieß Claire aus.

Die Worte entwichen ihr als Schluchzen, und mit einem Mal wurde ihr bewusst, wie tief ihr die Angst in die Knochen gefahren war, so geballt, dass sie zu zerbrechen drohten. In ihrem Kopf drehte sich alles, unzählige wild durcheinanderwirbelnde Fragen. Wie konnte es möglich sein, dass ihre Mutter hier auftauchte? Wie war es möglich, dass Leslie Sullivan nicht fünftausend Kilometer entfernt an einem Strand lag?

»Was … was …?« Das erstickte Wort wollte sich trotz all ihrer Anstrengungen nicht zu einem Satz formen. Schließlich gab Claire es auf und schlug stattdessen erneut die Hände vor den Mund.

»Es geht ihr gut«, sagte ihre Mutter und zeigte nickend auf die Tochter in ihren Armen. »Sie ist am Strand eingeschlafen.«

Murphy – erst jetzt sah Claire, dass sie wach war – nickte ihr verschlafen zu.

»Ja«, krächzte sie. »Alles gut.«

»Aber sie ist eiskalt«, sagte ihre Mutter. »Können wir sie irgendwie aufwärmen?«

Eileen erwachte aus ihrer Starre. »Ja. Hier im Zimmer sind haufenweise Decken.«

»Ich hole sie«, platzte Claire heraus, die plötzlich nur noch diesen einen Drang verspürte: etwas zu unternehmen.

Sie schoss aus dem Salon ins Wohnzimmer, in dem Murphy Cayenne Castle aufgebaut hatte. Ohne nachzudenken, schnappte sie sich viel zu viele Decken, riss Murphys komplettes Bauwerk ein und machte die Burg nahezu dem Erdboden gleich. Dann, mit einem Riesenberg auf dem Arm, kehrte sie in den Salon zurück.

Eileen hockte vor dem Kamin, zerknüllte den Inhalt einer offenen Aktenkiste und warf das Papier unter die frischen Holzscheite ins Feuer, bevor sie ein Streichholz entzündete. Schon kurz darauf ging der Kienspan in Flammen auf und das Feuer wuchs in die Höhe. Ihre Mutter hatte Murphy auf der Couch abgelegt, und Claire begrub sie hastig unter den Decken, stopfte sie um den Bauch, die Knöchel und Oberschenkel fest.

»In der Küche ist ein Teekessel«, rief Claire. »Ich mache ein bisschen Wasser warm.«

Sie rauschte erneut aus dem Raum, weil es besser war, in Bewegung zu bleiben, als mit panischen Gedanken still zu sitzen.

Ihre Mom war hier. Sie war *hier*. Sie hatte ihr Geheimnis entdeckt, und sie hatte sie zum schlimmstmöglichen Zeitpunkt erwischt: Murphy verschwunden und Claire ein einziges Wrack. Was kam als Nächstes?

Claire wollte nicht darüber nachdenken. Stattdessen

schnappte sie sich den gusseisernen Teekessel und füllte ihn mit Wasser. Sie drehte einen der Knöpfe am Herd und starrte völlig perplex auf die kalte Herdplatte.

»Gott«, stöhnte sie, als es ihr wieder einfiel: kein Strom. Wenn sie nur einen Moment innegehalten und nachgedacht hätte – wenn sie genau das getan hätte, was sie am Allerwenigsten tun wollte –, dann wäre es ihr schon früher aufgegangen.

Claire stellte den Teekessel wieder ab und holte tief Luft. Sie drehte sich zurück in Richtung des Salons, atmete aus und wappnete sich entschlossen für das, was sie dort erwartete.

»Kein Strom«, murmelte sie, als sie zur Couch zurückkehrte.

»Mir gehts g-gut«, sagte Murphy und steckte ihr Gesicht hinter dem Berg aus Decken hervor. Ihre klappernden Zähne sagten etwas anderes. Murphys Hals war kreideweiß, ihre Nase und Wangen leuchtend rot. Wie lange mochte sie dort draußen am Strand gewesen sein? Seit Claire sie im Stich gelassen hatte?

»Es tut mir so leid.« Claire brachte kaum ein Flüstern zustande und konnte Murphy nicht in die Augen sehen. Und ganz sicher konnte sie ihre Mutter nicht anschauen, die auf der Couch saß, eine Hand an Murphys Seite.

»Was denn?«, fragte Murphy. »Wegen vorhin? Du warst einfach nur Claire.«

Claire glaubte nicht, dass Murphy ihr mit ihren Worten wehtun wollte, aber das taten sie – mehr, als es jede absichtliche Beleidigung getan hätte.

Einfach nur Claire. Erst auf Perfektion zu bestehen,

dann einfach zu explodieren und vor ihren Schwestern davonzulaufen, vor ihrem Leben, vor *sich selbst*, auf der Suche nach einer besseren Zukunft.

Ja. *Das* war *sie*.

Eileen hörte auf, Holz im Kamin zu schichten, und gesellte sich an der Couch zu ihnen. Sie stand ein Stück von ihrer Mutter entfernt, die Hände in die Hüften gestemmt, ihr Kiefer angespannt.

»Genug heißer Brei«, sagte sie. »Mom, was zur Hölle machst du hier?«

Eileen versuchte, ungerührt zu klingen, selbstsicher. Aber Claire wusste: Sie war genauso verloren wie sie selbst. Das hier war einfach zu surreal.

»Ich weiß … dass ihr mich nicht erwartet habt.«

Claire beobachtete ihre Mutter, während sie sprach. Sie wirkte so klein, wie sie dort saß, im Schneidersitz auf dem Teppich, den Vorhang aus feinem blonden Haar halb vor dem Gesicht und mit tief gebeugten Schultern. Claire hatte ihre Mutter nie als imposante Erscheinung betrachtet, aber sie hatte sie auch nie für klein gehalten. Für klein, oder verängstigt, oder unsicher, oder für jung. Auch wenn sie natürlich mal jung gewesen war, früher einmal …

Kerrys Worte hallten in Claires Ohren nach: *Leslie hat durch dick und dünn zu diesem Jungen gehalten.*

Leslie.

Mom.

Die auch einmal siebzehn und völlig überwältigt gewesen war.

Claire kannte nun eine erschreckende Wahrheit über Mark Enright. Sie hatte alles zusammengefügt, als sie in die Laramie Road zurückgerannt war. Aber jetzt, wo sie der Wahrheit förmlich ins Gesicht starrte, war Claire wie gelähmt und nicht in der Lage, irgendetwas davon mit der Frau neben ihr in Verbindung zu bringen.

»Mom«, fragte sie, »warum bist du nicht auf den Bahamas?«

Ihre Mutter starrte auf ihre überkreuzten Beine hinunter und steckte sich eine Haarsträhne hinter die Ohren. »Wir sind bis nach Florida gekommen«, antwortete sie, »dann hab ich es mir anders überlegt. Allerdings erst am Dock, wenn ich ehrlich bin. Melody war nicht besonders glücklich darüber, aber ich habe sie überredet, ohne mich weiterzureisen.«

»Ich verstehe nicht«, erwiderte Eileen tonlos. »Hast du deine Sonnencreme vergessen?«

Ihre Mutter biss sich auf die Unterlippe. Sie war ganz rissig, wie Claire nun bemerkte, ungeschminkt. Tatsächlich trug ihre Mom überhaupt kein Make-up.

»Ich glaube«, sagte sie bedächtig, so als würde sie das Gewicht jedes einzelnen Wortes abwägen, »ich musste erst ganz weit weg sein, an einem anderen Ort – oder vielleicht war es auch nur die Hitze. Ich hatte das Gefühl … Ich weiß auch nicht, als würde ich aus einem langen tiefen Schlaf erwachen. Plötzlich war mir alles vollkommen klar: Ich hätte mir niemals einreden sollen, dass ich diese Reise brauche. Es war falsch von mir, so zu tun, als würde es euch nichts ausmachen. Und …« Ihre Mutter hob den Blick, schaute Claire tief in die Augen und nahm ihr damit fast die Luft zum Atmen. »Es war falsch von mir, wegzufahren, nachdem du mir gesagt hattest, wie du dich fühlst. Ich habe mir so lange eingeredet, dass ich diese Reise verdiene. Dass Murphy in der Highschool und alt genug ist, dass dieses eine Weihnachten keine Rolle spielt. Und dass dasselbe umso mehr für euch beide gilt.« Sie nickte erst Claire zu, dann Eileen.

»Na ja«, murmelte Murphy, »wir haben dir schließlich gesagt, dass es uns nichts ausmacht.«

»Ich habe euch auch gar keine andere Wahl gelassen.« Die Stimme ihrer Mutter klang fest. »Ich habe euch *gefragt*, aber ich hab euch nicht *zugehört*. Ich … glaube, ich habe euch schon seit einer ganzen Weile nicht mehr zugehört. Ich schätze, man könnte es wohl als Moment der Erleuchtung bezeichnen, was mir da in Florida passiert ist. Ich wusste sofort, dass ich es mir niemals verzeihen könnte, wenn ich an Bord dieses Schiffes gehe. Es wäre kein Urlaub gewesen, sondern die reinste Folter. Also bin ich wieder zurück nach Hause.«

»Aber«, sagte Claire, »das muss dich doch ein Vermögen gekostet haben.«

»Southwest Airlines.« Ihre Mom lächelte matt. »Keine Umbuchungsgebühren. Ich musste mich nur bei drei verschiedenen Flügen auf die Warteliste setzen lassen.«

»Und dann waren wir nicht zu Hause.« Claire fügte das nächste Puzzleteil ein. Ihre Beine fühlten sich furchtbar müde an – eine verspätete Reaktion auf ihren Sprint vorhin. Sie ließ sich auf den Boden sinken, nur einen halben Meter von ihrer Mutter entfernt.

»Ich hab versucht anzurufen«, sagte ihre Mom.

»Ich hab mein Handy kaputtgemacht«, erklärte Claire.

»Ich hab eure Zimmer nach irgendeinem Anhaltspunkt

durchsucht. Ich dachte … Mein Gott, ich dachte, jemand hätte euch verschleppt.« Ihre Mutter ließ den Kopf in die Hände sinken. Oberflächlich betrachtet, wirkte die Geste melodramatisch, aber Claire konnte sehen, dass ihre Mom wirklich Angst um sie gehabt hatte. Ihre Mom *sorgte* sich um sie.

»Du hast Knutsens Brief gefunden?« Eileen stand immer noch da, die Arme verschränkt, ohne jede Regung im Gesicht.

Ihre Mutter hob den Kopf. Unter ihren Augen waren zwei dicke rote Flecken zu erkennen. »Ich kann euch gar nicht sagen, wie wütend ich auf diesen Mann bin. Nur weil du achtzehn bist, Eileen, heißt das nicht, dass er sich nicht mit mir hätte in Verbindung setzen sollen. Dass er das alles hinter meinem Rücken getan hat … Na, ich hab ihm jedenfalls ordentlich die Meinung gegeigt. Und ich hab die Polizei angerufen, aber sie haben mich nur gefragt, ob wir uns gut verstehen und wie wahrscheinlich es ist, dass ihr drei einfach von zu Hause ausgerissen seid, und … Ich schätze, da hatte ich meine zweite Erleuchtung. Wenn ich ehrlich war, hattet ihr mehr als genug Gründe, abzuhauen. Ich konnte bei jedem Punkt ein Häkchen setzen. Aber ich hatte auch eine ziemlich gute Vorstellung davon, wohin ihr abgehauen seid. Also bin ich hierhergefahren, und dann hab ich im Scheinwerferlicht plötzlich Murphy am Strand gesehen. Ich dachte …« Mom öffnete die Fäuste in ihrem Schoß, eine hilflose Geste. »Gott, ich weiß auch nicht, was ich gedacht habe. Aber ihr seid hier. Und es geht euch gut. Oder?«

Claire versuchte das alles zu verarbeiten: Ihre Mom war

hier, machte sich Sorgen, war aus Florida zurückgeflogen. Es war alles ein bisschen viel auf einmal – und wenn sie dann noch dazunahm, was sie von Kerry erfahren hatte, was sie auf den Fotos dieses Privatdetektivs gesehen und in John Enrights Traueranzeige gelesen hatte, dann sprudelten die Fragen nur so durch ihren Kopf, wie bei einer überschäumenden Limonadenflasche. Claire musste wenigstens eine der Fragen loswerden: »Du warst das, oder? Du warst die Freundin, die für Mark Enright ausgesagt und ihm zum Freispruch verholfen hat. Mark war Dad.«

Ihre Mutter blickte Claire blinzelnd an, einen hohlen Ausdruck auf dem Gesicht. Das war Antwort genug.

»Als ihr von hier weggezogen seid«, fuhr Claire fort, »hat er seinen Namen in *John* geändert. Ich schätze, es war … ein Tribut?«

Sie sah ihre Mutter an, auf der Suche nach einer Bestätigung.

»Ich …«, begann ihre Mom. »Er hat immer zu John aufgeblickt. Und John hat ihn nicht so verraten wie Patrick. Das war das Wort, das er benutzt hat: *verraten*. Ich glaube, Pat war … sehr verwirrt. Er hat gesehen, was passiert war, nachdem John die Familie verlassen hatte und nach Boston gezogen war. John hat sich Mrs Enrights Wünschen widersetzt, und sie hat ihn enterbt. Pat war noch so jung, erst sechzehn. Ich kann nur vermuten, dass sie ihn bedroht hat, um ihn dazu zu bringen, auszusagen. Sophia, die Mutter der drei, war die Wurzel des ganzen Übels. Ich habe oft mit eigenen Augen gesehen, wie sie sich aufgeführt hat. Und all die Geschichten, die ich von Mark gehört habe … Sie war nicht gesund. Ich habe nur nicht verstanden, *wie* schlimm es wirklich war, wenn er mir von ihr erzählt hat.«

Ihre Mutter schnitt eine Grimasse und wischte an ihrem Gesicht herum, als sei ihr eine Fliege zu nahe gekommen. Dann sah Claire, dass sie eine Träne zu verbergen suchte.

Ihre Mutter räusperte sich und fuhr fort: »Mark hätte an dem Tag gehen können, an dem er achtzehn wurde. Gehen *sollen*. Aber er beschloss, noch den Sommer über zu bleiben, für Pat. Er wollte ihn nicht allein lassen. Nur deshalb hat er im Juni noch hier gewohnt, als es passiert ist. Sophia hatte einen ihrer Wutanfälle, aber er nahm nicht das gleiche Ende wie sonst. Mark hat fest daran geglaubt, dass sie seinen Vater nicht töten *wollte*. Wäre er diese Treppe irgendwie anders hinuntergestürzt oder hätte sich den Kopf anders gestoßen … wer weiß? Aber Mr Enright *ist* gestorben, und als die Polizei eintraf, hatte sich Sophia ihre Geschichte bereits zurechtgelegt. Ich weiß immer noch nicht, wie sie das tun konnte, Marks Leben zu zerstören und Pat gegen ihn auszuspielen. Sie war wirklich sehr krank.«

Während ihre Mutter erzählte, blickte Claire erst zu Murphy hinüber, die die Augen weit aufgerissen hatte, und dann zu Eileen, deren verschränkte Arme sich ein wenig gelockert hatten. Über diese Wahrheiten, das wusste Claire, würde keine von ihnen so schnell hinwegkommen.

»John ist nicht aus Boston zurückgekehrt – nicht für den Prozess und auch nicht zu den Beerdigungen. Aber euer Vater hat ihm deswegen keinen Vorwurf gemacht. Er hat John nie wegen irgendetwas Vorwürfe gemacht, bis zu dem Tag, an dem wir erfahren haben, dass er bei einem Autounfall ums Leben gekommen ist.« Ihre Mutter schüttelte den Kopf. »Euer Vater hat immer gescherzt, dass ein Fluch auf diesem Haus liegt, der ihm und seinen Brüdern folgte, wohin sie auch gingen. Ich bin jedes Mal wütend geworden, wenn er das gesagt hat. Vielleicht, weil ich auch geglaubt habe, dass ein Körnchen Wahrheit darin steckt. Wir haben versucht, vor dem Skandal zu fliehen. Sind in ein winziges Nest mitten im Nirgendwo gezogen, wo er Arbeit finden konnte. Es spielte keine Rolle, dass er freigesprochen worden war – die Universität hatte ihm das Stipendium längst wieder aberkannt. Also haben wir uns beide einen Job gesucht, und wir dachten wirklich, wir seien diesem Ort hier weit genug entkommen. Aber ich schätze, dem Fluch konnten wir nicht entfliehen. Nichts lief für uns nach Plan.«

Claire erinnerte sich an den Tag zurück, an dem ihre Mutter sie und ihre Schwestern ohne Erklärung ins Auto gepackt hatte und mit ihnen an die Küste gefahren war. Vielleicht hatte sie vorgehabt, ihnen alles zu erzählen, und dann hatte sie doch der Mut verlassen. Vielleicht hatte sie sich auch nur gewünscht, dass ihre Töchter Rockport wenigstens *ein*mal sahen und ihre Füße dort im Sand vergruben, ohne zu wissen, was dieser Ort für ihre Mutter bedeutete.

Und dann war da noch Claires Vater: John, der gar nicht John war. Der gestorben war, bevor seine Töchter seinen richtigen Namen erfahren hatten.

»Sophia hat sich nach dem Prozess umgebracht«, fügte ihre Mutter hinzu, ihre Stimme nun leiser. »Aber erst, nachdem sie ihr Testament geändert und Mark enterbt hatte. Sie wusste, dass die Gerüchteküche in dieser Stadt brodeln würde, ganz gleich, was der Gerichtsmediziner sagte. Wenn Mark hiergeblieben wäre, hätte der Verdacht immer an ihm geklebt. Pat bekam einen Vormund, das Haus und alles, was sich darin befand, aber der arme Junge hatte seine komplette Familie verloren. Also … es mir fällt schwer, ihm Vorwürfe zu machen. Er muss sich all diese Jahre dafür geschämt haben, was er getan hat. Zu sehr geschämt, um den Kontakt zu suchen, bis es irgendwann zu spät war. Ich wünschte, er hätte mich angerufen, als er uns gefunden hat. Aber er hat wohl getan, was er für das Richtige hielt. Er muss geglaubt haben, wenn er euch das Haus hinterlässt, könnte er etwas wiedergutmachen. Und vielleicht hat er das ja wirklich. Es ist so wunderschön hier.«

Claire hatte das Gefühl, dass ihre Mutter abzuschweifen begann, weil sie sich nicht sicher war, was sie noch sagen sollte. Oder wie *sie* irgendetwas wiedergutmachen könnte. Wie sollte sie das auch, nach allem, was sie ihnen erzählt hatte? Wie sollte das irgendjemand?

»Wir haben geglaubt, dass wir die richtige Entscheidung getroffen haben«, fuhr ihre Mutter fort. »Wir haben beschlossen, dass es besser ist, euch nichts von alledem zu erzählen. Besser für euch. Weniger verwirrend. Und falls wir es euch doch irgendwann erzählen würden, dann erst, wenn ihr alt genug sein würdet, um es zu verstehen. Aber dann wurde euer Vater krank und ist gestorben. Das Leben ging weiter, und ihr seid immer erwachsener geworden. Ich wusste, was ich euch erzählen musste, aber ich war einfach nicht in der Lage, es allein zu tun. Es war einfacher, zusätzliche Schichten zu übernehmen. Wenigstens wusste ich so, dass ich als eure Mutter *etwas* richtig machte: Ihr wart gut versorgt. Aber ich war nicht da. Euch hätte auf der Fahrt hierher Gott weiß was passieren können, bei diesem Unwetter, in dieser Stadt, und … es wäre alles meine Schuld gewesen.«

Niemand sagte ihrer Mutter, dass es nicht ihre Schuld war. Niemand sagte überhaupt irgendwas.

Der Salon lag in so tiefe Stille getaucht, dass ein plötzliches Klopfen an der Haustür zehn Mal lauter wirkte.

Angst schoss durch Claires Adern, als sie eine Stimme rufen hörte: »HALLO? POLIZEI!«

DREISSIG

Murphy

Murphy setzte sich kerzengerade auf, trotz ihrer eingefrorenen Gelenke. Ihr war eiskalt, seit sie am Strand aufgewacht war, das Gesicht in den Sand gepresst und die Arme ihrer Mutter unerwartet um sie geschlungen. Doch nun wurde Murphy von einer anderen Kälte erfüllt, die klirrend an ihrer Wirbelsäule hinunterprickelte.

»Hallo? Polizei!«

Sie waren erwischt worden. Das Spiel war aus.

Die Stimme gehörte einer Frau, und sie klang seltsam vertraut, wie von einer Lehrerin, die Murphy vor Ewigkeiten in der Grundschule unterrichtet hatte, oder von einer der Verkäuferinnen, die sie oft im Supermarkt sah, oder –

»Kerry?« Ihre Mutter blickte zum Türrahmen des Salons, in dem eine Frau in dunkler Uniform stand. Ihr schwarzes Haar war zu einem Zopf geflochten, und ihr Gesicht war noch vertrauter als ihre Stimme, trotzdem brauchte Murphy noch eine Sekunde, bevor es ihr wieder einfiel: Es war die Frau aus *Ramsey's Diner*. Die Sheriffin von Rockport. Kerry.

Aber warum kannte ihre Mom Kerrys Namen? Und was noch seltsamer war: Warum starrte Kerry ihre Mom an, als kenne sie sie auch?

»Leslie?«, fragte sie und klang entschieden weniger barsch als noch vor einem Moment.

»Ich verstehe nicht ...«, sagte Kerry und näherte sich ihnen vorsichtig, so als seien die Sullivans ein Rudel Wildkatzen, das jeden Moment über sie herfallen könnte. »Leslie ... was zur Hölle machst du denn hier?«

Ihre Mom starrte Kerry mit offenem Mund an, das perfekte Spiegelbild des Schocks auf dem Gesicht der Sheriffin.

Das Ganze hier führte offensichtlich zu nichts. Murphy würde eingreifen müssen.

»Sie ist unsere Mom.« Murphy deutete erst auf sich selbst, dann auf ihre erstarrten Schwestern. »Wir, äh, haben ein bisschen geschwindelt, als wir im Diner waren. Entschuldigung. Aber es ist doch kein Verbrechen, die Polizei anzulügen, oder? Nicht wirklich?«

Murphy hatte keine Ahnung, was sie da gerade redete. Hatte ihr Gehirn aufgehört zu funktionieren? Hatte sie sich dort draußen am Strand einen Schaden eingefangen?

Kerry fixierte weiter starr Murphys Mutter, als sie fragte: »Das ... sind deine Kinder?«

»M-meine Töchter, ja«, stammelte ihre Mutter. »Sie haben einen Brief von Pats Anwalt erhalten. Gott weiß, ob das alles überhaupt stimmt. Darin stand, dass sie dies Haus geerbt haben.«

Kerry blinzelte verwirrt. »Ich verstehe nicht.«

»Willkommen im Klub«, murmelte Eileen.

»Laut dem Brief«, fuhr ihre Mom fort, »hat Patrick das Haus den Mädchen hinterlassen. Ich war nicht da, und sie sind einfach zu Hause losgefahren und hierhergekommen, um die Sache selbst unter die Lupe zu nehmen. Es tut mir leid, falls sie irgendwelchen Ärger gemacht haben.«

Kerry schüttelte den Kopf und zeigte auf Claire. »Nachdem ich dich abgeliefert hatte, bekam ich so ein komisches Gefühl. Ich bin nach Hause gefahren und dachte, wenn ich drüber schlafe, geht es wieder weg. Aber nachdem, was ihr im Diner über Patricks Haus gesagt hattet, konnte ich es einfach nicht abschütteln. Und dein Gesicht kam mir *so* bekannt vor … Darum bin ich hergekommen. Bonnie hat mich für verrückt erklärt. Aber das bin ich wohl doch nicht.«

Kerry schüttelte immer noch den Kopf, wirkte jedoch ein wenig entspannter, so als hätte sie gerade einen Horrorfilm angeschaut und würde sich langsam wieder fangen, während der Abspann lief. »Ich muss das erst mal alles in den Kopf kriegen«, sagte sie.

Ich auch, dachte Murphy. Und sie war sich ziemlich sicher, dass es ihnen allen so ging. In Murphys Kopf rauschte immer noch alles wild durcheinander, was ihre Mutter ihnen über die Enright-Brüder und die Morde erzählt hatte. Die wahre Geschichte, endlich.

»Es tut mir wirklich leid, Kerry«, wiederholte ihre Mom. »Ich weiß, wie ernst das alles ist, aber es ist meine Schuld. Ich habe die Mädchen unbeaufsichtigt allein gelassen. Wenn ich zu Hause gewesen wäre, wenn ich besser aufgepasst und gewusst hätte, was los war …«

»Das reicht jetzt.« Kerry winkte ab und schaute ihre

Mutter beinahe wütend an. »Es geht hier nicht um einen Einbruch. Es geht um etwas viel Ernsteres – und tu bitte nicht so, als wüsstest du das nicht. Ich meine, Leslie, mein Gott. *Du* bist *hier*!«

»Ich«, flüsterte ihre Mutter und ließ die Schultern sinken, und mit einem Mal kam sie Murphy viel jünger vor – so jung wie Eileen. »Es tut mir leid, dass ich dir nie geschrieben habe.« Ihre Mom stand von der Couch auf. »Mark und ich waren uns einig, dass es besser ist, sämtliche Verbindungen abzubrechen. Es war nicht so, dass wir es uns nicht reiflich überlegt hätten oder dass es für uns nicht auch hart gewesen wäre. Es war die Hölle, Kerry. Und ich hätte wirklich eine Freundin gebrauchen können.«

»Wo?«, fragte Kerry.

»Drei Stunden südlich von hier. Mark hatte eine Stellenanzeige entdeckt und einen Job in der Bibliothek angenommen. Wir dachten, es wäre nur für den Übergang, bis wir ein bisschen zur Ruhe gekommen wären und weiterziehen könnten – nach Sacramento, vielleicht, oder L. A. Aber dann … na ja, kam uns das Leben dazwischen.«

Murphy war vor lauter neuen Informationen immer noch ganz schwindelig, aber sie verstand immerhin, was »das Leben kam uns dazwischen« bedeutete: Eileen, Claire und Murphy, und dann der Tod ihres Dads. Das war ziemlich viel Leben für ein paar Jahre.

»Mark?«, fragte Kerry flüsternd, so als wüsste sie es bereits.

»Leukämie.« Der Kiefer ihrer Mutter verkrampfte sich. Zu Hause sprach sie nicht viel über ihren Vater, aber wenn sie es tat, war ihr Kiefer immer genauso verspannt, so als hätte sie ihn verriegelt, um all die schlimmen Dinge in ihrem Inneren einzusperren. »Die Krankenhausrechnungen waren horrend. Danach war nicht mehr an einen Umzug zu denken.«

»Du hättest schreiben oder anrufen können.«

»Ich hab … mich geschämt.« Ihre Mutter ließ den Kopf sinken und begann zu zittern – ihre Stimme, ihr Körper –, so als stünde sie kurz vor einem Zusammenbruch.

»Mein Gott.« Kerry kniff sich in den Nasenrücken. »Das ist hier ja wirklich ein wahrer Weihnachtstraum.«

Im Salon wurde es still, und Murphy blickte sich um – erst zu Eileen, mit ihren dunklen Augen und verschränkten Armen, dann zu Claire, die mit leerem Blick im Schneidersitz auf der Couch saß. Dann wandte sie sich wieder ihrer Mom und Kerry zu, die überall hinschauten, nur nicht einander in die Augen. Sie waren Freundinnen gewesen, früher einmal. Das war es. Vor Jahren hatten ihre Mom und Kerry in Rockport gewohnt, waren zusammen als Teenager hier aufgewachsen.

Dann waren die Morde passiert.

Und jetzt prallten in einer gewaltigen Explosion Vergangenheit und Gegenwart aufeinander. *Hatte Onkel Patrick gewusst, dass so was passieren würde, als er uns sein Haus hinterließ?*, fragte sich Murphy. Es war durchaus möglich, dass dies Patrick Enrights ganz persönlicher »Ta-da«-Moment war. Dass er, genau wie Murphy, ein echter Magier gewesen war.

Denn hier waren sie, alle drei Sullivan-Schwestern – und zwei wiedervereinte alte Freundinnen. Wenn das keine Magie war. Die gute Art von Magie. Wie Cayenne Castle.

Und obwohl Murphy bis auf die Knochen durchgefroren und so verwirrt war, dass sich ihr Verstand drehte wie ein wilder Kreisel, empfand sie ein Gefühl der Gewissheit und Sicherheit, dass sie bisher nie gekannt hatte.

»Also«, durchbrach sie die Stille, »dann werden Sie uns nicht verhaften?«

Sie lächelte Kerry schuldbewusst an und hob die Arme, als wolle sie sagen: *Es ist schließlich Weihnachten, nicht wahr?*

Dann tat Kerry etwas Unerwartetes: Sie lachte. In ihren Augenwinkeln schimmerten Tränen, und beim Lachen kullerten sie über ihre Wangen.

»Gott«, stieß sie aus. *»Gott.«*

»Kerry«, sagte ihre Mutter, »wir verschwinden von hier, versprochen. Wenn es wahr ist, was dieser Anwalt behauptet, dann werden die Mädchen die Sache von jetzt an ordnungsgemäß verfolgen. Keine Einbrüche mehr.«

Kerry wischte sich die Tränen weg und atmete tief durch. »Es ist Weihnachten, Leslie. Ich werde euch nicht verhaften. Ich werde euch zu mir nach Hause einladen.«

Murphy blinzelte, zum hundertsten Mal an diesem Tag war sie völlig perplex.

»Ich wollte mich nicht aufdrängen«, erwiderte ihre Mom. »Das war ein Missverständnis. Wir wollten nicht –«

»Keine Widerrede«, unterbrach Kerry sie. »Ich gewinne *jede* Auseinandersetzung, schon vergessen? Du hast das immer als meine ganz spezielle Superkraft bezeichnet.«

»Bist du deshalb zur Polizei gegangen?«

Ein etwas seltsamer Ausdruck huschte über Kerrys Gesicht. »So was in der Art. Und jetzt kommt mit, alle vier.

Bonnie bereitet gerade einen gigantischen Weihnachtsbrunch vor.«

Brunch. Bei dem Wort begann Murphys Magen vor Heißhunger förmlich zu kreischen. Wann hatte sie zum letzten Mal etwas gegessen? Sie konnte sich nur noch lebhaft daran erinnern, *was* sie gegessen hatte: madige Schokoladenlinsen. Und ein Weihnachtsbrunch war das genaue Gegenteil davon. Ein Weihnachtsbrunch war einfach *der Hammer.*

»Oh, ja«, sagte sie zu Kerry. »Wir kommen natürlich sehr gerne.« Was sollten sie auch anderes tun, wenn die Sheriffin von Rockport sie aufforderte? Sie mussten ihr schließlich Folge leisten.

»Dann wäre das ja geklärt«, erwiderte Kerry. »Leslie, ich nehme an, der Subaru gehört dir?«

»Ja.«

»Und ...« Kerry trommelte mit den Fingern auf ihrem Oberschenkel und ließ den Blick über die Schwestern wandern. »Dieser verlassene Caravan, der gestern gemeldet wurde, gehört dann wohl euch?«

»Schuldig«, antwortete Eileen, die Arme immer noch verschränkt.

Kerry nickte sachlich. »Darum kümmern wir uns später. Aber jetzt: raus mit euch. Ich werde euch zwar nicht verhaften, aber ich werde mich auch nicht der Beihilfe zu einem *theoretischen* Verbrechen schuldig machen.« Kerry nickte in Richtung Tür.

»Murphy?« Claire kniete sich neben sie. »Kannst du alleine gehen?«

Murphy rollte mit den Augen. »Mir ist nur ein bisschen kalt.«

Damit konnte sie die Besorgnis jedoch nicht aus Claires Gesicht vertreiben.

Sie hat ein schlechtes Gewissen, wurde Murphy bewusst, als sie sich unter Claires wachsamen Blicken erhob. *Sie ist abgehauen, und jetzt fühlt sie sich mies deswegen.*

Für Murphy gab es zwei Möglichkeiten, mit dieser Tatsache umzugehen: Sie konnte theatralisch humpeln und für den größeren dramatischen Effekt mit den Zähnen klappern. Oder sie konnte dafür sorgen, dass Claire sich besser fühlte. Denn vielleicht hatte Claire ja einfach nicht nachgedacht, als sie davongerannt war. Wie all die Male, wenn Murphy nicht daran gedacht hatte, Siegfried zu füttern.

Als sie das Haus verließen, nahm Murphy Claires Hand, drückte sie ganz fest und flüsterte: »Ich bin froh, dass du zurückgekommen bist.«

Claire sah sie an, beinahe erschrocken, ein helles Leuchten in ihren Augen. Als sie kurz darauf auf den Rücksitz des Subarus kletterten, lag ein leises Lächeln auf ihrem Gesicht.

Murphy schnallte sich an, und dann ließ ihre Mutter den Motor aufheulen und winkte Kerry durch die Windschutzscheibe zu, bevor sie dem Streifenwagen der Sheriffin die Klippenstraße hinunter folgte. Instinktiv holte Murphy das Seil aus ihrer Manteltasche.

Drüber, drunter, durchziehen, fertig.

Es gab so vieles, worüber sie nachdenken musste. So vieles, was sie verstehen musste. Aber für den Moment reichte der Seiltrick völlig aus.

EINUNDDREISSIG

Eileen

Sie hatte sich geirrt.

Zwei Jahre lang hatte Eileen mit allem völlig falschgelegen.

Aber sie hatte auch recht gehabt.

Sie *war* die Tochter von Mark Enright, und sie *war* angelogen worden. Diese beiden Wahrheiten blieben unverändert. Was die Einzelheiten anging, hatte sie jedoch katastrophal danebengelegen.

Während sie am Tisch saß und Kerrys und Bonnies Small Talk hin und wieder mit einem Nicken kommentierte, explodierte jede einzelne dieser Kleinigkeiten wie eine winzige Feuerwerksrakete in ihrem Kopf: Mark Enrights geänderter Name, die Wahrheit über die Morde, Sophia Enrights Krankheit, Eileens Herkunft.

Die Briefe, die sie im Wäscheschrank gefunden hatte, waren nicht an eine junge Frau geschickt worden, die in eine brüderliche Affäre verstrickt gewesen war, sondern an ein Mädchen, das seinen unschuldigen Freund vor Gericht verteidigt hatte. Eine Jugendliche, die Rockport verlassen hatte und so weit fortgegangen war, dass sie und Mark Enright als die Sullivans ganz neu anfangen konnten.

Ein emanzipiertes Pflegekind und ein zu Unrecht beschuldigter Junge mit Highschoolabschluss – das waren Eileens Eltern. Das war eine Geschichte, so vollkommen anders als jene, die sie sich zwischen unzähligen *Jack Daniel's* selbst erzählt hatte. Wie hatte sie sich nur so sehr irren können?

»Leenie.«

Murphy verpasste Eileens Stiefel unter dem Tisch einen Tritt und lenkte ihre Aufmerksamkeit wieder auf den Brunch. Genauer gesagt auf die Tatsache, dass Bonnie ihr, mit einem Glasteller in der Hand, eine Frage gestellt hatte.

»Süßkartoffelauflauf?«

»Äh«, krächzte Eileen. »Nein, danke.«

Die Aromen, die über den Birkenholztisch waberten, waren unglaublich: Honigschinken, grüne Bohnen, Kartoffelpüree mit Parmesan, karamellisierte Pekannüsse. Kerrys Frau, Bonnie, kochte mindestens auf *MasterChef-Niveau*, und Eileen war wirklich hungrig, nachdem sie zwei Mahlzeiten ausgelassen hatte. Aber Hunger und Appetit waren zwei verschiedene Dinge. Eileens Körper war viel zu sehr damit beschäftigt, alle Energie in ihr Gehirn zu pumpen – für ihre Verdauung blieb da nichts übrig.

Sie blickte über den Tisch zu ihrer Mutter. Sie trug eine Jogginghose und ein übergroßes T-Shirt, war ungeschminkt und hatte sich die zerzausten Haare hinter die Ohren gesteckt. Sie musste wirklich völlig überstürzt aus Florida ab- und zurück nach Oregon gereist sein, denn ihr Aussehen schien ihr dabei herzlich egal gewesen zu sein.

Dank Bonnie hatte ihre Mutter ein wahres Bombardement höflicher Fragen über sich ergehen lassen müssen, gespickt mit einer Handvoll nicht ganz so höflicher von Kerry, etwa: »Verdammt, was machst du eigentlich beruflich?«, oder: »Willst du mir etwa sagen, du warst mal hier und hast dich nicht bei mir gemeldet?«

Doch ihre Mutter hatte auch selbst ein paar Fragen: »Ihr zwei habt euch in Portland kennengelernt?«, und: »Was hat euch wieder hierher zurückgeführt?«

Als Bonnie ihrer Mutter etwas von dem Süßkartoffelauflauf anbot, zuckte sie zusammen. War sie immer so schreckhaft? Eileen hatte aufgehört, den kleinen Dingen Beachtung zu schenken, die ihre Mom betrafen, nachdem sie die Briefe gefunden hatte. Jetzt nahm sie jedoch alles in sich auf: die zarten blonden Strähnen um das Gesicht ihrer Mom, die Sommersprossen auf ihren Händen, ihre ein wenig spröden Lippen. Hier saß ihre Mutter, und doch kam sie Eileen wie eine Fremde vor.

Kerry und Bonnie hatten auch den Schwestern ein paar Fragen zu ihrem Leben in Emmet gestellt, auf die sie jedoch nur vage, distanzierte Antworten erhalten hatten. Eileen wusste, dass Murphy und Claire genauso benommen waren wie sie und die plötzlichen Neuigkeiten noch immer zu verarbeiten versuchten. Es ließ sich nicht leugnen: Dies war der seltsamste Weihnachtsbrunch in der Geschichte der Weihnachtsbrunche. Darauf hätte Eileen ihr Leben verwettet. Sicher, sie hatte bisher keine weitreichenden Erfahrungen das betreffend gesammelt – das Wort »Brunch« gehörte nicht zum aktiven Wortschatz der Sullivans. Aber was könnte wohl noch seltsamer sein als ein Essen mit der

Sheriffin einer winzigen Stadt, von deren Existenz man erst vor ein paar Tagen erfahren hatte, und das nur dank eines Briefs vom Anwalt seines toten Onkels, von dessen Existenz nun wieder man zuvor ebenso keine Ahnung gehabt hatte?

Alles, was sie dementsprechend zum Small Talk beitragen konnte, als Bonnie sich erkundigte, ob Eileen gerne in die Highschool gegangen war, war: »Nicht wirklich, aber das ist doch eigentlich normal, oder?« Gefolgt von: »Wo finde ich denn euer Badezimmer, bitte?«

Bonnie zeigte freundlich den Flur hinunter und verwies sie auf die zweite Tür links.

Eileen flüchtete und ging auf die Toilette. Als sie fertig war, blieb sie jedoch, wo sie war. Sie stand vor dem ovalen Spiegel und betrachtete sich genauso intensiv, wie sie ihre Mutter beobachtet hatte.

Dunkles Haar. Dunkle Augen. Hoch aufgeschossen. Anders als ihre Schwestern und ihre Mutter, als die Fotos und Erinnerungen an ihren Vater. Anfangs hatte sie geglaubt, es seien ihre einzigartigen Eigenschaften. Dann hatte sie geglaubt, sie seien Anzeichen für die Blutsverwandtschaft mit einem Mörder. Die einzelnen Puzzleteile schienen zu passen, deshalb hatte sie darauf bestanden, sie in das Bild von sich selbst zu quetschen.

Doch wer blickte sie nun aus dem Spiegel an? Die älteste Tochter ihrer Eltern. Wahrscheinlich war sie eine Überraschung für die beiden gewesen, aber nicht so, wie Eileen es geglaubt hatte. Sie war das Kind ihrer Eltern. Sie war sie selbst: Eileen Sullivan, die es einmal geliebt hatte, Kunst zu erschaffen.

Sie brauchte was zu trinken. Sie gierte nach dem Stoff,

der ihren Verstand aus der Realität lösen konnte. Ihr Blick fiel auf das Etikett der Mundspülung auf dem Badezimmerschrank: DIE NEUE FRISCHEEXPLOSION.

Was sie in diesem Moment nicht für eine Frischeexplosion gegeben hätte.

Sie blickte erneut auf ihr Spiegelbild, auf das kantige, von Verzweiflung umschattete Gesicht.

Gott, Eileen, dachte sie. *Du hattest eine verfluchte Offenbarung und bist trotzdem so verdammt vorhersehbar.*

Nun konnte sie das Wort mit gefasster Überzeugung aussprechen, ganz anders als noch an diesem Morgen.

»Alkoholikerin«, klagte sie das Mädchen im Spiegel an. Eileen hatte endlich die Wahrheit zugegeben.

Als es an der Badezimmertür klopfte, stolperte sie erschrocken vom Waschbecken weg.

»Besetzt!«, rief sie und streckte eine Hand aus, um die bereits blanke Toilette zu spülen.

»Eileen?« Die Tür öffnete sich einen Spalt, und das Gesicht ihrer Mutter tauchte auf, die Nase zuerst. Eine markante Nase, wie Eileens. Zumindest das hatten sie gemeinsam.

»Gott, *Scheiße*!«, stieß Eileen aus.

Ihre Mutter öffnete die Tür noch weiter, kam herein und schloss sie wieder hinter sich.

»Ich wollte nur sichergehen, dass es dir gut geht«, sagte sie.

»Wie, jetzt auf einmal?«

Die Worte kamen ihr völlig unfreiwillig über die Lippen, und Eileen klatschte sich noch im selben Moment erschrocken eine Hand auf den Mund, als wolle sie ihn versiegeln.

Wie ein kleines Mädchen, das ein böses Wort gesagt hatte. Plötzlich kam sie sich wirklich wieder vor wie ein Kind.

Falls sie ihre Mutter mit den Worten verletzt hatte, ließ die es sich nicht anmerken. Sie wirkte eher nachdenklich und erwiderte: »Nein, das stimmt nicht. Deshalb bin ich nicht hier. Ich dachte, wir sollten uns vielleicht mal unterhalten.«

»Sollten wir?«

»Eileen.«

»Was?«

»Es geht dir nicht gut. Wenn ich ehrlich bin … weiß ich es schon seit Langem. Es geht dir schon seit einer ganzen Weile nicht gut.«

Wusste sie über den Alkohol Bescheid?

Eileen konnte ihre Mutter noch so intensiv betrachten, aber lesen konnte sie nicht in ihr. Aber sie wollte im Augenblick auch nicht über Whiskey oder Wein reden. Stattdessen platzte sie heraus: »Ich hab die Briefe gelesen. Die du im Schrank versteckt hast.«

Ihre Mutter blinzelte noch nicht einmal. Sie wirkte nicht erschrocken, und zu ihrer Verteidigung musste Eileen zugeben, dass sie wenigstens nichts so Banales sagte wie: »Oh, Schatz, es tut mir so leid.«

Stattdessen sagte sie: »Ich hätte sie nicht dort aufbewahren sollen. Um ehrlich zu sein, hatte ich sie völlig vergessen.«

»Warum hast du sie denn überhaupt aufbewahrt?«

Ihre Mutter senkte den Blick zu den rosa Badezimmerfliesen. »Ich weiß es nicht. Vielleicht wollte ich Beweise, falls uns irgendjemand in Emmet aufspüren und das Gesetz selbst in die Hand nehmen würde. Vielleicht wollte ein Teil von mir aber auch nur eine Erinnerung an Rockport – daran, wie es dort für uns war. Oder an den Grund, warum wir uns von dort fernhalten mussten. Ich weiß es nicht, Eileen. Ich habe darauf keine gute Antwort.«

»Ich wusste nicht, dass Mark Enright Dad war. Ich dachte, er sei jemand anders. *Mein* Dad.«

Plötzlich schien ihre Mutter alles zu begreifen, und sie öffnete stumm ihre Lippen.

»Ich dachte, er hätte die Morde begangen«, fuhr Eileen fort, und dann begann sie, zu ihrem eigenen Entsetzen, zu weinen.

»Leenie.« Ihre Mom schlang die Arme um sie, aber sie drückte Eileen nicht fest an sich – es war eine vorsichtige Umarmung. »Es gibt so vieles, was ich dir hätte erzählen sollen. Es gibt so viele Dinge, die ich hätte anders machen können.«

»Ja«, stimmte Eileen ihr zu.

Weil dies nicht der Moment war, ihrer Mom dabei zu helfen, sich besser zu fühlen. Das hier *musste* sein. Es hatte sich in den letzten zwei Jahren in Eileen aufgestaut, befeuert von Alkohol, unbehaglicher Stille und geschlossenen Zimmertüren.

»Ich hab mich geirrt«, sagte Eileen, wischte sich mit dem Handrücken die laufende Nase. »Aber ich schätze, das ist auch keine Überraschung. Ich meine, ich hab in Genetik jede Klausur total in den Sand gesetzt.«

Ihre Mom packte Eileen an den Ellenbogen und betrachtete sie von Kopf bis Fuß. »Euer Dad war *dein* Dad, Eileen. Und er hat dich unendlich geliebt.«

»Aber ich war der Grund, warum ihr in Emmet bleiben musstet, oder? Weil ihr ein Kind hattet.«

Ihre Mom erwiderte: »Du bist gekommen, als wir dich am meisten brauchten.«

In Eileens Hals hing ein Kloß von der Größe eines Tennisballs. Sie konnte ihn nicht hinunterschlucken. Sie brauchte wirklich was zu trinken. Aber das hier brauchte sie noch mehr.

»Wusstest du es?«, krächzte sie um den Kloß herum.

Ihre Mutter zog die Stirn in Falten. »Wusste ich was?«

Und dann wurde Eileen klar, dass sie keine Ahnung hatte. Eileen hatte ihre Trinkerei tatsächlich so gut versteckt, wie sie geglaubt hatte – vielleicht nicht vor Claire, aber vor ihrer Mom. Es war eine ziemliche Leistung, wenn auch keine, auf die sie stolz sein konnte.

Eileen ließ die Frage im Raum hängen. Sie erwiderte die Umarmung, schlang die Arme um das dünne T-Shirt ihrer Mutter und drückte sie ganz fest an sich. Diesmal war es keine vorsichtige Umarmung.

»Hey!«, rief eine Stimme im Flur. *Murphy*. »Mom! Leenie! Ihr *müsst* kommen und euch den Kuchen anschauen, den Bonnie gebacken hat!«

Keine von ihnen rührte sich.

ZWEIUNDDREISSIG

Claire

Claire konnte die Augen nicht von ihnen abwenden: Kerry und Bonnie. Von den Blicken und Worten, die sie über Bonnies Pistazien-Schokoladenkuchen wechselten; über den Tisch hinweg, als Claire ihnen half, das Geschirr abzuräumen; über der Spüle, als sie den Geschirrspüler einräumten und die Teller in seifiges Wasser tauchten.

Sie wusste, dass es unheimlich war, praktisch vollkommen Fremde so anzustarren, aber Claire passte auf, dass ihr Blick nie *zu* lange auf ihnen verharrte. Trotzdem klebte sie förmlich an jedem einzelnen banalen Wort, das den beiden Frauen über die Lippen kam: bei ihrer kurzen Diskussion über die Rechnung fürs Kabelfernsehen, bei ihrer Unterhaltung über ihre Pläne für Silvester und als Bonnie von ihrer Arbeit im »Café Schilfrohr« erzählte, der Bäckerei von Rockport. Claire war wie gebannt. Fasziniert.

Denn wie war das möglich? Wie konnten zwei kluge, selbstbewusste Frauen, die einander liebten, in einem Kaff mitten im Nirgendwo in Oregon wohnen? Und was noch viel wichtiger war: Wie konnten sie dabei *glücklich* sein?

Denn sie wirkten glücklich, obwohl ihr Haus eher klein und die Küche ziemlich veraltet war. Obwohl sie in einer winzigen Stadt wohnten, in der es noch nicht mal einen Walmart gab – einer Stadt voller engstirniger Bewohner, die Claires Eltern vor langer Zeit praktisch verbannt hatten.

Ihre Eltern. Leslie Clark. Mark Enright. Teenager mit einer schrecklichen Geschichte, über die Claire nicht das Geringste gewusst hatte.

Das hätte sie verarbeiten sollen: Mord, Skandale, Geheimnisse. Die Tatsache, dass ihre Mom, die seit Jahren so distanziert gewesen war, plötzlich wieder ein Teil von Claires Leben war, ihr nahe sein und sich um sie kümmern wollte.

Doch Claire dachte nicht über all das nach. Stattdessen beobachtete sie Kerry und Bonnie, während sich ihre Mutter mit Eileen im Flur unterhielt, schon seit über einer Stunde. Ganz offensichtlich hatten die beiden auch so einiges miteinander zu klären. Murphy hatte inzwischen um Erlaubnis gebeten, den Fernseher anschalten zu dürfen, hatte es sich davor gemütlich gemacht und schaute *Fröhliche Weihnachten*. Die müde Erzählerstimme schwebte vom Wohnzimmer in die Küche, wo Claire die letzten Servierplatten abtrocknete. Bonnie hatte den Raum verlassen, um einen Anruf ihres Vaters entgegenzunehmen. Kerry zog den Stöpsel aus dem Abfluss des Spülbeckens, rieb sich die verschrumpelten Hände an ihrer Jeans trocken und seufzte tief.

»Na«, stöhnte sie, »das wär geschafft.«

»Es … tut mir leid«, flüsterte Claire. Auch wenn sie die beiden in der vergangenen Stunde ausführlich beobachtet hatte, hatte sie kaum ein Wort gesagt. Nun klang ihre Stimme rau und unsicher.

»Was tut dir leid?«, fragte Kerry überrascht.

Mit dem Geschirrtuch in der Hand beschrieb Claire einen weiten Bogen, so als wolle sie sagen: *das alles*. »Dass ich dich wegen des Hauses angelogen habe, und darüber, wer ich bin. Dass wir euren Weihnachtsbrunch ruiniert haben. Ich bin mir sicher, dass er etwas ganz Besonderes für euch gewesen wäre und dass ihr haufenweise Reste gehabt hättet. Ihr hättet –«

Kerry unterbrach Claire mit einem schallenden Lachen. »Du machst dir Sorgen, weil wir keine Reste übrig haben?«

»Unter anderem«, murmelte sie.

»Glaub mir«, versicherte Kerry, »Bonnie und ich freuen uns, dass ihr hier seid. Du hast ja keine Ahnung, was es mir bedeutet, Leslie wiederzusehen. Und dass ihr Mädchen ihre und Marks Kinder seid … na ja, das ist schon ein Ding. Vielleicht kein Weihnachtswunder, aber ein … Weihnachtsirgendwas.«

»Schock?«, schlug Claire vor.

»Wäre noch untertrieben«, erwiderte Kerry.

»Wir müssen trotzdem alles durcheinandergebracht haben«, beharrte Claire. Sie wollte unbedingt hören, dass ihre Entschuldigung angenommen wurde. »Ich bin mir sicher, dass ihr Pläne hattet, und dazu gehörte sicher nicht, uns davon abhalten zu müssen, in Onkel Patricks Haus einzubrechen. Ich hätte schon ehrlich zu dir sein sollen, als du mich gestern Nacht aufgesammelt hast. Ich fühle mich deswegen wirklich mies.«

»Warum?«, fragte Kerry. »Ich an deiner Stelle hätte

genauso gelogen. Wie dem auch sei, das Ganze war ein Abenteuer für euch Mädchen. Ihr wusstet schließlich nicht, wem ihr vertrauen könnt.«

»Das hast du wohl recht«, erwiderte Claire matt. »Ich komme mir nur so … albern vor. In diesem Haus gab es *nichts* für uns. Es ist nur ein Haus. Ich hab mich einfach von dem ganzen Drama mitreißen lassen, weißt du? Man findet schließlich nicht jeden Tag heraus, dass man einen geheimnisvollen Onkel hat, der einem sein Vermögen hinterlassen hat.«

»Ist schon ziemlich Charles-Dickens-mäßig«, stimmte Kerry ihr zu.

Claire richtete ihre Aufmerksamkeit auf das Geschirrtuch, legte den Leinenstoff an den Kanten zusammen und hängte es dann über den Griff des Ofens. Sie wollte noch nicht aufhören, sich mit Kerry zu unterhalten, aber sie war sich nicht sicher, ob sie wirklich fragen *konnte*, was sie sie fragen *wollte*. Claire war sich noch nicht mal sicher, ob sie ihre eigentliche Frage überhaupt selbst kannte.

»Claire, ist alles okay?«

Claire starrte weiter auf das Geschirrtuch, fuhr mit den Fingern über das gelbe Blumenmuster und den feuchten grünen Saum. »Du hast gestern Abend etwas gesagt. Dass es nicht leicht war, in Rockport zu leben. Findest du das immer noch? Ich meine, warum seid ihr denn nicht in Portland geblieben?«

»Ich hab's dir doch gesagt«, antwortete Kerry. »Bonnie liebt die Küste.«

Claire hob den Blick. »So einfach?«

»Ich habe nicht gesagt, dass es einfach war. Aber intolerante Menschen gibts überall. Bigotte, Homophobe – sie haben kein Monopol auf Kleinstädte. Natürlich ist es nicht fair, wenn man sich ständig mit solchen Leuten herumschlagen muss. Aber man kann sich deswegen auch nicht davon abhalten lassen, sein Leben zu leben. Also sucht man sich den Ort aus, der einem am besten gefällt, und mit etwas Glück findet man dort, was man sucht. Das ist für jeden etwas anderes, und es kann sich zwischendurch auch verändern. In meinen Zwanzigern wollte ich in Portland leben, aber heute gefällt es mir in Rockport. Hier gibt es Menschen, die mich schon als kleines Mädchen kannten oder die mit mir aufgewachsen sind. Es ist sicher nicht jedermanns Sache, aber ich empfinde es in gewisser Weise als beruhigend, Leute als Nachbarn zu haben, die über meine sprichwörtlichen Leichen im Keller Bescheid wissen.«

»Leute, die wissen, dass du nicht perfekt bist«, murmelte Claire.

»Wer hat irgendwas davon gesagt, dass ich nicht perfekt bin?«, scherzte Kerry trocken. Dann breitete sich ein Lächeln auf ihrem Gesicht aus, und auch Claire musste lachen.

»Weißt du«, fügte Kerry hinzu, »es gibt keinen *richtigen* Weg, sein Leben zu leben. Das ist das Einzige, was ich dir mit Sicherheit sagen kann. Und jeder, der was anderes behauptet, erzählt dir nur Mist.«

Claire nickte unwillkürlich. In ihr bröckelte etwas: All die Mauern, die sie in ihrem Kopf und in ihrem Herzen errichtet hatte – perfekt und glatt – begannen, erste Risse zu zeigen. Die Worte *Plane nicht für Misserfolge* erschienen ihr auf einmal furchtbar banal.

Im Leben ging es nicht um »Ambitionslose gegen Überflieger«. Wer sollte dabei schon den Richter spielen?

Claire dachte an ein Mädchen namens Leslie, in ihrem Alter, ohne Eltern und mit einem Freund, der vor Gericht stand, beinahe wahnsinnig vor Angst. Sie dachte an den Mut, der nötig war, um in den Zeugenstand zu treten und die Wahrheit zu sagen, um Gott weiß wohin zu flüchten und ein neues Leben zu beginnen.

Es hatte nichts mit Ambitionslosigkeit zu tun, auch wenn alle Außenstehenden – vor allem Harper Everly – ihrer Mom genau das vorgeworfen hätten. Claire hatte es schließlich auch getan.

»Oh, nein! Kann ich noch irgendwie behilflich sein?«

Claire blickte auf und erschrak, als sie ihre Mutter im Türrahmen stehen sah. Obwohl sie lächelte, waren ihre Augen rot unterlaufen.

»Ha, gutes Timing«, sagte Kerry und zwinkerte Claires Mutter zu.

»Wir sind gerade fertig«, fügte Claire hinzu.

Als ihre Mutter ihren Blick einfing, kam ihr plötzlich ein gewagter Gedanke: Was, wenn auf dem Haus in Emmet auch ein Fluch gelegen hatte? Genau wie auf dem Haus in der Laramie Road 2270, von dem ihre Mutter ihnen erzählt hatte. Ein Fluch, der die Sullivan-Mädchen auseinandergetrieben und sie in dunkle, einsame Ecken verbannt hatte.

Ein Fluch, der gerade eben durchbrochen wurde, indem ihre Mom sie anschaute.

»Du und Kerry habt wahrscheinlich noch einiges nachzuholen, was?«, fragte Claire nervös. Sie entfernte sich von der Küchentheke und ging zur Tür.

Als sie über die Schwelle trat, griff ihre Mutter Claires Hand. Sie drückte sie einmal ganz fest und sagte: »Frohe Weihnachten.«

»Frohe Weihnachten, Mom«, erwiderte Claire und floh dann in Richtung Wohnzimmer, während sich Tränen in ihren Augen bildeten. Im Flur blieb sie noch einmal stehen, außer Sichtweite, und lauschte Leslie und Kerry, die sich in vertrautem Tonfall unterhielten, warm und ein wenig erschöpft. Claire stand da und dachte über ihr Leben nach.

Yale.

Ainsley St. John.

Ihre Mom und die Bahamas-Kreuzfahrt.

Die Enright-Brüder, die Sullivan-Schwestern.

Sie dachte an all die Dinge, die sie nicht kontrollieren konnte. Ihr Überflieger-Status schien angesichts all dessen in weite Ferne gerückt zu sein. Aber vielleicht war er das ja immer gewesen.

Murphy lag ausgestreckt auf dem Sofa im Wohnzimmer, eine Hand in einer Schüssel mit M&Ms. Im Fernsehen heulte ein Kind vor Qualen – seine Zunge klebte an einem vereisten Pfosten fest.

»Hey«, sagte Claire und setzte sich neben Murphy, und einen Moment lang schauten sie schweigend gemeinsam *Fröhliche Weihnachten*, während das Licht der wechselnden Szenen über ihre Gesichter flackerte. Es war seltsam tröstlich, einfach nur mit ihrer Schwester fernzusehen. Claire konnte sich nicht daran erinnern, wann sie sich zum letzten Mal einen Film zusammen angeschaut hatten.

Sie fragte sich, wie viele Filme Murphy ganz allein angesehen hatte.

»Willst du welche?«, überraschte Murphy sie und hielt ihr die Schüssel mit den M&Ms hin. »Keine Maden. Ich hab extra nachgeguckt.«

»Nein, danke«, sagte Claire.

Dann sah sie einen Anflug von Verletztheit in Murphys Augen aufblitzen. Als ginge es bei dieser Frage nicht um Schokolade. Als sei sie vielmehr ein Test. Ein Wendepunkt. Die Trennlinie zwischen Vergangenheit und Zukunft.

Murphy hatte Claire im Laufe der Jahre so viele Fragen gestellt – Fragen, die Claire als nervtötend empfunden hatte. Und Claire hatte immer nur mit Nein darauf geantwortet, wieder und wieder. Und irgendwann hatte Murphy aufgehört zu fragen. Es auf*gegeben*.

Und jetzt machte sie ihr ein simples Angebot: Schokolade zu Weihnachten.

Claire wusste, was sie zu tun hatte. Bevor Murphy die Schüssel wieder wegziehen konnte, tauchte Claire ihre Hand in die Schokolinsen, grapschte sich eine Faustvoll und stopfte sie sich in den Mund. Es war das Claire-Untypischste, was sie in den letzten zwei Jahren getan hatte. Es war das Und-Harper-Mäßigste. Und was Claire als Nächstes tat, war sogar noch schlimmer: Sie kaute einen Moment lang, riss den Mund dann ganz weit auf und präsentierte ihr schokoladiges Grinsen.

Murphy glotzte sie starr vor Erstaunen an. »Cool. Ich hätte nicht gedacht, dass du das draufhast.«

»Ich auch nicht«, gestand Claire und leckte sich die Zuckerschicht von den Zähnen. Sie fühlte sich lebendig, wie von einem Gewicht befreit, das sie nie höher als einen Zentimeter vom Boden hatte abheben lassen.

»Wie, hier drin steigt ’ne Party und ich bin nicht eingeladen?« Eileen kam ins Zimmer, ihre Augen wie die ihrer Mom: feucht und gerötet. Aber ihre Frage klang nicht wütend. Claire kannte Eileens Stimmlagen. Das hier war die, die sie benutzte, wenn ihr etwas leidtat, sie es aber nicht laut aussprechen konnte.

Claire rutschte ein Stück zur Seite und bedeutete Eileen, sich zu ihnen auf die Couch zu setzen. Als sie es tat, wagte Claire es: Sie lehnte den Kopf an die Schulter ihrer Schwester. Denn so sagte *Claire*, dass es ihr leidtat, ohne es laut auszusprechen. Es tat ihr leid, dass sie so ein Harper-Everly-Arschloch gewesen war. Dass sie Eileen als Ambitionslose abgestempelt und aus ihrem Leben verbannt hatte. Dass sie so lange auf Ivy-League-Unis und die geheimnisvolle Ainsley St. John fixiert gewesen war, dass sie ihre echten Schwestern im sehr echten Oregon vergessen hatte.

Sie und Eileen hatten sich einmal nahegestanden – verbunden durch Liebe und Familie. Vor zwei Jahren war dieses Band zwischen ihnen gerissen. Aber jetzt konnten sie vielleicht damit beginnen, es wieder zusammenzufügen.

Während die Sullivan-Schwestern schweigend fernsahen, spürte Claire mit einem Mal eine Leichtheit in sich, so als sei nun all das böse Blut aus ihren Adern geschwemmt, als sei sie reingewaschen. Das nagende Gefühl, sich entschuldigen zu müssen, war verschwunden.

Sie fühlte sich wie ein klarer blauer Himmel.

Sechsundzwanzigster Dezember

DREIUNDDREISSIG

Murphy

Ihr Zuhause erschien Murphy kleiner als in ihrer Erinnerung. Die Vinylverkleidung wies Schimmel auf und die Farbe blätterte von den Fensterläden ab. Der Belag der Einfahrt hatte an hundert Stellen Risse, und die Tanne im Vorgarten wirkte unterernährt. All das war für Murphy nicht neu, sie sah das Haus schließlich jeden Tag. Nur jetzt, im harten Licht des sechsundzwanzigsten Dezember, wirkte es deprimierend.

Hatte das Haus in der Laramie Road 2270 *ihr* Zuhause für immer für sie verdorben? Ein schlecht gebautes Fertighaus in Emmet würde es nie mit einer viktorianischen Villa an der Küste aufnehmen können. Aber … es war ihr Zuhause, und es war das einzige Zuhause, das Murphy kannte. Vor der Zeit der verschlossenen Türen und trotz all der Streitereien, des tiefen Schweigens, der Krankheit und des Todes, die sie hier erlebt hatten, hatte ihr Zuhause auch gute Zeiten gesehen.

Wie die Tage von Cayenne Castle.

Ihre Mom lenkte den Subaru in den Carport und schaute

zum x-ten Mal in den Rückspiegel, um sich zu vergewissern, dass Eileens Caravan hinter ihnen war. An diesem Morgen hatte Kerry sie zu dem Parkplatz gefahren, wohin der Wagen abgeschleppt worden war. Eileen hatte sie gefragt, wie hoch die Gebühr war, die sie bezahlen musste, und Kerry hatte sie ausführlich von oben bis unten betrachtet und dann erwidert: »Ich will, dass du einen Moment darüber nachdenkst, wie viel Glück du hast.« Sie hatte auf Claire und Murphy gezeigt. »Ihr alle drei. Fröhliche Weihnachten.«

Und damit war die Sache erledigt gewesen. Eileen hatte ihren Caravan wieder, und die vier Sullivans, gut ausgeruht nach einer Nacht bei Kerry und Bonnie, konnten nichts anderes mehr tun, als wieder nach Hause zu fahren.

Kerry und ihre Mutter hatten sich zum Abschied lange umarmt und sich gegenseitig versichert, in Kontakt zu bleiben. Kerry und Bonnie wollten sie bald besuchen kommen. Murphy hatte nicht das Geringste dagegen: Bonnie war eine Spitzenköchin, und Kerry war als Sheriffin bei dieser ganzen Geschichte ziemlich cool gewesen.

Auf der Fahrt zurück nach Emmet hatte Murphy versucht, im Stillen Buße zu tun, so gut sie konnte. Sie hatte sich immer wieder gesagt, wie viel Glück sie gehabt hatten, dass sie nicht verhaftet und über Weihnachten in eine Gefängniszelle gesperrt worden waren. Wie viel Glück sie gehabt hatten, dass Mark Enright nicht nach Rockport zurückgekehrt war, um Rache zu üben. Dass er nicht derjenige gewesen war, der sie wie eine Tote schlafend am Strand gefunden hatte. Aber wie sich herausgestellt hatte, hatte es gar keinen Mark Enright gegeben. Jedenfalls keinen mordenden oder bösartigen. Mark Enright war ihr Dad gewesen.

All die Jahre war John Sullivan der Name zu dem Gesicht auf all den Fotos gewesen, mit deren Motiven Murphy keine Erinnerungen verband. Der Name war ein Teil der Traurigkeit gewesen, wenn sie spätabends im Bett zu sehr grübelte, und ein Teil der Unbehaglichkeit, wenn sie jedem fragenden Fremden erklären musste, dass sie keinen Vater hatte, weil er an Krebs gestorben war, bevor sie geboren wurde. John Sullivan war eine Leerstelle in Murphys Welt gewesen. Aber jetzt war er da, Mark Enright, über den sie bereits mehr wusste, als jemals über John. Wie seltsam.

Aber war jetzt nicht *alles* seltsam? Die Tatsache, zum Beispiel, dass ihre Mom Murphy in Rockport wieder *gesehen* hatte.

Selbst in ihrer Einfahrt, Stunden von der Küste entfernt, konnte Murphy noch immer das Salz des Meeres auf ihren Lippen schmecken und jedes Körnchen Sand an ihrer Wange spüren, wenn sie sich an die verängstigten Rufe ihrer Mutter erinnerte, daran, wie diese sie verzweifelt geschüttelt hatte. Erneut sah Murphy mit regenbogenleuchtender Lebendigkeit die Erleichterung auf dem Gesicht ihrer Mom vor sich, als sie die Augen aufgeschlagen hatte.

»Hey, hey«, hatte sie gesagt. »Gehts dir gut? Gott sei Dank gehts dir gut.«

Sie hatte Murphy *gesehen,* hatte sie an sich gedrückt und sie die Klippe hinaufgetragen. Und zum allerersten Mal hatte es Murphy nichts ausgemacht, wie ein Kind behandelt zu werden.

Ihre Mutter stellte den Motor des Subarus ab. Eileen

parkte hinter ihr, und sie und Claire stiegen aus dem Wagen. Murphy fragte sich, wie *ihre* Fahrt wohl verlaufen war. Ganz offensichtlich hatten sich ihre Schwestern jedoch nicht allzu sehr gestritten, denn sie waren beide noch am Leben und zeigten keinerlei Anzeichen von Krallenspuren.

»Murphy?« Ihre Mom war ausgestiegen und blickte von der Fahrerseite zu ihr herein.

Sie hatten auf der Fahrt nicht viel gesprochen. Ihre Mutter hatte einen Softrock-Sender im Radio eingestellt und Murphy war irgendwann eingenickt, mit dem Kopf an der Fensterscheibe. *Wenn* sie sich unterhalten hatten, dann erkundigte sich ihre Mutter nach der Schule, und Murphy erzählte ihr von der Theater-AG.

Siegfried hatte sie nicht erwähnt. Es schien ihr noch nicht der richtige Zeitpunkt dafür zu sein. Trotzdem war die Unterhaltung nett gewesen. Seltsam, aber nett.

»Murphy, stimmt irgendwas nicht?« Plötzliche Sorge zeichnete sich auf dem Gesicht ihrer Mutter ab.

Wie sollte Murphy diese Frage beantworten? Wie sollte sie ihre größte Angst erklären, wie sollte sie zum Ausdruck bringen, dass sie Angst hatte, alles würde wieder wie vorher, sobald sie gemeinsam zurück in dieses Haus gingen, und dass sie alle – Eileen und Claire und Mom – ihre Fähigkeit wieder verlieren würden, sie zu sehen? Wie *konnte* man so etwas sagen?

Also antwortete Murphy stattdessen: »Es tut mir leid, dass du deine Kreuzfahrt versäumt hast.«

Ihre Mutter schwieg. Dann stieg sie wieder in den Wagen und schloss die Tür. Eileen und Claire kamen näher und hatten den Carport schon beinahe erreicht. Eileen blickte mit verdutzter Miene zur Windschutzscheibe herein, aber im nächsten Moment öffnete Claire die Küchentür, und die beiden verschwanden im Haus.

»Mir tut es nicht leid, dass ich sie versäumt habe«, sagte ihre Mom. »Mir tut es leid, dass ich überhaupt vorhatte, sie anzutreten.«

»Aber du arbeitest so hart«, sagte Murphy und stemmte die Turnschuhe in den Boden des Wagens. »Du hattest recht: Der Hauptgewinn im Lotto – so eine Chance kriegt man nur einmal im Leben. Du hattest einen Urlaub verdient.«

»Vielleicht«, erwiderte ihre Mutter. »Aber nicht so.«

Endlich hatte Murphy das Gefühl, dass sie es sagen konnte.

»Manchmal«, murmelte sie, »glaube ich, dass mich niemand sehen kann.«

Ihre Mom packte fest das Steuerrad und stieß ein eigenartiges Husten aus. »Oh, Murphy. Genauso erging es mir, als ich klein war. Ich habe meine ganze verdammte Kindheit mit dem Versuch verbracht, gesehen zu werden. Wusstest du, dass ich meine Mutter aufgespürt habe?« Sie hustete erneut. »Nein, das wusstest du nicht. Ich habe es euch nie erzählt. Deshalb bin ich mit siebzehn nach Rockport gekommen: Ich habe meine Mutter in Portland gefunden – mein Vater war bereits tot – und sie dazu gebracht, die nötigen Papiere zu unterschreiben, damit ich mich emanzipieren konnte. Nicht mal im Familiengericht hat sie mir in die Augen gesehen. Gut möglich, dass sie so zugedröhnt war, dass sie sich auf überhaupt nichts konzentrieren konnte.«

Ihre Mutter klammerte sich weiter am Lenkrad fest und

schaute Murphy nicht an. »Ich bin zusammen mit einer meiner Pflegeschwestern nach Astoria gefahren. Oder zumindest wollten wir dorthin, aber in Rockport hatten wir plötzlich Probleme mit dem Auto und … Gott, ich habe mich sofort in den Ort verliebt. Es war Juni, wir waren an der Küste, das Wetter war perfekt und ich konnte mir gut vorstellen, für immer dort zu leben. Es war das erste Mal, dass es mir nichts ausmachte, nicht gesehen zu werden. Weißt du, in diesem Moment wollte ich gar nicht mehr gesehen *werden* und einfach den Rest meiner Tage in Rockport verbringen. Ohne Pflegeeltern oder Sozialarbeiter, die ich zufriedenstellen musste. Und dann hab ich euren Vater kennengelernt, und *wir wurden gesehen*. Ich habe bekommen, was ich mir als Kind immer gewünscht hatte, aber es war die Hölle.«

Murphys Herz hämmerte unruhig, schlug in der einen Sekunde zu sachte und in der nächsten zu hart. Sie hatte sich ihre Mutter nie als Teenager vorgestellt, weil ihre Mutter nie von dieser Zeit erzählte. Es gab auch keine Fotos von damals, und warum sollte Murphy überhaupt danach fragen? Es gehörte der Vergangenheit an. Nur, dass die Vergangenheit hier war, in ihrem Subaru. Ihre Mom war auch einmal in Murphys Alter gewesen, ebenso verängstigt und unsichtbar. Und dieser Teenager war ein Teil von ihr, noch immer da, wie die Sommersprossen auf ihren Händen.

Ihre Mutter hatte sich genauso unsichtbar gefühlt – bis sie auf die schlimmstmögliche Weise gesehen worden war. Es war vielleicht manchmal ziemlich mies, Murphy Sullivan zu sein. Aber es war womöglich noch viel mieser gewesen, Leslie Clark zu sein.

»Das ist nicht leicht für mich.« Die Worte schienen an den Stimmbändern ihrer Mutter zu kleben. »Vielleicht habe ich dir damit zu viel von mir verraten, vielleicht habe ich euch Mädchen aber auch zu wenig erzählt. Ich habe keine Ahnung, was ich tun soll, oder ob das hier richtig ist. Aber erst in Florida ist mir klar geworden, dass ich alles falsch gemacht habe, weißt du?«

Nein, das wusste Murphy nicht. Ihre Mom war vielleicht einmal wie sie gewesen, aber Murphy hatte keine Ahnung, wie es war, ihre Mom zu sein: zu heiraten, ihren Mann zu verlieren, drei Kinder alleine großzuziehen. Die endlose Arbeit, die Rechnungen, die Anrufe der Versicherung …

Murphy erkannte plötzlich, dass ihre Mom sich nie zu wenig um sie gekümmert hatte. Die Welt war nur einfach zu viel gewesen.

Es hat nichts mit mir zu tun, dachte sie und schaute ihrer Mutter in die Augen. *Es hat mit den Enrights zu tun und mit Rockport und mit hundert Sachen, die passiert sind, bevor ich geboren wurde. Hinter den Kulissen. Außer Sichtweite. Diese Show hat schon vor langer Zeit begonnen, aber ich bin erst nach der Pause aufgetaucht.*

Murphys Lunge kam ihr plötzlich seltsam elastisch vor, sie schwoll mächtig an und saugte tonnenweise Luft ein. Sie musste an Siegfried denken, daran, wie leicht es war, sich vom Zuviel des Lebens ablenken zu lassen.

Ihre Mutter streckte den Arm über die Konsole aus und nahm Murphys Hand.

»Aber was ich dir versprechen kann«, sagte sie, »ist, dass ich versuchen werde, es besser zu machen, okay?«

»Ja«, erwiderte Murphy und ließ all die Luft entweichen,

die ihre Lungenflügel schier zum Platzen brachte. »Wir werden es alle besser machen.«

In jener Nacht erwachte Murphy, als es an ihre Tür klopfte und sich ein Taschenlampenstrahl auf ihre Augen richtete.

»Hey, Murphy. Raus aus dem Bett, beweg deinen faulen Hintern.«

»Ernsthaft, Leenie«, flüsterte eine andere Stimme.

Dann stand Claire neben Murphys Bett und stupste sie sanft an der Schulter an. »Tut mir leid, dass wir dich aufwecken, aber diesmal wollten wir dich nicht allein zurücklassen.«

»W-wo geht ihr denn hin?«, nuschelte Murphy ein wenig undeutlich, während sie sich im Bett aufsetzte.

»Direkt in die Hölle«, antwortete Eileen in nüchternem Tonfall.

Claire verdrehte die Augen. »Das ist eine Überraschung, okay? Zieh deinen Mantel an, dann zeigen wir es dir.«

Völlig verwirrt tat Murphy, was Claire ihr befohlen hatte. Sie folgte ihren Schwestern in die Küche und durch die Carporttür hinaus.

»Weiß Mom davon?«, flüsterte sie, nachdem sie sich in den Caravan gesetzt hatte.

»Keine Sorge«, antwortete Claire in normaler Lautstärke, nachdem sie das Haus verlassen hatten. »Es wird nur ein kurzer Ausflug. Sie wird noch nicht mal merken, dass wir weg waren.«

»Wo hab ich das nur schon mal gehört?«, grummelte Murphy, während in ihrem Inneren alles Tango tanzte. Ihre Schwestern machten einen geheimen Ausflug, mitten in der Nacht, und diesmal hatten sie sie eingeladen – keine Blinde-Passagier-Aktion nötig.

Eileen steckte den Schlüssel ins Zündschloss und drehte ihn. Der Caravan sprang an, und Claire schaute sich zu Murphy um und befahl: »Anschnallen.«

Aber Murphy war ihr einen Schritt voraus. Sie hatte ihren Sicherheitsgurt bereits angelegt, und ihre Hand wanderte in die Tasche ihres Daunenmantels und holte den Seiltrick heraus. Sie hielt das Seil in ihrem Schoß fest und begann mit der Routine:

Drüber, drunter, durchziehen, fertig.

Der Wagen rumpelte durch den winterlichen Nieselregen davon, und die Scheibenwischer quietschten auf der Windschutzscheibe. Das Licht der Straßenlaternen fiel auf Murphys Gesicht und huschte dann wieder davon. Eileen lenkte den Wagen durch die Straßen der Stadt, nicht auf den Highway. Claire hatte gesagt, es würde nur ein kurzer Ausflug werden.

Und das war es auch. Wenige Minuten später blieben sie am Rand einer von Schatten erfüllten Rasenfläche stehen. Murphy schaute durch das regengescheckte Fenster hinaus und konnte die Umrisse aus der Erde ragender Steine erkennen.

Sie standen vor dem Friedhof.

Claire stieg aus dem Auto und öffnete die Schiebetür.

»Was machen wir denn hier?«, fragte Murphy und umklammerte das Seil.

Auch Eileen tauchte vor ihrer Tür auf. »Hast du nicht gesagt, dass du Dads Grab sehen wolltest?«

Dad. John Sullivan. Mark Enright.

Das *hatte* Murphy gesagt. Sie hatte nur nicht geglaubt, dass ihre Schwestern es gehört hatten.

Sie stieg aus dem Wagen und folgte den beiden einen von überwuchernden Gräsern und üppigen Farnen gesäumten Feldweg entlang. Feuchter Nebel legte sich auf ihren Mantel, und die weiche Erde gab unter ihren UGGs nach. Vor ihr durchschnitt Eileens Taschenlampenstrahl die Dunkelheit. Dann, schneller, als Murphy es erwartet hätte, bog Eileen von dem Feldweg ab und betrat den Rasen – den Friedhof.

Claire folgte ihr, Murphy dicht hinter ihnen. Eine Weile gingen sie durch das knöchelhohe Gras, bis Eileen erneut stehen blieb und den Lichtstrahl auf einen Grabstein richtete, der sich in einem perfekten Bogen aus dem Boden erhob.

Aus irgendeinem bizarren Grund musste Murphy *Eine Weihnachtsgeschichte* denken, und an die Grabinschrift EBENEZER SCROOGE. Aber das stand natürlich nicht auf diesem Grabstein – sondern der Name ihres Vaters. Sein Nicht-Name: *John Sullivan*, zusammen mit den Daten eines Lebens, das 1982 begonnen und vor Murphys Geburt geendet hatte.

»Theoretisch warst du schon mal hier, bei der Beerdigung.« Eileen knuffte Murphy in die Seite. »Ich kann mich nicht mehr besonders gut daran erinnern, aber ich weiß noch, dass Mom mit dir schwanger war. Sie hat dieses lange, wallende schwarze Kleid getragen.«

»Und war ich auch da?«, fragte Claire flüsternd.

»Ja«, antwortete Eileen. »Mom hat uns beide an der Hand gehalten.«

»Oh«, erwiderte Claire vage. Ihr Blick war starr auf den Grabstein gerichtet.

»Okay, also, hier sind wir«, begann Eileen. »Wir sind hergekommen, um dich zu besuchen, Dad. Mark. John. Wie immer du auch heißt. Ich wollte, dass du weißt, dass ich verstehe, wie beschissen dein Leben war. Aber ich hoffe, dass es auch Gutes darin gab. Ich hoffe, Mom war eins von den guten Dingen, und ich und Claire. Und Murphy, obwohl du sie nie kennengelernt hast. Und falls es ein Leben nach dem Tod gibt, dann hoffe ich, dass du dort glücklich bist und siehst, dass wir es hier unten wieder auf die Reihe kriegen. Ich meine, wir sind schließlich eine Familie, und wir werden versuchen, in Zukunft besser zusammenzuhalten. Du selbst hattest ja nie wirklich die Chance dazu, richtig?«

»Leenie«, sagte Claire, »das klingt echt düster.«

Eileen ließ den Lichtkegel der Taschenlampe über den Friedhof schweifen. »Äh, düster ist hier ja auch passend. Was willst du denn sonst noch?«

»Ich weiß auch nicht so genau. Ich wollte es einfach nur sehen. Hier sein. Wir müssen keine großen Reden schwingen.«

»Okay«, erwiderte Eileen. »Keine Reden.«

Murphy betrachtete das Grab und fuhr mit dem Daumen über den Seiltrick. Claire konnte sagen, was sie wollte, aber ihr hatte Eileens Rede gefallen. Sie hoffte wirklich, dass sie etwas Gutes im Leben ihres Vaters gewesen war. Oder zumindest das Versprechen auf etwas Gutes.

Sie hatte nicht das Bedürfnis, ihm etwas zu sagen, aber sie verspürte diesen unwiderstehlichen Drang, ihm zu *zei-*

gen, wer sie war. Sie ging näher an das Grab heran und kniete sich in das nasse, hohe Gras.

Was sie als Nächstes tat, kam ihr ganz natürlich vor: Sie legte das Seil darauf ab, als sei es ein Blumenstrauß, und wich dann wieder zurück.

Einen Moment lang schwiegen die Schwestern, dann fasste Claire in ihre eigene Jackentasche. Sie kniete sich an dieselbe Stelle wie Murphy und legte etwas neben das Seil. Eileens Taschenlampe enthüllte, was es war: ein iPhone, der Bildschirm völlig zerschmettert.

»Oh, verdammt«, presste Eileen durch zusammengebissene Zähne hervor, kniete sich ebenfalls vor das Grab und legte etwas sehr Kleines darauf ab: einen einzeln verpackten Kaugummi.

Murphy hätte am liebsten losgeheult, und irgendwie schien es Claire – ausgerechnet Claire – zu spüren, denn sie legte eine Hand auf ihre Schulter und sagte: »Hey, es wird alles gut.«

Murphy hob den Blick. »Das kannst du nicht mit Sicherheit wissen.«

»Nein«, sagte Eileen und legte eine Hand auf Murphys andere Schulter. »Wir wissen einen Scheiß.«

»Und überhaupt«, sagte Murphy, »werdet ihr zwei sowieso bald weg sein. Niemand braucht schließlich ein Ersatzrad.«

Die Luft war feucht, die Stille durchdringend.

»Warte mal, *was?*«, fragte Claire.

Murphy bohrte mit der Schuhspitze in der weichen Erde. »Ich bin das Ersatzrad dieser Familie. Das wissen wir doch alle.«

Der Lichtstrahl der Taschenlampe wanderte zur Seite. Eileen ging in die Hocke und schaute Murphy fest in die Augen. »Hey, jetzt hör mir mal ganz genau zu, verdammt. Du bist nicht das Ersatzrad, Murphy. Du bist der gottverfluchte Motor.«

Murphy machte den Mund auf, um ihr zu widersprechen, aber Eileen zog sie in eine Umarmung. Dann schlang auch Claire die Arme um sie und drückte sie ganz fest an sich, und obwohl es unmöglich war, war Murphy sich ganz sicher: Sie konnte spüren, wie die Herzen ihrer Schwestern im Einklang mit ihrem schlugen.

Sie wusste, dass ihr Haus klein war. Sie wusste, dass ihre Mom ihr Bestes versuchte und vielleicht trotzdem manchmal versagen würde. Sie wusste, dass ihr Dad immer tot sein würde. Sie wusste, dass Eileen und Claire sie eines Tages verlassen würden. Aber heute Nacht, auf diesem Friedhof, lag Murphy in den Armen ihrer Schwestern.

Sie war das Herz der Umarmung. Der Motor.

Auch nachdem sie sich wieder voneinander gelöst hatten, ließ Eileen eine Hand auf Murphys Arm liegen.

»Hey, Murph«, sagte sie, »wenn du willst, dass man dich sieht, wenn du Hilfe brauchst … dann ist es okay, darum zu bitten. Sag es einfach ganz direkt. Ich meine, ich kann ziemlich schwer von Begriff sein. Manchmal bin ich in meinem eigenen Kopf gefangen, und dann musst du mich eben wachrütteln. Also frag einfach, okay?«

Murphy dachte wieder an Siegfried. Sie konnte nichts sagen, weil ein Schluchzer in ihrer Kehle lauerte. Sie nickte, und Eileen nickte zurück, und dann umarmten sie sich erneut.

Die Umarmung war reine Magie. Nicht die Art, die Murphy probte und studierte, aber trotzdem Magie. Es war *echte* Magie, weil sie von echten Menschen gemacht wurde, die ein echtes Leben lebten, ohne Illusionen oder Kostüme oder Taschenspielertricks. Mit sichtbaren Narben und rauen Stellen, mit Flüchen und Wunden und Chaos.

Reine, echte Magie.

Die Art, die alles verändern konnte.

Achtundzwanzig Jahre zuvor

DER TURM DES DREIERBUNDS

Eigentlich war der Turm Marks Idee gewesen.

In jenem Sommer waren die Enrights von San Francisco nach Rockport gezogen, und als Allerersts hatte sich Mark im *Strandläufer*, dem Buchladen in der Main Street, *Die drei Musketiere* von Alexandre Dumas gekauft.

Ms Haynes aus seiner alten Schule hatte ihm das Buch empfohlen.

»Es kommt dir vielleicht ein bisschen altmodisch vor«, hatte sie gesagt, »aber ich glaube, es wird dir gefallen.«

Was, natürlich, nur dazu geführt hatte, dass Mark es umso dringender hatte lesen wollen. Sicher, es enthielt Wörter, die er nicht verstand, und lange Passagen, die er einfach übersprang, aber die eigentliche Geschichte und die Illustrationen der drei tapferen Männer, die: »Einer für alle, und alle für einen!«, skandierten, hatten ihn von der ersten Seite an gefesselt. Es hatte ihn überhaupt erst auf die Idee gebracht, dass John, Pat und er ihre eigene Garde gründen könnten.

»Wir sind auch ein Dreierbund«, hatte er zu John gesagt. »Wir drei können jede Mission erfüllen, die sich uns bietet.«

Mark steckte voller Visionen – malte mit Farben, Worten und Ideen.

»Und was für Missionen werden sich uns bieten?«, fragte John skeptisch.

»Wir erfinden sie einfach selbst«, erwiderte Mark. »Wir können unsere Treffen im Turm abhalten. Es wird unser geheimer Ort, nur für uns.«

Zumindest diesen Teil konnte John verstehen. Ihre Eltern stiegen die Wendeltreppe niemals hinauf – weder ihr stiller, schwerfälliger Vater, noch ihre permanent wütende Mutter. Sie blieben stets unten im Haus, brodelten in Streitereien und Verbitterung. Im Sommer war es besonders schlimm, wenn die Winde abflauten und sich die Hitze in den Mauern des Gebäudes staute. Im Sommer wurde ihr Vater noch stiller, ihre Mutter noch wütender. Unten warteten nichts als Geschrei, Tadel und unvorhersehbare Ausbrüche auf sie.

Aber der Turm? War unantastbar.

»Es *könnte* unser Geheimplatz werden«, sagte John und dachte darüber nach. »Aber nicht nur für erfundene Abenteuer, ja? Wir könnten ihn auch für praktische Dinge nutzen.«

»Zum Beispiel?«

»Um für Klausuren zu lernen.«

Mark verzog das Gesicht. »Es ist Sommer.«

»Na gut, *du* könntest da oben malen und *ich* könnte lernen.«

»Aber … es ist *Sommer*.«

»Ich will nur schon ein bisschen vorarbeiten.«

John steckte voller Pläne – aber viele dieser Pläne hatte er mit seinen Brüdern nicht geteilt. Pläne, so eifrig zu lernen, dass er eines Tages aus diesem Haus verschwinden konnte, weit weg von den Wutausbrüchen ihrer Mutter und der Gleichgültigkeit ihres Vaters. Weit weg von den zu engen Straßen und tratschenden Mäulern im *Ramsey's Diner*. Er würde von hier verschwinden und an die Ostküste ziehen, wo er auf eine prestigeträchtige Universität in Boston gehen würde. Darum lernte er Tag und Nacht, obwohl Sommer war, und obwohl er »erst« zwölf war. Man konnte schließlich nie zu viel lernen, oder zu früh. Nicht, wenn man ein Ziel verfolgte.

Als die beiden Patrick von ihrem Plan erzählten, weiteten sich seine Augen wie zwei Vollmonde.

»Aber der Turm ist unheimlich«, sagte er.

»Wir machen es uns da oben schon nett«, versuchte Mark ihn zu überzeugen. »Und wenn wir zu dritt sind, ist es auch nicht mehr unheimlich. Außerdem sind da oben all diese alten Bücher, die dem Vorbesitzer gehört haben. Ein paar davon könnten richtig viel Geld wert sein.«

Patrick überlegte kurz, bevor er erwiderte: »Es *wäre* ein guter Ort, um alles auszuspähen. Von dem Fenster, ganz oben.«

»Auszuspähen?« John schnaubte verächtlich. »In Rockport gibts nichts zu entdecken, Pat.«

»Woher willst du das wissen, wenn du es noch nie probiert hast?« Patrick nahm die Herausforderung an, stürmte den Flur hinunter und rannte die Wendeltreppe hinauf, ohne noch einmal stehen zu bleiben.

Mark und John tauschten einen Blick und schüttelten die Köpfe.

»Seltsamer, unser Kleiner«, fand John.

Mark stimmte ihm zu. Patrick steckte voller Energie – oft wirkte er beinahe rastlos und sprang von einem Hobby zum anderen. Er hatte so eigenartige Ideen und steckte so voller Leben und Energie, dass Mark manchmal Angst hatte, es könnte zu viel sein und ihn eines Tages in Schwierigkeiten bringen.

Aber im Augenblick war er einfach nur ein Kind. Er hatte es verdient, als Erster nach oben zu stürmen, vor allem, wenn es bedeutete, dass die Enright-Brüder zusammen waren. Denn sie mussten zusammenhalten, wie Athos, Porthos und Aramis. Niemand sonst in der Stadt, ihre Eltern eingeschlossen, stand auf ihrer Seite. Sie waren der Dreierbund, und wenn sie aufeinander aufpassten, dann würde alles gut werden.

»HEY, IHR ZWEI!«, rief Patrick. »Es *ist* unheimlich, aber … es ist auch irgendwie cool hier oben.«

Mark und John grinsten einander an, und dann stiegen auch sie die Wendeltreppe hinauf.

So nahmen sie den Turm des Dreierbunds zum ersten Mal in Beschlag.

Einundzwanzigster Januar

VIERUNDDREISSIG

Eileen

Die Sonne schien.

Emmet war nicht für blauen Himmel im Winter bekannt – für blauen Himmel überhaupt –, und bis jetzt war das neue Jahr einheitlich grau gewesen. An diesem Morgen war die Wolkendecke jedoch aufgerissen, und eine kräftige Sonne schien vom kristallklaren Himmel. Wenn Eileen an gute Omen glauben würde, dann hätte sie dies für eines gehalten: hoffnungsvolles Wetter nach ihrem ersten Treffen bei den Anonymen Alkoholikern.

Es war genauso gelaufen, wie sie es erwartet hatte: das einleitende »Hi, mein Name ist …«; der Raum mit Linoleumboden im Keller einer Kirche; die Unbehaglichkeit; die schlimmen und/oder traurigen Geschichten; die Plastikspielchips als kleine Trophäe fürs Trockenbleiben.

Das Treffen war aber auch überhaupt nicht so gelaufen, wie sie es erwartet hatte. Da war zum Beispiel Finny, ihr Sponsor, ein grauhaariger, flanellhemdtragender Ex-Kletterer, der Eileen versichert hatte, wie »krass mutig« sie sei, weil sie überhaupt aufgetaucht war. Da war das Tablett mit selbst gemachten Mochi mit grünem Tee, die ein seit zwei Jahren trockener Koch mitgebracht hatte. Da war die Tatsache, dass niemand Eileen, als sie sich vorgestellt hatte, mit vorurteilsvollem Tonfall gefragt hatte, wie alt sie eigentlich wäre. Und da war die Überraschung, dass sie nun, nachdem das Treffen zu Ende war und sie aus dem Keller der Kirche wieder in den Sonnenschein hinaustrat, ein Bedürfnis verspürte, von dem sie geglaubt hatte, es sei vor zwei Jahren für immer erloschen.

Sie wollte diesen schockierend sonnigen Tag *malen*.

Während sie in ihrem Caravan zurück nach Hause fuhr, musste sie an etwas denken, das sie am Tag nach Weihnachten auf dem Friedhof zu Murphy gesagt hatte: »Wenn du Hilfe brauchst, dann ist es okay, darum zu bitten.«

Es war ein simpler Ratschlag.

Also warum hatte Eileen ihn dann, vor heute, nie selbst befolgt?

Vielleicht, weil sich um Hilfe zu bitten anfühlte, als würden ihr alle Zähne gezogen, ohne Betäubung.

Aber jetzt tat sie es. Neues Jahr, neue Eileen.

Sie seufzte laut und bog an der nächsten Kreuzung ab. Sie klang schon wie Claires Schutzheilige, Harper Everly.

Oder, nein. Denn im Gegensatz zu Harper Everly hatte Eileen für Misserfolge geplant. Tatsächlich vermutete sie, dass sie in diesem Jahr *zahlreiche* Misserfolge vor sich hatte. Der einzige Unterschied zum vergangenen Jahr war nur, dass sie sie nicht allein würde verkraften müssen.

Eine Menge Dinge hatten sich seit Rockport verändert. Zum einen kannte Eileen nun die ganze Geschichte. Ihre Mutter hatte ihnen die Wahrheit erzählt.

Diese Wahrheit zu kennen, heilte zwar nicht sofort die wunde Stelle unter ihrer Haut, die sich dort schon vor Jahren gebildet hatte. Aber sie hatte einen Platz in ihrem Herzen freigeräumt. Denn die junge Leslie Clark hatte um nichts von alldem gebeten. Das Leben war einfach passiert, es war *ihr* passiert, auf besonders heftige Weise. Und Leslie hatte keine Familie gehabt, die alles besser gemacht hätte. Sie hatte keine Schwestern gehabt, im Gegensatz zu Eileen.

Sie erkannte nach und nach, dass ihre Mom das Beste getan hatte, was sie konnte. Eine junge, alleinerziehende Mutter, die mit einem Mindestlohn drei Kinder großzog und die Krankenhausrechnungen ihres verstorbenen Mannes abbezahlte. Eine Mutter mit einem dunklen Geheimnis. Sie hatte das Beste aus dem gemacht, was das Leben ihr gegeben hatte. Und, mal ehrlich, war das nicht alles, was man tun *konnte*?

Eileen eingeschlossen.

Es war nicht so, dass es Eileen wieder großartig ging oder dass sie geheilt war. Was den guten alten *Jack Daniel's* und ihre finstersten Gedanken betraf, war sie sich nicht sicher, ob es überhaupt eine »Heilung« für sie geben konnte, im eigentlichen Sinne des Wortes. Eine Besserung vielleicht. Durch die AA. Durch die Aussicht auf das Myrtle-Waugh-Stipendium.

Eileen ging es noch nicht wieder großartig, aber zum ersten Mal seit langer Zeit dachte sie, dass es ihr eines Tages wieder großartig gehen *könnte*. Und für heute genügte ihr dieser Gedanke. Genau wie die Tatsache, dass sie Mark Enrights Tochter und er kein Mörder gewesen war. Er war der Vater aus ihren Erinnerungen. Der mit dem Zitrusduft und den wilden Haarsträhnen im Gesicht. Er war der Künstler, der mit ihr am Küchentisch gesessen und Fingerfarben-Tiere mit ihr gemalt hatte.

In ihren Adern floss Mark Enrights Blut. Es war das Blut von Brüdern, die vom Leben gebeutelt worden waren, sich zurückgezogen hatten, in die Knie gezwungen worden waren. Es war das Blut von Müttern, die abwesend gewesen waren und übermächtig. Das Blut von Vätern, die still gewesen waren und dann tot. Das Blut von Schwestern, die vor Energie brannten und streitsüchtig, warm und liebevoll waren. Von Enrights, Clarks, Sullivans und anderen Vorfahren, deren Geschichten Eileen niemals kennenlernen würde. Sie waren ein Teil von ihr, aber keiner von ihnen bestimmte, wer *sie* sein würde.

Mit einem Mal war die Kunst nichts mehr, was sie fürchten musste. Die Kunst konnte ein Ausweg sein. Einer, den Claire ihr gezeigt hatte, und auch wenn Eileen sich noch nicht entschieden hatte, was das Stipendium anging, hatte sie zumindest vor, in zwei Wochen zu dem Bewerbungsgespräch nach Eugene zu fahren.

Sie würde ihr Bestes geben.

Eileen parkte den Caravan unter dem Carport und stellte den Motor ab. Sie ging ums Haus herum und sah, dass Claire auf der Veranda saß, in ihrer Cabanjacke und mit ihrem typischen Messy Bun auf dem Kopf. Ein Sonnenstrahl fiel schräg über ihr Gesicht und zeichnete die Schatten der immergrünen Zweige auf ihre Wangen.

Eileen blieb einen Moment lang stehen und beobachtete sie. Sie und Claire, sie hatten sich einmal nahegestanden.

Sie hatten Geheimnisse geteilt und Schlachten geschlagen, Seite an Seite. Dann hatten sie das Band durchtrennt, das sie zusammengehalten hatte. Vielleicht war es für immer zerrissen.

Aber vielleicht konnten sie ein neues Band knüpfen.

Claire war ein lebendiges Porträt aus Sonne und Schatten – ein Porträt, das Eileen malen wollte. Sie würde das Werk *Überfliegerin* nennen und den Titel auf vollkommen unironische Weise genauso meinen.

Sie atmete tief ein und ging weiter.

»Hey«, sagte sie, als sie die Veranda erreichte. »Komisches Wetter, was?«

FÜNFUNDDREISSIG

Claire

Zur selben Zeit, als Eileen von ihrem AA-Treffen wieder nach Hause fuhr, schrieb Claire eine Nachricht an Ainsley St. John.

Sie benutzte das Handy, das sie vor zwei Wochen gebraucht auf eBay gekauft hatte. Es war nicht annähernd so gut wie ihr altes, aber neuerdings interessierten Akkulaufzeiten und Videoqualität Claire nicht mehr so sehr.

Ainsley hatte ihr auch nach ihrer YALE, BABY-Nachricht mehrfach geschrieben.

Einmal, um zu fragen: **Hey, lebst du noch?**

Ein anderes Mal mit: **Frohes neues Jahr. Ich hoffe, dir gehts gut.**

Und ein drittes Mal, um ihr zu sagen: **Mach mir Sorgen, Süße. Hab mich für Yale entschieden. Hoffe, wir sehen uns da.**

Claire wusste, dass sie eine schlechte Freundin gewesen war. Anfangs hatte sie nicht geantwortet, weil sie nicht gewusst hatte, wie. Dann, weil sie kein funktionstüchtiges Handy mehr gehabt hatte. Und dann, weil einfach zu viel passiert war: Die Schule hatte wieder angefangen, sie musste sich um ihren Schmuck-Shop kümmern und – die größte Veränderung – sie verbrachte abends viel Zeit mit ihren Schwestern.

Inzwischen machte Claire ihre Zimmertür nicht mehr oft zu. Stattdessen saßen sie und ihre Schwestern nach der Schule und an den Wochenenden im Wohnzimmer zusammen und schauten sich irgendeine fürchterliche Reality-TV-Serie an oder – auf Claires Wunsch – Quizsendungen.

Manchmal quatschten sie auch einfach miteinander.

Es war neu, aber es war nett. Und es war eine weitere armselige Ausrede dafür, dass Claire noch keine Gelegenheit gehabt hatte, sich bei Ainsley zu melden. Aber jetzt, am einundzwanzigsten Januar, wusste sie, dass es Zeit war. Sie hatte sich einen vollen Monat lang in Schweigen gehüllt. Und das musste endlich ein Ende haben.

Oh, sie hätte so viele verschiedene Nachrichten schicken können: Ich hab von meinem lange verschollenen Onkel ein Haus geerbt.

Oder: Ich hab viel mehr Familiengeheimnisse entdeckt, als eine Siebzehnjährige kennen sollte.

Oder: Ich war mit einer Identitätskrise beschäftigt.

Oder: Dieser ganze Collegebewerbungsprozess hat mich total desillusioniert.

Oder: Die Wahrheit ist, dass ich mir monatelang vorgestellt habe, wie wir uns endlich begegnen, und ich weiß, dass es verrückt klingt und dass du eine Freundin hast, aber ich dachte, du könntest mein erster Kuss sein.

Doch stattdessen schrieb Claire: **Wurde nicht ange-**

nommen. Aber ich freue mich sehr für dich. Ich wünsch dir nur das Beste, Süße. ‹3

Es fühlte sich unaufrichtig an. Es fühlte sich sogar ein wenig kaltherzig an. Aber es fühlte sich auch richtig an. Claire schickte die Nachricht ab, während sie auf der Veranda saß und die rare Januarsonne ihr Gesicht wärmte. Dann schaltete sie das Handy aus.

Sie schloss die Augen, lauschte dem Rauschen des Windes in den Tannen und atmete den Duft von Gras und sonnengebadetem Beton ein. Sie hörte, wie ein dröhnendes Fahrzeug in die Einfahrt bog. Dann verstummte der Motor. Claire machte die Augen wieder auf, als eine Stimme sagte: »Hey. Komisches Wetter, was?«

»Komisches Wetter«, stimmte Claire Eileen zu. Sie deutete auf den grün-weiß karierten Gartenstuhl auf der Veranda.

Eileen ließ sich darauf nieder, streckte ihre spinnenlangen Beine aus und klopfte die Fersen ihrer Springerstiefel gegeneinander.

»Wo warst du?«, fragte Claire.

»AA.«

Claire glaubte zuerst, Eileen würde nur Witze machen. Sie hatte einen ziemlich kranken Sinn für Humor.

Doch dann sah sie es in Eileens Augen: das Licht.

»Oh«, sagte sie. »Wow. Das ist … Leenie, das ist … Gute Entscheidung.«

»Sie meinten, ich sollte es ein paar Leuten erzählen. Eigenverantwortung und so, du weißt schon. Steht bei ihnen ganz oben auf der Liste.«

Claire erinnerte sich an die vergangenen zwei Jahre

zurück. Daran, wie Eileen sich in der Garage eingeschlossen hatte, wie sie sich spätnachts im Flur begegnet waren oder wie sie den süßlichen Geruch wahrgenommen hatte. Sie erinnerte sich an ihre trüben Augen und ihre Einsilbigkeit. Aber vor allem erinnerte sich Claire an einen Satz, den sie nicht ungeschrien machen konnte: *Lieber ein Miststück als eine Säuferin wie du.*

Trotz all der Abende, an denen sie in jüngster Zeit gemeinsam ferngesehen oder sich unterhalten hatten, hatte Claire nie mit Eileen darüber gesprochen.

»Es tut mir leid«, flüsterte sie. »Was ich damals am Haus gesagt habe, Leenie, an Heiligabend? Es tut mir leid.«

»Na ja, du hattest nicht ganz unrecht.«

Claire betrachtete das scharfkantige Profil ihrer Schwester. Mit jedem verstreichenden Tag, den sie gemeinsam verbrachten, verstand Claire eine Wahrheit immer besser: Man konnte zwei verlorene Jahre nicht einfach so ungeschehen machen, genauso wenig wie die Worte, die sie enthalten hatten, ausgesprochene wie unausgesprochene.

Sie fragte sich, ob dies ein guter Zeitpunkt war, die Neuigkeit mit ihr zu teilen. Eileen wirkte nicht aufgewühlt, daher beschloss Claire, es einfach zu tun.

»Mr Knutsen hat angerufen. Er hat eine Nachricht hinterlassen, weil du einen Termin versäumt hast.« Claire wappnete sich innerlich und erwartete, dass Eileen die Beherrschung verlieren und sie als verdammte Schnüfflerin bezeichnen würde.

Aber stattdessen erwiderte ihre Schwester: »Ja, ich muss einfach noch über diese ganze Scheiße nachdenken. Ich weiß, dass Mom gesagt hat, dass es unsere Entscheidung ist und wir es nicht mit ihr besprechen müssen und so. Aber ich will mich noch nicht damit auseinandersetzen.«

»Womit?«

Eileen zuckte die Schultern. »Mit dem Papierkram, schätze ich. Mit dem ganzen rechtlichen Zeug. Ich meine, was hat das denn für einen Sinn? Solange du und Murph noch nicht geerbt habt, können wir sowieso nicht verkaufen.«

Claire schaute auf ihre Hände. »Vielleicht gibt es ja irgendein Schlupfloch oder so.«

»Na, und wenn es eins gäbe, würdest du dann verkaufen wollen?«

Claire dachte darüber nach, bevor sie antwortete: »Ich bin mir nicht sicher. Es ist ein Haus, es ist nicht Dad. Aber nach allem, was wir inzwischen wissen … kommt es mir irgendwie falsch vor, es zu verkaufen. So als hätte Dad das vielleicht nicht gewollt. Er, oder Patrick, oder John.«

Dad. Für Claire war er nur eine verschwommene Erinnerung mit breiten Schultern und tiefem Lachen. Die Geschichten, die Cathy, Kerry und ihre Mom erzählt hatten, kamen Claire vollkommen fremd vor, weit entfernt von dem Bild des verstorbenen Vaters und der abwesenden Mutter, das sie sich gemacht hatte. Leslie und Mark hätten ebenso gut Wendy und Peter Pan sein können – Figuren aus einem Märchen.

»Wow«, stieß Eileen aus. »Ehrlich? Du willst nicht verkaufen? Und was ist mit dem Geld?«

Claire wusste, dass Eileen versuchte, lustig zu sein. Sie hatte diese Seite an ihrer Schwester vermisst, so sehr sie sie damit auch manchmal auf die Palme brachte. Sie hatte sogar Eileens kleine Sticheleien vermisst.

»Ich schätze, Geld ist mir einfach nicht mehr so wichtig«, erwiderte Claire. »Kein Collegefonds.«

»Blödsinn«, widersprach ihr Eileen, plötzlich ohne den geringsten Anflug von Humor. »Du gehörst aufs College, Claire. Nur nicht auf eine dieser beschissenen Snob-Unis. Du bewirbst dich einfach nächstes Jahr bei anderen Colleges und wirst dort angenommen. Scheiße, sie bieten dir garantiert *mehrere* Stipendien an. Die Uni von Oregon wahrscheinlich sogar eins mit allem Drum und Dran an.«

Claire ließ den Blick über ihre Nachbarschaft schweifen, eine lange Reihe aus mit Vinyl verkleideten Häusern und bröckelnden, von Unkraut erstickten Gehwegen. Sie war so besessen darauf fixiert gewesen, diese Straße endlich hinter sich zu lassen, dass sie sich fragte, ob sie all das Gute rundum aus den Augen verloren hatte. Die staatlichen Colleges. Ihre Schwestern.

In letzter Zeit hatte sie versucht, all das in den Blick zu nehmen, was sie zuvor nur verschwommen wahrgenommen hatte. Und so schwer es ihr auch gefallen war, sie hatte *keine* Pläne geschmiedet. Hatte nicht nach goldenen Momenten gesucht. Hatte sich Harper Everlys Videos nicht angesehen. Sie hatte einfach nur gelebt und alles in sich aufgenommen.

»Leenie?«, fragte sie leise. »Gehst du zu dem Bewerbungsgespräch?« Sie hatte Eileen alles übergeben, als sie nach Emmet zurückgekehrt waren: die Kunstwerke, die sie eingereicht hatte, die Bewerbung, den Brief mit den Informationen zu dem Bewerbungsgespräch.

»Ja«, antwortete Eileen, »ich denke schon.«

»Dann nimmst du das Stipendium an?«

»Ich weiß noch nicht. Vielleicht versuche ich es. Ich glaube, ich brauche es.«

Ein Knoten schlang sich in Claires Innerstem zusammen. »Okay, das ist gut.«

Eileen sah sie an, sagte jedoch nichts.

»Was?«, fragte Claire nach einer Weile.

»Weißt du, die Sache mit Eugene ist … Ich könnte mir die Miete und alles nicht wirklich leisten. Es wäre viel einfacher, wenn ich eine Mitbewohnerin hätte. Eine reiche Mitbewohnerin, mit einem eigenen Unternehmen.«

Claire atmete aus. »Nicht lustig.«

»Ich hab's auch gar nicht lustig gemeint. Ich will dir sagen, dass du mit mir kommen sollst. Was willst du denn sonst machen, nachdem du die Highschool abgeschlossen hast? Und deinen Shop kannst du schließlich von überall führen, richtig?«

»Aber Murphy …«

»Wir reden mit ihr. Eugene ist höchstens, was, eine Stunde entfernt? Wir können sie andauernd besuchen. Und überhaupt, sie geht sowieso ihren eigenen Weg, das weißt du doch.«

Claire lachte. »Ich weiß.«

»Und Mom ist …«

»Wieder öfter hier«, sagte Claire. »Ja.«

Es stimmte. Die Schichten ihrer Mutter waren zwar nicht kürzer geworden, und zwischen ihnen und ihren Töchtern herrschte auch nach wie vor eine gewisse Anspannung, aber in den vergangenen Wochen hatten sie wieder Routinen als Familie entwickelt, hatten jeden Morgen zusammen gefrühstückt. Es waren keine Gourmetbrunches, nur Toastwaffeln für Eileen und Murphy, Joghurt – ohne Gluten – für Claire und Müsli für ihre Mom. Aber es war immerhin ein Anfang.

»Es gibt nur eine Bedingung«, sagte Eileen unvermittelt.

»Was?«

»Wenn du mit nach Eugene ziehst. Du darfst nicht die ganze Zeit jammern, dass es nicht die Ivy League ist.«

Claire lachte leise – über die Ivy League und sich selbst. »Ich bin nicht mehr besessen davon, ob du's glaubst oder nicht.«

Eileen blickte sie zweifelnd an.

»Ich meine es ernst. Ich weiß, dass das kitschig klingt, aber … Ich glaube, man kann sein Glück überall finden. Nicht nur in Yale.«

Sie dachte dabei an Kerry und Bonnie, auch wenn sie es nicht laut aussprach. Instinktiv spürte sie jedoch, dass Eileen es wusste.

»Du hast recht«, stimmte Eileen ihr zu. »Das klingt verdammt kitschig.«

Da war es wieder: Eileen spöttisches Grinsen. Der Anblick erfüllte Claire mit Wärme. Sie konnte nach Eugene ziehen. Sie konnte ein neues Leben beginnen. Sie konnte, vielleicht, sogar eine Ainsley St. John finden, die nicht nur ein Wunschtraum aus dem Internet war.

All das konnte Claire in Zukunft tun.

Nach Harper Everlys Maßstäben wäre sie damit zwar keine Überfliegerin, aber vielleicht wäre es trotzdem perfekt.

SECHSUNDDREISSIG

Murphy

Zur selben Zeit, als Claire eine Nachricht an Ainsley schickte, bereitete Murphy alles für den Trick vor.

Eileen und Claire wussten nichts davon … noch nicht. Das hätte den Sinn und Zweck einer Überraschungszaubershow schließlich vollkommen verfehlt.

Murphy hatte diesen Trick extra im Internet bestellt, und nachdem sie ihn fast zwanzig Mal geübt hatte, hatte sie beschlossen, dass sie bereit für die Premiere war.

Sie schaute aus dem Fenster und sah Claire und Eileen auf der Veranda. Sie unterhielten sich, wirkten jedoch ganz entspannt.

Murphy stellte die Plastikbecher in einer geraden Linie auf den Couchtisch.

Sie atmete tief ein und sprach sich selbst Mut zu, während sie in die Küche ging. Dort richtete sie die Erfrischungen für die Show her: drei Kaffeetassen mit Ginger Ale, um der alten Zeiten willen. Damit würden sie zur Feier des Tages anstoßen, nachdem sie den Trick aufgeführt hatte.

Während sie den Rest der prickelnden Limonade einschenkte, wanderte ihr Blick zur Hintertür der Küche und zu dem leeren, gesäubertem Terrarium. Siegfrieds Terrarium. Sein letztes Zuhause, aber nicht seine letzte Ruhestätte.

Nach ihrem Abschied an der Küste hatte Murphy nachgelesen, wie die Gezeiten genau funktionierten. Sie war sich ziemlich sicher, dass Siegfried inzwischen längst wieder am Strand von Rockport angespült worden war und vielleicht sogar einem armen Jogger auf seiner Runde am frühen Morgen einen Riesenschrecken eingejagt hatte. Sie hatte deswegen ein schlechtes Gewissen, aber sie fühlte sich nicht mehr schuldig.

Sie brachte die Getränke ins Wohnzimmer, blieb vor dem Kamin stehen und betrachtete das neue Bild, das darüber hing: Es zeigte drei Jungs, Brüder, die Arme gegenseitig um die Schultern geschlungen. Eileen hatte es – nur dieses eine Bild – aus dem Haus in der Laramie Road geklaut. Ein letztes Verbrechen.

Während sie es betrachtete, überlegte Murphy, ob es wohl wirklich einen Enright-Fluch gab, wie ihre Mom behauptet hatte. Falls ja, dann hoffte sie, dass die Sullivan-Schwestern ihn brechen würden.

Selbst Wochen, nachdem Eileen sie ausgesprochen hatte, klangen die Worte in Murphys Herz nach: *Du bist der Motor*. Sie fing an, es wirklich zu glauben.

Die Erfrischungen standen bereit, die Show konnte beginnen. Murphy trat auf die Veranda hinaus.

»Habt ihr zwei kurz Zeit?«

Ihre Schwestern schauten sie an. In Eileens Augen schimmerte ein warmes Licht. Claire hielt kein Smartphone in der Hand.

»Was hast du vor?«, fragte Eileen.

»Das ist eine Überraschung.«

Claire zog eine Augenbraue hoch. »Eine Überraschung, ja? Dann sollten wir uns das wohl besser mal anschauen.«

Sie folgten Murphy ins Wohnzimmer, das einst Cayenne Castle beherbergt hatte. Doch nun waren dort keine Wände aus Decken zu sehen und keine Kissenthrone. Aber die Erinnerungen waren noch immer dort. Die Worte, die die Sullivan-Schwestern ausgesprochen und die Versprechen, die sie einander gegeben hatten, waren tief in die Fasern des Teppichs gewoben und in die Wände gesickert. Murphy konnte die Sir Salbeis der Vergangenheit spüren, die Prinzessin Paprikas und die Prinz Pfeffers. Sie beobachteten sie, wie ein unsichtbares Publikum.

Sie spürte Nervosität in sich kribbeln.

»Gut«, begann Murphy dramatisch, als Eileen und Claire auf der Couch Platz nahmen. »Erblicket hier vor euch: drei Becher.«

»Hiermit erblickt«, bestätigte Eileen.

»Und nun nehmt sie hoch und schaut sie euch genau an. Vergewissert euch, dass daran auch wirklich nichts Eigenartiges ist.«

»Eigenartig inwiefern?«, wollte Claire wissen.

»Ihr wisst schon, doppelte Böden und so.«

Eileen klopfte mit den Knöcheln gegen einen der Becher. Claire drehte einen anderen um und fuhr mit dem Daumen über den Rand. Nachdem sie die Überprüfung abgeschlossen hatten, stellten sie die Becher zurück auf den Tisch, und Murphy arrangierte sie wieder in einer geraden Linie.

»Und jetzt!«, rief sie mit einstudierter dramatischer Geste, »schaut euch diesen Ring an.«

Aus der Tasche ihres Flanellhemds zog Murphy einen glatten Metallring, klein genug, dass er an jeden ihrer Finger passte.

Claire nahm ihn zuerst, betrachtete ihn ausführlich und reichte ihn dann an Eileen weiter, die nach einer weiteren sorgfältigen Untersuchung ihre Zunge herausstreckte und ihn ableckte.

»Leenie«, stieß Claire völlig perplex aus.

»Ich bin nur gründlich«, verteidigte sich Eileen. »Du wolltest doch Gründlichkeit, oder, Murph?«

Murphy nickte ernst. »So gründlich ihr wollt.«

Nach vollzogener Gründlichkeit kehrte der Ring wieder in Murphys Hand zurück.

»Und nun folgt der Moment der Wahrheit«, verkündete sie.

Sie kniete sich vor den Couchtisch, zog den Becher in der Mitte zu sich heran und legte den Ring darunter. Dann begann die Magie. Murphy bewegte die Becher und ließ sie in einer einstudierten Choreografie über den Tisch wirbeln – in Drehungen, Kurven und Pirouetten, bei denen ihre Hände vom ersten zum zweiten und dritten Becher flogen. Eine volle Minute lang vollführte sie den Tanz, so lange, dass Eileen zu kichern begann.

Schließlich brachte sie die Becher wieder zum Stillstand, in perfekter Linie.

»Also«, sagte sie. »Wo ist der Ring?«

Eileen lehnte sich mit unendlichem Selbstbewusstsein nach vorne und hob den Becher in der Mitte hoch.

Es lag kein Ring darunter.

»Scheiße«, stieß sie aus. »Ich dachte wirklich, ich hätte ihn erwischt.«

Murphy wandte sich mit ernster, professioneller Miene Claire zu. »Hast du einen anderen Becher im Auge?«

Claire leckte sich über ihre rosa bemalten Lippen. Nach kurzer Überlegung zeigte sie auf den linken Becher.

Murphy hob ihn hoch.

Der Ring war nicht da.

Dann ging Murphy zum Ersten ihrer »Ta-da«-Momente über: Sie hob auch den rechten Becher hoch.

Wieder kein Ring.

Claire schnappte sichtlich beeindruckt nach Luft, und Murphys Herz platzte beinahe vor Freude. Sie ließ es sich jedoch nicht anmerken. Der Trick war schließlich noch nicht zu Ende.

»Ha!«, sagte sie und spielte weiter ihre Rolle. »Wie eigenartig. Wie es scheint, ist der Ring *verschwunden*.«

Sie stellte die drei Becher wieder in Position.

»Lasst es mich noch mal versuchen«, sagte sie.

Sie begann erneut mit dem Tanz: Sausend, wirbelnd, kreisend bewegte sie die Becher mit höchster Geschicklichkeit über den Tisch.

Dann brachte sie sie wieder zum Stillstand.

»Leenie«, forderte sie ihre Schwester auf, »wähl noch mal einen Becher.«

Eileen tat es. Sie schnappte sich den Becher mit dem Eifer eines kleinen Kindes, und dort, auf dem Tisch, lag der Ring.

»Wusste ich's doch«, sagte sie, griff danach und steckte

ihn sich mit großer Befriedigung an den Finger. »Passt perfekt.«

»Ist das der Ring, den du vorhin untersucht hast?«, fragte Murphy, noch immer in ihrer Rolle.

Eileen hielt sich die Hand direkt vors Gesicht und streckte die Zunge heraus. »Er schmeckt jedenfalls genauso.«

»Claire«, sagte Murphy, »schau unter den linken Becher.«

Claire hob ihn vorsichtig vom Tisch, als hätte sie Angst, sie könnte damit ein Ungeheuer freilassen.

Aber es war kein Ungeheuer – es war noch ein Ring.

»Wow!«, rief Eileen, während Claire den Ring nahm, ihr Gesicht eine Maske des verblüfften Staunens.

»Ist das der Ring, den du vorhin in der Hand hattest?«

»Er … sieht jedenfalls genauso aus.«

Mit einem triumphierenden Grinsen hob Murphy auch den letzten Becher vom Tisch hoch und enthüllte einen dritten Ring. Sie griff mit glühenden Wangen danach.

»Drei Ringe für uns drei«, verkündete sie.

»Verdammt, Murph«, sagte Eileen, »du bist inzwischen ja richtig gut.«

Claire betrachtete den Ring noch immer, und einen Moment lang war Murphy unsicher. »Ich weiß, dass es kein hübscher Schmuck ist. Nicht so wie der, den du machst. Aber ihr könnt sie behalten. Dann haben wir alle etwas, um uns aneinander zu erinnern.«

»Du hörst dich ja an, als würden wir in den Krieg ziehen«, scherzte Eileen.

»Von mir aus.« Murphy zuckte die Schultern. »Wenn du immer alles so morbide betrachten musst.«

Claire fing Murphys Blick ein und hielt ihn mit ernstem Ausdruck fest. »Er ist perfekt, Murph«, sagte sie. »*Ich* hab noch nie so was Tolles hingekriegt.«

Murphy konnte ihr Grinsen nicht länger verstecken. Sie hatte es geschafft. Sie hatte den Trick zu Ende gebracht, ohne einen einzigen Fehler. Und was noch wichtiger war: Sie hatte es vor einem bereitwilligen Publikum getan.

»Drei Ringe«, murmelte Eileen. »Du weißt schon, dass die wahrscheinlich unsere Haut grün färben?«

Murphy grinste immer noch. »Ich dachte einfach, es wäre ein netter magischer Start ins neue Jahr.«

»Verdammt richtig.« Eileen hob ihre Hand. »Das Ding leg ich nicht mehr ab. Nicht, wenn es magisch ist.«

»Drei Ringe für uns drei«, sagte Claire leise.

»Sullivan-Schwestern für immer!«, fügte Murphy hinzu.

Die Tage der *Operation neue Erinnerungen* waren vorbei. Die Tage von Mission *Einfach zusammensein* hatten begonnen.

Die Erinnerungen an Cayenne Castle würden niemals vergehen – am Leben erhalten von einer Strategin, einer Künstlerin und einer Entertainerin.

Es war ein verheißungsvoller Anfang, und was das Ende betrifft …

Nun, danach müsst ihr die Sullivan-Schwestern schon selbst fragen.

DANKSAGUNG

Danke an Beth Phelan, dass du von Anfang an hinter Eileen, Claire und Murphy standst, und an alle bei Gallt & Zacker für die ungebrochene Unterstützung. Danke an Zareen Jaffery, die mich durch unseren vierten gemeinsamen Roman getragen hat und immer an die Geschichte der Sullivan-Schwestern geglaubt hat, trotz all der verrückten Überarbeitungen. Mein Dank an Alexa Pastor, Andre Wheeler und Dainese Santos für eure Hilfe hinter den Kulissen und eure Unterstützung per E-Mail. Danke an Danielle Davis für deine prägnanten Korrekturen. Danke an Chloë Foglia für das fantastische Coverdesign, an Danielle Davis für die coole Schrift und an Pedro Tapa für eine Illustration, die die Schwestern perfekt einfängt. Und ein dickes Dankeschön an Simon & Schuster Books for Young Readers, die die Veröffentlichung dieses Romans erst möglich gemacht haben.

An die üblichen Verdächtigen: Ihr wisst, wer ihr seid, und ich bin so dankbar, dass ich euch habe. Shelly, es ist nun schon zehn Jahre her, seit wir uns auf der anderen

Seite des großen Teichs kennengelernt haben, aber du bist immer noch die beste Little Miss Twin weit und breit. Destiny, du bist die Louise zu meiner Tina. Nicole, bleib so fabelhaft und gib Harmony eine Belohnung von mir. Mai, meine Mit-Marco-Polo-erin: Wenn du das hier liest, WERDEN wir *Die Brüder Karamasow* gemeistert haben. Kayla, danke, dass du unsere Küche vollidiotenfrei gehalten hast. Shannon, meine Hexenfreundin, ich kann es gar nicht erwarten, zu sehen, welche Abenteuer in Neuengland auf dich warten. Hilary, du bist die Größte, die Beste, die Tollste! Sasha, du bist das coolste Mädchen, das ich kenne – Clown But Fashion, Girl, jeden Tag. Libby, danke, dass du so eine tolle College-aber-nicht-College-Freundin bist. Und last but not least: Danke an all die Ladies in Phoebe's Book Club.

Danke an Jen bei »Pop! Goes the Reader«: Du warst vom ersten Tag an, als wir uns kennenlernten, eine furchtlose, unermüdliche Buch-Bloggerin. Danke an Kristen, Bibliothekarin der Extraklasse, und an Seoling, wahres Verlagswunder, für eure Freundschaft, eure Care-Pakete und eure Brillanz im Allgemeinen. An all die Lehrer/innen, Bibliothekar/innen und Blogger/innen – mir bekannte und unbekannte: Danke für alles, was ihr für junge Leser/innen und die Young-Adult-Community tut. Euch gehört meine ewige Dankbarkeit.

Danke an Mom und Dad, weil ihr mich beim Schreiben immer unterstützt habt, und an meine erweiterte Familie für eure Liebe und Ermutigungen. Danke, Anne und Matt, dass ihr mir damals den Bundesstaat gezeigt habt, der später mein Zuhause wurde, und für die Inspiration zu diesem

Roman. Euch als Nachbarn zu haben ist einfach das Beste. Danke an Bob, Vicki und Megan, dass ihr mich in eure wundervolle Familie aufgenommen habt.

Alli, danke, dass du mich liebst, nur per Auto und mit Hund auf die andere Seite des Landes gezogen bist und dieses neue Zuhause in Oregon mit mir geschaffen hast. Danke, dass dir meine Geschichten so viel bedeutet haben, von dem Tag an, als wir uns kennengelernt haben. Die Geschichte, die mir am meisten bedeutet, ist die, die wir miteinander teilen.

Und danke, liebe Leserinnen und Leser, dass ihr mit mir an die Küste und wieder zurückgereist seid. Ich wünsche euch, dass ihr niemals Angst davor habt, euer eigenes Cayenne Castle zu errichten und wiederaufzubauen.

© privat

Kathryn Ormsbee schreibt Bücher für Kinder und Jugendliche. Ihre Romane sind hochgelobt, in etliche Sprachen übersetzt und regelmäßig auf den Best-of-Listen von Händlern und Bibliotheken. Sie lebt zusammen mit ihrer Frau und ihrem Hund in Oregon, wo sie Bücher schreibt, einen Podcast betreibt und Musik komponiert.

© privat

Doris Attwood ist Diplom-Übersetzerin. Nach ausgedehnten Reisen durch Neuseeland und Kanada arbeitet sie nun seit vielen Jahren als freiberufliche Übersetzerin. Am liebsten übersetzt sie Kinder- und Jugendbücher, aber auch Filmuntertitel und Drehbücher, Fantasy-Romane und Reiseführer. In ihrer Freizeit liest sie gerne, genießt auf Trekkingtouren mit ihrem Mann die Natur und testet mit Freunden neue Backrezepte.

Mehr zu cbj auf Instagram unter @hey_reader